23rd April 1945

Marguerite Yourcenar

de l'Académie française

Mémoires
d'Hadrien

SUIVI DE

Carnets de notes
de Mémoires d'Hadrien

Gallimard

Née en 1903 à Bruxelles d'un père français et d'une mère d'origine belge, Marguerite Yourcenar grandit en France, mais c'est surtout à l'étranger qu'elle résidera par la suite : Italie, Suisse, Grèce, puis Amérique où elle a vécu dans l'île de Mount Desert, sur la côte nord-est des États-Unis, jusqu'à sa mort en 1987.

Marguerite Yourcenar a été élue à l'Académie française le 6 mars 1980.

Son œuvre comprend des romans : Alexis ou le Traité du Vain Combat (1929), Le Coup de Grâce (1939), Denier du Rêve, version définitive (1959); des poèmes en prose : Feux (1936); en vers réguliers : Les Charités d'Alcippe (1956); des nouvelles : Nouvelles Orientales (1963); des essais : Sous Bénéfice d'Inventaire (1962); des pièces de théâtre et des traductions.

Mémoires d'Hadrien (1951), roman historique d'une vérité étonnante, lui valut une réputation mondiale. L'Œuvre au Noir a obtenu à l'unanimité le Prix Femina 1968. Enfin Souvenirs Pieux (1974) et Archives du Nord (1977), les deux premiers panneaux d'un triptyque familial dont le troisième sera Quoi ? l'Éternité...

Animula vagula, blandula,
Hospes comesque corporis,
Quae nunc abibis in loca
Pallidula, rigida, nudula,
Nec, ut soles, dabis iocos. .

P. Ælius Hadrianus, *Imp.*

ANIMULA VAGULA BLANDULA

Mon cher Marc,

Je suis descendu ce matin chez mon médecin Hermogène, qui vient de rentrer à la Villa après un assez long voyage en Asie. L'examen devait se faire à jeun : nous avions pris rendez-vous pour les premières heures de la matinée. Je me suis couché sur un lit après m'être dépouillé de mon manteau et de ma tunique. Je t'épargne des détails qui te seraient aussi désagréables qu'à moi-même, et la description du corps d'un homme qui avance en âge et s'apprête à mourir d'une hydropisie du cœur. Disons seulement que j'ai toussé, respiré, et retenu mon souffle selon les indications d'Hermogène, alarmé malgré lui par les progrès si rapides du mal, et prêt à en rejeter le blâme sur le jeune Iollas qui m'a soigné en son absence. Il est difficile de rester empereur en présence d'un médecin, et difficile aussi de garder sa qualité d'homme. L'œil du praticien ne voyait en moi qu'un monceau d'humeurs, triste amalgame de lymphe et de sang. Ce matin, l'idée m'est venue pour la première fois que mon corps, ce fidèle compagnon, cet ami plus sûr, mieux connu de moi que mon âme, n'est qu'un monstre sournois qui finira par dévorer son maître. Paix... J'aime mon corps ; il m'a

bien servi, et de toutes les façons, et je ne lui
marchande pas les soins nécessaires. Mais je ne compte
plus, comme Hermogène prétend encore le faire, sur
les vertus merveilleuses des plantes, le dosage exact de
sels minéraux qu'il est allé chercher en Orient. Cet
homme pourtant si fin m'a débité de vagues formules
de réconfort, trop banales pour tromper personne ; il
sait combien je hais ce genre d'imposture, mais on n'a
pas impunément exercé la médecine pendant plus de
trente ans. Je pardonne à ce bon serviteur cette
tentative pour me cacher ma mort. Hermogène est
savant ; il est même sage ; sa probité est bien supérieure
à celle d'un vulgaire médecin de cour. J'aurai pour lot
d'être le plus soigné des malades. Mais nul ne peut
dépasser les limites prescrites ; mes jambes enflées ne
me soutiennent plus pendant les longues cérémonies
romaines ; je suffoque ; et j'ai soixante ans.

Ne t'y trompe pas : je ne suis pas encore assez faible
pour céder aux imaginations de la peur, presque aussi
absurdes que celles de l'espérance, et assurément
beaucoup plus pénibles. S'il fallait m'abuser, j'aimerais
mieux que ce fût dans le sens de la confiance ; je n'y
perdrai pas plus, et j'en souffrirai moins. Ce terme si
voisin n'est pas nécessairement immédiat ; je me
couche encore chaque nuit avec l'espoir d'atteindre au
matin. A l'intérieur des limites infranchissables dont je
parlais tout à l'heure, je puis défendre ma position pied
à pied, et même regagner quelques pouces du terrain
perdu. Je n'en suis pas moins arrivé à l'âge où la vie,
pour chaque homme, est une défaite acceptée. Dire
que mes jours sont comptés ne signifie rien ; il en fut
toujours ainsi ; il en est ainsi pour nous tous. Mais
l'incertitude du lieu, du temps, et du mode, qui nous
empêche de bien distinguer ce but vers lequel nous
avançons sans trêve, diminue pour moi à mesure que
progresse ma maladie mortelle. Le premier venu peut

mourir tout à l'heure, mais le malade sait qu'il ne vivra plus dans dix ans. Ma marge d'hésitation ne s'étend plus sur des années, mais sur des mois. Mes chances de finir d'un coup de poignard au cœur ou d'une chute de cheval deviennent des plus minimes ; la peste paraît improbable ; la lèpre ou le cancer semblent définitivement distancés. Je ne cours plus le risque de tomber aux frontières frappé d'une hache calédonienne ou transpercé d'une flèche parthe ; les tempêtes n'ont pas su profiter des occasions offertes, et le sorcier qui m'a prédit que je ne me noierai pas semble avoir eu raison. Je mourrai à Tibur, à Rome, ou à Naples tout au plus, et une crise d'étouffement se chargera de la besogne. Serai-je emporté par la dixième crise, ou par la centième ? Toute la question est là. Comme le voyageur qui navigue entre les îles de l'Archipel voit la buée lumineuse se lever vers le soir, et découvre peu à peu la ligne du rivage, je commence à apercevoir le profil de ma mort.

Déjà, certaines portions de ma vie ressemblent aux salles dégarnies d'un palais trop vaste, qu'un propriétaire appauvri renonce à occuper tout entier. Je ne chasse plus : s'il n'y avait que moi pour les déranger dans leurs ruminements et leurs jeux, les chevreuils des monts d'Étrurie seraient bien tranquilles. J'ai toujours entretenu avec la Diane des forêts les rapports changeants et passionnés d'un homme avec l'objet aimé : adolescent, la chasse au sanglier m'a offert mes premières chances de rencontre avec le commandement et le danger ; je m'y livrais avec fureur ; mes excès dans ce genre me firent réprimander par Trajan. La curée dans une clairière d'Espagne a été ma plus ancienne expérience de la mort, du courage, de la pitié pour les créatures, et du plaisir tragique de les voir souffrir. Homme fait, la chasse me délassait de tant de luttes secrètes avec des adversaires tour à tour trop fins

ou trop obtus, trop faibles ou trop forts pour moi. Ce
juste combat entre l'intelligence humaine et la sagacité
des bêtes faùves semblait étrangement propre comparé
aux embûches des hommes. Empereur, mes chasses en
Toscane m'ont servi à juger du courage ou des
ressources des grands fonctionnaires : j'y ai éliminé ou
choisi plus d'un homme d'État. Plus tard, en Bithynie,
en Cappadoce, je fis des grandes battues un prétexte de
fête, un triomphe automnal dans les bois d'Asie. Mais
le compagnon de mes dernières chasses est mort jeune,
et mon goût pour ces plaisirs violents a beaucoup
baissé depuis son départ. Même ici, à Tibur, l'ébroue-
ment soudain d'un cerf sous les feuilles suffit pourtant
à faire tressaillir en moi un instinct plus ancien que
tous les autres, et par la grâce duquel je me sens
guépard aussi bien qu'empereur. Qui sait ? Peut-être
n'ai-je été si économe de sang humain que parce que
j'ai tant versé celui des bêtes fauves, que parfois,
secrètement, je préférais aux hommes. Quoi qu'il en
soit, l'image des fauves me hante davantage, et j'ai
peine à ne pas me laisser aller à d'interminables
histoires de chasse qui mettraient à l'épreuve la
patience de mes invités du soir. Certes, le souvenir du
jour de mon adoption a du charme, mais celui des lions
tués en Maurétanie n'est pas mal non plus.

Le renoncement au cheval est un sacrifice plus
pénible encore : un fauve n'est qu'un adversaire, mais
un cheval était un ami. Si on m'avait laissé le choix de
ma condition, j'eusse opté pour celle de Centaure.
Entre Borysthènes et moi, les rapports étaient d'une
netteté mathématique : il m'obéissait comme à son
cerveau, et non comme à son maître. Ai-je jamais
obtenu qu'un homme en fît autant ? Une autorité si
totale comporte, comme toute autre, ses risques d'erreur pour l'homme qui l'exerce, mais le plaisir de
tenter l'impossible en fait de saut d'obstacle était trop

grand pour regretter une épaule démise ou une côte rompue. Mon cheval remplaçait les mille notions approchées du titre, de la fonction, du nom, qui compliquent l'amitié humaine, par la seule connaissance de mon juste poids d'homme. Il était de moitié dans mes élans ; il savait exactement, et mieux que moi peut-être, le point où ma volonté divorçait d'avec ma force. Mais je n'inflige plus au successeur de Borysthènes le fardeau d'un malade aux muscles amollis, trop faible pour se hisser de soi-même sur le dos d'une monture. Mon aide de camp Céler l'exerce en ce moment sur la route de Préneste ; toutes mes expériences passées avec la vitesse me permettent de partager le plaisir du cavalier et celui de la bête, d'évaluer les sensations de l'homme lancé à fond de train par un jour de soleil et de vent. Quand Céler saute de cheval, je reprends avec lui contact avec le sol. Il en va de même de la nage : j'y ai renoncé, mais je participe encore au délice du nageur caressé par l'eau. Courir, même sur le plus bref des parcours, me serait aujourd'hui aussi impossible qu'à une lourde statue, un César de pierre, mais je me souviens de mes courses d'enfant sur les collines sèches de l'Espagne, du jeu joué avec soi-même où l'on va jusqu'aux limites de l'essoufflement, sûr que le cœur parfait, les poumons intacts rétabliront l'équilibre ; et j'ai du moindre athlète s'entraînant à la course au long stade une entente que l'intelligence seule ne me donnerait pas. Ainsi, de chaque art pratiqué en son temps, je tire une connaissance qui me dédommage en partie des plaisirs perdus. J'ai cru, et dans mes bons moments je crois encore, qu'il serait possible de partager de la sorte l'existence de tous, et cette sympathie serait l'une des espèces les moins révocables de l'immortalité. Il y eut des moments où cette compréhension s'efforça de dépasser l'humain, alla du nageur à la vague. Mais là, rien d'exact ne me

renseignant plus, j'entre dans le domaine des métamor-
phoses du songe.

Trop manger est un vice romain, mais je fus sobre
avec volupté. Hermogène n'a rien eu à modifier à mon
régime, si ce n'est peut-être cette impatience qui me
faisait dévorer n'importe où, à n'importe quelle heure,
le premier mets venu, comme pour en finir d'un seul
coup avec les exigences de ma faim. Et il va de soi
qu'un homme riche, qui n'a jamais connu que le
dénuement volontaire, ou n'en a fait l'expérience qu'à
titre provisoire, comme de l'un des incidents plus ou
moins excitants de la guerre et du voyage, aurait
mauvaise grâce à se vanter de ne pas se gorger.
S'empiffrer à certains jours de fête a toujours été
l'ambition, la joie, et l'orgueil naturel des pauvres.
J'aimais l'arôme de viandes rôties et le bruit de
marmites raclées des réjouissances de l'armée, et que
les banquets du camp (ou ce qui au camp était un
banquet) fussent ce qu'ils devraient toujours être, un
joyeux et grossier contrepoids aux privations des jours
ouvrables ; je tolérais assez bien l'odeur de friture des
places publiques en temps de Saturnales. Mais les
festins de Rome m'emplissaient de tant de répugnance
et d'ennui que si j'ai quelquefois cru mourir au cours
d'une exploration ou d'une expédition militaire, je me
suis dit, pour me réconforter, qu'au moins je ne
dînerais plus. Ne me fais pas l'injure de me prendre
pour un vulgaire renonciateur : une opération qui a
lieu deux ou trois fois par jour, et dont le but est
d'alimenter la vie, mérite assurément tous nos soins.
Manger un fruit, c'est faire entrer en soi un bel objet
vivant, étranger, nourri et favorisé comme nous par la
terre ; c'est consommer un sacrifice où nous nous
préférons aux choses. Je n'ai jamais mordu dans la
miche de pain des casernes sans m'émerveiller que
cette concoction lourde et grossière sût se changer en

sang, en chaleur, peut-être en courage. Ah, pourquoi mon esprit, dans ses meilleurs jours, ne possède-t-il jamais qu'une partie des pouvoirs assimilateurs d'un corps ?

C'est à Rome, durant les longs repas officiels, qu'il m'est arrivé de penser aux origines relativement récentes de notre luxe, à ce peuple de fermiers économes et de soldats frugaux, repus d'ail et d'orge, subitement vautrés par la conquête dans les cuisines de l'Asie, engloutissant ces nourritures compliquées avec une rusticité de paysans pris de fringale. Nos Romains s'étouffent d'ortolans, s'inondent de sauces, et s'empoisonnent d'épices. Un Apicius s'enorgueillit de la succession des services, de cette série de plats aigres ou doux, lourds ou subtils, qui composent la belle ordonnance de ses banquets ; passe encore si chacun de ces mets était servi à part, assimilé à jeun, doctement dégusté par un gourmet aux papilles intactes. Présentés pêle-mêle, au sein d'une profusion banale et journalière, ils forment dans le palais et dans l'estomac de l'homme qui mange une confusion détestable où les odeurs, les saveurs, les substances perdent leur valeur propre et leur ravissante identité. Ce pauvre Lucius s'amusait jadis à me confectionner des plats rares ; ses pâtés de faisans, avec leur savant dosage de jambon et d'épices, témoignaient d'un art aussi exact que celui du musicien et du peintre ; je regrettais pourtant la chair nette du bel oiseau. La Grèce s'y entendait mieux : son vin résiné, son pain clouté de sésame, ses poissons retournés sur le gril au bord de la mer, noircis inégalement par le feu et assaisonnés çà et là du craquement d'un grain de sable, contentaient purement l'appétit sans entourer de trop de complications la plus simple de nos joies. J'ai goûté, dans tel bouge d'Égine ou de Phalère, à des nourritures si fraîches qu'elles demeuraient divinement propres, en dépit des doigts sales du garçon de taverne, si modiques, mais si suffisantes, qu'elles semblaient contenir sous la forme la plus résumée possible quelque essence d'immortalité. La viande cuite au soir des chasses avait elle aussi cette qualité presque sacramentelle, nous ramenait plus loin, aux origines sauvages des races. Le vin nous initie aux mystères volcaniques du sol, aux richesses minérales cachées : une coupe de Samos bue à midi, en plein soleil, ou au contraire absorbée par un soir d'hiver dans un état de fatigue qui permet de sentir immédiatement au creux du diaphragme son écoulement chaud, sa sûre et brûlante dispersion le long de nos artères, est une sensation presque sacrée, parfois trop forte pour une tête humaine ; je ne la retrouve plus si pure sortant des celliers numérotés de Rome, et le pédantisme des grands connaisseurs de crus m'impatiente. Plus pieusement encore, l'eau bue dans la paume ou à même la source fait couler en nous le sel le plus secret de la terre et la pluie du ciel. Mais l'eau elle-même est un délice dont le malade que je suis doit à présent n'user qu'avec sobriété. N'importe : même à l'agonie, et mêlée à l'amertume des dernières potions, je m'efforcerai de goûter sa fraîche insipidité sur mes lèvres.

J'ai expérimenté brièvement avec l'abstinence de viande aux écoles de philosophie, où il sied d'essayer une fois pour toutes chaque méthode de conduite ; plus tard, en Asie, j'ai vu des Gymnosophistes indiens détourner la tête des agneaux fumants et des quartiers de gazelle servis sous la tente d'Osroès. Mais cette pratique, à laquelle ta jeune austérité trouve du charme, demande des soins plus compliqués que ceux de la gourmandise elle-même ; elle nous sépare trop du commun des hommes dans une fonction presque toujours publique et à laquelle président le plus souvent l'apparat ou l'amitié. J'aime mieux me nourrir

toute ma vie d'oies grasses et de pintades que de me
faire accuser par mes convives, à chaque repas, d'une
ostentation d'ascétisme. Déjà ai-je eu quelque peine, à
l'aide de fruits secs ou du contenu d'un verre lentement dégusté, à déguiser à mes invités que les pièces
montées de mes chefs étaient pour eux plutôt que pour
moi, ou que ma curiosité pour ces mets finissait avant
la leur. Un prince manque ici de la latitude offerte au
philosophe : il ne peut se permettre de différer sur trop
de points à la fois, et les dieux savent que mes points de
différence n'étaient déjà que trop nombreux, bien que
je me flattasse que beaucoup fussent invisibles. Quant
aux scrupules religieux du Gymnosophiste, à son
dégoût en présence des chairs ensanglantées, j'en serais
plus touché s'il ne m'arrivait de me demander en quoi
la souffrance de l'herbe qu'on coupe diffère essentiellement de celle des moutons qu'on égorge, et si notre
horreur devant les bêtes assassinées ne tient pas surtout
à ce que notre sensibilité appartient au même règne.
Mais à certains moments de la vie, dans les périodes de
jeûne rituel, par exemple, ou au cours des initiations
religieuses, j'ai connu les avantages pour l'esprit, et
aussi les dangers, des différentes formes de l'abstinence, ou même de l'inanition volontaire, de ces états
proches du vertige où le corps, en partie délesté, entre
dans un monde pour lequel il n'est pas fait, et qui
préfigure les froides légèretés de la mort. A d'autres
moments, ces expériences m'ont permis de jouer avec
l'idée du suicide progressif, du trépas par inanition qui
fut celui de certains philosophes, espèce de débauche
retournée où l'on va jusqu'à l'épuisement de la substance humaine. Mais il m'eût toujours déplu d'adhérer
totalement à un système, et je n'aurais pas voulu qu'un
scrupule m'enlevât le droit de me gaver de charcuterie,
si par hasard j'en avais envie, ou si cette nourriture
était la seule facile.

Les cyniques et les moralistes s'accordent pour mettre les voluptés de l'amour parmi les jouissances dites grossières, entre le plaisir de boire et celui de manger, tout en les déclarant d'ailleurs, puisqu'ils assurent qu'on s'en peut passer, moins indispensables que ceux-là. Du moraliste, je m'attends à tout, mais je m'étonne que le cynique s'y trompe. Mettons que les uns et les autres aient peur de leurs démons, soit qu'ils leur résistent, soit qu'ils s'y abandonnent, et s'efforcent de ravaler leur plaisir pour essayer de lui enlever sa puissance presque terrible, sous laquelle ils succombent, et son étrange mystère, où ils se sentent perdus. Je croirai à cette assimilation de l'amour aux joies purement physiques (à supposer qu'il en existe de telles) le jour où j'aurai vu un gourmet sangloter de délices devant son mets favori, comme un amant sur une jeune épaule. De tous nos jeux, c'est le seul qui risque de bouleverser l'âme, le seul aussi où le joueur s'abandonne nécessairement au délire du corps. Il n'est pas indispensable que le buveur abdique sa raison, mais l'amant qui garde la sienne n'obéit pas jusqu'au bout à son dieu. L'abstinence ou l'excès n'engagent partout ailleurs que l'homme seul : sauf dans le cas de Diogène, dont les limitations et le caractère de raisonnable pis-aller se marquent d'eux-mêmes, toute démarche sensuelle nous place en présence de l'Autre, nous implique dans les exigences et les servitudes du choix. Je n'en connais pas où l'homme se résolve pour des raisons plus simples et plus inéluctables, où l'objet choisi se pèse plus exactement à son poids brut de délices, où l'amateur de vérités ait plus de chances de juger la créature nue. A partir d'un dépouillement qui s'égale à celui de la mort, d'une humilité qui passe celle de la défaite et de la prière, je m'émerveille de voir chaque fois se reformer la complexité des refus, des responsabilités, des apports, les pauvres aveux, les

fragiles mensonges, les compromis passionnés entre
mes plaisirs et ceux de l'Autre, tant de liens impossibles à rompre et pourtant déliés si vite. Ce jeu
mystérieux qui va de l'amour d'un corps à l'amour
d'une personne m'a semblé assez beau pour lui consacrer une part de ma vie. Les mots trompent, puisque
celui de plaisir couvre des réalités contradictoires,
comporte à la fois les notions de tiédeur, de douceur,
d'intimité des corps, et celles de violence, d'agonie et
de cri. La petite phrase obscène de Poseidonius sur le
frottement de deux parcelles de chair, que je t'ai vu
copier avec une application d'enfant sage dans tes
cahiers d'école, ne définit pas plus le phénomène de
l'amour que la corde touchée du doigt ne rend compte
du miracle des sons. C'est moins la volupté qu'elle
insulte que la chair elle-même, cet instrument de
muscles, de sang, et d'épiderme, ce rouge nuage dont
l'âme est l'éclair.

Et j'avoue que la raison reste confondue en présence
du prodige même de l'amour, de l'étrange obsession
qui fait que cette même chair dont nous nous soucions
si peu quand elle compose notre propre corps, nous
inquiétant seulement de la laver, de la nourrir, et, s'il
se peut, de l'empêcher de souffrir, puisse nous inspirer
une telle passion de caresses simplement parce qu'elle
**est animée par une individualité différente de la
nôtre**, et parce qu'elle présente certains linéaments de
beauté, sur lesquels, d'ailleurs, les meilleurs juges ne
s'accordent pas. Ici, la logique humaine reste en deçà,
comme dans les révélations des Mystères. La tradition
populaire ne s'y est pas trompée, qui a toujours vu
dans l'amour une forme d'initiation, l'un des points de
rencontre du secret et du sacré. L'expérience sensuelle
se compare encore aux Mystères en ce que la première
approche fait au non-initié l'effet d'un rite plus ou
moins effrayant, scandaleusement éloigné des fonc-

tions familières du sommeil, du boire, et du manger,
objet de plaisanterie, de honte, ou de terreur. Tout
autant que la danse des Ménades ou le délire des
Corybantes, notre amour nous entraîne dans un univers différent, où il nous est, en d'autres temps,
interdit d'accéder, et où nous cessons de nous orienter
dès que l'ardeur s'éteint ou que la jouissance se
dénoue. Cloué au corps aimé comme un crucifié à sa
croix, j'ai appris sur la vie quelques secrets qui déjà
s'émoussent dans mon souvenir, par l'effet de la même
loi qui veut que le convalescent, guéri, cesse de se
retrouver dans les vérités mystérieuses de son mal, que
le prisonnier relâché oublie la torture, ou le triompha-
teur dégrisé la gloire.

J'ai rêvé parfois d'élaborer un système de connaissance humaine basé sur l'érotique, une théorie du
contact, où le mystère et la dignité d'autrui consiste-
raient précisément à offrir au Moi ce point d'appui
d'un autre monde. La volupté serait dans cette philosophie une forme plus complète, mais aussi plus spéciali-
sée, de cette approche de l'Autre, une technique de
plus mise au service de la connaissance de ce qui n'est
pas nous. Dans les rencontres les moins sensuelles,
c'est encore dans le contact que l'émotion s'achève ou
prend naissance : la main un peu répugnante de cette
vieille qui me présente un placet, le front moite de mon
père à l'agonie, la plaie lavée d'un blessé. Même les
rapports les plus intellectuels ou les plus neutres ont
lieu à travers ce système de signaux du corps : le regard
soudain éclairci du tribun auquel on explique une
manœuvre au matin d'une bataille, le salut impersonnel d'un subalterne que notre passage fige en une
attitude d'obéissance, le coup d'œil amical de l'esclave
que je remercie parce qu'il m'apporte un plateau, ou,
devant le camée grec qu'on lui offre, la moue apprécia-
trice d'un vieil ami. Avec la plupart des êtres, les plus

légers, les plus superficiels de ces contacts suffisent à
notre envie, ou même l'excèdent déjà. Qu'ils insistent,
se multiplient autour d'une créature unique jusqu'à la
cerner tout entière ; que chaque parcelle d'un corps se
charge pour nous d'autant de significations bouleversantes que les traits d'un visage ; qu'un seul être, au
lieu de nous inspirer tout au plus de l'irritation, du
plaisir, ou de l'ennui, nous hante comme une musique
et nous tourmente comme un problème ; qu'il passe de
la périphérie de notre univers à son centre, nous
devienne enfin plus indispensable que nous-mêmes, et
l'étonnant prodige a lieu, où je vois bien davantage un
envahissement de la chair par l'esprit qu'un simple jeu
de la chair.

De telles vues sur l'amour pourraient mener à une
carrière de séducteur. Si je ne l'ai pas remplie, c'est
sans doute que j'ai fait autre chose, sinon mieux. A
défaut de génie, une pareille carrière demande des
soins, et même des stratagèmes, pour lesquels je me
sentais peu fait. Ces pièges dressés, toujours les
mêmes, cette routine bornée à de perpétuelles appro-
ches, limitée par la conquête même, m'ont lassé. La
technique du grand séducteur exige dans le passage
d'un objet à un autre une facilité, une indifférence, que
je n'ai pas à l'égard d'eux : de toute façon, ils m'ont
quitté plus que je ne les quittais ; je n'ai jamais compris
qu'on se rassasiât d'un être. L'envie de dénombrer
exactement les richesses que chaque nouvel amour
nous apporte, de le regarder changer, peut-être de le
regarder vieillir, s'accorde mal avec la multiplicité des
conquêtes. J'ai cru jadis qu'un certain goût de la
beauté me tiendrait lieu de vertu, saurait m'immuniser
contre les sollicitations trop grossières. Mais je me
trompais. L'amateur de beauté finit par la retrouver
partout, filon d'or dans les plus ignobles veines ; par
éprouver, à manier ces chefs-d'œuvre fragmentaires,

salis, ou brisés, un plaisir de connaisseur seul à
collectionner des poteries crues vulgaires. Un obstacle
plus sérieux, pour un homme de goût, est une position
d'éminence dans les affaires humaines, avec ce que la
puissance presque absolue comporte de risques d'adu-
lation ou de mensonge. L'idée qu'un être, si peu que ce
soit, se contrefait en ma présence, est capable de me le
faire plaindre, mépriser, ou haïr. J'ai souffert de ces
inconvénients de ma fortune comme un homme pauvre
de ceux de sa misère. Un pas de plus, et j'aurais
accepté la fiction qui consiste à prétendre qu'on séduit,
quand on sait qu'on s'impose. Mais l'écœurement, ou
la sottise peut-être, risquent de commencer là.

On finirait par préférer aux stratagèmes éventés de la
séduction les vérités toutes simples de la débauche, si
là aussi ne régnait le mensonge. En principe, je suis
prêt à admettre que la prostitution soit un art comme le
massage ou la coiffure, mais j'ai déjà peine à me plaire
chez les barbiers et les masseurs. Rien de plus grossier
que nos complices. Le coup d'œil oblique du patron de
taverne qui me réserve le meilleur vin, et par conséquent en prive quelqu'un d'autre, suffisait déjà, aux
jours de ma jeunesse, à me dégoûter des amusements
de Rome. Il me déplaît qu'une créature croie pouvoir
escompter mon désir, le prévoir, mécaniquement
s'adapter à ce qu'elle suppose mon choix. Ce reflet
imbécile et déformé de moi-même que m'offre à ces
moments une cervelle humaine me ferait préférer les
tristes effets de l'ascétisme. Si la légende n'exagère rien
des outrances de Néron, des recherches savantes de
Tibère, il a fallu à ces grands consommateurs de délice
des sens bien inertes pour se mettre en frais d'un
appareil si compliqué, et un singulier dédain des
hommes pour souffrir ainsi qu'on se moquât ou qu'on
profitât d'eux. Et cependant, si j'ai à peu près renoncé
à ces formes par trop machinales du plaisir, ou ne m'y

suis pas enfoncé trop avant, je le dois plutôt à ma chance qu'à une vertu incapable de résister à rien. J'y pourrais retomber en vieillissant, comme dans n'importe quelle espèce de confusion ou de fatigue. La maladie et la mort relativement prochaine me sauveront de la répétition monotone des mêmes gestes, pareille à l'ânonnement d'une leçon trop sue par cœur.

De tous les bonheurs qui lentement m'abandonnent, le sommeil est l'un des plus précieux, des plus communs aussi. Un homme qui dort peu et mal, appuyé sur de nombreux coussins, médite tout à loisir sur cette particulière volupté. J'accorde que le sommeil le plus parfait reste presque nécessairement une annexe de l'amour : repos réfléchi, reflété dans deux corps. Mais ce qui m'intéresse ici, c'est le mystère spécifique du sommeil goûté pour lui-même, l'inévitable plongée hasardée chaque soir par l'homme nu, seul, et désarmé, dans un océan où tout change, les couleurs, les densités, le rythme même du souffle, et où nous rencontrons les morts. Ce qui nous rassure du sommeil, c'est qu'on en sort, et qu'on en sort inchangé, puisqu'une interdiction bizarre nous empêche de rapporter avec nous l'exact résidu de nos songes. Ce qui nous rassure aussi, c'est qu'il guérit de la fatigue, mais il nous en guérit, temporairement, par le plus radical des procédés, en s'arrangeant pour que nous ne soyons plus. Là, comme ailleurs, le plaisir et l'art consistent à s'abandonner consciemment à cette bienheureuse inconscience, à accepter d'être subtilement plus faible, plus lourd, plus léger, et plus confus que soi. Je reviendrai plus tard sur le peuple étonnant des songes. Je préfère parler de certaines expériences de sommeil pur, de pur réveil, qui confinent à la mort et à la résurrection. Je tâche de ressaisir la précise sensation de tels sommeils foudroyants de l'adolescence, où l'on s'endormait sur ses livres, tout habillé, transporté d'un

seul coup hors de la mathématique et du droit à
l'intérieur d'un sommeil solide et plein, si rempli
d'énergie inemployée qu'on y goûtait, pour ainsi dire,
le pur sens de l'être à travers les paupières fermées.
J'évoque les brusques sommeils sur la terre nue, dans
la forêt, après de fatigantes journées de chasse ; l'aboi
des chiens m'éveillait, ou leurs pattes dressées sur ma
poitrine. Si totale était l'éclipse, que j'aurais pu chaque
fois me retrouver autre, et je m'étonnais, ou parfois
m'attristais, du strict agencement qui me ramenait de
si loin dans cet étroit canton d'humanité qu'est moi-
même. Qu'étaient ces particularités auxquelles nous
tenons le plus, puisqu'elles comptaient si peu pour le
libre dormeur, et que, pour une seconde, avant de
rentrer à regret dans la peau d'Hadrien, je parvenais à
savourer à peu près consciemment cet homme vide,
cette existence sans passé ?

D'autre part, la maladie, l'âge, ont aussi leurs
prodiges, et reçoivent du sommeil d'autres formes de
bénédiction. Il y a environ un an, après une journée
singulièrement accablante, à Rome, j'ai connu un de
ces répits où l'épuisement des forces opérait les mêmes
miracles, ou plutôt d'autres miracles, que les réserves
inépuisées d'autrefois. Je ne vais plus que rarement en
ville ; je tâche d'y accomplir le plus possible. La
journée avait été désagréablement encombrée : une
séance au Sénat avait été suivie par une séance au
tribunal, et par une discussion interminable avec l'un
des questeurs ; puis, par une cérémonie religieuse
qu'on ne peut abréger, et sur laquelle la pluie tombait.
J'avais moi-même rapproché, collé ensemble toutes ces
activités différentes, pour laisser le moins de temps
possible, entre elles, aux importunités et aux flatteries
inutiles. Le retour à cheval fut l'un de mes derniers
trajets de ce genre. Je rentrai à la Villa écœuré, malade,
ayant froid comme on n'a froid que lorsque le sang se

refuse, et n'agit plus dans nos artères. Céler et
Chabrias s'empressaient, mais la sollicitude peut être
fatigante alors même qu'elle est sincère. Retiré chez
moi, j'avalai quelques cuillerées d'une bouillie chaude
que je préparai moi-même, nullement par soupçon,
·comme on se le figure, mais parce que je m'octroie
ainsi le luxe d'être seul. Je me couchai ; le sommeil
semblait aussi loin de moi que la santé, que la jeunesse,
que la force. Je m'endormis. Le sablier m'a prouvé que
je n'avais dormi qu'une heure à peine. Un court
moment d'assoupissement complet, à mon âge, devient
l'équivalent des sommeils qui duraient autrefois toute
une demi-révolution des astres ; mon temps se mesure
désormais en unités beaucoup plus petites. Mais une
heure avait suffi pour accomplir l'humble et surpre-
nant prodige : la chaleur de mon sang réchauffait mes
mains ; mon cœur, mes poumons s'étaient remis à
opérer avec une espèce de bonne volonté ; la vie coulait
comme une source pas très abondante, mais fidèle. Le
sommeil, en si peu de temps, avait réparé mes excès de
vertu avec la même impartialité qu'il eût mise à réparer
ceux de mes vices. Car la divinité du grand restaurateur tient à ce que ses bienfaits s'exercent sur le
dormeur sans tenir compte de lui, de même que l'eau
chargée de pouvoirs curatifs ne s'inquiète en rien de
qui boit à la source.

Mais si nous pensons si peu à un phénomène qui
absorbe au moins un tiers de toute vie, c'est qu'une
certaine modestie est nécessaire pour apprécier ses
bontés. Endormis, Caïus Caligula et le juste Aristide se
valent ; je dépose mes vains et importants privilèges ; je
ne me distingue plus du noir janiteur qui dort en
travers de mon seuil. Qu'est notre insomnie, sinon
l'obstination maniaque de notre intelligence à manu-
facturer des pensées, des suites de raisonnements, des
syllogismes et des définitions bien à elle, son refus

d'abdiquer en faveur de la divine stupidité des yeux clos ou de la sage folie des songes ? L'homme qui ne dort pas, et je n'ai depuis quelques mois que trop d'occasions de le constater sur moi-même, se refuse plus ou moins consciemment à faire confiance au flot des choses. Frère de la Mort... Isocrate se trompait, et sa phrase n'est qu'une amplification de rhéteur. Je commence à connaître la mort ; elle a d'autres secrets, plus étrangers encore à notre présente condition d'hommes. Et pourtant, si enchevêtrés, si profonds sont ces mystères d'absence et de partiel oubli, que nous sentons bien confluer quelque part la source blanche et la source sombre. Je n'ai jamais regardé volontiers dormir ceux que j'aimais ; ils se reposaient de moi, je le sais ; ils m'échappaient aussi. Et chaque homme a honte de son visage entaché de sommeil. Que de fois, levé de très bonne heure pour étudier ou pour lire, j'ai moi-même rétabli ces oreillers fripés, ces couvertures en désordre, évidences presque obscènes de nos rencontres avec le néant, preuves que chaque nuit nous ne sommes déjà plus...

Peu à peu, cette lettre commencée pour t'informer des progrès de mon mal est devenue le délassement d'un homme qui n'a plus l'énergie nécessaire pour s'appliquer longuement aux affaires d'État, la méditation écrite d'un malade qui donne audience à ses souvenirs. Je me propose maintenant davantage : j'ai formé le projet de te raconter ma vie. A coup sûr, j'ai composé l'an dernier un compte rendu officiel de mes actes, en tête duquel mon secrétaire Phlégon a mis son nom. J'y ai menti le moins possible. L'intérêt public et la décence m'ont forcé néanmoins à réarranger certains faits. La vérité que j'entends exposer ici n'est pas particulièrement scandaleuse, ou ne l'est qu'au degré où toute vérité fait scandale. Je ne m'attends pas à ce que tes dix-sept ans y comprennent quelque chose. Je tiens pourtant à t'instruire, à te choquer aussi. Tes précepteurs, que j'ai choisis moi-même, t'ont donné cette éducation sévère, surveillée, trop protégée peut-être, dont j'espère somme toute un grand bien pour toi-même et pour l'État. Je t'offre ici comme correctif un récit dépourvu d'idées préconçues et de principes abstraits, tiré de l'expérience d'un seul homme qui est moi-même. J'ignore à quelles conclusions ce récit m'entraînera. Je compte sur cet examen des faits pour

me définir, me juger peut-être, ou tout au moins pour
me mieux connaître avant de mourir.

Comme tout le monde, je n'ai à mon service que
trois moyens d'évaluer l'existence humaine : l'étude de
soi, la plus difficile et la plus dangereuse, mais aussi la
plus féconde des méthodes ; l'observation des hommes,
qui s'arrangent le plus souvent pour nous cacher leurs
secrets ou pour nous faire croire qu'ils en ont ; les
livres, avec les erreurs particulières de perspective qui
naissent entre leurs lignes. J'ai lu à peu près tout ce que
nos historiens, nos poètes, et même nos conteurs ont
écrit, bien que ces derniers soient réputés frivoles, et je
leur dois peut-être plus d'informations que je n'en ai
recueilli dans les situations assez variées de ma propre
vie. La lettre écrite m'a enseigné à écouter la voix
humaine, tout comme les grandes attitudes immobiles
des statues m'ont appris à apprécier les gestes. Par
contre, et dans la suite, la vie m'a éclairci les livres.

Mais ceux-ci mentent, et même les plus sincères.
Les moins habiles, faute de mots et de phrases où ils la
pourraient enfermer, retiennent de la vie une image
plate et pauvre ; tels, comme Lucain, l'alourdissent et
l'encombrent d'une solennité qu'elle n'a pas. D'autres,
au contraire, comme Pétrone, l'allègent, font d'elle une
balle bondissante et creuse, facile à recevoir et à lancer
dans un univers sans poids. Les poètes nous transpor-
tent dans un monde plus vaste ou plus beau, plus
ardent ou plus doux que celui qui nous est donné,
différent par là même, et en pratique presque inhabita-
ble. Les philosophes font subir à la réalité, pour
pouvoir l'étudier pure, à peu près les mêmes transfor-
mations que le feu ou le pilon font subir aux corps :
rien d'un être ou d'un fait, tels que nous l'avons connu,
ne paraît subsister dans ces cristaux ou dans cette
cendre. Les historiens nous proposent du passé des
systèmes trop complets, des séries de causes et d'effets

trop exacts et trop clairs pour avoir jamais été entièrement vrais ; ils réarrangent cette docile matière morte,
et je sais que même à Plutarque échappera toujours
Alexandre. Les conteurs, les auteurs de fables milé-
siennes, ne font guère, comme des bouchers, que
d'appendre à l'étal de petits morceaux de viande
appréciés des mouches. Je m'accommoderais fort
mal d'un monde sans livres, mais la réalité n'est pas là,
parce qu'elle n'y tient pas tout entière.

L'observation directe des hommes est une méthode
moins complète encore, bornée le plus souvent aux
constatations assez basses dont se repaît la malveillance
humaine. Le rang, la position, tous nos hasards,
restreignent le champ de vision du connaisseur d'hommes : mon esclave a pour m'observer des facilités
complètement différentes de celles que j'ai pour l'observer lui-même ; elles sont aussi courtes que les
miennes. Le vieil Euphorion me présente depuis vingt
ans mon flacon d'huile et mon éponge, mais ma
connaissance de lui s'arrête à son service, et celle qu'il a
de moi à mon bain, et toute tentative pour s'informer
davantage fait vite, à l'empereur comme à l'esclave,
l'effet d'une indiscrétion. Presque tout ce que nous
savons d'autrui est de seconde main. Si par hasard un
homme se confesse, il plaide sa cause ; son apologie est
toute prête. Si nous l'observons, il n'est pas seul. On
m'a reproché d'aimer à lire les rapports de la police de
Rome ; j'y découvre sans cesse des sujets de surprise ;
amis ou suspects, inconnus ou familiers, ces gens
m'étonnent ; leurs folies servent d'excuses aux miennes. Je ne me lasse pas de comparer l'homme habillé à
l'homme nu. Mais ces rapports si naïvement circons-
tanciés s'ajoutent à la pile de mes dossiers sans m'aider
le moins du monde à rendre le verdict final. Que ce
magistrat d'apparence austère ait commis un crime ne
me permet nullement de le mieux connaître. Je suis

2

désormais en présence de deux phénomènes au lieu d'un, l'apparence du magistrat, et son crime.

Quant à l'observation de moi-même, je m'y oblige, ne fût-ce que pour entrer en composition avec cet individu auprès de qui je serai jusqu'au bout forcé de vivre, mais une familiarité de près de soixante ans comporte encore bien des chances d'erreur. Au plus profond, ma connaissance de moi-même est obscure, intérieure, informulée, secrète comme une complicité. Au plus impersonnel, elle est aussi glacée que les théories que je puis élaborer sur les nombres : j'emploie ce que j'ai d'intelligence à voir de loin et de plus haut ma vie, qui devient alors la vie d'un autre. Mais ces deux procédés de connaissance sont difficiles, et demandent, l'un une descente en soi, l'autre, une sortie hors de soi-même. Par inertie, je tends comme tout le monde à leur substituer des moyens de pure routine, une idée de ma vie partiellement modifiée par l'image que le public s'en forme, des jugements tout faits, c'est-à-dire mal faits, comme un patron tout préparé auquel un tailleur maladroit adapte laborieusement l'étoffe qui est à nous. Équipement de valeur inégale ; outils plus ou moins émoussés ; mais je n'en ai pas d'autres : c'est avec eux que je me façonne tant bien que mal une idée de ma destinée d'homme.

Quand je considère ma vie, je suis épouvanté de la trouver informe. L'existence des héros, celle qu'on nous raconte, est simple ; elle va droit au but comme une flèche. Et la plupart des hommes aiment à résumer leur vie dans une formule, parfois dans une vanterie ou dans une plainte, presque toujours dans une récrimination ; leur mémoire leur fabrique complaisamment une existence explicable et claire. Ma vie a des contours moins fermes. Comme il arrive souvent, c'est ce que je n'ai pas été, peut-être, qui la définit avec le plus de justesse : bon soldat, mais point grand homme de guerre, amateur d'art, mais point cet artiste que Néron crut être à sa mort, capable de crimes, mais point chargé de crimes. Il m'arrive de penser que les grands hommes se caractérisent justement par leur position extrême, où leur héroïsme est de se tenir toute la vie. Ils sont nos pôles, ou nos antipodes. J'ai occupé toutes les positions extrêmes tour à tour, mais je ne m'y suis pas tenu ; la vie m'en a toujours fait glisser. Et cependant, je ne puis pas non plus, comme un laboureur ou un portefaix vertueux, me vanter d'une existence située au centre.

Le paysage de mes jours semble se composer, comme les régions de montagne, de matériaux divers entassés pêle-mêle. J'y rencontre ma nature, déjà composite, formée en parties égales d'instinct et de culture. Çà et là, affleurent les granits de l'inévitable ; partout, les éboulements du hasard. Je m'efforce de reparcourir ma vie pour y trouver un plan, y suivre une veine de plomb ou d'or, ou l'écoulement d'une rivière souterraine, mais ce plan tout factice n'est qu'un trompe-l'œil du souvenir. De temps en temps, dans une rencontre, un présage, une suite définie d'événements, je crois reconnaître une fatalité, mais trop de routes ne mènent nulle part, trop de sommes ne s'additionnent pas. Je perçois bien dans cette diversité, dans ce désordre, la présence d'une personne, mais sa forme semble presque toujours tracée par la pression des circonstances ; ses traits se brouillent comme une image reflétée sur l'eau. Je ne suis pas de ceux qui disent que leurs actions ne leur ressemblent pas. Il faut bien qu'elles le fassent, puisqu'elles sont ma seule mesure, et le seul moyen de me dessiner dans la mémoire des hommes, ou même dans la mienne propre ; puisque c'est peut-être l'impossibilité de continuer à s'exprimer et à se modifier par l'action qui constitue la différence entre l'état de mort et celui de

vivant. Mais il y a entre moi et ces actes dont je suis fait
un hiatus indéfinissable. Et la preuve, c'est que
j'éprouve sans cesse le besoin de les peser, de les
expliquer, d'en rendre compte à moi-même. Certains
travaux qui durèrent peu sont assurément négligeables, mais des occupations qui s'étendirent sur toute la
vie ne signifient pas davantage. Par exemple, il me
semble à peine essentiel, au moment où j'écris ceci,
d'avoir été empereur.

Les trois quarts de ma vie échappent d'ailleurs à
cette définition par les actes : la masse de mes velléités,
de mes désirs, de mes projets même, demeure aussi
nébuleuse et aussi fuyante qu'un fantôme. Le reste, la
partie palpable, plus ou moins authentifiée par les
faits, est à peine plus distincte, et la séquence des
événements aussi confuse que celle des songes. J'ai ma
chronologie bien à moi, impossible à accorder avec
celle qui se base sur la fondation de Rome, ou avec l'ère
des Olympiades. Quinze ans aux armées ont duré
moins qu'un matin d'Athènes ; il y a des gens que j'ai
fréquentés toute ma vie et que je ne reconnaîtrai pas
aux Enfers. Les plans de l'espace se chevauchent
aussi : l'Égypte et la vallée de Tempé sont toutes
proches, et je ne suis pas toujours à Tibur quand j'y
suis. Tantôt ma vie m'apparaît banale au point de ne
pas valoir d'être, non seulement écrite, mais même un
peu longuement contemplée, nullement plus importante, même à mes propres yeux, que celle du premier
venu. Tantôt, elle me semble unique, et par là même
sans valeur, inutile, parce qu'impossible à réduire à
l'expérience du commun des hommes. Rien ne m'explique : mes vices et mes vertus n'y suffisent absolument pas ; mon bonheur le fait davantage, mais par
intervalles, sans continuité, et surtout sans acceptable
cause. Mais l'esprit humain répugne à s'accepter des
mains du hasard, à n'être que le produit passager de

chances auxquelles aucun dieu ne préside, surtout pas
lui-même. Une partie de chaque vie, et même de
chaque vie fort peu digne de regard, se passe à
rechercher les raisons d'être, les points de départ, les
sources. C'est mon impuissance à les découvrir qui me
fit parfois pencher vers les explications magiques,
chercher dans les délires de l'occulte ce que le sens
commun ne me donnait pas. Quand tous les calculs
compliqués s'avèrent faux, quand les philosophes eux-
mêmes n'ont plus rien à nous dire, il est excusable de
se tourner vers le babillage fortuit des oiseaux, ou vers
le lointain contrepoids des astres.

VARIUS MULTIPLEX
MULTIFORMIS

Marullinus, mon grand-père, croyait aux astres. Ce grand vieillard émacié et jauni par l'âge me concédait le même degré d'affection sans tendresse, sans signes extérieurs, presque sans paroles, qu'il portait aux animaux de sa ferme, à sa terre, à sa collection de pierres tombées du ciel. Il descendait d'une longue série d'ancêtres établis en Espagne depuis l'époque des Scipions. Il était de rang sénatorial, le troisième du nom ; notre famille jusque-là avait été d'ordre équestre. Il avait pris une part, d'ailleurs modeste, aux affaires publiques sous Titus. Ce provincial ignorait le grec, et parlait le latin avec un rauque accent espagnol qu'il me passa et qui fit rire plus tard. Son esprit n'était pourtant pas tout à fait inculte ; on a trouvé chez lui, après sa mort, une malle pleine d'instruments de mathématiques et de livres qu'il n'avait pas touchés depuis vingt ans. Il avait ses connaissances mi-scientifiques, mi-paysannes, ce mélange d'étroits préjugés et de vieille sagesse qui ont caractérisé l'ancien Caton. Mais Caton fut toute sa vie l'homme du Sénat romain et de la guerre de Carthage, l'exact représentant de la dure Rome de la République. La dureté presque impénétrable de Marullinus remontait plus loin, à des époques plus antiques. C'était l'homme de

la tribu, l'incarnation d'un monde sacré et presque
effrayant dont j'ai parfois retrouvé des vestiges chez
nos nécromanciens étrusques. Il marchait toujours nu-
tête, comme je me suis aussi fait critiquer pour le faire ;
ses pieds racornis se passaient de sandales. Ses vêtements des jours ordinaires se distinguaient à peine de
ceux des vieux mendiants, des graves métayers accrou-
pis au soleil. On le disait sorcier, et les villageois
tâchaient d'éviter son coup d'œil. Mais il avait sur les
animaux de singuliers pouvoirs. J'ai vu sa vieille tête
s'approcher prudemment, amicalement, d'un nid de
vipères, et ses doigts noueux exécuter en face d'un
lézard une espèce de danse. Il m'emmenait observer le
ciel pendant les nuits d'été, au haut d'une colline aride.
Je m'endormais dans un sillon, fatigué d'avoir compté
les météores. Il restait assis, la tête levée, tournant
imperceptiblement avec les astres. Il avait dû connaître
les systèmes de Philolaos et d'Hipparque, et celui
d'Aristarque de Samos que j'ai préféré plus tard, mais
ces spéculations ne l'intéressaient plus. Les astres
étaient pour lui des points enflammés, des objets
comme les pierres et les lents insectes dont il tirait
également des présages, parties constituantes d'un
univers magique qui comprenait aussi les volitions des
dieux, l'influence des démons, et le lot réservé aux
hommes. Il avait construit le thème de ma nativité.
Une nuit, il vint à moi, me secoua pour me réveiller, et
m'annonça l'empire du monde avec le même laconisme
grondeur qu'il eût mis à prédire une bonne récolte aux
gens de la ferme. Puis, saisi de méfiance, il alla
chercher un brandon au petit feu de sarments qu'il
gardait pour nous réchauffer pendant les heures froides, l'approcha de ma main, et lut dans ma paume
épaisse d'enfant de onze ans je ne sais quelle confirma-
tion des lignes inscrites au ciel. Le monde était pour lui
d'un seul bloc ; une main confirmait les astres. Sa

nouvelle me bouleversa moins qu'on ne pourrait le croire : tout enfant s'attend à tout. Ensuite, je crois qu'il oublia sa propre prophétie, dans cette indifférence aux événements présents et futurs qui est le propre du grand âge. On le trouva un matin dans le bois de châtaigniers aux confins du domaine, déjà froid, et mordu par les oiseaux de proie. Avant de mourir, il avait essayé de m'enseigner son art. Sans succès : ma curiosité naturelle sautait d'emblée aux conclusions sans s'encombrer des détails compliqués et un peu répugnants de sa science. Mais le goût de certaines expériences dangereuses ne m'est que trop resté.

Mon père, Ælius Afer Hadrianus, était un homme accablé de vertus. Sa vie s'est passée dans des administrations sans gloire ; sa voix n'a jamais compté au Sénat. Contrairement à ce qui arrive d'ordinaire, son gouvernement d'Afrique ne l'avait pas enrichi. Chez nous, dans notre municipe espagnol d'Italica, il s'épuisait à régler les conflits locaux. Il était sans ambitions, sans joie, et comme beaucoup d'hommes qui ainsi d'année en année s'effacent davantage, il en était venu à mettre une application maniaque dans les petites choses auxquelles il se réduisait. J'ai connu moi-même ces honorables tentations de la minutie et du scrupule. L'expérience avait développé chez mon père à l'égard des êtres un extraordinaire scepticisme dans lequel il m'incluait déjà tout enfant. Mes succès, s'il y eût assisté, ne l'eussent pas le moins du monde ébloui ; l'orgueil familial était si fort qu'on n'eût pas convenu que j'y pusse ajouter quelque chose. J'avais douze ans quand cet homme surmené nous quitta. Ma mère s'installa pour la vie dans un austère veuvage ; je ne l'ai pas revue depuis le jour où, appelé par mon tuteur, je partis pour Rome. Je garde de sa figure allongée d'Espagnole, empreinte d'une douceur un peu mélancolique, un souvenir que corrobore le buste de cire du mur des ancêtres. Elle avait des filles de Gadès les pieds petits dans d'étroites sandales, et le doux balancement de hanches des danseuses de cette région se retrouvait chez cette jeune matrone irréprochable.

J'ai souvent réfléchi à l'erreur que nous commettons quand nous supposons qu'un homme, une famille, participent nécessairement aux idées ou aux événements du siècle où ils se trouvent exister. Le contrecoup des intrigues romaines atteignait à peine mes parents dans ce recoin d'Espagne, bien que, à l'époque de la révolte contre Néron, mon grand-père eût offert pour une nuit l'hospitalité à Galba. On vivait sur le souvenir d'un certain Fabius Hadrianus, brûlé vif par les Carthaginois au siège d'Utique, d'un second Fabius, soldat malchanceux qui poursuivit Mithridate sur les routes d'Asie Mineure, obscurs héros d'archives privées de fastes. Des écrivains du temps, mon père ignorait presque tout : Lucain et Sénèque lui étaient étrangers, quoiqu'ils fussent comme nous originaires d'Espagne. Mon grand-oncle Ælius, qui était lettré, se bornait dans ses lectures aux auteurs les plus connus du siècle d'Auguste. Ce dédain des modes contemporaines leur épargnait bien des fautes de goût ; ils lui avaient dû d'éviter toute enflure. L'hellénisme et l'Orient étaient inconnus, ou regardés de loin avec un froncement sévère ; il n'y avait pas, je crois, une seule bonne statue grecque dans toute la péninsule. L'économie allait de pair avec la richesse ; une certaine rusticité avec une solennité presque pompeuse. Ma sœur Pauline était grave, silencieuse, renfrognée, et s'est mariée jeune avec un vieillard. La probité était rigoureuse, mais on était dur envers les esclaves. On n'était curieux de rien ; on s'observait à penser sur tout ce qui convient à un citoyen de Rome. De tant de vertus, si ce sont bien là des vertus, j'aurai été le dissipateur.

La fiction officielle veut qu'un empereur romain
naisse à Rome, mais c'est à Italica que je suis né ; c'est
à ce pays sec et pourtant fertile que j'ai superposé plus
tard tant de régions du monde. La fiction a du bon :
elle prouve que les décisions de l'esprit et de la volonté
priment les circonstances. Le véritable lieu de naissance est celui où l'on a porté pour la première fois un
coup d'œil intelligent sur soi-même : mes premières
patries ont été des livres. A un moindre degré, des
écoles. Celles d'Espagne s'étaient ressenties des loisirs
de la province. L'école de Térentius Scaurus, à Rome,
enseignait médiocrement les philosophes et les poètes,
mais préparait assez bien aux vicissitudes de l'existence
humaine : les magisters exerçaient sur les écoliers une
tyrannie que je rougirais d'imposer aux hommes ;
chacun, enfermé dans les étroites limites de son savoir,
méprisait ses collègues, qui tout aussi étroitement
savaient autre chose. Ces pédants s'enrouaient en
disputes de mots. Les querelles de préséance, les
intrigues, les calomnies, m'ont familiarisé avec ce que
je devais rencontrer par la suite dans toutes les sociétés
où j'ai vécu, et il s'y ajoutait la brutalité de l'enfance.
Et pourtant, j'ai aimé certains de mes maîtres, et ces
rapports étrangement intimes et étrangement élusifs
qui existent entre le professeur et l'élève, et les Sirènes
chantant au fond d'une voix cassée qui pour la
première fois vous révèle un chef-d'œuvre ou vous
dévoile une idée neuve. Le plus grand séducteur après
tout n'est pas Alcibiade, c'est Socrate.

Les méthodes des grammairiens et des rhéteurs sont
peut-être moins absurdes que je ne le pensais à
l'époque où j'y étais assujetti. La grammaire, avec son
mélange de règle logique et d'usage arbitraire, propose
au jeune esprit un avant-goût de ce que lui offriront
plus tard les sciences de la conduite humaine, le droit
ou la morale, tous les systèmes où l'homme a codifié

son expérience instinctive. Quant aux exercices de
rhétorique où nous étions successivement Xerxès et
Thémistocle, Octave et Marc-Antoine, ils m'enivrè-
rent ; je me sentis Protée. Ils m'apprirent à entrer tour
à tour dans la pensée de chaque homme, à comprendre
que chacun se décide, vit et meurt selon ses propres
lois. La lecture des poètes eut des effets plus boulever-
sants encore : je ne suis pas sûr que la découverte de
l'amour soit nécessairement plus délicieuse que celle de
la poésie. Celle-ci me transforma : l'initiation à la mort
ne m'introduira pas plus loin dans un autre monde que
tel crépuscule de Virgile. Plus tard, j'ai préféré la
rudesse d'Ennius, si près des origines sacrées de la
race, ou l'amertume savante de Lucrèce, ou, à la
généreuse aisance d'Homère, l'humble parcimonie
d'Hésiode. J'ai goûté surtout les poètes les plus
compliqués et les plus obscurs, qui obligent ma pensée
à la gymnastique la plus difficile, les plus récents ou les
plus anciens, ceux qui me frayent des voies toutes
nouvelles ou m'aident à retrouver des pistes perdues.
Mais, à cette époque, j'aimais surtout dans l'art des
vers ce qui tombe le plus immédiatement sous les sens,
le métal poli d'Horace, Ovide et sa mollesse de chair.
Scaurus me désespéra en m'assurant que je ne serais
jamais qu'un poète des plus médiocres : le don et
l'application manquaient. J'ai cru longtemps qu'il
s'était trompé : j'ai quelque part, sous clef, un ou deux
volumes de vers d'amour, le plus souvent imités de
Catulle. Mais il m'importe désormais assez peu que
mes productions personnelles soient détestables ou
non.

Je serai jusqu'au bout reconnaissant à Scaurus de
m'avoir mis jeune à l'étude du grec. J'étais enfant
encore lorsque j'essayai pour la première fois de tracer
du stylet ces caractères d'un alphabet inconnu : mon
grand dépaysement commençait, et mes grands voya-

ges, et le sentiment d'un choix aussi délibéré et aussi
involontaire que l'amour. J'ai aimé cette langue pour sa
flexibilité de corps bien en forme, sa richesse de
vocabulaire où s'atteste à chaque mot le contact direct
et varié des réalités, et parce que presque tout ce que
les hommes ont dit de mieux a été dit en grec. Il est, je
le sais, d'autres langues : elles sont pétrifiées, ou
encore à naître. Des prêtres égyptiens m'ont montré
leurs antiques symboles, signes plutôt que mots,
efforts très anciens de classification du monde et des
choses, parler sépulcral d'une race morte. Durant la
guerre juive, le rabbin Joshua m'a expliqué littérale-
ment certains textes de cette langue de sectaires, si
obsédés par leur dieu qu'ils ont négligé l'humain. Je
me suis familiarisé aux armées avec le langage des
auxiliaires celtes ; je me souviens surtout de certains
chants... Mais les jargons barbares valent tout au plus
pour les réserves qu'ils constituent à la parole
humaine, et pour tout ce qu'ils exprimeront sans doute
dans l'avenir. Le grec, au contraire, a déjà derrière lui
ses trésors d'expérience, celle de l'homme et celle de
l'État. Des tyrans ioniens aux démagogues d'Athènes,
de la pure austérité d'un Agésilas aux excès d'un Denys
ou d'un Démétrius, de la trahison de Démarate à la
fidélité de Philopoemen, tout ce que chacun de nous
peut tenter pour nuire à ses semblables ou pour les
servir a, au moins une fois, été fait par un Grec. Il en va
de même de nos choix personnels : du cynisme à
l'idéalisme, du scepticisme de Pyrrhon aux rêves sacrés
de Pythagore, nos refus ou nos acquiescements ont eu
lieu déjà ; nos vices et nos vertus ont des modèles grecs.
Rien n'égale la beauté d'une inscription latine votive
ou funéraire : ces quelques mots gravés sur la pierre
résument avec une majesté impersonnelle tout ce que
le monde a besoin de savoir de nous. C'est en latin que
j'ai administré l'empire ; mon épitaphe sera incisée en

latin sur les murs de mon mausolée au bord du Tibre, mais c'est en grec que j'aurai pensé et vécu.

J'avais seize ans : je revenais d'une période d'apprentissage auprès de la Septième Légion, cantonnée à cette époque en pleines Pyrénées, dans une région sauvage de l'Espagne Citérieure, très différente de la partie méridionale de la péninsule où j'avais grandi. Acilius Attianus, mon tuteur, crut bon de contrebalancer par l'étude ces quelques mois de vie rude et de chasses farouches. Il se laissa sagement persuader par Scaurus de m'envoyer à Athènes auprès du sophiste Isée, homme brillant, doué surtout d'un rare génie d'improvisateur. Athènes immédiatement me conquit ; l'écolier un peu gauche, l'adolescent au cœur ombrageux goûtait pour la première fois à cet air vif, à ces conversations rapides, à ces flâneries dans les longs soirs roses, à cette aisance sans pareille dans la discussion et la volupté. Les mathématiques et les arts m'occupèrent tour à tour, recherches parallèles ; j'eus aussi l'occasion de suivre à Athènes un cours de médecine de Léotichyde. La profession de médecin m'aurait plu ; son esprit ne diffère pas essentiellement de celui dans lequel j'ai essayé de prendre mon métier d'empereur. Je me passionnai pour cette science trop proche de nous pour n'être pas incertaine, sujette à l'engouement et à l'erreur, mais rectifiée sans cesse par le contact de l'immédiat et du nu. Léotichyde prenait les choses du point de vue le plus positif : il avait élaboré un admirable système de réduction des fractures. Nous marchions le soir au bord de la mer : cet homme universel s'intéressait à la structure des coquillages et à la composition des boues marines. Les moyens d'expérimentation lui manquaient ; il regrettait les laboratoires et les salles de dissection du Musée d'Alexandrie, qu'il avait fréquenté dans sa jeunesse, le choc des opinions, l'ingénieuse concurrence des hom-

mes. Esprit sec, il m'apprit à préférer les choses aux
mots, à me méfier des formules, à observer plutôt qu'à
juger. Ce Grec amer m'a enseigné la méthode.

En dépit des légendes qui m'entourent, j'ai assez peu
aimé la jeunesse, la mienne moins que toute autre.
Considérée pour elle-même, cette jeunesse tant vantée
m'apparaît le plus souvent comme une époque mal
dégrossie de l'existence, une période opaque et
informe, fuyante et fragile. Il va sans dire que j'ai
trouvé à cette règle un certain nombre d'exceptions
délicieuses, et deux ou trois d'admirables, dont toi-
même, Marc, auras été la plus pure. En ce qui me
concerne, j'étais à peu près à vingt ans ce que je suis
aujourd'hui, mais je l'étais sans consistance. Tout en
moi n'était pas mauvais, mais tout pouvait l'être : le
bon ou le meilleur étayait le pire. Je ne pense pas sans
rougir à mon ignorance du monde, que je croyais
connaître, à mon impatience, à une espèce d'ambition
frivole et d'avidité grossière. Faut-il l'avouer ? Au sein
de la vie studieuse d'Athènes, où tous les plaisirs
trouvaient place avec mesure, je regrettais, non pas
Rome elle-même, mais l'atmosphère du lieu où se font
et se défont continuellement les affaires du monde, le
bruit de poulies et de roues de transmission de la
machine du pouvoir. Le règne de Domitien s'achevait ;
mon cousin Trajan, qui s'était couvert de gloire sur les
frontières du Rhin, tournait au grand homme populaire ; la tribu espagnole s'implantait à Rome. Compa-
rée à ce monde de l'action immédiate, la bien-aimée
province grecque me semblait somnoler dans une
poussière d'idées respirées déjà ; la passivité politique
des Hellènes m'apparaissait comme une forme assez
basse de renonciation. Mon appétit de puissance,
d'argent, qui est souvent chez nous la première forme
de celle-ci, et de gloire, pour donner ce beau nom
passionné à notre démangeaison d'entendre parler de

nous, était indéniable. Il s'y mêlait confusément le sentiment que Rome, inférieure en tant de choses, regagnait l'avantage dans la familiarité avec les grandes affaires qu'elle exigeait de ses citoyens, du moins de ceux d'ordre sénatorial ou équestre. J'en étais arrivé au point où je sentais que la plus banale discussion au sujet de l'importation des blés d'Égypte m'en eût appris davantage sur l'État que toute *La République* de Platon. Déjà, quelques années plus tôt, jeune Romain rompu à la discipline militaire, j'avais cru m'apercevoir que je comprenais mieux que mes professeurs les soldats de Léonidas et les athlètes de Pindare. Je quittai Athènes sèche et blonde pour la ville où des hommes encapuchonnés de lourdes toges luttent contre le vent de février, où le luxe et la débauche sont privés de charmes, mais où les moindres décisions prises affectent le sort d'une partie du monde, et où un jeune provincial avide, mais point trop obtus, croyant d'abord n'obéir qu'à des ambitions assez grossières, devait peu à peu perdre celles-ci en les réalisant, apprendre à se mesurer aux hommes et aux choses, à commander, et, ce qui finalement est peut-être un peu moins futile, à servir.

Tout n'était pas beau dans cet avènement d'une classe moyenne vertueuse qui s'établissait à la faveur d'un prochain changement de régime : l'honnêteté politique gagnait la partie à l'aide de stratagèmes assez louches. Le Sénat, en mettant peu à peu toute l'administration entre les mains de ses protégés, complétait l'encerclement de Domitien à bout de souffle ; les hommes nouveaux, auxquels me rattachaient tous mes liens de famille, n'étaient peut-être pas très différents de ceux qu'ils allaient remplacer ; ils étaient surtout moins salis par le pouvoir. Les cousins et les neveux de province s'attendaient au moins à des places subalternes ; encore leur demandait-on de les remplir avec intégrité. J'eus la mienne : je fus nommé juge au tribunal chargé des litiges d'héritages. C'est de ce poste modeste que j'assistai aux dernières passes du duel à mort entre Domitien et Rome. L'empereur avait perdu pied dans la Ville, où il ne se soutenait plus qu'à coups d'exécutions, qui hâtaient sa fin ; l'armée tout entière complotait sa mort. Je compris peu de chose à cette escrime plus fatale encore que celle de l'arène ; je me contentais d'éprouver pour le tyran aux abois le mépris un peu arrogant d'un élève des philosophes. Bien conseillé par Attianus, je fis mon métier sans trop m'occuper de politique.

Cette année de travail différa peu des années d'étude : le droit m'était inconnu ; j'eus la chance d'avoir pour collègue au tribunal Nératius Priscus, qui consentit à m'instruire, et qui est resté jusqu'au jour de sa mort mon conseiller légal et mon ami. Il appartenait à ce type d'esprits, si rares, qui, possédant à fond une spécialité, la voyant pour ainsi dire du dedans, et d'un point de vue inaccessible aux profanes, gardent cependant le sens de sa valeur relative dans l'ordre des choses, la mesurent en termes humains. Plus versé qu'aucun de ses contemporains dans la routine de la loi, il n'hésitait jamais en présence d'innovations utiles. C'est grâce à lui, plus tard, que j'ai réussi à faire opérer certaines réformes. D'autres travaux s'imposèrent. J'avais conservé mon accent de province ; mon premier discours au tribunal fit éclater de rire. Je mis à profit mes fréquentations avec les acteurs, par lesquelles je scandalisais ma famille : les leçons d'élocution furent pendant de longs mois la plus ardue, mais la plus délicieuse de mes tâches, et le mieux gardé des secrets de ma vie. La débauche même devenait une étude durant ces années difficiles : je tâchais de me mettre au ton de la jeunesse dorée de Rome ; je n'y ai jamais complètement réussi. Par une

lâcheté propre à cet âge, dont la témérité toute
physique se dépense ailleurs, je n'osais qu'à demi me
faire confiance à moi-même ; dans l'espoir de ressembler aux autres, j'émoussai ou j'aiguisai ma nature.

On m'aimait peu. Il n'y avait d'ailleurs aucune
raison pour qu'on le fît. Certains traits, par exemple le
goût des arts, qui passaient inaperçus chez l'écolier
d'Athènes, et qui allaient être plus ou moins générale-
ment acceptés chez l'empereur, gênaient chez l'officier
et le magistrat aux premiers stages de l'autorité. Mon
hellénisme prêtait à sourire, d'autant plus que je
l'étalais et le dissimulais maladroitement tour à tour.
On m'appelait au Sénat l'étudiant grec. Je commençais
à avoir ma légende, ce reflet miroitant, bizarre, fait à
demi de nos actions, à demi de ce que le vulgaire pense
d'elles. Des plaideurs éhontés me déléguaient leurs
femmes, s'ils savaient mon intrigue avec l'épouse d'un
sénateur, leur fils, quand j'affichais follement ma
passion pour quelque jeune mime. Il y avait plaisir à
confondre ces gens-là par mon indifférence. Les plus
piteux étaient encore ceux qui, pour me plaire, m'en-
tretenaient de littérature. La technique que j'ai dû
élaborer dans ces postes médiocres m'a servi plus tard
pour mes audiences impériales. Être tout à chacun
pendant la brève durée de l'audience, faire du monde
une table rase où n'existait pour le moment que ce
banquier, ce vétéran, cette veuve ; accorder à ces
personnes si variées, bien qu'enfermées naturellement
dans les étroites limites de quelque espèce, toute
l'attention polie qu'aux meilleurs moments on s'accorde à soi-même, et les voir presque immanquable-
ment profiter de cette facilité pour s'enfler comme la
grenouille de la fable ; enfin, consacrer sérieusement
quelques instants à penser à leur problème ou à leur
affaire. C'était encore le cabinet du médecin. J'y
mettais à nu d'effroyables vieilles haines, une lèpre de

mensonges. Maris contre femmes, pères contre
enfants, collatéraux contre tout le monde : le peu de
respect que j'ai personnellement pour l'institution de la
famille n'y a guère résisté.

Je ne méprise pas les hommes. Si je le faisais, je
n'aurais aucun droit, ni aucune raison, d'essayer de les
gouverner. Je les sais vains, ignorants, avides,
inquiets, capables de presque tout pour réussir, pour
se faire valoir, même à leurs propres yeux, ou tout
simplement pour éviter de souffrir. Je le sais : je suis
comme eux, du moins par moments, ou j'aurais pu
l'être. Entre autrui et moi, les différences que j'aperçois sont trop négligeables pour compter dans l'addi-
tion finale. Je m'efforce donc que mon attitude soit
aussi éloignée de la froide supériorité du philosophe
que de l'arrogance du César. Les plus opaques des
hommes ne sont pas sans lueurs : cet assassin joue
proprement de la flûte ; ce contremaître déchirant à
coups de fouet le dos des esclaves est peut-être un bon
fils ; cet idiot partagerait avec moi son dernier morceau
de pain. Et il y en a peu auxquels on ne puisse
apprendre convenablement quelque chose. Notre
grande erreur est d'essayer d'obtenir de chacun en
particulier les vertus qu'il n'a pas, et de négliger de
cultiver celles qu'il possède. J'appliquerai ici à la
recherche de ces vertus fragmentaires ce que je disais
plus haut, voluptueusement, de la recherche de la
beauté. J'ai connu des êtres infiniment plus nobles,
plus parfaits que moi-même, comme ton père Antonin ; j'ai fréquenté bon nombre de héros, et même
quelques sages. J'ai rencontré chez la plupart des
hommes peu de consistance dans le bien, mais pas
davantage dans le mal ; leur méfiance, leur indifférence
plus ou moins hostile cédait presque trop vite, presque
honteusement, se changeait presque trop facilement en
gratitude, en respect, d'ailleurs sans doute aussi peu

durables ; leur égoïsme même pouvait être tourné à des fins utiles. Je m'étonne toujours que si peu m'aient haï ; je n'ai eu que deux ou trois ennemis acharnés dont j'étais, comme toujours, en partie responsable. Quelques-uns m'ont aimé : ceux-là m'ont donné beaucoup plus que je n'avais le droit d'exiger, ni même d'espérer d'eux, leur mort, quelquefois leur vie. Et le dieu qu'ils portent en eux se révèle souvent lorsqu'ils meurent.

Il n'y a qu'un seul point sur lequel je me sens supérieur au commun des hommes : je suis tout ensemble plus libre et plus soumis qu'ils n'osent l'être. Presque tous méconnaissent également leur juste liberté et leur vraie servitude. Ils maudissent leurs fers ; ils semblent parfois s'en vanter. D'autre part, leur temps s'écoule en vaines licences ; ils ne savent pas se tresser à eux-mêmes le joug le plus léger. Pour moi, j'ai cherché la liberté plus que la puissance, et la puissance seulement parce qu'en partie elle favorisait la liberté. Ce qui m'intéressait n'était pas une philosophie de l'homme libre (tous ceux qui s'y essayent m'ennuyèrent) mais une technique : je voulais trouver la charnière où notre volonté s'articule au destin, où la discipline seconde, au lieu de la freiner, la nature. Comprends bien qu'il ne s'agit pas ici de la dure volonté du stoïque, dont tu t'exagères le pouvoir, ni de je ne sais quel choix ou quel refus abstrait, qui insulte aux conditions de notre monde plein, continu, formé d'objets et de corps. J'ai rêvé d'un plus secret acquiescement ou d'une plus souple bonne volonté. La vie m'était un cheval dont on épouse les mouvements, mais après l'avoir, de son mieux, dressé. Tout en somme étant une décision de l'esprit, mais lente, mais insensible, et qui entraîne aussi l'adhésion du corps, je m'efforçais d'atteindre par degré cet état de liberté, ou de soumission, presque pur. La gymnastique m'y

servait ; la dialectique ne m'y nuisait pas. Je cherchai
d'abord une simple liberté de vacances, des moments
libres. Toute vie bien réglée a les siens, et qui ne sait
pas les provoquer ne sait pas vivre. J'allai plus loin ;
j'imaginai une liberté de simultanéité, où deux actions,
deux états seraient en même temps possibles ; j'appris
par exemple, me modelant sur César, à dicter plusieurs
textes à la fois, à parler en continuant à lire. J'inventai
un mode de vie où la plus lourde tâche pourrait être
accomplie parfaitement sans m'engager tout entier ; en
vérité, j'ai parfois osé me proposer d'éliminer jusqu'à
la notion physique de fatigue. A d'autres moments, je
m'exerçais à pratiquer une liberté d'alternance : les
émotions, les idées, les travaux devaient à chaque
instant rester capables d'être interrompus, puis repris ;
et la certitude de pouvoir les chasser ou les rappeler
comme des esclaves leur enlevait toute chance de
tyrannie, et à moi tout sentiment de servitude. Je fis
mieux : j'ordonnai toute une journée autour d'une idée
préférée, que je ne quittais plus ; tout ce qui aurait dû
m'en décourager ou m'en distraire, les projets ou les
travaux d'un autre ordre, les paroles sans portée, les
mille incidents du jour, prenaient appui sur elle
comme des pampres sur un fût de colonne. D'autres
fois, au contraire, je divisais à l'infini : chaque pensée,
chaque fait, était pour moi rompu, sectionné en un fort
grand nombre de pensées ou de faits plus petits, plus
aisés à bien tenir en main. Les résolutions difficiles à
prendre s'émiettaient en une poussière de décisions
minuscules, adoptées une à une, conduisant l'une à
l'autre, et devenues de la sorte inévitables et faciles.

Mais c'est encore à la liberté d'acquiescement, la
plus ardue de toutes, que je me suis le plus rigoureuse-
ment appliqué. Je voulais l'état où j'étais ; dans mes
années de dépendance, ma sujétion perdait ce qu'elle
avait d'amer, ou même d'indigne, si j'acceptais d'y voir

un exercice utile. Je choisissais ce que j'avais, m'obligeant seulement à l'avoir totalement et à le goûter le mieux possible. Les plus mornes travaux s'exécutaient sans peine pour peu qu'il me plût de m'en éprendre. Dès qu'un objet me répugnait, j'en faisais un sujet d'étude ; je me forçais adroitement à en tirer un motif de joie. En face d'une occurrence imprévue ou quasi désespérée, d'une embuscade ou d'une tempête en mer, toutes les mesures concernant les autres étant prises, je m'appliquais à faire fête au hasard, à jouir de ce qu'il m'apportait d'inattendu, et l'embuscade ou la tempête s'intégraient sans heurt dans mes plans ou dans mes songes. Même au sein de mon pire désastre, j'ai vu le moment où l'épuisement enlevait à celui-ci une part de son horreur, où je le faisais mien en acceptant de l'accepter. Si j'ai jamais à subir la torture, et la maladie va sans doute se charger de m'y soumettre, je ne suis pas sûr d'obtenir longtemps de moi l'impassibilité d'un Thraséas, mais j'aurai du moins la ressource de me résigner à mes cris. Et c'est de la sorte, avec un mélange de réserve et d'audace, de soumission et de révolte soigneusement concertées, d'exigence extrême et de concessions prudentes, que je me suis finalement accepté moi-même.

Si elle s'était prolongée trop longtemps, cette vie à Rome m'eût à coup sûr aigri, corrompu, ou usé. Le retour à l'armée me sauva. Elle a ses compromissions aussi, mais plus simples. Le départ pour l'armée signifiait le voyage ; je partis avec ivresse. J'étais promu tribun à la Deuxième Légion, l'Adjutrice : je passai sur les bords du Haut-Danube quelques mois d'un automne pluvieux, sans autre compagnon qu'un volume récemment paru de Plutarque. Je fus transféré en novembre à la Cinquième Légion Macédonique, cantonnée à cette époque (elle l'est encore) à l'embouchure du même fleuve, sur les frontières de la Moésie Inférieure. La neige qui bloquait les routes m'empêcha de voyager par terre. Je m'embarquai à Pola ; j'eus à peine le temps, en chemin, de revisiter Athènes, où, plus tard, je devais longtemps vivre. La nouvelle de l'assassinat de Domitien, annoncée peu de jours après mon arrivée au camp, n'étonna personne et réjouit tout le monde. Trajan bientôt fut adopté par Nerva ; l'âge avancé du nouveau prince faisait de cette succession une matière de mois tout au plus : la politique de conquêtes, où l'on savait que mon cousin se proposait d'engager Rome, les regroupements de troupes qui commençaient à se produire, le resserrement progressif

de la discipline, maintenaient l'armée dans un état
d'effervescence et d'attente. Ces légions danubiennes
fonctionnaient avec la précision d'une machine de
guerre nouvellement graissée ; elles ne ressemblaient
en rien aux garnisons endormies que j'avais connues en
Espagne ; point plus important, l'attention de l'armée
avait cessé de se concentrer sur les querelles de palais
pour se reporter sur les affaires extérieures de l'empire ; nos troupes ne se réduisaient plus à une bande de
licteurs prêts à acclamer ou à égorger n'importe qui.
Les officiers les plus intelligents s'efforçaient de distinguer un plan général dans ces réorganisations auxquelles ils prenaient part, de prévoir l'avenir, et pas
seulement leur propre avenir. Il s'échangeait d'ailleurs
sur ces événements au premier stage de la croissance
pas mal de commentaires ridicules, et des plans
stratégiques aussi gratuits qu'ineptes barbouillaient le
soir la surface des tables. Le patriotisme romain,
l'inébranlable croyance dans les bienfaits de notre
autorité et la mission de Rome de gouverner les
peuples, prenaient chez ces hommes de métier des
formes brutales dont je n'avais pas encore l'habitude.
Aux frontières, où précisément l'habileté eût été
nécessaire, momentanément du moins, pour se concilier certains chefs nomades, le soldat éclipsait complètement l'homme d'État ; les corvées et les réquisitions
en nature donnaient lieu à des abus qui ne surprenaient
personne. Grâce aux divisions perpétuelles des barbares, la situation au nord-est était somme toute aussi
favorable qu'elle pourra jamais l'être : je doute même
que les guerres qui suivirent y aient amélioré quelque
chose. Les incidents de frontière nous causaient des
pertes peu nombreuses, qui n'étaient inquiétantes que
parce qu'elles étaient continues ; reconnaissons que ce
perpétuel qui-vive servait au moins à aiguiser l'esprit
militaire. Toutefois, j'étais persuadé qu'une moindre

dépense, jointe à l'exercice d'une activité mentale un peu plus grande, eût suffi à soumettre certains chefs, à nous concilier les autres, et je décidai de me consacrer surtout à cette dernière tâche, que négligeait tout le monde.

J'y étais poussé par mon goût du dépaysement : j'aimais à fréquenter les barbares. Ce grand pays situé entre les bouches du Danube et celles du Borysthènes, triangle dont j'ai parcouru au moins deux côtés, compte parmi les régions les plus surprenantes du monde, du moins pour nous, hommes nés sur les rivages de la Mer Intérieure, habitués aux paysages purs et secs du sud, aux collines et aux péninsules. Il m'est arrivé là-bas d'adorer la déesse Terre, comme ici nous adorons la déesse Rome, et je ne parle pas tant de Cérès que d'une divinité plus antique, antérieure même à l'invention des moissons. Notre sol grec ou latin, soutenu partout par l'ossature des rochers, a l'élégance nette d'un corps mâle : la terre scythe avait l'abondance un peu lourde d'un corps de femme étendue. La plaine ne se terminait qu'au ciel. Mon émerveillement ne cessait pas en présence du miracle des fleuves : cette vaste terre vide n'était pour eux qu'une pente et qu'un lit. Nos rivières sont brèves ; on ne s'y sent jamais loin des sources. Mais l'énorme coulée qui s'achevait ici en confus estuaires charriait les boues d'un continent inconnu, les glaces de régions inhabitables. Le froid d'un haut-plateau d'Espagne ne le cède à aucun autre, mais c'était la première fois que je me trouvais face à face avec le véritable hiver, qui ne fait dans nos pays que des apparitions plus ou moins brèves, mais qui là-bas s'installe pour de longues périodes de mois, et que, plus au nord, on devine immuable, sans commencement et sans fin. Le soir de mon arrivée au camp, le Danube était une immense route de glace rouge, puis de glace bleue, sillonnée par

le travail intérieur des courants de traces aussi profon-
des que celles des chars. Nous nous protégions du froid
par des fourrures. La présence de cet ennemi impersonnel, presque abstrait, produisait une exaltation
indescriptible, un sentiment d'énergie accrue. On
luttait pour conserver sa chaleur comme ailleurs pour
garder courage. A certains jours, sur la steppe, la neige
effaçait tous les plans, déjà si peu sensibles ; on galopait
dans un monde de pur espace et d'atomes purs. Aux
choses les plus banales, les plus molles, le gel donnait
une transparence en même temps qu'une dureté
céleste. Tout roseau brisé devenait une flûte de cristal.
Assar, mon guide caucasien, fendait la glace au crépuscule pour abreuver nos chevaux. Ces bêtes étaient
d'ailleurs un de nos points de contact les plus utiles
avec les barbares : une espèce d'amitié se fondait sur
des marchandages, des discussions sans fin, et le
respect éprouvé l'un pour l'autre à cause de quelque
prouesse équestre. Le soir, les feux de camp éclairaient
les bonds extraordinaires des danseurs à la taille
étroite, et leurs extravagants bracelets d'or.

Bien des fois, au printemps, quand la fonte des
neiges me permit de m'aventurer plus loin dans les
régions de l'intérieur, il m'est arrivé de tourner le dos à
l'horizon du sud, qui renfermait les mers et les îles
connues, et à celui de l'ouest, où quelque part le soleil
se couchait sur Rome, et de songer à m'enfoncer plus
avant dans ces steppes ou par-delà ces contreforts du
Caucase, vers le nord ou la plus lointaine Asie. Quels
climats, quelle faune, quelles races d'hommes aurais-je
découverts, quels empires ignorants de nous comme
nous le sommes d'eux, ou nous connaissant tout au
plus grâce à quelques denrées transmises par une
longue succession de marchands et aussi rares pour eux
que le poivre de l'Inde, le grain d'ambre des régions
baltiques le sont pour nous ? A Odessos, un négociant

revenu d'un voyage de plusieurs années me fit cadeau
d'une pierre verte, semi-transparente, substance
sacrée, ·paraît-il, dans un immense royaume dont il
avait au moins côtoyé les bords, et dont cet homme
épaissement enfermé dans son profit n'avait remarqué
ni les mœurs ni les dieux. Cette gemme bizarre fit sur
moi le même effet qu'une pierre tombée du ciel,
météore d'un autre monde. Nous connaissons encore
assez mal la configuration de la terre. A cette ignorance, je ne comprends pas qu'on se résigne. J'envie
ceux qui réussiront à faire le tour des deux cent
cinquante mille stades grecs si bien calculés par
Ératosthène, et dont le parcours nous ramènerait à
notre point de départ. Je m'imaginais prenant la simple
décision de continuer à aller de l'avant, sur la piste qui
déjà remplaçait nos routes. Je jouais avec cette idée...
Être seul, sans biens, sans prestiges, sans aucun des
bénéfices d'une culture, s'exposer au milieu d'hommes
neufs et parmi des hasards vierges... Il va de soi que ce
n'était qu'un rêve, et le plus bref de tous. Cette liberté
que j'inventais n'existait qu'à distance ; je me serais
bien vite recréé tout ce à quoi j'aurais renoncé. Bien
plus, je n'aurais été partout qu'un Romain absent. Une
sorte de cordon ombilical me rattachait à la Ville. Peut-
être, à cette époque, à ce rang de tribun, me sentais-je
encore plus étroitement lié à l'empire que je ne le suis
comme empereur, pour la même raison que l'os du
poignet est moins libre que le cerveau. Néanmoins, ce
rêve monstrueux, dont eussent frémi nos ancêtres,
sagement confinés dans leur terre du Latium, je l'ai
fait, et de l'avoir hébergé un instant me rend à jamais
différent d'eux.

Trajan se trouvait à la tête des troupes en Germanie Inférieure ; l'armée du Danube m'y envoya porter ses félicitations au nouvel héritier de l'empire. J'étais à trois jours de marche de Cologne, en pleine Gaule, quand la mort de Nerva fut annoncée à l'étape du soir. Je fus tenté de prendre les devants sur la poste impériale, et d'apporter moi-même à mon cousin la nouvelle de son avènement. Je partis au galop et fis route sans m'arrêter nulle part, sauf à Trèves, où mon beau-frère Servianus résidait en qualité de gouverneur. Nous soupâmes ensemble. La faible tête de Servianus était pleine de fumées impériales. Cet homme tortueux, qui cherchait à me nuire, ou du moins à m'empêcher de plaire, s'avisa de me devancer en envoyant à Trajan son courrier à lui. Deux heures plus tard, je fus attaqué au gué d'une rivière ; nos assaillants blessèrent mon ordonnance et tuèrent nos chevaux. Nous réussîmes pourtant à nous saisir d'un de nos agresseurs, un ancien esclave de mon beau-frère, qui avoua tout. Servianus aurait dû se rendre compte qu'on n'empêche pas si facilement un homme résolu de continuer sa route, à moins d'aller jusqu'au meurtre, ce devant quoi sa lâcheté reculait. Je dus faire à pied une douzaine de milles avant de rencontrer un paysan qui me vendit son cheval. J'arrivai le soir même à Cologne, battant de quelques longueurs le courrier de mon beau-frère. Cette espèce d'aventure eut du succès. J'en fus d'autant mieux reçu par l'armée. L'empereur me garda près de lui en qualité de tribun de la Deuxième Légion Fidèle.

Il avait appris la nouvelle de son avènement avec une aisance admirable. Il s'y attendait depuis longtemps ; ses projets n'en étaient en rien changés. Il restait ce qu'il avait toujours été, et qu'il allait être jusqu'à sa mort, un chef d'armée ; mais sa vertu était d'avoir acquis, grâce à une conception toute militaire de la discipline, une idée de ce qu'est l'ordre dans l'État. Autour de cette idée, tout s'agençait, aux débuts du moins, même ses plans de guerre et ses projets de conquête. Empereur-soldat, mais pas du tout soldat-empereur. Il ne changea rien à sa vie ; sa modestie se passait d'affectation comme de morgue. Pendant que l'armée se réjouissait, il acceptait ses responsabilités nouvelles comme une part du travail de tous les jours, et montrait à ses intimes son contentement avec simplicité.

Je lui inspirais fort peu de confiance. Il était mon cousin, de vingt-quatre ans mon aîné, et, depuis la mort de mon père, mon cotuteur. Il remplissait ses obligations de famille avec un sérieux de province ; il était prêt à faire l'impossible pour m'avancer, si j'en étais digne, et, incompétent, à me traiter avec plus de rigueur qu'aucun autre. Il avait pris mes folies de jeune homme avec une indignation qui n'était pas absolument injustifiée, mais qu'on ne rencontre guère qu'en famille ; mes dettes le scandalisaient d'ailleurs beaucoup plus que mes écarts. D'autres traits en moi l'inquiétaient : assez peu cultivé, il avait pour les philosophes et les lettrés un respect touchant, mais c'est une chose que d'admirer de loin les grands

philosophes, et c'en est une autre que d'avoir à ses
côtés un jeune lieutenant trop frotté de littérature. Ne
sachant où se situaient mes principes, mes crans
d'arrêt, mes freins, il m'en supposait dépourvu, et sans
ressources contre moi-même. Au moins, n'avais-je
jamais commis l'erreur de négliger mon service. Ma
réputation d'officier le rassurait, mais je n'étais pour
lui qu'un jeune tribun plein d'avenir, et à surveiller de
près.

Un incident de la vie privée faillit bientôt me perdre.
Un beau visage me conquit. Je m'attachai passionnément à un jeune homme que l'empereur aussi avait
remarqué. L'aventure était dangereuse, et goûtée
comme telle. Un certain Gallus, secrétaire de Trajan,
qui depuis longtemps se faisait un devoir de lui
détailler mes dettes, nous dénonça à l'empereur. Son
irritation fut extrême ; ce fut un mauvais moment à
passer. Des amis, Acilius Attianus entre autres, firent
de leur mieux pour l'empêcher de s'entêter dans une
rancune assez ridicule. Il finit par céder à leurs
instances, et cette réconciliation, d'abord assez peu
sincère des deux parts, fut plus humiliante pour moi
que ne l'avaient été les scènes de colère. J'avoue avoir
conservé envers ce Gallus une haine incomparable.
Bien des années plus tard, il fut convaincu de faux en
écritures publiques, et c'est avec délices que je me suis
vu vengé.

La première expédition contre les Daces se déclen-
cha l'année suivante. Par goût, et par politique, je me
suis toujours opposé au parti de la guerre, mais j'aurais
été plus ou moins qu'un homme si ces grandes
entreprises de Trajan ne m'avaient pas grisé. Vues en
gros, et à distance, ces années de guerre comptent
parmi mes années heureuses. Leur début fut dur, ou
me parut l'être. Je n'occupai d'abord que des postes
secondaires, la bienveillance de Trajan ne m'étant pas

encore totalement acquise. Mais je connaissais le pays ; je me savais utile. Presque à mon insu, hiver par hiver, campement par campement, bataille par bataille, je sentais grandir en moi des objections à la politique de l'empereur ; ces objections, je n'avais à cette époque ni le devoir, ni le droit de les faire à voix haute ; d'ailleurs, personne ne m'eût écouté. Placé plus ou moins à l'écart, au cinquième rang, ou au dixième, je connaissais d'autant mieux mes troupes ; je partageais davantage leur vie. Je possédais encore une certaine liberté d'action, ou plutôt un certain détachement envers l'action elle-même, qu'il est difficile de se permettre une fois arrivé au pouvoir, et passé trente ans. J'avais mes avantages bien à moi : mon goût pour ce pays dur, ma passion pour toutes les formes volontaires, et d'ailleurs intermittentes, de dépouillement et d'austérité. J'étais peut-être le seul des jeunes officiers à ne pas regretter Rome. Plus les années de campagne s'allongeaient dans la boue et dans la neige, plus elles mettaient au jour mes ressources.

Je vécus là toute une époque d'exaltation extraordinaire, due en partie à l'influence d'un petit groupe de lieutenants qui m'entouraient, et qui avaient rapporté d'étranges dieux du fond des garnisons d'Asie. Le culte de Mithra, moins répandu alors qu'il ne l'est devenu depuis nos expéditions chez les Parthes, me conquit un moment par les exigences de son ascétisme ardu, qui retendait durement l'arc de la volonté, par l'obsession de la mort, du fer et du sang, qui élevait au rang d'explication du monde l'âpreté banale de nos vies de soldats. Rien n'aurait dû être plus opposé aux vues que je commençais d'avoir sur la guerre, mais ces rites barbares, qui créent entre les affiliés des liens à la vie et à la mort, flattaient les songes les plus intimes d'un jeune homme impatient du présent, incertain de l'avenir, et par là même ouvert aux dieux. Je fus initié

dans un donjon de bois et de roseaux, au bord du
Danube, avec pour répondant Marcius Turbo, mon
compagnon d'armes. Je me souviens que le poids du
taureau agonisant faillit faire crouler le plancher à
claire-voie sous lequel je me tenais pour recevoir
l'aspersion sanglante. J'ai réfléchi par la suite aux
dangers que ces sortes de sociétés presque secrètes
pourraient faire courir à l'État sous un prince faible, et
j'ai fini par sévir contre elles, mais j'avoue qu'en
présence de l'ennemi elles donnent à leurs adeptes une
force quasi divine. Chacun de nous croyait échapper
aux étroites limites de sa condition d'homme, se sentait
à la fois lui-même et l'adversaire, assimilé au dieu dont
on ne sait plus très bien s'il meurt sous forme bestiale
ou s'il tue sous forme humaine. Ces rêves bizarres, qui
aujourd'hui parfois m'épouvantent, ne différaient
d'ailleurs pas tellement des théories d'Héraclite sur
l'identité de l'arc et du but. Ils m'aidaient alors à
tolérer la vie. La victoire et la défaite étaient mêlées,
confondues, rayons différents d'un même jour solaire.
Ces fantassins daces que j'écrasais sous les sabots de
mon cheval, ces cavaliers sarmates abattus plus tard
dans des corps à corps où nos montures cabrées se
mordaient au poitrail, je les frappais d'autant plus
aisément que je m'identifiais à eux. Abandonné sur un
champ de bataille, mon corps dépouillé de vêtements
n'eût pas tant différé du leur. Le choc du dernier coup
d'épée eût été le même. Je t'avoue ici des pensées
extraordinaires, qui comptent parmi les plus secrètes
de ma vie, et une étrange ivresse que je n'ai jamais
retrouvée exactement sous cette forme.

Un certain nombre d'actions d'éclat, que l'on n'eût
peut-être pas remarquées de la part d'un simple soldat,
m'acquirent une réputation à Rome et une espèce de
gloire à l'armée. La plupart de mes prétendues prouesses n'étaient d'ailleurs que bravades inutiles ; j'y

découvre aujourd'hui, avec quelque honte, mêlée à l'exaltation presque sacrée dont je parlais tout à l'heure, ma basse envie de plaire à tout prix et d'attirer l'attention sur moi. C'est ainsi qu'un jour d'automne je traversai à cheval le Danube gonflé par les pluies, chargé du lourd équipement des soldats bataves. A ce fait d'armes, si c'en est un, ma monture eut plus de mérite que moi. Mais cette période d'héroïques folies m'a appris à distinguer entre les divers aspects du courage. Celui qu'il me plairait de posséder toujours serait glacé, indifférent, pur de toute excitation physique, impassible comme l'équanimité d'un dieu. Je ne me flatte pas d'y avoir jamais atteint. La contrefaçon dont je me suis servi plus tard n'était, dans mes mauvais jours, qu'insouciance cynique envers la vie, dans les bons, que sentiment du devoir, auquel je m'accrochais. Mais bien vite, pour peu que le danger durât, cynisme ou sentiment du devoir cédaient la place à un délire d'intrépidité, espèce d'étrange orgasme de l'homme uni à son destin. A l'âge où j'étais alors, ce courage ivre persistait sans cesse. Un être grisé de vie ne prévoit pas la mort ; elle n'est pas ; il la nie par chacun de ses gestes. S'il la reçoit, c'est probablement sans le savoir ; elle n'est pour lui qu'un choc ou qu'un spasme. Je souris amèrement à me dire qu'aujourd'hui, sur deux pensées, j'en consacre une à ma propre fin, comme s'il fallait tant de façons pour décider ce corps usé à l'inévitable. A cette époque, au contraire, un jeune homme qui aurait beaucoup perdu à ne pas vivre quelques années de plus risquait chaque jour allégrement son avenir.

Il serait facile de construire ce qui précède comme l'histoire d'un soldat trop lettré qui veut se faire pardonner ses livres. Mais ces perspectives simplifiées sont fausses. Des personnages divers régnaient en moi tour à tour, aucun pour très longtemps, mais le tyran tombé regagnait vite le pouvoir. J'hébergeai ainsi l'officier méticuleux, fanatique de discipline, mais partageant gaiement avec ses hommes les privations de la guerre ; le mélancolique rêveur des dieux ; l'amant prêt à tout pour un moment de vertige ; le jeune lieutenant hautain qui se retire sous sa tente, étudie ses cartes à la lueur d'une lampe, et ne cache pas à ses amis son mépris pour la manière dont va le monde ; l'homme d'État futur. Mais n'oublions pas non plus l'ignoble complaisant, qui, pour ne pas déplaire, acceptait de s'enivrer à la table impériale ; le petit jeune homme tranchant de haut toutes les questions avec une assurance ridicule ; le beau parleur frivole, capable pour un bon mot de perdre un bon ami ; le soldat accomplissant avec une précision machinale ses basses besognes de gladiateur. Et mentionnons aussi ce personnage vacant, sans nom, sans place dans l'histoire, mais aussi moi que tous les autres, simple jouet des choses, pas plus et pas moins qu'un corps, couché sur son lit de camp, distrait par une senteur, occupé d'un souffle, vaguement attentif à quelque éternel bruit d'abeille. Mais, peu à peu, un nouveau venu entrait en fonctions, un directeur de troupe, un metteur en scène. Je connaissais le nom de mes acteurs ; je leur ménageais des entrées et des sorties plausibles ; je coupais les répliques inutiles ; j'évitais par degrés les effets vulgaires. J'apprenais enfin à ne pas abuser du monologue. A la longue, mes actes me formaient.

Mes succès militaires auraient pu me valoir l'inimitié d'un moins grand homme que Trajan. Mais le courage était le seul langage qu'il comprît immédiatement, et dont les paroles lui allassent au cœur. Il finit par voir en moi un second, presque un fils, et rien de ce qui arriva plus tard ne put nous séparer complètement. De mon côté, certaines de mes objections naissantes à ses vues furent, au moins momentanément, mises au rancart, oubliées en présence de l'admirable génie qu'il déployait aux armées. J'ai toujours aimé voir travailler un grand spécialiste. L'empereur, dans sa partie, était d'une habileté et d'une sûreté de main sans égales. Placé à la tête de la Légion Minervienne, la plus glorieuse de toutes, je fus désigné pour détruire les derniers retranchements de l'ennemi dans la région des Portes de Fer. Après l'encerclement de la citadelle de Sarmizégéthuse, j'entrai à la suite de l'empereur dans la salle souterraine où les conseillers du roi Décébale venaient de s'empoisonner au cours d'un dernier banquet ; je fus chargé par lui de mettre le feu à cet étrange tas d'hommes morts. Le même soir, sur les escarpements du champ de bataille, il passa à mon doigt l'anneau de diamants qu'il tenait de Nerva, et qui était demeuré plus ou moins le gage de la succession au pouvoir. Cette nuit-là, je m'endormis content.

Ma popularité commençante répandit sur mon second séjour à Rome quelque chose de ce sentiment d'euphorie que je devais retrouver plus tard, à un degré beaucoup plus fort, durant mes années de bonheur. Trajan m'avait donné deux millions de sesterces pour faire des largesses au peuple, ce qui naturellement ne suffisait pas, mais je gérais désormais ma fortune, qui était considérable, et les soucis d'argent ne m'atteignaient plus. J'avais perdu en grande partie mon ignoble peur de déplaire. Une cicatrice au menton me fournit un prétexte pour porter la courte barbe des philosophes grecs. Je mis dans mes vêtements une simplicité que j'exagérai encore à l'époque impériale : mon temps de bracelets et de parfums était passé. Que cette simplicité fût encore une attitude importe assez peu. Lentement, je m'habituais au dénuement pour lui-même, et à ce contraste, que j'ai aimé plus tard, entre une collection de gemmes précieuses et les mains nues du collectionneur. Pour en rester au chapitre du vêtement, un incident dont on tira des présages m'arriva pendant l'année où je servis en qualité de tribun du peuple. Un jour où j'avais à parler en public par un temps épouvantable, je perdis mon manteau de pluie de grosse laine gauloise. Obligé à prononcer mon discours sous une toge dans les replis de laquelle l'eau s'amassait comme dans une gouttière, je passais et repassais continuellement la main sur mon front pour disperser la pluie qui me remplissait les yeux. S'enrhumer est à Rome un privilège d'empereur, puisqu'il lui est interdit par tous les temps de rien ajouter à la toge : à partir de ce jour-là, la revendeuse du coin et le marchand de pastèques crurent à ma fortune.

On parle souvent des rêves de la jeunesse. On oublie trop ses calculs. Ce sont des rêves aussi, et non moins fous que les autres. Je n'étais pas seul à en faire pendant cette période de fêtes romaines : toute l'armée se précipitait dans la course aux honneurs. J'entrai assez gaiement dans ce rôle de l'ambitieux que je n'ai jamais joué longtemps avec conviction, ni sans avoir besoin du soutien constant d'un souffleur. J'acceptai de remplir avec l'exactitude la plus sage l'ennuyeuse fonction de curateur des actes du Sénat ; je sus rendre tous les services utiles. Le style laconique de l'empereur, admirable aux armées, était insuffisant à Rome ; l'impératrice, dont les goûts littéraires se rapprochaient des miens, le persuada de me laisser fabriquer ses discours. Ce fut le premier des bons offices de Plotine. J'y réussis d'autant mieux que j'avais l'habitude de ce genre de complaisances. Au temps de mes débuts difficiles, j'avais souvent rédigé, pour des sénateurs à court d'idées ou de tournures de phrases, des harangues dont ils finissaient par se croire auteurs. Je trouvais à travailler ainsi pour Trajan un plaisir exactement pareil à celui que les exercices de rhétorique m'avaient donné dans l'adolescence ; seul dans ma chambre, essayant mes effets devant un miroir, je me sentais empereur. En vérité, j'apprenais à l'être ; des audaces dont je ne me serais pas cru capable devenaient faciles quand quelqu'un d'autre aurait à les endosser. La pensée simple, mais inarticulée, et par là même obscure, de l'empereur, me devint familière ; je me flattais de la connaître un peu mieux que lui-même. J'aimais à singer le style militaire du chef, à l'entendre au Sénat prononcer des phrases qui semblaient typiques, et dont j'étais responsable. A d'autres jours, où Trajan gardait la chambre, je fus chargé de lire moi-même ces discours dont il ne prenait même plus connaissance et mon énonciation, désormais sans reproche, faisait honneur aux leçons de l'acteur tragique Olympos.

Ces fonctions presque secrètes me valaient l'intimité de l'empereur, et même sa confiance, mais l'ancienne antipathie subsistait. Elle avait momentanément cédé au plaisir qu'éprouve un prince vieilli à voir un jeune homme de son sang commencer une carrière qu'il imagine, un peu naïvement, devoir continuer la sienne. Mais cet enthousiasme n'avait peut-être jailli si haut sur le champ de bataille de Sarmizégéthuse que parce qu'il s'était fait jour à travers tant de couches superposées de méfiance. Je crois encore qu'il y avait là quelque chose de plus que l'inextirpable animosité basée sur des querelles raccommodées à grand-peine, sur des différences de tempérament, ou, tout simplement sur les habitudes d'esprit d'un homme qui prend de l'âge. L'empereur détestait d'instinct les subalternes indispensables. Il eût mieux compris, de ma part, un mélange de zèle et d'irrégularité dans le service ; je lui paraissais presque suspect à force d'être techniquement sans reproches. On le vit bien quand l'impératrice crut servir ma carrière en m'arrangeant un mariage avec la petite-nièce de Trajan. Il s'opposa obstinément à ce projet, alléguant mon manque de vertus domestiques, l'extrême jeunesse de l'adolescente, et jusqu'à mes lointaines histoires de dettes.

L'impératrice s'entêta ; je me piquai moi-même au jeu ; Sabine, à cet âge, n'était pas tout à fait sans charme. Ce mariage, tempéré par une absence presque continuelle, a été pour moi, par la suite, une telle source d'irritations et d'ennuis que j'ai peine à me rappeler qu'il fut un triomphe pour un ambitieux de vingt-huit ans.

J'étais plus que jamais de la famille ; je fus plus ou moins forcé d'y vivre. Mais tout me déplaisait dans ce milieu, excepté le beau visage de Plotine. Les comparses espagnols, les cousins de province abondaient à la table impériale, tels que je les ai retrouvés plus tard aux dîners de ma femme, durant mes rares séjours à Rome, et je ne dirais même pas que je les ai retrouvés vieillis, car dès cette époque, tous ces gens semblaient centenaires. Une épaisse sagesse, une espèce de prudence rance s'exhalait d'eux. Presque toute la vie de l'empereur s'était passée aux armées ; il connaissait Rome infiniment moins bien que moi-même. Il mettait une bonne volonté incomparable à s'entourer de tout ce que la Ville lui offrait de meilleur, ou de ce qu'on lui avait présenté comme tel. L'entourage officiel se composait d'hommes admirables de décence et d'honorabilité, mais de culture un peu lourde, et dont la philosophie assez molle n'allait pas au fond des choses. Je n'ai jamais beaucoup goûté l'affabilité empesée de Pline ; et la sublime roideur de Tacite me paraissait enfermer une vue du monde de républicain réactionnaire, arrêtée à l'époque de la mort de César. L'entourage nullement officiel était d'une grossièreté rebutante, ce qui m'évita momentanément d'y courir de nouveaux risques. J'avais pourtant envers tous ces gens si variés la politesse indispensable. Je fus déférent envers les uns, souple aux autres, encanaillé quand il le fallait, habile, et pas trop habile. Ma versatilité m'était nécessaire ; j'étais multiple par calcul, ondoyant par jeu. Je marchais sur la corde raide. Ce n'était pas seulement d'un acteur, mais d'un acrobate, qu'il m'aurait fallu les leçons.

On m'a reproché à cette époque mes quelques adultères avec des patriciennes. Deux ou trois de ces liaisons si critiquées ont plus ou moins duré jusqu'aux débuts de mon principat. Rome, assez facile à la débauche, n'a jamais beaucoup apprécié l'amour chez ceux qui gouvernent. Marc-Antoine et Titus en ont su quelque chose. Mes aventures étaient plus modestes, mais je vois mal, dans nos mœurs, comment un homme que les courtisanes écœurèrent toujours, et que le mariage excédait déjà, se fût familiarisé autrement avec le peuple varié des femmes. Mes ennemis, l'affreux Servianus en tête, mon vieux beau-frère, à qui les trente ans qu'il avait de plus que moi permettaient d'unir à mon égard les soins du pédagogue à ceux de l'espion, prétendaient que l'ambition et la curiosité avaient plus de part dans ces amours que l'amour lui-même, que l'intimité avec les épouses m'introduisait peu à peu dans les secrets politiques des maris, et que les confidences de mes maîtresses valaient bien pour moi les rapports de police dont je me suis délecté plus tard. Il est vrai que toute liaison un peu longue m'obtenait presque inévitablement l'amitié d'un époux gras ou malingre, pompeux ou timide, et presque toujours aveugle, mais j'y trouvais d'habitude peu de

plaisir et moins de profit. Il faut même avouer que
certains récits indiscrets de mes maîtresses, faits sur
l'oreiller, finissaient par éveiller en moi une sympathie
pour ces maris si moqués et si peu compris. Ces
liaisons, agréables quand ces femmes étaient habiles,
devenaient émouvantes quand elles étaient belles.
J'étudiais les arts ; je me familiarisais avec des statues ;
j'apprenais à mieux connaître la Vénus de Cnide ou la
Léda tremblant sous le poids du cygne. C'était le
monde de Tibulle et de Properce : une mélancolie, une
ardeur un peu factice, mais entêtante comme une
mélodie sur le mode phrygien, des baisers sur les
escaliers dérobés, des écharpes flottant sur des seins,
des départs à l'aube, et des couronnes de fleurs laissées
sur des seuils.

J'ignorais presque tout de ces femmes ; la part
qu'elles me faisaient de leur vie tenait entre deux
portes entrebâillées ; leur amour, dont elles parlaient
sans cesse, me semblait parfois aussi léger qu'une de
leurs guirlandes, un bijou à la mode, un ornement
coûteux et fragile ; et je les soupçonnais de mettre leur
passion avec leur rouge et leurs colliers. Ma vie à moi
ne leur était pas moins mystérieuse ; elles ne désiraient
guère la connaître, préférant la rêver tout de travers. Je
finissais par comprendre que l'esprit du jeu exigeait ces
perpétuels déguisements, ces excès dans l'aveu et dans
la plainte, ce plaisir tantôt feint, tantôt dissimulé, ces
rencontres concertées comme des figures de danse.
Même dans la querelle, on attendait de moi une
réplique prévue d'avance, et la belle éplorée se tordait
les mains comme en scène.

J'ai souvent pensé que les amants passionnés des
femmes s'attachent au temple et aux accessoires du
culte au moins autant qu'à leur déesse elle-même : ils se
délectent de doigts rougis au henné, de parfums frottés
sur la peau, des mille ruses qui rehaussent cette beauté

et la fabriquent parfois tout entière. Ces tendres idoles différaient en tout des grandes femelles barbares ou de nos paysannes lourdes et graves ; elles naissaient des volutes dorées des grandes villes, des cuves du teinturier ou de la vapeur mouillée des étuves comme Vénus de celle des flots grecs. On pouvait à peine les séparer de la douceur fiévreuse de certains soirs d'Antioche, de l'excitation des matins de Rome, des noms fameux qu'elles portaient, du luxe au milieu duquel leur dernier secret était de se montrer nues, mais jamais sans parure. J'aurais voulu davantage : la créature humaine dépouillée, seule avec elle-même, comme il fallait bien pourtant qu'elle le fût quelquefois, dans la maladie, ou après la mort d'un premier-né, ou quand une ride apparaissait au miroir. Un homme qui lit, ou qui pense, ou qui calcule, appartient à l'espèce et non au sexe ; dans ses meilleurs moments il échappe même à l'humain. Mais mes amantes semblaient se faire gloire de ne penser qu'en femmes : l'esprit, ou l'âme, que je cherchais, n'était encore qu'un parfum.

Il devait y avoir autre chose : dissimulé derrière un rideau, comme un personnage de comédie attendant l'heure propice, j'épiais avec curiosité les rumeurs d'un intérieur inconnu, le son particulier des bavardages de femmes, l'éclat d'une colère ou d'un rire, les murmures d'une intimité, tout ce qui cessait dès qu'on me savait là. Les enfants, la perpétuelle préoccupation du vêtement, les soucis d'argent, devaient reprendre en mon absence une importance qu'on me cachait ; le mari même, si raillé, devenait essentiel, peut-être aimé. Je comparais mes maîtresses au visage maussade des femmes de ma famille, les économes et les ambitieuses, sans cesse occupées à apurer les comptes du ménage ou à surveiller la toilette des bustes d'ancêtres ; je me demandais si ces froides matrones étreignaient elles aussi un amant sous la tonnelle du jardin, et si mes

faciles beautés n'attendaient que mon départ pour se
replonger dans une querelle avec l'intendante. Je
tâchais tant bien que mal de rejointoyer ces deux faces
du monde des femmes.

L'an dernier, peu après la conspiration où Servianus
a fini par laisser sa vie, une de mes maîtresses
d'autrefois prit la peine de se rendre à la Villa pour me
dénoncer un de ses gendres. Je n'ai pas retenu
l'accusation, qui pouvait naître d'une haine de belle-
mère autant que d'un désir de m'être utile. Mais la
conversation m'intéressait : il n'y était question,
comme jadis au tribunal des héritages, que de testa-
ments, de machinations ténébreuses entre proches, de
mariages inattendus ou infortunés. Je retrouvais le
cercle étroit des femmes, leur dur sens pratique, et leur
ciel gris dès que l'amour n'y joue plus. Certaines
aigreurs, une espèce de loyauté rêche, m'ont rappelé
ma fâcheuse Sabine. Les traits de ma visiteuse semblaient aplatis, fondus, comme si la main du temps
avait passé et repassé brutalement sur un masque de
cire molle ; ce que j'avais consenti, un moment, à
prendre pour de la beauté, n'avait jamais été qu'une
fleur de jeunesse fragile. Mais l'artifice régnait encore :
ce visage ridé jouait maladroitement du sourire. Les
souvenirs voluptueux, s'il y en eut jamais, s'étaient
pour moi complètement effacés ; il restait un échange
de phrases affables avec une créature marquée comme
moi par la maladie ou l'âge, la même bonne volonté un
peu agacée que j'aurais eue pour une cousine surannée
d'Espagne, une parente éloignée arrivée de Narbonne.

Je m'efforce de ressaisir un instant des boucles de
fumée, les bulles d'air irisées d'un jeu d'enfant. Mais il
est facile d'oublier... Tant de choses ont passé depuis
ces légères amours que j'en méconnais sans doute la
saveur ; il me plaît surtout de nier qu'elles m'aient
jamais fait souffrir. Et pourtant, parmi ces maîtresses,

il en est une au moins que j'ai délicieusement aimée.
Elle était à la fois plus fine et plus ferme, plus tendre et
plus dure que les autres : ce mince torse rond faisait
penser à un roseau. J'ai toujours goûté la beauté des
chevelures, cette partie soyeuse et ondoyante d'un
corps, mais les chevelures de la plupart de nos femmes
sont des tours, des labyrinthes, des barques, ou des
nœuds de vipères. La sienne consentait à être ce que
j'aime qu'elles soient : la grappe de raisin des vendanges, ou l'aile. Couchée sur le dos, appuyant sur moi sa
petite tête fière, elle me parlait de ses amours avec une
impudeur admirable. J'aimais sa fureur et son détachement dans le plaisir, son goût difficile, et sa rage de se
déchirer l'âme. Je lui ai connu des douzaines
d'amants ; elle en perdait le compte ; je n'étais qu'un
comparse qui n'exigeait pas la fidélité. Elle s'était
éprise d'un danseur nommé Bathylle, si beau que
toutes les folies étaient d'avance justifiées. Elle sanglo-
tait son nom dans mes bras ; mon approbation lui
rendait courage. A d'autres moments, nous avons
beaucoup ri ensemble. Elle mourut jeune, dans une île
malsaine où sa famille l'exila à la suite d'un divorce qui
fit scandale. Je m'en réjouis pour elle, car elle craignait
de vieillir, mais c'est un sentiment que nous n'éprou-
vons jamais pour ceux que nous avons véritablement
aimés. Elle avait d'immenses besoins d'argent. Un
jour, elle me demanda de lui prêter cent mille sesterces. Je les lui apportai le lendemain. Elle s'assit par
terre, petite figure nette de joueuse d'osselets, vida le
sac sur le pavement, et se mit à diviser en tas le luisant
monceau. Je savais que pour elle, comme pour nous
tous, prodigues, ces pièces d'or n'étaient pas des
espèces trébuchantes marquées d'une tête de César,
mais une matière magique, une monnaie personnelle,
frappée à l'effigie d'une chimère, au coin du danseur
Bathylle. Je n'existais plus. Elle était seule. Presque

laide, plissant le front avec une délicieuse indifférence à sa propre beauté, elle faisait et refaisait sur ses doigts, avec une moue d'écolier, les additions difficiles. Elle ne m'a jamais tant charmé.

La nouvelle des incursions sarmates arriva à Rome pendant la célébration du triomphe dacique de Trajan. Cette fête longtemps différée durait depuis huit jours. On avait mis près d'une année à faire venir d'Afrique et d'Asie les animaux sauvages qu'on se proposait d'abattre en masse dans l'arène ; le massacre de douze mille bêtes fauves, l'égorgement méthodique de dix mille gladiateurs faisaient de Rome un mauvais lieu de la mort. Je me trouvais ce soir-là sur la terrasse de la maison d'Attianus, avec Marcius Turbo et notre hôte. La ville illuminée était affreuse de joie bruyante : cette dure guerre, à laquelle Marcius et moi avions consacré quatre années de jeunesse, devenait pour la populace un prétexte à fêtes avinées, un brutal triomphe de seconde main. Il n'était pas opportun d'apprendre au peuple que ces victoires si vantées n'étaient pas définitives, et qu'un nouvel ennemi descendait sur nos frontières. L'empereur, déjà occupé à ses projets d'Asie, se désintéressait plus ou moins de la situation au nord-est, qu'il préférait juger réglée une fois pour toutes. Cette première guerre sarmate fut présentée comme une simple expédition punitive. J'y fus envoyé avec le titre de gouverneur de Pannonie et les pouvoirs de général en chef.

Elle dura onze mois, et fut atroce. Je crois encore que l'anéantissement des Daces avait été à peu près justifié : aucun chef d'État ne supporte volontiers l'existence d'un ennemi organisé installé à ses portes. Mais l'effondrement du royaume de Décébale avait créé dans ces régions un vide où se précipitait le Sarmate ; des bandes sorties de nulle part infestaient un pays dévasté par des années de guerre, brûlé et rebrûlé par nous, où nos effectifs insuffisants manquaient de points d'appui ; elles pullulaient comme des vers dans le cadavre de nos victoires daces. Nos récents succès avaient sapé la discipline : je retrouvais aux avant-postes quelque chose de la grossière insouciance des fêtes romaines. Certains tribuns montraient devant le danger une confiance imbécile : isolés périlleusement dans une région dont la seule partie bien connue était notre ancienne frontière, ils comptaient, pour continuer à vaincre, sur notre armement que je voyais diminuer de jour en jour par l'effet des pertes et de l'usure, et sur des renforts que je ne m'attendais pas à voir venir, sachant que toutes nos ressources seraient désormais concentrées sur l'Asie.

Un autre danger commençait à poindre : quatre ans de réquisitions officielles avaient ruiné les villages de l'arrière ; dès les premières campagnes daces, pour chaque troupeau de bœufs ou de moutons pompeusement pris sur l'ennemi, j'avais vu d'innombrables défilés de bétail arraché à l'habitant. Si cet état de choses persistait, le moment était proche où nos populations paysannes, fatiguées de supporter notre lourde machine militaire, finiraient par nous préférer les barbares. Les rapines de la soldatesque présentaient un problème moins essentiel peut-être, mais plus voyant. J'étais assez populaire pour ne pas craindre d'imposer aux troupes les restrictions les plus dures ; je mis à la mode une austérité que je pratiquai moi-

même ; j'inventai le culte de la Discipline Auguste que
je réussis plus tard à étendre à toute l'armée. Je
renvoyai à Rome les imprudents et les ambitieux, qui
me compliquaient ma tâche ; par contre, je fis venir des
techniciens, dont nous manquions. Il fallut réparer les
ouvrages de défense que l'orgueil de nos récentes
victoires avait fait singulièrement négliger ; j'abandon-
nai une fois pour toutes ceux qu'il eût été trop coûteux
de maintenir. Les administrateurs civils, solidement
installés dans le désordre qui suit toute guerre, passaient par degrés au rang de chefs semi-indépendants,
capables de toutes les exactions envers nos sujets et de
toutes les trahisons envers nous. Là encore, je voyais se
préparer dans un avenir plus ou moins proche les
révoltes et les morcellements futurs. Je ne crois pas que
nous évitions ces désastres, pas plus que nous n'évite-
rons la mort, mais il dépend de nous de les reculer de
quelques siècles. Je chassai les fonctionnaires incapables ; je fis exécuter les pires. Je me découvrais
impitoyable.

Un automne brumeux, puis un hiver froid, succédè-
rent à un humide été. J'eus besoin de mes connaissances en médecine, et d'abord pour me soigner moi-
même. Cette vie aux frontières me ramenait peu à peu
au niveau du Sarmate : la barbe courte du philosophe
grec devenait celle du chef barbare. Je revis tout ce
qu'on avait déjà vu, jusqu'à l'écœurement, durant les
campagnes daces. Nos ennemis brûlaient vivants leurs
prisonniers ; nous commençâmes à égorger les nôtres,
faute de moyens de transport pour les expédier sur les
marchés d'esclaves de Rome ou de l'Asie. Les pieux de
nos palissades se hérissaient de têtes coupées. L'ennemi torturait ses otages ; plusieurs de mes amis
périrent de la sorte. L'un d'eux se traîna jusqu'au
camp sur des jambes sanglantes ; il était si défiguré que
je n'ai jamais pu, par la suite, me rappeler son visage

intact. L'hiver préleva ses victimes : groupes équestres pris dans la glace ou emportés par les crues du fleuve, malades déchirés par la toux geignant faiblement sous les tentes, moignons gelés des blessés. D'admirables bonnes volontés se groupèrent autour de moi ; la petite troupe étroitement intégrée à laquelle je commandais avait la plus haute forme de vertu, la seule que je supporte encore : la ferme détermination d'être utile. Un transfuge sarmate dont j'avais fait mon interprète risqua sa vie pour retourner fomenter dans sa tribu des révoltes ou des trahisons ; je réussis à traiter avec cette peuplade ; ses hommes combattirent désormais à nos avant-postes, protégeant les nôtres. Quelques coups d'audace, imprudents par eux-mêmes, mais savamment ménagés, prouvèrent à l'ennemi l'absurdité de s'attaquer à Rome. Un des chefs sarmates suivit l'exemple de Décébale : on le trouva mort dans sa tente de feutre, près de ses femmes étranglées et d'un horrible paquet qui contenait leurs enfants. Ce jour-là, mon dégoût pour le gaspillage inutile s'étendit aux pertes barbares ; je regrettai ces morts que Rome aurait pu assimiler et employer un jour comme alliés contre des hordes plus sauvages encore. Nos assaillants débandés disparurent comme ils étaient venus, dans cette obscure région d'où surgiront sans doute bien d'autres orages. La guerre n'était pas finie. J'eus à la reprendre et à la terminer quelques mois après mon avènement. L'ordre, du moins, régnait momentanément à cette frontière. Je rentrai à Rome couvert d'honneurs. Mais j'avais vieilli.

Mon premier consulat fut encore une année de campagne, une lutte secrète, mais continue, en faveur de la paix. Mais je ne la menais pas seul. Un changement d'attitude parallèle au mien avait eu lieu avant mon retour chez Licinius Sura, chez Attianus, chez Turbo, comme si, en dépit de la sévère censure que j'exerçais sur mes lettres, mes amis m'avaient déjà compris, précédé, ou suivi. Autrefois, les hauts et les bas de ma fortune m'embarrassaient surtout en face d'eux ; des peurs ou des impatiences que j'aurais, seul, portées d'un cœur léger, devenaient accablantes dès que j'étais forcé de les cacher à leur sollicitude ou de leur en infliger l'aveu ; j'en voulais à leur affection de s'inquiéter pour moi plus que moi-même, de ne jamais voir, sous les agitations extérieures, l'être plus tranquille à qui rien n'importe tout à fait, et qui par conséquent peut survivre à tout. Mais le temps manquait désormais pour m'intéresser à moi-même, comme aussi pour m'en désintéresser. Ma personne s'effaçait, précisément parce que mon point de vue commençait à compter. Ce qui importait, c'est que quelqu'un s'opposât à la politique de conquêtes, en envisageât les conséquences et la fin, et se préparât, si possible, à en réparer les erreurs.

Mon poste aux frontières m'avait montré une face de la victoire qui ne figure pas sur la Colonne Trajane. Mon retour à l'administration civile me permit d'accumuler contre le parti militaire un dossier plus décisif encore que toutes les preuves amassées aux armées. Les cadres des légions et la garde prétorienne tout entière sont exclusivement formés d'éléments italiens : ces guerres lointaines drainaient les réserves d'un pays déjà pauvre en hommes. Ceux qui ne mouraient pas étaient aussi perdus que les autres pour la patrie proprement dite, puisqu'on les établissait de force sur les terres nouvellement conquises. Même en province, le système de recrutement causa vers cette époque des émeutes sérieuses. Un voyage en Espagne entrepris un peu plus tard pour surveiller l'exploitation des mines de cuivre de ma famille m'attesta le désordre introduit par la guerre dans toutes les branches de l'économie ; j'achevai de me convaincre du bien-fondé des protestations des hommes d'affaires que je fréquentais à Rome. Je n'avais pas la naïveté de croire qu'il dépendrait toujours de nous d'éviter toutes les guerres ; mais je ne les voulais que défensives ; je rêvais d'une armée exercée à maintenir l'ordre sur des frontières, rectifiées s'il le fallait, mais sûres. Tout accroissement nouveau du vaste organisme impérial me semblait une excroissance maladive, un cancer, ou l'œdème d'une hydropisie dont nous finirions par mourir.

Aucune de ces vues n'aurait pu être présentée à l'empereur. Il était arrivé à ce moment de la vie, variable pour tout homme, où l'être humain s'abandonne à son démon ou à son génie, suit une loi mystérieuse qui lui ordonne de se détruire ou de se dépasser. Dans l'ensemble, l'œuvre de son principat avait été admirable, mais ces travaux de la paix, auxquels ses meilleurs conseillers l'avaient ingénieusement incliné, ces grands projets des architectes et des

légistes du règne, avaient toujours moins compté pour
lui qu'une seule victoire. Une folie de dépenses s'était
emparée de cet homme si noblement parcimonieux
quand il s'agissait de ses besoins personnels. L'or
barbare repêché sous le lit du Danube, les cinq cent
mille lingots du roi Décébale, avaient suffi à défrayer
les largesses faites au peuple, les donations militaires
dont j'avais eu ma part, le luxe insensé des jeux, les
mises de fonds initiales des grandes aventures d'Asie.
Ces richesses malfaisantes faisaient illusion sur le
véritable état des finances. Ce qui venait de la guerre
s'en retournait à la guerre.

Licinius Sura mourut sur ces entrefaites. C'était le
plus libéral des conseillers privés de l'empereur. Sa
mort fut pour nous une bataille perdue. Il avait
toujours fait preuve envers moi d'une sollicitude
paternelle ; depuis quelques années, les faibles forces
que lui laissait la maladie ne lui permettaient pas les
longs travaux de l'ambition personnelle ; elles lui
suffirent toujours pour servir un homme dont les vues
lui paraissaient saines. La conquête de l'Arabie avait
été entreprise contre ses conseils ; lui seul, s'il avait
vécu, aurait pu éviter à l'État les fatigues et les
dépenses gigantesques de la campagne parthe. Cet
homme rongé par la fièvre employait ses heures
d'insomnie à discuter avec moi des plans qui l'épui-
saient, mais dont la réussite lui importait plus que
quelques bribes supplémentaires d'existence. J'ai vécu
à son chevet, d'avance, et dans le dernier détail de
l'administration, certaines des futures phases de mon
règne. Les critiques de ce mourant épargnaient l'empereur, mais il sentait qu'il emportait avec lui ce qui
restait de sagesse au régime. S'il avait vécu deux ou
trois années de plus, certains cheminements tortueux
qui marquèrent mon accession au pouvoir m'eussent
peut-être été évités ; il eût réussi à persuader l'empe-

reur de m'adopter plus tôt, et à ciel ouvert. Mais les dernières paroles de cet homme d'État qui me léguait sa tâche ont été l'une de mes investitures impériales.

Si le groupe de mes partisans augmentait, celui de mes ennemis faisait de même. Le plus dangereux de mes adversaires était Lusius Quiétus, Romain métissé d'Arabe, dont les escadrons numides avaient joué un rôle important dans la seconde campagne dace, et qui poussait sauvagement à la guerre d'Asie. Je détestais tout du personnage : son luxe barbare, l'envolée prétentieuse de ses voiles blancs ceints d'une corde d'or, ses yeux arrogants et faux, son incroyable cruauté à l'égard des vaincus et des soumis. Ces chefs du parti militaire se décimaient en luttes intestines, mais ceux qui restaient s'en affermissaient d'autant plus dans le pouvoir, et je n'en étais que plus exposé aux méfiances de Palma ou à la haine de Celsus. Ma propre position, par bonheur, était presque inexpugnable. Le gouvernement civil reposait de plus en plus sur moi depuis que l'empereur vaquait exclusivement à ses projets de guerre. Mes amis, qui seuls eussent pu me supplanter par leurs aptitudes ou leur connaissance des affaires, mettaient une modestie très noble à me préférer à eux. Nératius Priscus, en qui l'empereur avait foi, se cantonnait chaque jour plus délibérément dans sa spécialité légale. Attianus organisait sa vie en vue de me servir ; j'avais la prudente approbation de Plotine. Un an avant la guerre, je fus promu au poste de gouverneur de Syrie, auquel s'ajouta plus tard celui de légat aux armées. Chargé de contrôler et d'organiser nos bases, je devenais l'un des leviers de commande d'une entreprise que je jugeais insensée. J'hésitai quelque temps, puis j'acceptai. Refuser, c'était se fermer les avenues du pouvoir à un moment où plus que jamais le pouvoir m'importait. C'était aussi s'enlever la seule chance de jouer le rôle de modérateur.

Durant ces quelques années qui précédèrent la
grande crise, j'avais pris une décision qui me fit à
jamais considérer comme frivole par mes ennemis, et
qui était en partie calculée pour le faire, et pour parer
ainsi toute attaque. J'étais allé passer quelques mois en
Grèce. La politique, en apparence du moins, n'eut
aucune part dans ce voyage. Ce fut une excursion de
plaisir et d'étude : j'en rapportai quelques coupes
gravées, et des livres que je partageai avec Plotine. J'y
reçus, de tous mes honneurs officiels, celui que j'ai
accepté avec la joie la plus pure : je fus nommé
archonte d'Athènes. Je m'accordai quelques mois de
travaux et de délices faciles, de promenades au printemps sur des collines semées d'anémones, de contact
amical avec le marbre nu. A Chéronée, où j'étais allé
m'attendrir sur les antiques couples d'amis du Bataillon Sacré, je fus deux jours l'hôte de Plutarque. J'avais
eu mon Bataillon Sacré bien à moi, mais, comme il
m'arrive souvent, ma vie m'émouvait moins que
l'histoire. J'eus des chasses en Arcadie ; je priai à
Delphes. A Sparte, au bord de l'Eurotas, des bergers
m'enseignèrent un air de flûte très ancien, étrange
chant d'oiseau. Près de Mégare, il y eut une noce
paysanne qui dura toute la nuit ; mes compagnons et
moi, nous osâmes nous mêler aux danses, ce que nous
eussent interdit les lourdes mœurs de Rome.

Les traces de nos crimes restaient partout visibles :
les murs de Corinthe ruinés par Mummius, et les
places laissées vides au fond des sanctuaires par le rapt
de statues organisé au cours du scandaleux voyage de
Néron. La Grèce appauvrie continuait dans une atmosphère de grâce pensive, de subtilité claire, de volupté
sage. Rien n'avait changé depuis l'époque où l'élève du
rhéteur Isée avait respiré pour la première fois cette
odeur de miel chaud, de sel et de résine ; rien en
somme n'avait changé depuis des siècles. Le sable des

palestres était toujours aussi blond qu'autrefois ; Phidias et Socrate ne les fréquentaient plus, mais les jeunes hommes qui s'y exerçaient ressemblaient encore au délicieux Charmide. Il me semblait parfois que l'esprit grec n'avait pas poussé jusqu'à leurs extrêmes conclusions les prémisses de son propre génie : les moissons restaient à faire ; les épis mûrs au soleil et déjà coupés étaient peu de chose à côté de la promesse éleusinienne du grain caché dans cette belle terre. Même chez mes sauvages ennemis sarmates, j'avais trouvé des vases au pur profil, un miroir orné d'une image d'Apollon, des lueurs grecques comme un pâle soleil sur la neige. J'entrevoyais la possibilité d'helléniser les barbares, d'atticiser Rome, d'imposer doucement au monde la seule culture qui se soit un jour séparée du monstrueux, de l'informe, de l'immobile, qui ait inventé une définition de la méthode, une théorie de la politique et de la beauté. Le dédain léger des Grecs, que je n'ai jamais cessé de sentir sous leurs plus ardents hommages, ne m'offensait pas ; je le trouvais naturel ; quelles que fussent les vertus qui me distinguaient d'eux, je savais que je serais toujours moins subtil qu'un matelot d'Égine, moins sage qu'une marchande d'herbes de l'Agora. J'acceptais sans irritation les complaisances un peu hautaines de cette race fière ; j'accordais à tout un peuple les privilèges que j'ai toujours si facilement concédés aux objets aimés. Mais pour laisser aux Grecs le temps de continuer, et de parfaire, leur œuvre, quelques siècles de paix étaient nécessaires, et les calmes loisirs, les prudentes libertés qu'autorise la paix. La Grèce comptait sur nous pour être ses gardiens, puisque enfin nous nous prétendons ses maîtres. Je me promis de veiller sur le dieu désarmé.

J'occupais depuis un an mon poste de gouverneur en Syrie lorsque Trajan me rejoignit à Antioche. Il venait surveiller la mise au point de l'expédition d'Arménie, qui préludait dans sa pensée à l'attaque contre les Parthes. Plotine l'accompagnait comme toujours, et sa nièce Matidie, mon indulgente belle-mère, qui depuis des années le suivait au camp en qualité d'intendante. Celsus, Palma, Nigrinus, mes vieux ennemis, siégeaient encore au Conseil et dominaient l'état-major. Tout ce monde s'entassa au palais en attendant l'entrée en campagne. Les intrigues de cour reprirent de plus belle. Chacun faisait ses jeux avant les premiers coups de dés de la guerre.

L'armée s'ébranla presque aussitôt dans la direction du nord. Je vis s'éloigner avec elle la vaste cohue des grands fonctionnaires, des ambitieux et des inutiles. L'empereur et sa suite s'arrêtèrent quelques jours en Commagène pour des fêtes déjà triomphales ; les petits rois d'Orient, réunis à Satala, protestèrent à qui mieux mieux d'une loyauté sur laquelle, à la place de Trajan, je me serais assez peu reposé pour l'avenir. Lusius Quiétus, mon dangereux rival, placé en tête des avant-postes, occupa les bords du lac de Van au cours d'une immense promenade militaire ; la partie septentrionale de la Mésopotamie, vidée par les Parthes, fut annexée sans difficulté ; Abgar, roi d'Osroène, fit sa soumission dans Édesse. L'empereur revint prendre à Antioche ses quartiers d'hiver, remettant au printemps l'invasion de l'empire parthe proprement dit, mais déjà décidé à n'accepter aucune ouverture de paix. Tout avait marché selon ses plans. La joie de se plonger enfin dans cette aventure si longtemps différée rendait une espèce de jeunesse à cet homme de soixante-quatre ans.

Mes pronostics restaient sombres. L'élément juif et arabe était de plus en plus hostile à la guerre ; les grands propriétaires provinciaux s'irritaient d'avoir à défrayer les dépenses occasionnées par le passage des troupes ; les villes supportaient mal l'imposition de taxes nouvelles. Dès le retour de l'empereur, une première catastrophe vint annoncer toutes les autres : un tremblement de terre, survenu au milieu d'une nuit de décembre, ruina en quelques instants un quart d'Antioche. Trajan, contusionné par la chute d'une poutre, continua héroïquement à s'occuper des blessés ; son entourage immédiat compta quelques morts. La populace syrienne chercha aussitôt des responsables au désastre : renonçant pour une fois à ses principes de tolérance, l'empereur commit la faute de laisser massacrer un groupe de chrétiens. J'ai moi-même assez peu de sympathie pour cette secte, mais le spectacle de vieillards battus de verges et d'enfants suppliciés contribua à l'agitation des esprits, et rendit plus odieux encore ce sinistre hiver. L'argent manquait pour réparer immédiatement les effets du séisme ; des milliers de gens sans abri campaient la nuit sur les places. Mes tournées d'inspection me révélaient l'existence d'un mécontentement sourd, d'une haine secrète dont les grands dignitaires qui encombraient le palais ne se doutaient même pas. L'empereur poursuivait au milieu des ruines les préparatifs de la prochaine campagne : une forêt entière fut employée à la construction de ponts mobiles et de pontons pour le passage du Tigre. Il avait reçu avec joie toute une série de titres nouveaux décernés par le Sénat ; il lui tardait d'en finir avec l'Orient pour retourner triompher à Rome. Les moindres délais déclenchaient des fureurs qui le secouaient comme un accès.

L'homme qui arpentait impatiemment les vastes salles de ce palais bâti jadis par les Séleucides, et que j'avais moi-même (quel ennui !) décorées en son honneur d'inscriptions élogieuses et de panoplies daces, n'était plus celui qui m'avait accueilli au camp de Cologne il y avait déjà près de vingt ans. Ses vertus même avaient vieilli. Sa jovialité un peu lourde, qui masquait autrefois une vraie bonté, n'était plus que routine vulgaire ; sa fermeté s'était changée en obstination ; ses aptitudes pour l'immédiat et le pratique en un total refus de penser. Le respect tendre qu'il avait pour l'impératrice, l'affection grondeuse qu'il témoignait à sa nièce Matidie se transformaient en une dépendance sénile envers ces femmes, aux conseils desquelles il résistait pourtant de plus en plus. Ses crises de foie inquiétaient son médecin Criton ; lui-même ne s'en souciait pas. Ses plaisirs avaient toujours manqué d'art ; leur niveau baissait encore avec l'âge. Il importait fort peu que l'empereur, sa journée faite, s'abandonnât à des débauches de caserne, en compagnie de jeunes gens auxquels il trouvait de l'agrément ou de la beauté. Il était au contraire assez grave qu'il supportât mal ce vin, dont il abusait ; et que cette cour de subalternes de plus en plus médiocres, triés et manœuvrés par des affranchis louches, fût à même d'assister à toutes mes conversations avec lui et de les rapporter à mes adversaires. De jour, je ne voyais l'empereur qu'aux réunions de l'état-major, tout occupées du

détail des plans, et où l'instant n'était jamais venu
d'exprimer une opinion libre. A tout autre moment, il
évitait les tête-à-tête. Le vin fournissait à cet homme
peu subtil un arsenal de ruses grossières. Ses suscepti-
bilités d'autrefois avaient bien cessé : il insistait pour
m'associer à ses plaisirs ; le bruit, les rires, les plus
fades plaisanteries des jeunes hommes étaient toujours
bien reçus comme autant de moyens de me signifier
que l'heure n'était pas aux affaires sérieuses ; il guettait
le moment où une rasade de plus m'enlèverait ma
raison. Tout tournait autour de moi dans cette salle où
les têtes d'aurochs des trophées barbares semblaient
me rire au nez. Les jarres succédaient aux jarres ; une
chanson avinée giclait çà et là, ou le rire insolent et
charmant d'un page ; l'empereur, appuyant sur la table
une main de plus en plus tremblante, muré dans une
ivresse peut-être à demi feinte, perdu loin de tout sur
les routes de l'Asie, s'enfonçait gravement dans ses
songes...

Par malheur, ces songes étaient beaux. C'étaient les
mêmes qui m'avaient autrefois fait penser à tout
abandonner pour suivre au-delà du Caucase les routes
septentrionales vers l'Asie. Cette fascination, à laquelle
l'empereur vieilli se livrait en somnambule, Alexandre
l'avait subie avant lui ; il avait à peu près réalisé les
mêmes rêves, et il en était mort à trente ans. Mais le
pire danger de ces grands plans était encore leur
sagesse : comme toujours, les raisons pratiques abondaient pour justifier l'absurde, pour porter à l'impossible. Le problème de l'Orient nous préoccupait depuis
des siècles ; il semblait naturel d'en finir une fois pour
toutes. Nos échanges de denrées avec l'Inde et le
mystérieux Pays de la Soie dépendaient entièrement
des marchands juifs et des exportateurs arabes qui
avaient la franchise des ports et des routes parthes.
Une fois réduit à rien le vaste et flottant empire des

cavaliers Arsacides, nous toucherions directement à ces riches confins du monde ; l'Asie enfin unifiée ne serait pour Rome qu'une province de plus. Le port d'Alexandrie d'Égypte était le seul de nos débouchés vers l'Inde qui ne dépendît pas du bon vouloir parthe ; là aussi, nous nous heurtions continuellement aux exigences et aux révoltes des communautés juives. Le succès de l'expédition de Trajan nous eût permis d'ignorer cette ville peu sûre. Mais tant de raisons ne m'avaient jamais persuadé. De sages traités de commerce m'eussent contenté davantage, et j'entrevoyais déjà la possibilité de réduire le rôle d'Alexandrie en créant une seconde métropole grecque dans le voisinage de la Mer Rouge, ce que j'ai fait plus tard quand j'ai fondé Antinoé. Je commençais à connaître ce monde compliqué de l'Asie. Les simples plans d'extermination totale qui avaient réussi en Dacie n'étaient pas de mise dans ce pays plein d'une vie plus multiple, mieux enracinée, et dont dépendait d'ailleurs la richesse du monde. Passé l'Euphrate, commençait pour nous le pays des risques et des mirages, les sables où l'on s'enlise, les routes qui finissent sans aboutir. Le moindre revers aurait pour résultat un ébranlement de prestige que toutes les catastrophes pourraient suivre ; il ne s'agissait pas seulement de vaincre, mais de vaincre toujours, et nos forces s'épuiseraient à cette entreprise. Nous l'avions déjà tentée : je pensais avec horreur à la tête de Crassus, lancée de main en main comme une balle au cours d'une représentation des *Bacchantes* d'Euripide, qu'un roi barbare frotté d'hellénisme donnait au soir d'une victoire sur nous. Trajan songeait à venger cette vieille défaite ; je songeais surtout à l'empêcher de se reproduire. Je prévoyais assez exactement l'avenir, chose possible après tout quand on est renseigné sur bon nombre des éléments du présent : quelques victoires inutiles entraîneraient trop avant nos armées

imprudemment enlevées à d'autres frontières ; l'empereur mourant se couvrirait de gloire, et nous, qui
avions à vivre, serions chargés de résoudre tous les
problèmes et de remédier à tous les maux.

César avait raison de préférer la première place dans
un village à la seconde à Rome. Non par ambition, ou
par vaine gloire, mais parce que l'homme placé en
second n'a le choix qu'entre les dangers de l'obéissance, ceux de la révolte, et ceux, plus graves, du
compromis. Je n'étais même pas le second dans Rome.
Sur le point de partir pour une expédition périlleuse,
l'empereur n'avait pas encore désigné son successeur :
chaque pas en avant donnait une chance aux chefs de
l'état-major. Cet homme presque naïf m'apparaissait
maintenant plus compliqué que moi-même. Ses rudes-
ses seules me rassuraient : l'empereur bourru me
traitait en fils. A d'autres moments, je m'attendais,
sitôt qu'on pourrait se passer de mes services, à être
évincé par Palma ou supprimé par Quiétus. J'étais sans
pouvoir : je ne parvins même pas à obtenir une
audience pour les membres influents du Sanhédrin
d'Antioche, qui craignaient autant que nous les coups
de force des agitateurs juifs, et qui eussent éclairé
Trajan sur les menées de leurs coreligionnaires. Mon
ami Latinius Alexander, qui descendait d'une des
vieilles familles royales de l'Asie Mineure, et dont le
nom et la fortune pesaient d'un grand poids, ne fut pas
davantage écouté. Pline, envoyé en Bithynie quatre ans
plus tôt, y était mort sans avoir eu le temps d'informer
l'empereur de l'état exact des esprits et des finances, à
supposer que son incurable optimisme lui eût permis
de le faire. Les rapports secrets du marchand lycien
Opramoas, qui connaissait bien les affaires d'Asie,
furent tournés en dérision par Palma. Les affranchis
profitaient des lendemains de maladie qui suivaient les
soirs d'ivresse pour m'écarter de la chambre impé-

riale : l'ordonnance de l'empereur, un nommé Phœdime, honnête celui-là, mais obtus, et monté contre moi, me refusa deux fois la porte. Par contre, le consulaire Celsus, mon ennemi, s'enferma un soir avec Trajan pour un conciliabule qui dura des heures, et à la suite duquel je me crus perdu. Je me cherchai des alliés où je pus ; je corrompis à prix d'or d'anciens esclaves que j'eusse volontiers envoyés aux galères ; j'ai caressé d'horribles têtes frisées. Le diamant de Nerva ne jetait plus aucun feu.

Et c'est alors que m'apparut le plus sage de mes bons génies : Plotine. Il y avait près de vingt ans que je connaissais l'impératrice. Nous étions du même milieu ; nous avions à peu près le même âge. Je lui avais vu vivre avec calme une existence presque aussi contrainte que la mienne, et plus dépourvue d'avenir. Elle m'avait soutenu, sans paraître s'apercevoir qu'elle le faisait, dans mes moments difficiles. Mais ce fut durant les mauvais jours d'Antioche que sa présence me devint indispensable, comme plus tard son estime le resta toujours, et j'eus celle-ci jusqu'à sa mort. Je pris l'habitude de cette figure en vêtements blancs, aussi simples que peuvent l'être ceux d'une femme, de ses silences, de ses paroles mesurées qui n'étaient jamais que des réponses, et les plus nettes possible. Son aspect ne détonnait en rien dans ce palais plus antique que les splendeurs de Rome : cette fille de parvenus était très digne des Séleucides. Nous étions d'accord presque sur tout. Nous avions tous deux la passion d'orner, puis de dépouiller notre âme, d'éprouver notre esprit à toutes les pierres de touche. Elle inclinait à la philosophie épicurienne, ce lit étroit, mais propre, sur lequel j'ai parfois étendu ma pensée. Le mystère des dieux, qui me hantait, ne l'inquiétait pas ; elle n'avait pas non plus mon goût passionné des corps. Elle était chaste par dégoût du facile, généreuse par décision plutôt que par nature, sagement méfiante, mais prête à tout accepter d'un ami, même ses inévitables erreurs. L'amitié était un choix où elle s'engageait tout entière ; elle s'y livrait absolument, et comme je ne l'ai fait qu'à l'amour. Elle m'a connu mieux que personne ; je lui ai laissé voir ce que j'ai soigneusement dissimulé à tout autre : par exemple, de secrètes lâchetés. J'aime à croire que, de son côté, elle ne m'a presque rien tu. L'intimité des corps, qui n'exista jamais entre nous, a été compensée par ce contact de deux esprits étroitement mêlés l'un à l'autre.

Notre entente se passa d'aveux, d'explications, ou de réticences : les faits eux-mêmes suffisaient. Elle les observait mieux que moi. Sous les lourdes tresses qu'exigeait la mode, ce front lisse était celui d'un juge. Sa mémoire gardait des moindres objets une empreinte exacte ; il ne lui arrivait jamais, comme à moi, d'hésiter trop longtemps ou de se décider trop vite. Elle dépistait d'un coup d'œil mes adversaires les plus cachés ; elle évaluait mes partisans avec une froideur sage. En vérité, nous étions complices, mais l'oreille la plus exercée eût à peine pu reconnaître entre nous les signes d'un secret accord. Elle ne commit jamais devant moi l'erreur grossière de se plaindre de l'empereur, ni l'erreur plus subtile de l'excuser ou de le louer. De mon côté, ma loyauté n'était pas mise en question. Attianus, qui venait d'arriver de Rome, se joignait à ces entrevues qui duraient parfois toute la nuit, mais rien ne semblait lasser cette femme imperturbable et fragile. Elle avait réussi à faire nommer mon ancien tuteur en qualité de conseiller privé, éliminant ainsi mon ennemi Celsus. La méfiance de Trajan, ou l'impossibilité de trouver quelqu'un pour remplir ma place à l'arrière, me retiendrait à Antioche : je comptais sur eux pour m'instruire de tout ce que ne m'apprendraient pas les bulletins. En cas de désastre, ils sauraient rallier autour de moi la fidélité d'une partie de l'armée. Mes adversaires auraient à tabler avec la présence de ce vieillard goutteux qui ne partait que pour me servir, et de cette femme capable d'exiger de soi une longue endurance de soldat.

Je les vis s'éloigner, l'empereur à cheval, ferme, admirablement placide, le groupe patient des femmes en litière, les gardes prétoriens mêlés aux éclaireurs numides du redoutable Lusius Quiétus. L'armée qui avait hiverné sur les bords de l'Euphrate se mit en marche dès l'arrivée du chef : la campagne parthe commençait pour tout de bon. Les premières nouvelles furent sublimes. Babylone conquise, le Tigre franchi, Ctésiphon tombé. Tout, comme toujours, cédait à l'étonnante maîtrise de cet homme. Le prince de l'Arabie Characène se déclara sujet, ouvrant ainsi aux flottilles romaines le cours entier du Tigre : l'empereur s'embarqua pour le port de Charax au fond du Golfe Persique. Il touchait aux rives fabuleuses. Mes inquiétudes subsistaient, mais je les dissimulais comme des crimes ; c'est avoir tort que d'avoir raison trop tôt. Bien plus, je doutais de moi-même : j'avais été coupable de cette basse incrédulité qui nous empêche de reconnaître la grandeur d'un homme que nous connaissons trop. J'avais oublié que certains êtres déplacent les bornes du destin, changent l'histoire. J'avais blasphémé le Génie de l'empereur. Je me rongeais à mon poste. Si par hasard l'impossible avait lieu, se pouvait-il que j'en fusse exclu ? Tout étant toujours plus facile que la sagesse, le désir me venait de remettre la cotte de mailles des guerres sarmates, d'utiliser l'influence de Plotine pour me faire rappeler à l'armée. J'enviais au moindre de nos soldats la poussière des routes d'Asie, le choc des bataillons cuirassés de la Perse. Le Sénat vota cette fois à l'empereur le droit de célébrer, non pas

un triomphe, mais une succession de triomphes qui
dureraient autant que sa vie. Je fis moi-même ce qui se
devait : j'ordonnai des fêtes ; j'allai sacrifier sur le
sommet du mont Cassius.

Soudain, l'incendie qui couvait dans cette terre
d'Orient éclata partout à la fois. Des marchands juifs
refusèrent de payer l'impôt à Séleucie ; Cyrène immédiatement se révolta, et l'élément oriental y massacra
l'élément grec ; les routes qui amenaient jusqu'à nos
troupes le blé d'Égypte furent coupées par une bande
de Zélotes de Jérusalem ; à Chypre, les résidents grecs
et romains furent saisis par la populace juive, qui les
obligea à s'entre-tuer dans des combats de gladiateurs.
Je réussis à maintenir l'ordre en Syrie, mais je percevais des flammes dans l'œil des mendiants assis au seuil
des synagogues, des ricanements muets sur les grosses
lèvres des conducteurs de dromadaires, une haine
qu'en somme nous ne méritions pas. Les Juifs et les
Arabes avaient dès le début fait cause commune contre
une guerre qui menaçait de ruiner leur négoce ; mais
Israël en profitait pour se jeter contre un monde dont
l'excluaient ses fureurs religieuses, ses rites singuliers,
et l'intransigeance de son Dieu. L'empereur, revenu
en toute hâte à Babylone, délégua Quiétus pour châtier
les villes révoltées : Cyrène, Édesse, Séleucie, les
grandes métropoles helléniques de l'Orient, furent
livrées aux flammes en punition de trahisons prémédi-
tées au cours des haltes de caravanes ou machinées
dans les juiveries. Plus tard, en visitant ces villes à
reconstruire, j'ai marché sous des colonnades en ruine,
entre des files de statues brisées. L'empereur Osroès,
qui avait soudoyé ces révoltes, prit immédiatement
l'offensive ; Abgar s'insurgea et rentra dans Édesse en
cendres ; nos alliés arméniens, sur lesquels Trajan avait
cru pouvoir compter, prêtèrent main-forte aux satrapes. L'empereur se trouva brusquement au centre d'un

immense champ de bataille où il fallait faire face de tous côtés.

Il perdit l'hiver au siège de Hatra, place forte presque inexpugnable, située en plein désert, et qui coûta à notre armée des milliers de morts. Son entêtement était de plus en plus une forme de courage personnel : cet homme malade refusait de lâcher prise. Je savais par Plotine que Trajan, malgré l'avertissement d'une brève attaque de paralysie, s'obstinait à ne pas nommer son héritier. Si cet imitateur d'Alexandre mourait à son tour de fièvres ou d'intempérance dans quelque coin malsain de l'Asie, la guerre étrangère se compliquerait d'une guerre civile ; une lutte à mort éclaterait entre mes partisans et ceux de Celsus ou de Palma. Soudain, les nouvelles cessèrent presque complètement ; la mince ligne de communication entre l'empereur et moi n'était maintenue que par les bandes numides de mon pire ennemi. Ce fut à cette époque que je chargeai pour la première fois mon médecin de me marquer à l'encre rouge, sur la poitrine, la place du cœur : si le pire arrivait, je ne tenais pas à tomber vivant entre les mains de Lusius Quiétus. La tâche difficile de pacifier les îles et les provinces limitrophes s'ajoutait aux autres besognes de mon poste, mais le travail épuisant des jours n'était rien comparé à la longueur des nuits d'insomnie. Tous les problèmes de l'empire m'accablaient à la fois, mais le mien propre pesait davantage. Je voulais le pouvoir. Je le voulais pour imposer mes plans, essayer mes remèdes, restaurer la paix. Je le voulais surtout pour être moi-même avant de mourir.

J'allais avoir quarante ans. Si je succombais à cette époque, il ne resterait de moi qu'un nom dans une série de grands fonctionnaires, et une inscription en grec en l'honneur de l'archonte d'Athènes. Depuis, chaque fois que j'ai vu disparaître un homme arrivé au milieu de la vie, et dont le public croit pouvoir mesurer exactement les réussites et les échecs, je me suis rappelé qu'à cet âge je n'existais encore qu'à mes propres yeux et à ceux de quelques amis, qui devaient parfois douter de moi comme j'en doutais moi-même. J'ai compris que peu d'hommes se réalisent avant de mourir : j'ai jugé leurs travaux interrompus avec plus de pitié. Cette hantise d'une vie frustrée immobilisait ma pensée sur un point, la fixait comme un abcès. Il en était de ma convoitise du pouvoir comme de celle de l'amour, qui empêche l'amant de manger, de dormir, de penser, et même d'aimer, tant que certains rites n'ont pas été accomplis. Les tâches les plus urgentes semblaient vaines, du moment qu'il m'était interdit de prendre en maître des décisions affectant l'avenir ; j'avais besoin d'être assuré de régner pour retrouver le goût d'être utile. Ce palais d'Antioche, où j'allais vivre quelques années plus tard dans une sorte de frénésie de bonheur, n'était pour moi qu'une prison, et peut-être une prison de condamné à mort. J'envoyai des messages secrets aux oracles, à Jupiter Ammon, à Castalie, au Zeus Dolichène. Je fis venir des Mages ; j'allai jusqu'à faire prendre dans les cachots d'Antioche un criminel désigné pour la mise en croix, auquel un sorcier trancha la gorge en ma présence, dans l'espoir que l'âme flottant un instant entre la vie et la mort me révélerait l'avenir. Ce misérable y gagna d'échapper à une plus longue agonie, mais les questions posées restèrent sans réponse. La nuit, je me traînais d'embrasure en embrasure, de balcon en balcon, le long des salles de ce palais aux murs encore lézardés par les effets du séisme, traçant çà et là des calculs astrologiques sur les dalles, interrogeant des étoiles tremblantes. Mais c'est sur terre qu'il fallait chercher les signes de l'avenir.

L'empereur enfin leva le siège de Hatra, et se décida

à repasser l'Euphrate, qu'on n'aurait jamais dû fran-
chir. Les chaleurs déjà torrides et le harcèlement des
archers parthes rendirent plus désastreux encore cet
amer retour. Par un brûlant soir de mai, j'allai
rencontrer hors des portes de la ville, sur les bords de
l'Oronte, le petit groupe éprouvé par les fièvres,
l'anxiété, la fatigue : l'empereur malade, Attianus, et
les femmes. Trajan tint à faire route à cheval jusqu'au
seuil du palais ; il se soutenait à peine ; cet homme si
plein de vie semblait plus changé qu'un autre par
l'approche de la mort. Criton et Matidie l'aidèrent à
gravir les marches, l'emmenèrent s'étendre, s'établirent à son chevet. Attianus et Plotine me racontèrent
ceux des incidents de la campagne qui n'avaient pu
trouver place dans leurs brefs messages. L'un de ces
récits m'émut au point de prendre à jamais rang parmi
mes souvenirs personnels, mes propres symboles. A
peine arrivé à Charax, l'empereur las était allé s'asseoir
sur la grève, face aux eaux lourdes du Golfe Persique.
C'était encore l'époque où il ne doutait pas de la
victoire, mais, pour la première fois, l'immensité du
monde l'accabla, et le sentiment de l'âge, et celui des
limites qui nous enserrent tous. De grosses larmes
roulèrent sur les joues ridées de cet homme qu'on
croyait incapable de jamais pleurer. Le chef qui avait
porté les aigles romaines sur les rivages inexplorés
jusque-là comprit qu'il ne s'embarquerait jamais sur
cette mer tant rêvée : l'Inde, la Bactriane, tout cet
obscur Orient dont il s'était grisé à distance, resterait
pour lui des noms et des songes. Dès le lendemain, les
mauvaises nouvelles le forcèrent à repartir. Chaque fois
qu'à mon tour le destin m'a dit non, je me suis souvenu
de ces pleurs versés un soir, sur une rive lointaine, par
un vieil homme qui regardait peut-être pour la première fois sa vie face à face.

Je montai le matin suivant chez l'empereur. Je me

sentais envers lui filial, fraternel. Cet homme qui
s'était toujours fait gloire de vivre et de penser en tout
comme chaque soldat de son armée finissait en pleine
solitude : couché sur son lit, il continuait à combiner
des plans grandioses auxquels personne ne s'intéressait
plus. Comme toujours, son langage sec et cassant
enlaidissait sa pensée ; formant ses mots à grand-peine,
il me parla du triomphe qu'on lui préparait à Rome. Il
niait la défaite comme il niait la mort. Il eut une
seconde attaque deux jours plus tard. Mes conciliabules anxieux reprirent avec Attianus, avec Plotine. La
prévoyance de l'impératrice venait de faire élever mon
vieil ami à la position toute-puissante de préfet du
prétoire, mettant ainsi sous nos ordres la garde impériale. Matidie, qui ne quittait pas la chambre du
malade, nous était heureusement tout acquise ; cette
femme simple et tendre était d'ailleurs de cire entre les
mains de Plotine. Mais aucun de nous n'osait rappeler
à l'empereur que la question de succession restait
pendante. Peut-être, comme Alexandre, avait-il décidé
de ne pas nommer lui-même son héritier ; peut-être
avait-il envers le parti de Quiétus des engagements sus
de lui seul. Plus simplement, il refusait d'envisager sa
fin : on voit ainsi, dans les familles, des vieillards
obstinés mourir intestat. Il s'agit moins pour eux de
garder jusqu'au bout leur trésor, ou leur empire, dont
leurs doigts gourds se sont déjà à demi détachés, que
de ne pas s'établir trop tôt dans l'état posthume d'un
homme qui n'a plus de décisions à prendre, plus de
surprises à causer, plus de menaces ou de promesses à
faire aux vivants. Je le plaignais : nous différions trop
pour qu'il pût trouver en moi ce continuateur docile,
commis d'avance aux mêmes méthodes, et jusqu'aux
mêmes erreurs, que la plupart des gens qui ont exercé
une autorité absolue cherchent désespérément à leur lit
de mort. Mais le monde autour de lui était vide

d'hommes d'État : j'étais le seul qu'il pût prendre sans manquer à ses devoirs de bon fonctionnaire et de grand prince : ce chef habitué à évaluer les états de service était à peu près forcé de m'accepter. C'était d'ailleurs une excellente raison pour me haïr. Peu à peu, sa santé se rétablit juste assez pour lui permettre de quitter la chambre. Il parlait d'entreprendre une nouvelle campagne ; il n'y croyait pas lui-même. Son médecin Criton, qui craignait pour lui les chaleurs de la canicule, réussit enfin à le décider à se rembarquer pour Rome. Le soir qui précéda son départ, il me fit appeler à bord du navire qui devait le ramener en Italie, et me nomma commandant en chef à sa place. Il s'engageait jusque-là. Mais l'essentiel n'était pas fait.

Contrairement aux ordres reçus, je commençai immédiatement, mais en secret, des pourparlers de paix avec Osroès. Je misais sur le fait que je n'aurais probablement plus de comptes à rendre à l'empereur. Moins de dix jours plus tard, je fus réveillé en pleine nuit par l'arrivée d'un messager : je reconnus aussitôt un homme de confiance de Plotine. Il m'apportait deux missives. L'une, officielle, m'apprenait que Trajan, incapable de supporter le mouvement de la mer, avait été débarqué à Sélinonte-en-Cilicie où il gisait gravement malade dans la maison d'un marchand. Une seconde lettre, secrète celle-là, m'annonçait sa mort, que Plotine me promettait de tenir cachée le plus longtemps possible, me donnant ainsi l'avantage d'être averti le premier. Je partis sur-le-champ pour Sélinonte, après avoir pris toutes les mesures nécessaires pour m'assurer des garnisons syriennes. A peine en route, un nouveau courrier m'annonça officiellement le décès de l'empereur. Son testament, qui me désignait comme héritier, venait d'être envoyé à Rome en mains sûres. Tout ce qui depuis dix ans avait été fiévreusement rêvé, combiné, discuté ou tu, se réduisait à un message de deux lignes, tracé en grec d'une main ferme par une petite écriture de femme. Attianus, qui m'attendait sur le quai de Sélinonte, fut le premier à me saluer du titre d'empereur.

Et c'est ici, dans cet intervalle entre le débarquement du malade et le moment de sa mort, que se place une de ces séries d'événements qu'il me sera toujours impossible de reconstituer, et sur lesquels pourtant s'est édifié mon destin. Ces quelques jours passés par Attianus et les femmes dans cette maison de marchand ont à jamais décidé de ma vie, mais il en sera éternellement d'eux comme il en fut plus tard d'une certaine après-midi sur le Nil, dont je ne saurai non plus jamais rien, précisément parce qu'il m'importerait d'en tout savoir. Le dernier des badauds, à Rome, a son opinion sur ces épisodes de ma vie, mais je suis à leur sujet le moins renseigné des hommes. Mes ennemis ont accusé Plotine d'avoir profité de l'agonie de l'empereur pour faire tracer à ce moribond les quelques mots qui me léguaient le pouvoir. Des calomniateurs plus grossiers encore ont décrit un lit à courtines, la lueur incertaine d'une lampe, le médecin Criton dictant les dernières volontés de Trajan d'une voix qui contrefaisait celle du mort. On a fait valoir que l'ordonnance Phœdime, qui me haïssait, et dont mes amis n'auraient pas pu acheter le silence, succomba fort opportunément d'une fièvre maligne le lendemain du décès de son maître. Il y a dans ces images de violence et d'intrigue je ne sais quoi qui frappe l'imagination populaire, et même la mienne. Il ne me déplairait pas qu'un petit nombre d'honnêtes gens eussent été capables d'aller pour moi jusqu'au crime, ni que le dévouement de l'impératrice l'eût entraînée si loin. Elle savait les dangers qu'une décision non prise faisait courir à l'État ; je l'honore assez pour croire qu'elle eût accepté de commettre une fraude nécessaire, si la sagesse, le sens commun, l'intérêt public, et l'amitié l'y avaient poussée. J'ai tenu entre mes mains depuis lors ce document si violemment contesté par mes adversaires : je ne puis me prononcer pour ou contre l'authenticité de cette dernière dictée d'un malade. Certes, je préfère supposer que Trajan lui-même, faisant avant de mourir le sacrifice de ses préjugés personnels, a de son plein gré laissé l'empire à celui qu'il jugeait somme toute le plus digne. Mais il faut bien avouer que la fin, ici, m'importait plus que les moyens : l'essentiel est que l'homme arrivé au pouvoir ait prouvé par la suite qu'il méritait de l'exercer.

Le corps fut brûlé sur le rivage, peu après mon arrivée, en attendant les funérailles triomphales qui seraient célébrées à Rome. Presque personne n'assista à la cérémonie très simple, qui eut lieu à l'aube, et ne fut qu'un dernier épisode des longs soins domestiques rendus par les femmes à la personne de Trajan. Matidie pleurait à chaudes larmes ; la vibration de l'air autour du bûcher brouillait les traits de Plotine. Calme, distante, un peu creusée par la fièvre, elle demeurait comme toujours clairement impénétrable. Attianus et Criton veillaient à ce que tout fût convenablement consumé. La petite fumée se dissipa dans l'air pâle du matin sans ombres. Aucun de mes amis ne revint sur les incidents des quelques jours qui avaient précédé la mort de l'empereur. Leur mot d'ordre était évidemment de se taire ; le mien fut de ne pas poser de dangereuses questions.

Le jour même, l'impératrice veuve et ses familiers se rembarquèrent pour Rome. Je rentrai à Antioche, accompagné le long de la route par les acclamations des légions. Un calme extraordinaire s'était emparé de moi : l'ambition, et la crainte, semblaient un cauchemar passé. Quoi qu'il fût arrivé, j'avais toujours été

décidé à défendre jusqu'au bout mes chances impériales, mais l'acte d'adoption simplifiait tout. Ma propre
vie ne me préoccupait plus : je pouvais de nouveau
penser au reste des hommes.

TELLUS STABILITA

Ma vie était rentrée dans l'ordre, mais non pas l'empire. Le monde dont j'avais hérité ressemblait à un homme dans la force de l'âge, robuste encore, bien que montrant déjà, aux yeux d'un médecin, des signes imperceptibles d'usure, mais qui venait de passer par les convulsions d'une maladie grave. Les négociations reprirent, ouvertement désormais ; je fis répandre partout que Trajan lui-même m'en avait chargé avant de mourir. Je raturai d'un trait les conquêtes dangereuses : non seulement la Mésopotamie, où nous n'aurions pas pu nous maintenir, mais l'Arménie trop excentrique et trop lointaine, que je ne gardai qu'au rang d'État vassal. Deux ou trois difficultés, qui eussent fait traîner des années une conférence de paix si les principaux intéressés avaient eu avantage à la tirer en longueur, furent aplanies par l'entregent du marchand Opramoas, qui avait l'oreille des Satrapes. Je tâchai de faire passer dans les pourparlers cette ardeur que d'autres réservent pour le champ de bataille ; je forçai la paix. Mon partenaire la désirait d'ailleurs au moins autant que moi-même : les Parthes ne songeaient qu'à rouvrir leurs routes de commerce entre l'Inde et nous. Peu de mois après la grande crise, j'eus la joie de voir se reformer au bord de l'Oronte la file des caravanes ; les oasis se repeuplaient de marchands commentant les nouvelles à la lueur de feux de cuisine, rechargeant chaque matin avec leurs denrées, pour le transport en pays inconnu, un certain nombre de pensées, de mots, de coutumes bien à nous, qui peu à peu s'empareraient du globe plus sûrement que les légions en marche. La circulation de l'or, le passage des idées, aussi subtil que celui de l'air vital dans les artères, recommençaient au-dedans du grand corps du monde ; le pouls de la terre se remettait à battre.

La fièvre de la rébellion tombait à son tour. Elle avait été si violente, en Égypte, qu'on avait dû lever en toute hâte des milices paysannes en attendant nos troupes de renfort. Je chargeai immédiatement mon camarade Marcius Turbo d'y rétablir l'ordre, ce qu'il fit avec une fermeté sage. Mais l'ordre dans les rues ne me suffisait qu'à moitié ; je voulais, s'il se pouvait, le restaurer dans les esprits, ou plutôt l'y faire régner pour la première fois. Un séjour d'une semaine à Péluse s'employa tout entier à tenir la balance égale entre les Grecs et les Juifs, incompatibles éternels. Je ne vis rien de ce que j'aurais voulu voir : ni les rives du Nil, ni le Musée d'Alexandrie, ni les statues des temples ; à peine trouvai-je moyen de consacrer une nuit aux agréables débauches de Canope. Six interminables journées se passèrent dans la cuve bouillante du tribunal, protégée contre la chaleur du dehors par de longs rideaux de lattes qui claquaient au vent. D'énormes moustiques, la nuit, grésillaient autour des lampes. J'essayai de démontrer aux Grecs qu'ils n'étaient pas toujours les plus sages, aux Juifs qu'ils n'étaient nullement les plus purs. Les chansons satiriques dont ces Hellènes de basse espèce harcelaient leurs adversaires n'étaient guère moins bêtes que les grotesques imprécations des juiveries. Ces races qui vivaient porte à porte depuis des siècles n'avaient jamais eu la curiosité de se connaître, ni la décence de s'accepter. Les plaideurs épuisés qui cédaient la place, tard dans la nuit, me retrouvaient sur mon banc à l'aube, encore occupé à trier le tas d'ordures des faux témoignages ; les cadavres poignardés qu'on m'offrait comme pièces à conviction étaient souvent ceux de malades morts dans leur lit et volés aux embaumeurs. Mais chaque heure d'accalmie était une victoire, précaire comme elles le sont toutes ; chaque dispute arbitrée un précédent, un gage pour l'avenir. Il m'importait assez peu que l'accord obtenu fût extérieur, imposé du dehors, probablement temporaire : je savais que le bien comme le mal est affaire de routine, que le temporaire se prolonge, que l'extérieur s'infiltre au-dedans, et que le masque, à la longue, devient visage. Puisque la haine, la sottise, le délire ont des effets durables, je ne voyais pas pourquoi la lucidité, la justice, la bienveillance n'auraient pas les leurs. L'ordre aux frontières n'était rien si je ne persuadais pas ce fripier juif et ce charcutier grec de vivre tranquillement côte à côte.

La paix était mon but, mais point du tout mon idole ; le mot même d'idéal me déplairait comme trop éloigné du réel. J'avais songé à pousser jusqu'au bout mon refus des conquêtes en abandonnant la Dacie, et je l'eusse fait si j'avais pu sans folie rompre de front avec la politique de mon prédécesseur, mais mieux valait utiliser le plus sagement possible ces gains antérieurs à mon règne et déjà enregistrés par l'histoire. L'admirable Julius Bassus, premier gouverneur de cette province nouvellement organisée, était mort à la peine, comme j'avais failli moi-même succomber durant mon année aux frontières sarmates, tué par cette tâche sans gloire qui consiste à pacifier inlassablement un pays cru soumis. Je lui fis faire à Rome des funérailles triomphales, réservées d'ordinaire aux seuls empereurs ; cet hommage à un bon serviteur obscurément sacrifié fut ma dernière et discrète protestation contre la politique de conquêtes : je n'avais plus à la dénoncer tout haut depuis que j'étais maître d'y couper court. Par contre, une répression militaire s'imposait en Maurétanie, où les agents de Lusius Quiétus fomentaient des troubles ; elle ne nécessitait pas immédiatement ma présence. Il en allait de même en Bretagne, où les Calédoniens avaient profité des retraits de troupes occasionnés par la guerre d'Asie pour décimer les garnisons insuffisantes laissées aux frontières. Julius Sévérus s'y chargea du plus pressé, en attendant que la mise en ordre des affaires romaines me permît d'entreprendre ce lointain voyage. Mais j'avais à cœur de terminer moi-même la guerre sarmate restée en suspens, d'y jeter cette fois le nombre de troupes nécessaires pour en finir avec les déprédations des barbares. Car je refusais, ici comme partout, de m'assujettir à un système. J'acceptais la guerre comme un moyen vers la paix si les négociations n'y pouvaient suffire, à la façon du médecin se décidant pour le cautère après avoir essayé des simples. Tout est si compliqué dans les affaires humaines que mon règne pacifique aurait, lui aussi, ses périodes de guerre, comme la vie d'un grand capitaine a, bon gré mal gré, ses interludes de paix.

Avant de remonter vers le nord pour le règlement final du conflit sarmate, je revis Quiétus. Le boucher de Cyrène restait redoutable. Mon premier geste avait été de dissoudre ses colonnes d'éclaireurs numides ; il lui restait sa place au Sénat, son poste dans l'armée régulière, et cet immense domaine de sables occidentaux dont il pouvait se faire à son gré un tremplin ou un asile. Il m'invita à une chasse en Mysie, en pleine forêt, et machina savamment un accident dans lequel, avec un peu moins de chance ou d'agilité physique, j'eusse à coup sûr laissé ma vie. Mieux valait paraître ne rien soupçonner, patienter, attendre. Peu de temps plus tard, en Moésie Inférieure, à l'époque où la capitulation des princes sarmates me permettait d'envisager mon retour en Italie pour une date assez prochaine, un échange de dépêches chiffrées avec mon ancien tuteur m'apprit que Quiétus, rentré précipitamment à Rome, venait de s'y aboucher avec Palma. Nos ennemis fortifiaient leurs positions, reformaient leurs troupes. Aucune sécurité n'était possible tant que nous aurions contre nous ces deux hommes. J'écrivis à Attianus d'agir vite. Ce vieillard frappa comme la foudre. Il outrepassa mes ordres, et me débarrassa d'un seul coup de tout ce qui me restait d'ennemis déclarés. Le même jour, à peu d'heures de distance, Celsus fut exécuté à Baïes, Palma dans sa villa de Terracine, Nigrinus à Faventia sur le seuil de sa maison de plaisance. Quiétus périt en voyage, au sortir d'un conciliabule avec ses complices, sur le marchepied de la voiture qui le ramenait en ville. Une vague de terreur déferla sur Rome. Servianus, mon antique beau-frère, qui s'était en apparence résigné à ma fortune, mais qui escomptait avidement mes faux pas futurs, dut en ressentir un mouvement de joie qui fut sans doute de toute sa vie ce qu'il éprouva de mieux comme volupté. Tous les bruits sinistres qui couraient sur moi retrouvèrent créance.

Je reçus ces nouvelles sur le pont du navire qui me ramenait en Italie. Elles m'atterrèrent. On est toujours bien aise d'être soulagé de ses adversaires, mais mon tuteur avait montré pour les conséquences lointaines de son acte une indifférence de vieillard : il avait oublié que j'aurais à vivre avec les suites de ces meurtres pendant plus de vingt ans. Je pensais aux proscriptions d'Octave, qui avaient éclaboussé pour toujours la mémoire d'Auguste, aux premiers crimes de Néron qu'avaient suivis d'autres crimes. Je me rappelais les dernières années de Domitien, de cet homme médiocre, pas pire qu'un autre, que la peur infligée et subie avait peu à peu privé de forme humaine, mort en plein palais comme une bête traquée dans les bois. Ma vie publique m'échappait déjà : la première ligne de l'inscription portait, profondément entaillée, quelques mots que je n'effacerais plus. Le Sénat, ce grand corps si faible, mais qui devenait puissant dès qu'il était persécuté, n'oublierait jamais que quatre hommes sortis de ses rangs avaient été exécutés sommairement par mon ordre ; trois intrigants et une brute féroce feraient ainsi figure de martyrs. J'avisai immédiatement Attianus d'avoir à me rejoindre à Brundisium pour me répondre de ses actes.

Il m'attendait à deux pas du port, dans une des chambres de l'auberge tournée vers l'Orient où jadis mourut Virgile. Il vint en boitillant me recevoir sur le seuil ; il souffrait d'une crise de goutte. Sitôt seul avec lui, j'éclatai en reproches : un règne que je voulais modéré, exemplaire, commençait par quatre exécutions, dont l'une seulement était indispensable, et qu'on avait dangereusement négligé d'entourer de formes légales. Cet abus de force me serait d'autant plus reproché que je m'appliquerais par la suite à être clément, scrupuleux, ou juste ; on s'en servirait pour prouver que mes prétendues vertus n'étaient qu'une série de masques, pour me fabriquer une banale légende de tyran qui me suivrait peut-être jusqu'à la fin de l'Histoire. J'avouai ma peur : je ne me sentais pas plus exempt de cruauté que d'aucune tare humaine : j'accueillais le lieu commun qui veut que le crime appelle le crime, l'image de l'animal qui a une fois goûté au sang. Un vieil ami dont la loyauté m'avait paru sûre s'émancipait déjà, profitant de faiblesses qu'il avait cru remarquer en moi ; il s'était arrangé, sous couleur de me servir, pour régler un compte personnel avec Nigrinus et Palma. Il compromettait

mon œuvre de pacification ; il me préparait le plus noir
des retours à Rome.

Le vieil homme demanda la permission de s'asseoir,
plaça sur un tabouret sa jambe enveloppée de bandelettes. Tout en parlant, je remontais une couverture sur
ce pied malade. Il me laissait aller, avec le sourire d'un
grammairien qui écoute son élève se tirer assez bien
d'une récitation difficile. Quand j'eus fini, il me
demanda posément ce que j'avais compté faire des
ennemis du régime. On saurait, s'il le fallait, prouver
que ces quatre hommes avaient comploté ma mort ; ils
avaient en tout cas intérêt à le faire. Tout passage d'un
règne à un autre entraîne ses opérations de nettoyage ;
il s'était chargé de celle-ci pour me laisser les mains
propres. Si l'opinion publique réclamait une victime,
rien n'était plus simple que de lui enlever son poste de
préfet du prétoire. Il avait prévu cette mesure ; il
m'avisait de la prendre. Et s'il fallait davantage pour
concilier le Sénat, il m'approuverait d'aller jusqu'à la
relégation ou l'exil.

Attianus avait été le tuteur auquel on soutire de
l'argent, le conseiller des jours difficiles, l'agent fidèle,
mais c'était la première fois que je regardais avec
attention ce visage aux bajoues soigneusement rasées,
ces mains déformées tranquillement rejointes sur le
pommeau d'une canne d'ébène. Je connaissais assez
bien les divers éléments de son existence d'homme
prospère : sa femme, qui lui était chère, et dont la
santé exigeait des soins, ses filles mariées, et leurs
enfants, pour lesquels il avait des ambitions, à la fois
modestes et tenaces, comme l'avaient été les siennes
propres ; son amour des plats fins ; son goût décidé
pour les camées grecs et les jeunes danseuses. Il
m'avait donné la préséance sur toutes ces choses :
depuis trente ans, son premier souci avait été de me
protéger, puis de me servir. A moi, qui ne m'étais

encore préféré que des idées, des projets, ou tout au plus une image future de moi-même, ce banal dévouement d'homme à homme semblait prodigieux, insondable. Personne n'en est digne, et je continue à ne pas me l'expliquer. Je suivis son conseil : il perdit son poste. Son mince sourire me montra qu'il s'attendait à être pris au mot. Il savait bien qu'aucune sollicitude intempestive envers un vieil ami ne m'empêcherait jamais d'adopter le parti le plus sage ; ce fin politique ne m'aurait pas voulu autrement. Il ne faudrait pas s'exagérer l'étendue de sa disgrâce : après quelques mois d'éclipse, je réussis à le faire entrer au Sénat. C'était le plus grand honneur que je pusse accorder à cet homme d'ordre équestre. Il eut une vieillesse facile de riche chevalier romain, nanti de l'influence que lui valait sa connaissance parfaite des familles et des affaires ; j'ai souvent été son hôte dans sa villa des monts d'Albe. N'importe : j'avais, comme Alexandre à la veille d'une bataille, sacrifié à la Peur avant mon entrée à Rome : il m'arrive de compter Attianus parmi mes victimes humaines.

Attianus avait vu juste : l'or vierge du respect serait trop mou sans un certain alliage de crainte. Il en fut de l'assassinat des quatre consulaires comme de l'histoire du testament forgé : les esprits honnêtes, les cœurs vertueux se refusèrent à me croire impliqué ; les cyniques supposaient le pire, mais m'en admiraient d'autant plus. Rome se calma, dès qu'on sut que mes rancunes s'arrêtaient court ; la joie qu'avait chacun de se sentir rassuré fit promptement oublier les morts. On s'émerveillait de ma douceur, parce qu'on la jugeait délibérée, volontaire, préférée chaque matin à une violence qui ne m'eût pas été moins facile ; on louait ma simplicité, parce qu'on croyait y voir un calcul. Trajan avait eu la plupart des vertus modestes ; les miennes surprenaient davantage ; un peu plus, et on y aurait vu un raffinement de vice. J'étais le même homme qu'autrefois, mais ce qu'on avait méprisé passait pour sublime : une extrême politesse, où les esprits grossiers avaient vu une forme de faiblesse, peut-être de lâcheté, parut la gaine lisse et lustrée de la force. On porta aux nues ma patience envers les solliciteurs, mes fréquentes visites aux malades des hôpitaux militaires, ma familiarité amicale avec les vétérans rentrés au foyer. Tout cela ne différait pas de

la manière dont j'avais toute ma vie traité mes serviteurs et les colons de mes fermes. Chacun de nous a
plus de vertus qu'on ne le croit, mais le succès seul les
met en lumière, peut-être parce qu'on s'attend alors à
nous voir cesser de les exercer. Les êtres humains
avouent leurs pires faiblesses quand ils s'étonnent
qu'un maître du monde ne soit pas sottement indolent,
présomptueux, ou cruel.

J'avais refusé tous les titres. Au premier mois de
mon règne, le Sénat m'avait paré à mon insu de cette
longue série d'appellations honorifiques qu'on drape
comme un châle à franges autour du cou de certains
empereurs. Dacique, Parthique, Germanique : Trajan
avait aimé ces beaux bruits de musiques guerrières,
pareils aux cymbales et aux tambours des régiments
parthes ; ils avaient suscité en lui des échos, des
réponses ; ils ne faisaient que m'irriter ou m'étourdir.
Je fis enlever tout cela ; je repoussai aussi, provisoire-
ment, l'admirable titre de Père de la Patrie, qu'Auguste n'accepta que sur le tard, et dont je ne m'estimais
pas encore digne. Il en alla de même du triomphe ; il
eût été ridicule d'y consentir pour une guerre à laquelle
mon seul mérite était d'avoir mis fin. Ceux qui virent
de la modestie dans ces refus se trompèrent autant que
ceux qui m'en reprochaient l'orgueil. Mon calcul
portait moins sur l'effet produit chez autrui que sur les
avantages pour moi-même. Je voulais que mon prestige
fût personnel, collé à la peau, immédiatement mesura-
ble en termes d'agilité mentale, de force, ou d'actes
accomplis. Les titres, s'ils venaient, viendraient plus
tard, d'autres titres, témoignages de victoires plus
secrètes auxquelles je n'osais encore prétendre. J'avais
pour le moment assez à faire de devenir, ou d'être, le
plus possible Hadrien.

On m'accuse d'aimer peu Rome. Elle était belle
pourtant, pendant ces deux années où l'État et moi

nous essayâmes l'un l'autre, la ville aux rues étroites, aux Forums encombrés, aux briques couleur de vieille chair. Rome revue, après l'Orient et la Grèce, se revêtait d'une espèce d'étrangeté qu'un Romain, né et nourri perpétuellement dans la Ville, ne lui connaîtrait pas. Je me réhabituais à ses hivers humides et couverts de suie, à ses étés africains tempérés par la fraîcheur des cascades de Tibur et des lacs d'Albe, à son peuple presque rustique, provincialement attaché aux sept collines, mais chez qui l'ambition, l'appât du gain, les hasards de la conquête et de la servitude déversent peu à peu toutes les races du monde, le Noir tatoué, le Germain velu, le Grec mince et l'Oriental épais. Je me débarrassais de certaines délicatesses : je fréquentais les bains publics aux heures populaires ; j'appris à supporter les Jeux, où je n'avais vu jusque-là que gaspillage féroce. Mon opinion n'avait pas changé : je détestais ces massacres où la bête n'a pas une chance ; je percevais pourtant peu à peu leur valeur rituelle, leurs effets de purification tragique sur la foule inculte ; je voulais que la splendeur des fêtes égalât celles de Trajan, avec plus d'art toutefois, et plus d'ordre. Je m'obligeais à goûter l'exacte escrime des gladiateurs, à condition cependant que nul ne fût forcé d'exercer ce métier malgré lui. J'apprenais, du haut de la tribune du Cirque, à parlementer avec la foule par la voix des hérauts, à ne lui imposer silence qu'avec une déférence qu'elle me rendait au centuple, à ne jamais rien lui accorder que ce qu'elle avait raisonnablement le droit d'attendre, à ne rien refuser sans expliquer mon refus. Je n'emportais pas comme toi mes livres dans la loge impériale : c'est insulter les autres que de paraître dédaigner leurs joies. Si le spectacle m'écœurait, l'effort de l'endurer m'était un exercice plus valable que la lecture d'Épictète.

La morale est une convention privée ; la décence est

affaire publique ; toute licence trop visible m'a toujours fait l'effet d'un étalage de mauvais aloi. J'interdis les bains mixtes, cause de rixes presque continuelles ; je fis fondre et rentrer dans les caisses de l'État le colossal service de vaisselle plate commandé par la goinfrerie de Vitellius. Nos premiers Césars se sont acquis une détestable réputation de coureurs d'héritages : je me fis une règle de n'accepter pour l'État ni moi-même aucun legs sur lequel des héritiers directs pourraient se croire des droits. Je tâchai de diminuer l'exorbitante quantité d'esclaves de la maison impériale, et surtout l'audace de ceux-ci, par laquelle ils s'égalent aux meilleurs citoyens, et parfois les terrorisent : un jour, un de mes gens adressa avec impertinence la parole à un sénateur ; je fis souffleter cet homme. Ma haine du désordre alla jusqu'à faire fustiger en plein Cirque des dissipateurs perdus de dettes. Pour ne pas tout confondre, j'insistais, en ville, sur le port public de la toge ou du laticlave, vêtements incommodes, comme tout ce qui est honorifique, auxquels je ne m'astreins moi-même qu'à Rome. Je me levais pour recevoir mes amis ; je me tenais debout durant mes audiences, par réaction contre le sans-gêne de l'attitude assise ou couchée. Je fis réduire le nombre insolent d'attelages qui encombrent nos rues, luxe de vitesse qui se détruit de lui-même, car un piéton reprend l'avantage sur cent voitures collées les unes aux autres le long des détours de la Voie Sacrée. Pour mes visites, je pris l'habitude de me faire porter en litière jusqu'à l'intérieur des maisons privées, épargnant ainsi à mon hôte la corvée de m'attendre ou de me reconduire au-dehors sous le soleil ou le vent hargneux de Rome.

Je retrouvai les miens : j'ai toujours eu quelque tendresse pour ma sœur Pauline, et Servianus lui-même semblait moins odieux qu'autrefois. Ma belle-

mère Matidie avait rapporté d'Orient les premiers
symptômes d'une maladie mortelle : je m'ingéniai à la
distraire de ses souffrances à l'aide de fêtes frugales, à
enivrer innocemment d'un doigt de vin cette matrone
aux naïvetés de jeune fille. L'absence de ma femme,
qui s'était réfugiée à la campagne dans un de ses accès
d'humeur, n'enlevait rien à ces plaisirs de famille. De
tous les êtres, c'est probablement celui auquel j'ai le
moins réussi à plaire : il est vrai que je m'y suis fort
peu essayé. Je fréquentai la petite maison où l'impératrice veuve s'adonnait aux délices sérieuses de la
méditation et des livres. Je retrouvai le beau silence de
Plotine. Elle s'effaçait avec douceur ; ce jardin, ces
pièces claires devenaient chaque jour davantage l'en-
clos d'une Muse, le temple d'une impératrice déjà
divine. Son amitié pourtant restait exigeante, mais elle
n'avait somme toute que des exigences sages.

Je revis mes amis ; je connus le plaisir exquis de
reprendre contact après de longues absences, de reju-
ger, et d'être rejugé. Le camarade des plaisirs et des
travaux littéraires d'autrefois, Victor Voconius, était
mort ; je me chargeai de fabriquer son oraison funèbre ;
on sourit de me voir mentionner parmi les vertus du
défunt une chasteté que réfutaient ses propres poèmes,
et la présence aux funérailles de Thestylis aux boucles
de miel, que Victor appelait jadis son beau tourment.
Mon hypocrisie était moins grossière qu'il ne semble :
tout plaisir pris avec goût me paraissait chaste. J'amé-
nageai Rome comme une maison que le maître entend
pouvoir quitter sans qu'elle ait à souffrir de son
absence : des collaborateurs nouveaux firent leurs
preuves ; des adversaires ralliés soupèrent au Palatin
avec les amis des temps difficiles. Nératius Priscus
ébauchait à ma table ses plans de législation ; l'architecte Apollodore nous expliquait ses épures ; Céionius
Commodus, patricien richissime, sorti d'une vieille

famille étrusque de sang presque royal, bon connaisseur en vins et en hommes, combinait avec moi ma prochaine manœuvre au Sénat.

Son fils, Lucius Céionius, alors âgé de dix-huit ans à peine, égayait ces fêtes, que je voulais austères, de sa grâce rieuse de jeune prince. Il avait déjà certaines manies absurdes et délicieuses : la passion de confectionner à ses amis des plats rares, le goût exquis des décorations florales, le fol amour des jeux de hasard et des travestis. Martial était son Virgile : il récitait ces poésies lascives avec une effronterie charmante. Je fis des promesses, qui m'ont beaucoup gêné par la suite ; ce jeune faune dansant occupa six mois de ma vie.

J'ai si souvent perdu de vue, puis retrouvé Lucius au cours des années qui suivirent, que je risque de garder de lui une image faite de mémoires superposées qui ne correspond en somme à aucune phase de sa rapide existence. L'arbitre quelque peu insolent des élégances romaines, l'orateur à ses débuts, timidement penché sur des exemples de style, réclamant mon avis sur un passage difficile, le jeune officier soucieux, tourmentant sa barbe rare, le malade secoué par la toux que j'ai veillé jusqu'à l'agonie, n'ont existé que beaucoup plus tard. L'image de Lucius adolescent se confine à des recoins plus secrets du souvenir : un visage, un corps, l'albâtre d'un teint pâle et rose, l'exact équivalent d'une épigramme amoureuse de Callimaque, de quelques lignes nettes et nues du poète Straton.

Mais j'avais hâte de quitter Rome. Mes prédécesseurs, jusqu'ici, s'en étaient surtout absentés pour la guerre : les grands projets, les activités pacifiques, et ma vie même, commençaient pour moi hors les murs.

Un dernier soin restait à prendre : il s'agissait de donner à Trajan ce triomphe qui avait obsédé ses rêves de malade. Un triomphe ne sied guère qu'aux morts. Vivant, il se trouve toujours quelqu'un pour nous

reprocher nos faiblesses, comme jadis à César sa
calvitie et ses amours. Mais un mort a droit à cette
espèce d'inauguration dans la tombe, à ces quelques
heures de pompe bruyante avant les siècles de gloire et
les millénaires d'oubli. La fortune d'un mort est à
l'abri des revers ; ses défaites même acquièrent une
splendeur de victoires. Le dernier triomphe de Trajan
ne commémorait pas un succès plus ou moins douteux
sur les Parthes, mais l'honorable effort qu'avait été
toute sa vie. Nous nous étions réunis pour célébrer le
meilleur empereur que Rome eût connu depuis la
vieillesse d'Auguste, le plus assidu à son travail, le plus
honnête, le moins injuste. Ses défauts mêmes n'étaient
plus que ces particularités qui font reconnaître la
parfaite ressemblance d'un buste de marbre avec le
visage. L'âme de l'empereur montait au ciel, emportée
par la spirale immobile de la Colonne Trajane. Mon
père adoptif devenait dieu : il avait pris place dans la
série des incarnations guerrières du Mars éternel, qui
viennent bouleverser et rénover le monde de siècle en
siècle. Debout sur le balcon du Palatin, je mesurais
mes différences ; je m'instrumentais vers de plus
calmes fins. Je commençais à rêver d'une souveraineté
olympienne.

Rome n'est plus dans Rome : elle doit périr, ou s'égaler désormais à la moitié du monde. Ces toits, ces terrasses, ces îlots de maisons que le soleil couchant dore d'un si beau rose ne sont plus, comme au temps de nos rois, craintivement entourés de remparts ; j'ai reconstruit moi-même une bonne partie de ceux-ci le long des forêts germaniques et sur les landes bretonnes. Chaque fois que j'ai regardé de loin, au détour de quelque route ensoleillée, une acropole grecque, et sa ville parfaite comme une fleur, reliée à sa colline comme le calice à sa tige, je sentais que cette plante incomparable était limitée par sa perfection même, accomplie sur un point de l'espace et dans un segment du temps. Sa seule chance d'expansion, comme celle des plantes, était sa graine : la semence d'idées dont la Grèce a fécondé le monde. Mais Rome plus lourde, plus informe, plus vaguement étalée dans sa plaine au bord de son fleuve, s'organisait vers des développements plus vastes : la cité est devenue l'État. J'aurais voulu que l'État s'élargît encore, devînt ordre du monde, ordre des choses. Des vertus qui suffisaient pour la petite ville des sept collines auraient à s'assouplir, à se diversifier, pour convenir à toute la terre. Rome, que j'osai le premier qualifier d'éternelle, s'assimilerait de plus en plus aux déesses-mères des cultes d'Asie : progénitrice des jeunes hommes et des moissons, serrant contre son sein des lions et des ruches d'abeilles. Mais toute création humaine qui prétend à l'éternité doit s'adapter au rythme changeant des grands objets naturels, s'accorder au temps des astres. Notre Rome n'est plus la bourgade pastorale du vieil Évandre, grosse d'un avenir qui est déjà en partie passé ; la Rome de proie de la République a rempli son rôle ; la folle capitale des premiers Césars tend d'elle-même à s'assagir ; d'autres Romes viendront, dont j'imagine mal le visage, mais que j'aurai contribué à former. Quand je visitais les villes antiques, saintes, mais révolues, sans valeur présente pour la race humaine, je me promettais d'éviter à ma Rome ce destin pétrifié d'une Thèbes, d'une Babylone ou d'une Tyr. Elle échapperait à son corps de pierre ; elle se composerait du mot d'État, du mot de citoyenneté, du mot de république, une plus sûre immortalité. Dans les pays encore incultes, sur les bords du Rhin, du Danube, ou de la mer des Bataves, chaque village défendu par une palissade de pieux me rappelait la hutte de roseaux, le tas de fumier où nos jumeaux romains dormaient gorgés de lait de louve : ces métropoles futures reproduiraient Rome. Aux corps physiques des nations et des races, aux accidents de la géographie et de l'histoire, aux exigences disparates des dieux ou des ancêtres, nous aurions à jamais superposé, mais sans rien détruire, l'unité d'une conduite humaine, l'empirisme d'une expérience sage. Rome se perpétuerait dans la moindre petite ville où des magistrats s'efforcent de vérifier les poids des marchands, de nettoyer et d'éclairer leurs rues, de s'opposer au désordre, à l'incurie, à la peur, à l'injustice, de réinterpréter raisonnablement les lois. Elle ne périrait qu'avec la dernière cité des hommes.

Humanitas, Felicitas, Libertas : ces beaux mots qui figurent sur les monnaies de mon règne, je ne les ai pas inventés. N'importe quel philosophe grec, presque tout Romain cultivé se propose du monde la même image que moi. Mis en présence d'une loi injuste, parce que trop rigoureuse, j'ai entendu Trajan s'écrier que son exécution ne répondait plus à l'esprit des temps. Mais cet esprit des temps, j'aurais peut-être été le premier à y subordonner consciemment tous mes actes, à en faire autre chose que le rêve fumeux d'un philosophe ou l'aspiration un peu vague d'un bon prince. Et je remerciais les dieux, puisqu'ils m'avaient accordé de vivre à une époque où la tâche qui m'était échue consistait à réorganiser prudemment un monde, et non à extraire du chaos une matière encore informe, ou à se coucher sur un cadavre pour essayer de le ressusciter. Je me félicitais que notre passé fût assez long pour nous fournir d'exemples, et pas assez lourd pour nous en écraser ; que le développement de nos techniques fût arrivé à ce point où il facilitait l'hygiène des villes, la prospérité des peuples, et pas à cet excès où il risquerait d'encombrer l'homme d'acquisitions inutiles ; que nos arts, arbres un peu lassés par l'abondance de leurs dons, fussent encore capables de quelques fruits délicieux. Je me réjouissais que nos religions vagues et vénérables, décantées de toute intransigeance ou de tout rite farouche, nous associassent mystérieusement aux songes les plus antiques de l'homme et de la terre, mais sans nous interdire une explication laïque des faits, une vue rationnelle de la conduite humaine. Il me plaisait enfin que ces mots même d'Humanité, de Liberté, de Bonheur, n'eussent pas encore été dévalués par trop d'applications ridicules.

Je vois une objection à tout effort pour améliorer la condition humaine : c'est que les hommes en sont

peut-être indignes. Mais je l'écarte sans peine : tant
que le rêve de Caligula restera irréalisable, et que le
genre humain tout entier ne se réduira pas à une seule
tête offerte au couteau, nous aurons à le tolérer, à le
contenir, à l'utiliser pour nos fins ; notre intérêt bien
entendu sera de le servir. Mon procédé se basait sur
une série d'observations faites de longue date sur moi-
même : toute explication lucide m'a toujours
convaincu, toute politesse m'a conquis, tout bonheur
m'a presque toujours rendu sage. Et je n'écoutais que
d'une oreille les gens bien intentionnés qui disent que
le bonheur énerve, que la liberté amollit, que l'humanité corrompt ceux sur lesquels elle s'exerce. Il se
peut : mais, dans l'état habituel du monde, c'est
refuser de nourrir convenablement un homme émacié
de peur que dans quelques années il lui arrive de
souffrir de pléthore. Quand on aura allégé le plus
possible les servitudes inutiles, évité les malheurs non
nécessaires, il restera toujours, pour tenir en haleine les
vertus héroïques de l'homme, la longue série des maux
véritables, la mort, la vieillesse, les maladies non
guérissables, l'amour non partagé, l'amitié rejetée ou
trahie, la médiocrité d'une vie moins vaste que nos
projets et plus terne que nos songes : tous les malheurs
causés par la divine nature des choses.

Il faut l'avouer, je crois peu aux lois. Trop dures, on
les enfreint, et avec raison. Trop compliquées, l'ingé-
niosité humaine trouve facilement à se glisser entre les
mailles de cette nasse traînante et fragile. Le respect
des lois antiques correspond à ce qu'a de plus profond
la piété humaine ; il sert aussi d'oreiller à l'inertie des
juges. Les plus vieilles participent de cette sauvagerie
qu'elles s'évertuaient à corriger ; les plus vénérables
sont encore le produit de la force. La plupart de nos
lois pénales n'atteignent, heureusement peut-être,
qu'une petite partie des coupables ; nos lois civiles ne

seront jamais assez souples pour s'adapter à l'immense
et fluide variété des faits. Elles changent moins vite
que les mœurs ; dangereuses quand elles retardent sur
celles-ci, elles le sont davantage quand elles se mêlent
de les précéder. Et cependant, de cet amas d'innovations périlleuses ou de routines surannées, émergent çà
et là, comme en médecine, quelques formules utiles.
Les philosophes grecs nous ont enseigné à connaître un
peu mieux la nature humaine ; nos meilleurs juristes
travaillent depuis quelques générations dans la direction du sens commun. J'ai effectué moi-même
quelques-unes de ces réformes partielles qui sont les
seules durables. Toute loi trop souvent transgressée est
mauvaise : c'est au législateur à l'abroger ou à la
changer, de peur que le mépris où cette folle ordonnance est tombée ne s'étende à d'autres lois plus justes.
Je me proposais pour but une prudente absence de lois
superflues, un petit groupe fermement promulgué de
décisions sages. Le moment semblait venu de réévaluer
toutes les prescriptions anciennes dans l'intérêt de
l'humanité.

En Espagne, aux environs de Tarragone, un jour où
je visitais seul une exploitation minière à demi aban-
donnée, un esclave dont la vie déjà longue s'était passée
presque tout entière dans ces corridors souterrains se
jeta sur moi avec un couteau. Point illogiquement, il se
vengeait sur l'empereur de ses quarante-trois ans de
servitude. Je le désarmai facilement ; je le remis à mon
médecin ; sa fureur tomba ; il se transforma en ce qu'il
était vraiment, un être pas moins sensé que les autres,
et plus fidèle que beaucoup. Ce coupable que la loi
sauvagement appliquée eût fait exécuter sur-le-champ
devint pour moi un serviteur utile. La plupart des
hommes ressemblent à cet esclave : ils ne sont que trop
soumis ; leurs longues périodes d'hébétude sont coupées de quelques révoltes aussi brutales qu'inutiles. Je

voulais voir si une liberté sagement entendue n'en eût pas tiré davantage, et je m'étonne que pareille expérience n'ait pas tenté plus de princes. Ce barbare condamné au travail des mines devint pour moi l'emblème de tous nos esclaves, de tous nos barbares. Il ne me semblait pas impossible de les traiter comme j'avais traité cet homme, de les rendre inoffensifs à force de bonté, pourvu qu'ils sussent d'abord que la main qui les désarmait était sûre. Tous les peuples ont péri jusqu'ici par manque de générosité : Sparte eût survécu plus longtemps si elle avait intéressé les Hilotes à sa survie ; Atlas cesse un beau jour de soutenir le poids du ciel, et sa révolte ébranle la terre. J'aurais voulu reculer le plus possible, éviter s'il se peut, le moment où les barbares au-dehors, les esclaves au-dedans, se rueront sur un monde qu'on leur demande de respecter de loin ou de servir d'en bas, mais dont les bénéfices ne sont pas pour eux. Je tenais à ce que la plus déshéritée des créatures, l'esclave nettoyant les cloaques des villes, le barbare affamé rôdant aux frontières, eût intérêt à voir durer Rome.

Je doute que toute la philosophie du monde parvienne à supprimer l'esclavage : on en changera tout au plus le nom. Je suis capable d'imaginer des formes de servitude pires que les nôtres, parce que plus insidieuses : soit qu'on réussisse à transformer les hommes en machines stupides et satisfaites, qui se croient libres alors qu'elles sont asservies, soit qu'on développe chez eux, à l'exclusion des loisirs et des plaisirs humains, un goût du travail aussi forcené que la passion de la guerre chez les races barbares. A cette servitude de l'esprit, ou de l'imagination humaine, je préfère encore notre esclavage de fait. Quoi qu'il en soit, l'horrible état qui met l'homme à la merci d'un autre homme demande à être soigneusement réglé par la loi. J'ai veillé à ce que l'esclave ne fût plus cette marchandise anonyme qu'on

vend sans tenir compte des liens de famille qu'il s'est
créés, cet objet méprisable dont un juge n'enregistre le
témoignage qu'après l'avoir soumis à la torture, au lieu
de l'accepter sous serment. J'ai défendu qu'on l'obli-
geât aux métiers déshonorants ou dangereux, qu'on le
vendît aux tenanciers de maisons de prostitution ou
aux écoles de gladiateurs. Que ceux qui se plaisent à
ces professions les exercent seuls : elles n'en seront que
mieux exercées. Dans les fermes, où les régisseurs
abusent de sa force, j'ai remplacé le plus possible
l'esclave par des colons libres. Nos recueils d'anecdotes
sont pleins d'histoires de gourmets jetant leurs domestiques aux murènes, mais les crimes scandaleux et
facilement punissables sont peu de chose au prix de
milliers de monstruosités banales, journellement per-
pétrées par des gens de bien au cœur sec que personne
ne songe à inquiéter. On s'est récrié quand j'ai banni
de Rome une patricienne riche et considérée qui
maltraitait ses vieux esclaves ; le moindre ingrat qui
néglige ses parents infirmes choque davantage la
conscience publique, mais je vois peu de différence
entre ces deux formes d'inhumanité.

La condition des femmes est déterminée par d'étranges coutumes : elles sont à la fois assujetties et
protégées, faibles et puissantes, trop méprisées et trop
respectées. Dans ce chaos d'usages contradictoires, le
fait de société se superpose au fait de nature : encore
n'est-il pas facile de les distinguer l'un de l'autre. Cet
état de choses si confus est partout plus stable qu'il ne
paraît l'être : dans l'ensemble, les femmes se veulent
telles qu'elles sont ; elles résistent au changement ou
l'utilisent à leurs seules et mêmes fins. La liberté des
femmes d'aujourd'hui, plus grande ou du moins plus
visible qu'aux temps anciens, n'est guère qu'un des
aspects de la vie plus facile des époques prospères ; les
principes, et même les préjugés d'autrefois, n'ont pas

été sérieusement entamés. Sincères ou non, les éloges
officiels et les inscriptions tombales continuent à prêter
à nos matrones ces mêmes vertus d'industrie, de
chasteté, d'austérité, qu'on exigeait d'elles sous la
République. Ces changements réels ou supposés n'ont
d'ailleurs modifié en rien l'éternelle licence de mœurs
du petit peuple, ni la perpétuelle pruderie bourgeoise,
et le temps seul les prouvera durables. La faiblesse des
femmes, comme celle des esclaves, tient à leur condition légale ; leur force prend sa revanche dans les
petites choses où la puissance qu'elles excercent est
presque illimitée. J'ai rarement vu d'intérieur de
maison où les femmes ne régnaient pas ; j'y ai souvent
vu régner aussi l'intendant, le cuisinier, ou l'affranchi.
Dans l'ordre financier, elles restent légalement soumi-
ses à une forme quelconque de tutelle ; en pratique,
dans chaque échoppe de Suburre, c'est d'ordinaire la
marchande de volailles ou la fruitière qui se carre en
maîtresse au comptoir. L'épouse d'Attianus gérait les
biens de la famille avec un admirable génie d'homme
d'affaires. Les lois devraient le moins possible différer
des usages : j'ai accordé à la femme une liberté accrue
d'administrer sa fortune, de tester ou d'hériter. J'ai
insisté pour qu'aucune fille ne fût mariée sans son
consentement : ce viol légal est aussi répugnant qu'un
autre. Le mariage est leur grande affaire ; il est bien
juste qu'elles ne la concluent que de plein gré.

Une partie de nos maux provient de ce que trop
d'hommes sont honteusement riches, ou désespérément pauvres. Par bonheur, un équilibre tend de nos
jours à s'établir entre ces deux extrêmes : les fortunes
colossales d'empereurs et d'affranchis sont choses du
passé : Trimalcion et Néron sont morts. Mais tout est à
faire dans l'ordre d'un intelligent réagencement économique du monde. En arrivant au pouvoir, j'ai renoncé
aux contributions volontaires faites par les villes à

l'empereur, qui ne sont qu'un vol déguisé. Je te
conseille d'y renoncer à ton tour. L'annulation complète des dettes des particuliers à l'État était une
mesure plus risquée, mais nécessaire pour faire table
rase après dix ans d'économie de guerre. Notre monnaie s'est dangereusement déprimée depuis un siècle :
c'est pourtant au taux de nos pièces d'or que s'évalue
l'éternité de Rome : à nous de leur rendre leur valeur
et leur poids solidement mesurés en choses. Nos terres
ne sont cultivées qu'au hasard : seuls, des districts
privilégiés, l'Égypte, l'Afrique, la Toscane, et quelques autres, ont su se créer des communautés paysannes savamment exercées à la culture du blé ou de la
vigne. Un de mes soucis était de soutenir cette classe,
d'en tirer des instructeurs pour des populations villa-
geoises plus primitives ou plus routinières, moins
habiles. J'ai mis fin au scandale des terres laissées en
jachère par de grands propriétaires peu soucieux du
bien public : tout champ non cultivé depuis cinq ans
appartient désormais au laboureur qui se charge d'en
tirer parti. Il en va à peu près de même des exploita-
tions minières. La plupart de nos riches font d'énormes dons à l'État, aux institutions publiques, au
prince. Beaucoup agissent ainsi par intérêt, quelques-
uns par vertu, presque tous finalement y gagnent. Mais
j'aurais voulu voir leur générosité prendre d'autres
formes que celle de l'ostentation dans l'aumône, leur
enseigner à augmenter sagement leurs biens dans
l'intérêt de la communauté, comme ils ne l'ont fait
jusqu'ici que pour enrichir leurs enfants. C'est dans cet
esprit que j'ai pris moi-même en main la gestion du
domaine impérial : personne n'a le droit de traiter la
terre comme l'avare son pot d'or.

Nos marchands sont parfois nos meilleurs géogra-
phes, nos meilleurs astronomes, nos plus savants
naturalistes. Nos banquiers comptent parmi nos plus

habiles connaisseurs d'hommes. J'utilisais les compé-
tences ; je luttais de toutes mes forces contre les
empiétements. L'appui donné aux armateurs a décuplé
les échanges avec les nations étrangères ; j'ai réussi
ainsi à supplémenter à peu de frais la coûteuse flotte
impériale : en ce qui concerne les importations de
l'Orient et de l'Afrique, l'Italie est une île, et dépend
des courtiers du blé pour sa subsistance depuis qu'elle
n'y fournit plus elle-même ; le seul moyen de parer aux
dangers de cette situation est de traiter ces hommes
d'affaires indispensables en fonctionnaires surveillés de
près. Nos vieilles provinces sont arrivées dans ces
dernières années à un état de prospérité qu'il n'est pas
impossible d'augmenter encore, mais il importe que
cette prospérité serve à tous, et non pas seulement à la
banque d'Hérode Atticus ou au petit spéculateur qui
accapare toute l'huile d'un village grec. Aucune loi
n'est trop dure qui permette de réduire le nombre des
intermédiaires dont fourmillent nos villes : race obscène et ventrue, chuchotant dans toutes les tavernes,
accoudée à tous les comptoirs, prête à saper toute
politique qui ne l'avantage pas sur-le-champ. Une
répartition judicieuse des greniers de l'État aide à
enrayer l'inflation scandaleuse des prix en temps de
disette, mais je comptais surtout sur l'organisation des
producteurs eux-mêmes, des vignerons gaulois, des
pêcheurs du Pont-Euxin dont la misérable pitance est
dévorée par les importateurs de caviar et de poisson
salé qui s'engraissent de leurs travaux et de leurs
dangers. Un de mes plus beaux jours fut celui où je
persuadai un groupe de marins de l'Archipel de
s'associer en corporation, et de traiter directement avec
les boutiquiers des villes. Je ne me suis jamais senti
plus utilement prince.

Trop souvent, la paix n'est pour l'armée qu'une
période de désœuvrement turbulent entre deux com-

bats : l'alternative à l'inaction ou au désordre est la préparation en vue d'une guerre déterminée, puis la guerre. Je rompis avec ces routines ; mes perpétuelles visites aux avant-postes n'étaient qu'un moyen parmi beaucoup d'autres pour maintenir cette armée pacifique en état d'activité utile. Partout, en terrain plat comme en montagne, au bord de la forêt comme en plein désert, la légion étale ou concentre ses bâtiments toujours pareils, ses champs de manœuvres, ses baraquements construits à Cologne pour résister à la neige, à Lambèse à la tempête de sable, ses magasins dont j'avais fait vendre le matériel inutile, son cercle d'officiers auquel préside une statue du prince. Mais cette uniformité n'est qu'apparente : ces quartiers interchangeables contiennent la foule chaque fois différente des troupes auxiliaires ; toutes les races apportent à l'armée leurs vertus et leurs armes particulières, leur génie de fantassins, de cavaliers, ou d'archers. J'y retrouvais à l'état brut cette diversité dans l'unité qui fut mon but impérial. J'ai permis aux soldats l'emploi de leurs cris de guerre nationaux et de commandements donnés dans leurs langues ; j'ai sanctionné les unions des vétérans avec les femmes barbares et légitimé leurs enfants. Je m'efforçais ainsi d'adoucir la sauvagerie de la vie des camps, de traiter ces hommes simples en hommes. Au risque de les rendre moins mobiles, je les voulais attachés au coin de terre qu'ils se chargeaient de défendre ; je n'hésitai pas à régionaliser l'armée. J'espérais rétablir à l'échelle de l'empire l'équivalent des milices de la jeune République, où chaque homme défendait son champ et sa ferme. Je travaillais surtout à développer l'efficacité technique des légions ; j'entendais me servir de ces centres militaires comme d'un levier de civilisation, d'un coin assez solide pour entrer peu à peu là où les instruments

plus délicats de la vie civile se fussent émoussés.
L'armée devenait un trait d'union entre le peuple de la
forêt, de la steppe et du marécage, et l'habitant raffiné
des villes, école primaire pour barbares, école d'endurance et de responsabilité pour le Grec lettré ou le
jeune chevalier habitué aux aises de Rome. Je connaissais personnellement les côtés pénibles de cette vie, et
aussi ses facilités, ses subterfuges. J'annulai les privilèges ; j'interdis les congés trop fréquents accordés aux
officiers ; je fis débarrasser les camps de leurs salles de
banquets, de leurs pavillons de plaisir et de leurs
coûteux jardins. Ces bâtiments inutiles devinrent des
infirmeries, des hospices pour vétérans. Nous recru-
tions nos soldats à un âge trop tendre, et nous les
gardions trop vieux, ce qui était à la fois peu économique et cruel. J'ai changé tout cela. La Discipline
Auguste se doit de participer à l'humanité du siècle.

Nous sommes des fonctionnaires de l'État, nous ne
sommes pas des Césars. Cette plaignante avait raison,
que je refusais un jour d'écouter jusqu'au bout, et qui
s'écria que si le temps me manquait pour l'entendre, le
temps me manquait pour régner. Les excuses que je lui
fis n'étaient pas de pure forme. Et pourtant, le temps
manque : plus l'empire grandit, plus les différents
aspects de l'autorité tendent à se concentrer dans les
mains du fonctionnaire-chef ; cet homme pressé doit
nécessairement se décharger sur d'autres d'une partie
de ses tâches ; son génie va consister de plus en plus à
s'entourer d'un personnel sûr. Le grand crime de
Claude ou de Néron fut de laisser paresseusement leurs
affranchis ou leurs esclaves s'emparer de ces rôles
d'agents, de conseillers, et de délégués du maître. Une
portion de ma vie et de mes voyages s'est passée à
choisir les chefs de file d'une bureaucratie nouvelle, à
les exercer, à assortir le plus judicieusement qu'il se

peut les talents aux places, à ouvrir d'utiles possibilités
d'emploi à cette classe moyenne dont dépend l'État. Je
vois le danger de ces armées civiles : il tient en un
mot : l'établissement de routines. Ces rouages montés
pour des siècles se fausseront si l'on n'y prend garde ;
c'est au maître à en régler sans cesse les mouvements, à
en prévoir ou à en réparer l'usure. Mais l'expérience
démontre qu'en dépit de nos soins infinis pour choisir
nos successeurs, les empereurs médiocres seront toujours les plus nombreux, et qu'il règne au moins un
insensé par siècle. En temps de crise, ces bureaux bien
organisés pourront continuer à vaquer à l'essentiel,
remplir l'intérim, parfois fort long, entre un prince
sage et un autre prince sage. Certains empereurs
traînent derrière eux des files de barbares liés par le
cou, d'interminables processions de vaincus. L'élite
des fonctionnaires que j'ai entrepris de former me fait
autrement cortège. Le conseil du prince : c'est grâce à
ceux qui le composent que j'ai pu m'absenter de Rome
pendant des années, et n'y rentrer qu'en passant. Je
correspondais avec eux par les courriers les plus
rapides ; en cas de danger, par les signaux des séma-
phores. Ils ont formé à leur tour d'autres auxiliaires
utiles. Leur compétence est mon œuvre ; leur activité
bien réglée m'a permis de m'employer moi-même
ailleurs. Elle va me permettre sans trop d'inquiétude
de m'absenter dans la mort.

Sur vingt ans de pouvoir, j'en ai passé douze sans
domicile fixe. J'occupais à tour de rôle les palais des
marchands d'Asie, les sages maisons grecques, les
belles villas munies de bains et de calorifères des
résidents romains de la Gaule, les huttes ou les fermes.
La tente légère, l'architecture de toile et de cordes,
était encore la préférée. Les navires n'étaient pas moins
variés que les logis terrestres : j'eus le mien, pourvu
d'un gymnase et d'une bibliothèque, mais je me défiais

trop de toute fixité pour m'attacher à aucune demeure,
même mouvante. La barque de plaisance d'un million-
naire syrien, les vaisseaux de haut bord de la flotte, ou
le caïque d'un pêcheur grec convenaient tout aussi
bien. Le seul luxe était la vitesse et tout ce qui la
favorise, les meilleurs chevaux, les voitures les mieux
suspendues, les bagages les moins encombrants, les
vêtements et les accessoires les mieux appropriés au
climat. Mais la grande ressource était avant tout l'état
parfait du corps : une marche forcée de vingt lieues
n'était rien, une nuit sans sommeil n'était considérée
que comme une invitation à penser. Peu d'hommes
aiment longtemps le voyage, ce bris perpétuel de toutes
les habitudes, cette secousse sans cesse donnée à tous
les préjugés. Mais je travaillais à n'avoir nul préjugé et
peu d'habitudes. J'appréciais la profondeur délicieuse
des lits, mais aussi le contact et l'odeur de la terre nue,
les inégalités de chaque segment de la circonférence du
monde. J'étais fait à la variété des nourritures, gruau
britannique ou pastèque africaine. Il m'arriva un jour
de goûter au gibier à demi pourri qui fait les délices de
certaines peuplades germaniques : j'en vomis, mais
l'expérience fut tentée. Fort décidé dans mes préféren-
ces en amour, je craignais même là les routines. Ma
suite bornée à l'indispensable ou à l'exquis m'isolait
peu du reste du monde ; je veillais à ce que mes
mouvements restassent libres, mon abord facile. Les
provinces, ces grandes unités officielles dont j'avais
moi-même choisi les emblèmes, la Britannia sur son
siège de rochers ou la Dacie et son cimeterre, se
dissociaient en forêts dont j'avais cherché l'ombre, en
puits où j'avais bu, en individus rencontrés au hasard
des haltes, en visages connus, parfois aimés. Je
connaissais chaque mille de nos routes, le plus beau
don peut-être que Rome ait fait à la terre. Mais le
moment inoubliable était celui où la route s'arrêtait au

flanc d'une montagne, où l'on se hissait de crevasse en
crevasse, de bloc en bloc, pour assister à l'aurore du
haut d'un pic des Pyrénées ou des Alpes.

Quelques hommes avant moi avaient parcouru la
terre : Pythagore, Platon, une douzaine de sages, et
bon nombre d'aventuriers. Pour la première fois, le
voyageur était en même temps le maître, pleinement
libre de voir, de réformer, de créer. C'était ma chance,
et je me rendais compte que des siècles peut-être
passeraient avant que se reproduisît cet heureux accord
d'une fonction, d'un tempérament, d'un monde. Et
c'est alors que je m'aperçus de l'avantage qu'il y a à
être un homme nouveau, et un homme seul, fort peu
marié, sans enfants, presque sans ancêtres, Ulysse sans
autre Ithaque qu'intérieure. Il faut faire ici un aveu
que je n'ai fait à personne : je n'ai jamais eu le
sentiment d'appartenir complètement à aucun lieu, pas
même à mon Athènes bien-aimée, pas même à Rome.
Étranger partout, je ne me sentais particulièrement
isolé nulle part. J'exerçais en cours de route les
différentes professions dont se compose le métier
d'empereur : j'endossais la vie militaire comme un
vêtement devenu commode à force d'avoir été porté. Je
me remettais sans peine à parler le langage des camps,
ce latin déformé par la pression des langues barbares,
semé de jurons rituels et de plaisanteries faciles ; je me
réhabituais à l'encombrant équipement des jours de
manœuvres, à ce changement d'équilibre que produit
dans tout le corps la présence au bras gauche du lourd
bouclier. Le long métier de comptable m'astreignait
partout davantage, qu'il s'agît d'apurer les comptes de
la province d'Asie ou ceux d'une petite bourgade
britannique endettée par l'érection d'un établissement
thermal. J'ai déjà parlé du métier de juge. Des
similitudes tirées d'autres emplois me venaient à
l'esprit : je pensais au médecin ambulant guérissant les

gens de porte en porte, à l'ouvrier de la voirie appelé
pour réparer une chaussée ou ressouder une conduite
d'eau, au surveillant qui court d'un bout à l'autre du
banc des navires, encourageant les rameurs, mais
utilisant son fouet le moins possible. Et aujourd'hui,
sur les terrasses de la Villa, regardant les esclaves
émonder les branches ou sarcler les plates-bandes, je
pense surtout au sage va-et-vient du jardinier.

Les artisans que j'emmenais dans mes tournées me
causèrent peu de soucis : leur goût du voyage égalait le
mien. Mais j'eus des difficultés avec les hommes de
lettres. L'indispensable Phlégon a des défauts de vieille
femme, mais c'est le seul secrétaire qui ait résisté à
l'usage : il est encore là. Le poète Florus, à qui j'offris
un secrétariat en langue latine, s'écria partout qu'il
n'aurait pas voulu être César et avoir à supporter les
froids scythes et les pluies bretonnes. Les longues
randonnées à pied ne lui disaient rien non plus. De
mon côté, je lui laissais volontiers les délices de la vie
littéraire romaine, les tavernes où l'on se rencontre
pour échanger chaque soir les mêmes bons mots et se
faire fraternellement piquer des mêmes moustiques.
J'avais donné à Suétone la place de curateur des
archives, qui lui permit d'accéder aux documents
secrets dont il avait besoin pour ses biographies des
Césars. Cet habile homme si bien surnommé Tranquillus n'était concevable qu'à l'intérieur d'une bibliothèque : il resta à Rome, où il devint l'un des familiers de
ma femme, un membre de ce petit cercle de conservateurs mécontents qui se réunissaient chez elle pour
critiquer le train dont va le monde. Ce groupe me
plaisait peu : je fis mettre à la retraite Tranquillus, qui
s'en alla dans sa maisonnette des monts sabins rêver en
paix aux vices de Tibère. Favorinus d'Arles eut
quelque temps un secrétariat grec : ce nain à voix
flûtée n'était pas dépourvu de finesse. C'était un des

esprits les plus faux que j'aie rencontrés ; nous nous disputions, mais son érudition m'enchantait. Je m'amusais de son hypocondrie, qui le faisait s'occuper de sa santé comme un amant d'une maîtresse aimée. Son serviteur hindou lui préparait du riz venu à grands frais d'Orient ; par malheur, ce cuisinier exotique parlait fort mal le grec, et fort peu en aucune langue : il ne m'apprit rien sur les merveilles de son pays natal. Favorinus se flattait d'avoir accompli dans sa vie trois choses assez rares : Gaulois, il s'était hellénisé mieux que personne ; homme de peu, il se querellait sans cesse avec l'empereur, et ne s'en portait pas plus mal pour cela, singularité qui d'ailleurs était toute à mon crédit ; impuissant, il payait continuellement l'amende pour adultère. Et il est vrai que ses admiratrices de province lui créaient des ennuis dont j'eus plus d'une fois à le tirer. Je m'en lassai, et Eudémon prit sa place. Mais, dans l'ensemble, j'ai été étrangement bien servi. Le respect de ce petit groupe d'amis et d'employés a survécu, les dieux savent comment, à l'intimité brutale des voyages ; leur discrétion a été plus étonnante encore, si possible, que leur fidélité. Les Suétones de l'avenir auront fort peu d'anecdotes à récolter sur moi. Ce que le public sait de ma vie, je l'ai révélé moi-même. Mes amis m'ont gardé mes secrets, les politiques et les autres ; il est juste de dire que j'en fis souvent autant pour eux.

Construire, c'est collaborer avec la terre : c'est mettre une marque humaine sur un paysage qui en sera modifié à jamais ; c'est contribuer aussi à ce lent changement qui est la vie des villes. Que de soins pour trouver l'emplacement exact d'un pont ou d'une fontaine, pour donner à une route de montagne cette courbe la plus économique qui est en même temps la plus pure... L'élargissement de la route de Mégare transformait le paysage des roches skyroniennes ; les

quelque deux mille stades de voie dallée, munie de
citernes et de postes militaires, qui unissent Antinoé à
la Mer Rouge, faisaient succéder au désert l'ère de la
sécurité à celle du danger. Ce n'était pas trop de tout
le revenu de cinq cents villes d'Asie pour construire un
système d'aqueducs en Troade ; l'aqueduc de Carthage
repayait en quelque sorte les duretés des guerres
puniques. Élever des fortifications était en somme la
même chose que construire des digues : c'était trouver
la ligne sur laquelle une berge ou un empire peut être
défendu, le point où l'assaut des vagues ou celui des
barbares sera contenu, arrêté, brisé. Creuser des ports,
c'était féconder la beauté des golfes. Fonder des
bibliothèques, c'était encore construire des greniers
publics, amasser des réserves contre un hiver de
l'esprit qu'à certains signes, malgré moi, je vois venir.
J'ai beaucoup reconstruit : c'est collaborer avec le
temps sous son aspect de passé, en saisir ou en modifier
l'esprit, lui servir de relais vers un plus long avenir ;
c'est retrouver sous les pierres le secret des sources.
Notre vie est brève : nous parlons sans cesse des siècles
qui précèdent ou qui suivent le nôtre comme s'ils nous
étaient totalement étrangers ; j'y touchais pourtant
dans mes jeux avec la pierre. Ces murs que j'étaie sont
encore chauds du contact de corps disparus ; des mains
qui n'existent pas encore caresseront ces fûts de
colonnes. Plus j'ai médité sur ma mort, et surtout sur
celle d'un autre, plus j'ai essayé d'ajouter à nos vies ces
rallonges presque indestructibles. A Rome, j'utilisais
de préférence la brique éternelle, qui ne retourne que
très lentement à la terre dont elle est née, et dont le
tassement, ou l'effritement imperceptible, se fait de
telle manière que l'édifice reste montagne alors même
qu'il a cessé d'être visiblement une forteresse, un
cirque, ou une tombe. En Grèce, en Asie, j'employais
le marbre natal, la belle substance qui une fois taillée

demeure fidèle à la mesure humaine, si bien que le plan du temple tout entier reste contenu dans chaque fragment de tambour brisé. L'architecture est riche de possibilités plus variées que ne le feraient croire les quatre ordres de Vitruve ; nos blocs, comme nos tons musicaux, sont susceptibles de regroupements infinis. Je suis remonté pour le Panthéon à la vieille Étrurie des devins et des haruspices ; le sanctuaire de Vénus, au contraire, arrondit au soleil des formes ioniennes, des profusions de colonnes blanches et roses autour de la déesse de chair d'où sortit la race de César. L'Olympéion d'Athènes se devait d'être l'exact contrepoids du Parthénon, étalé dans la plaine comme l'autre s'érige sur la colline, immense où l'autre est parfait : l'ardeur aux genoux du calme, la splendeur aux pieds de la beauté. Les chapelles d'Antinoüs, et ses temples, chambres magiques, monuments d'un mystérieux passage entre la vie et la mort, oratoires d'une douleur et d'un bonheur étouffants, étaient le lieu de la prière et de la réapparition : je m'y livrais à mon deuil. Mon tombeau sur la rive du Tibre reproduit à une échelle gigantesque les antiques tombes de la Voie Appienne, mais ses proportions mêmes le transforment, font songer à Ctésiphon, à Babylone, aux terrasses et aux tours par lesquelles l'homme se rapproche des astres. L'Égypte funéraire a ordonné les obélisques et les allées de sphinx du cénotaphe qui impose à une Rome vaguement hostile la mémoire de l'ami jamais assez pleuré. La Villa était la tombe des voyages, le dernier campement du nomade, l'équivalent, construit en marbre, des tentes et des pavillons des princes d'Asie. Presque tout ce que notre goût accepte de tenter le fut déjà dans le monde des formes ; je passais à celui de la couleur : le jaspe vert comme les profondeurs marines, le porphyre grenu comme la chair, le basalte, la morne obsidienne. Le rouge dense des tentures s'ornait de

broderies de plus en plus savantes ; les mosaïques des
pavements ou des murailles n'étaient jamais assez
mordorées, assez blanches, ou assez sombres. Chaque
pierre était l'étrange concrétion d'une volonté, d'une
mémoire, parfois d'un défi. Chaque édifice était le plan
d'un songe.

Plotinopolis, Andrinople, Antinoé, Hadrianothères... J'ai multiplié le plus possible ces ruches de
l'abeille humaine. Le plombier et le maçon, l'ingénieur
et l'architecte président à ces naissances de villes ;
l'opération exige aussi certains dons de sourcier. Dans
un monde encore plus qu'à demi dominé par les bois,
le désert, la plaine en friche, c'est un beau spectacle
qu'une rue dallée, un temple à n'importe quel dieu,
des bains et des latrines publiques, la boutique où le
barbier discute avec ses clients les nouvelles de Rome,
une échoppe de pâtissier, de marchand de sandales,
peut-être de libraire, une enseigne de médecin, un
théâtre où l'on joue de temps en temps une pièce de
Térence. Nos délicats se plaignent de l'uniformité de
nos villes : ils souffrent d'y rencontrer partout la même
statue d'empereur et la même conduite d'eau. Ils ont
tort : la beauté de Nîmes diffère de celle d'Arles. Mais
cette uniformité même, retrouvée sur trois continents,
contente le voyageur comme celle d'une borne mil-
liaire ; les plus triviales de nos cités ont encore leur
prestige rassurant de relais, de poste, ou d'abri. La
ville : le cadre, la construction humaine, monotone si
l'on veut, mais comme sont monotones les cellules de
cire bourrées de miel, le lieu des contacts et des
échanges, l'endroit où les paysans viennent pour
vendre leurs produits et s'attardent pour regarder
bouche bée les peintures d'un portique... Mes villes
naissaient de rencontres : la mienne avec un coin de
terre, celle de mes plans d'empereur avec les incidents
de ma vie d'homme. Plotinopolis est due au besoin

d'établir en Thrace de nouveaux comptoirs agricoles, mais aussi au tendre désir d'honorer Plotine. Hadrianothères est destinée à servir d'emporium aux forestiers d'Asie Mineure : ce fut d'abord pour moi la retraite d'été, la forêt giboyeuse, le pavillon de troncs équarris au pied de la colline d'Attys, le torrent couronné d'écume où l'on se baigne chaque matin. Hadrianople en Épire rouvre un centre urbain au sein d'une province appauvrie : elle sort d'une visite au sanctuaire de Dodone. Andrinople, ville paysanne et militaire, centre stratégique à l'orée des régions barbares, est peuplée de vétérans des guerres sarmates ; je connais personnellement le fort et le faible de chacun de ces hommes, leurs noms, le nombre de leurs années de service et de leurs blessures. Antinoé, la plus chère, née sur l'emplacement du malheur, est comprimée sur une étroite bande de terre aride, entre le fleuve et le rocher. Je n'en tenais que plus à l'enrichir d'autres ressources, le commerce de l'Inde, les transports fluviaux, les grâces savantes d'une métropole grecque. Il n'y a pas de lieu sur terre que je désire moins revoir ; il y en a peu auxquels j'ai consacré plus de soins. Cette ville est un perpétuel péristyle. Je corresponds avec Fidus Aquila, son gouverneur, au sujet des propylées de son temple, des statues de son arche ; j'ai choisi les noms de ses blocs urbains et de ses dèmes, symboles apparents et secrets, catalogue très complet de mes souvenirs. J'ai tracé moi-même le plan des colonnades corinthiennes qui répondent le long des berges à l'alignement régulier des palmes. J'ai mille fois parcouru en pensée ce quadrilatère presque parfait, coupé de rues parallèles, scindé en deux par une avenue triomphale qui va d'un théâtre grec à un tombeau.

Nous sommes encombrés de statues, gorgés de délices peintes ou sculptées, mais cette abondance fait illusion ; nous reproduisons inlassablement quelques

douzaines de chefs-d'œuvre que nous ne serions plus
capables d'inventer. Moi aussi, j'ai fait copier pour la
Villa l'Hermaphrodite et le Centaure, la Niobide et la
Vénus. J'ai tenu à vivre le plus possible au milieu de
ces mélodies de formes. J'encourageais les expériences
avec le passé, un archaïsme savant qui retrouve le sens
d'intentions et de techniques perdues. Je tentai ces
variations qui consistent à transcrire en marbre rouge
un Marsyas écorché de marbre blanc, le ramenant ainsi
au monde des figures peintes, ou à transposer dans le
ton du Paros le grain noir des statues d'Égypte, à
changer l'idole en fantôme. Notre art est parfait, c'est-
à-dire accompli, mais sa perfection est susceptible de
modulations aussi variées que celles d'une voix pure : à
nous de jouer ce jeu habile qui consiste à se rapprocher
ou à s'éloigner perpétuellement de cette solution
trouvée une fois pour toutes, d'aller jusqu'au bout de la
rigueur ou de l'excès, d'enfermer d'innombrables
constructions nouvelles à l'intérieur de cette belle
sphère. Il y a avantage à avoir derrière soi mille points
de comparaison, à pouvoir à son gré continuer intelli-
gemment Scopas, ou contredire voluptueusement
Praxitèle. Mes contacts avec les arts barbares m'ont fait
croire que chaque race se limite à certains sujets, à
certains modes parmi les modes possibles ; chaque
époque opère encore un tri parmi les possibilités
offertes à chaque race. J'ai vu en Égypte des dieux et
des rois colossaux ; j'ai trouvé au poignet des prisonniers sarmates des bracelets qui répètent à l'infini le
même cheval au galop ou les mêmes serpents se
dévorant l'un l'autre. Mais notre art (j'entends celui
des Grecs) a choisi de s'en tenir à l'homme. Nous seuls
avons su montrer dans un corps immobile la force et
l'agilité latentes ; nous seuls avons fait d'un front lisse
l'équivalent d'une pensée sage. Je suis comme nos
sculpteurs : l'humain me satisfait ; j'y trouve tout,

jusqu'à l'éternel. La forêt tant aimée se ramasse pour moi tout entière dans l'image du centaure ; la tempête ne respire jamais mieux que dans l'écharpe ballonnée d'une déesse marine. Les objets naturels, les emblèmes sacrés, ne valent qu'alourdis d'associations humaines : la pomme de pin phallique et funèbre, la vasque aux colombes qui suggère la sieste au bord des fontaines, le griffon qui emporte le bien-aimé au ciel.

L'art du portrait m'intéressait peu. Nos portraits romains n'ont qu'une valeur de chronique : copies marquées de rides exactes ou de verrues uniques, décalques de modèles qu'on coudoie distraitement dans la vie et qu'on oublie sitôt morts. Les Grecs au contraire ont aimé la perfection humaine au point de se soucier assez peu du visage varié des hommes. Je ne jetais qu'un coup d'œil à ma propre image, cette figure basanée, dénaturée par la blancheur du marbre, ces yeux grands ouverts, cette bouche mince et pourtant charnue, contrôlée jusqu'à trembler. Mais le visage d'un autre m'a préoccupé davantage. Sitôt qu'il compta dans ma vie, l'art cessa d'être un luxe, devint une ressource, une forme de secours. J'ai imposé au monde cette image : il existe aujourd'hui plus de portraits de cet enfant que de n'importe quel homme illustre, de n'importe quelle reine. J'eus d'abord à cœur de faire enregistrer par la statuaire la beauté successive d'une forme qui change ; l'art devint ensuite une sorte d'opération magique capable d'évoquer un visage perdu. Les effigies colossales semblaient un moyen d'exprimer ces vraies proportions que l'amour donne aux êtres ; ces images, je les voulais énormes comme une figure vue de tout près, hautes et solennelles comme les visions et les apparitions du cauchemar, pesantes comme l'est resté ce souvenir. Je réclamais un fini parfait, une perfection pure, ce dieu qu'est pour ceux qui l'ont aimé tout être mort à vingt ans, et aussi la ressemblance exacte, la présence familière, chaque irrégularité d'un visage plus chère que la beauté. Que de discussions pour maintenir la ligne épaisse d'un sourcil, la rondeur un peu tuméfiée d'une lèvre... Je comptais désespérément sur l'éternité de la pierre, la fidélité du bronze, pour perpétuer un corps périssable, ou déjà détruit, mais j'insistais aussi pour que le marbre, oint chaque jour d'un mélange d'huile et d'acides, prît le poli et presque le moelleux d'une chair jeune. Ce visage unique, je le retrouvais partout : j'amalgamais les personnes divines, les sexes et les attributs éternels, la dure Diane des forêts au Bacchus mélancolique, l'Hermès vigoureux des palestres au dieu double qui dort, la tête contre le bras, dans un désordre de fleur. Je constatais à quel point un jeune homme qui pense ressemble à la virile Athéna. Mes sculpteurs s'y perdaient un peu ; les plus médiocres tombaient çà et là dans la mollesse ou dans l'emphase ; tous pourtant prenaient plus ou moins part au songe. Il y a les statues et les peintures du jeune vivant, celles qui reflètent ce paysage immense et changeant qui va de la quinzième à la vingtième année : le profil sérieux de l'enfant sage ; cette statue où un sculpteur de Corinthe a osé garder le laisser-aller du jeune garçon qui bombe le ventre en effaçant les épaules, la main sur la hanche, comme s'il surveillait au coin d'une rue une partie de dés. Il y a ce marbre où Papias d'Aphrodisie a tracé un corps plus que nu, désarmé, d'une fraîcheur fragile de narcisse. Et Aristéas a sculpté sous mes ordres, dans une pierre un peu rugueuse, cette petite tête impérieuse et fière... Il y a les portraits d'après la mort, et où la mort a passé, ces grands visages aux lèvres savantes, chargés de secrets qui ne sont plus les miens, parce que ce ne sont plus ceux de la vie. Il y a ce bas-relief où le Carien Antonianos a doué d'une grâce élyséenne le vendangeur vêtu de soie grège, et le

museau amical du chien pressé contre une jambe nue.
Et ce masque presque intolérable, œuvre d'un sculpteur de Cyrène, où le plaisir et la douleur fusent et
s'entrechoquent sur ce même visage comme deux
vagues sur un même rocher. Et ces petites statuettes
d'argile à un sou qui ont servi à la propagande
impériale : *Tellus stabilita,* le Génie de la Terre paci-
fiée, sous l'aspect d'un jeune homme couché qui tient
des fruits et des fleurs.

Trahit sua quemque voluptas. A chacun sa pente : à
chacun aussi son but, son ambition si l'on veut, son
goût le plus secret et son plus clair idéal. Le mien était
enfermé dans ce mot de beauté, si difficile à définir en
dépit de toutes les évidences des sens et des yeux. Je
me sentais responsable de la beauté du monde. Je
voulais que les villes fussent splendides, aérées, arro-
sées d'eaux claires, peuplées d'êtres humains dont le
corps ne fût détérioré ni par les marques de la misère
ou de la servitude, ni par l'enflure d'une richesse
grossière ; que les écoliers récitassent d'une voix juste
des leçons point ineptes ; que les femmes au foyer
eussent dans leurs mouvements une espèce de dignité
maternelle, de repos puissant ; que les gymnases
fussent fréquentés par des jeunes hommes point ignorants des jeux ni des arts ; que les vergers portassent les
plus beaux fruits et les champs les plus riches moissons. Je voulais que l'immense majesté de la paix
romaine s'étendît à tous, insensible et présente comme
la musique du ciel en marche ; que le plus humble
voyageur pût errer d'un pays, d'un continent à l'autre,
sans formalités vexatoires, sans dangers, sûr partout
d'un minimum de légalité et de culture ; que nos
soldats continuassent leur éternelle danse pyrrhique
aux frontières ; que tout fonctionnât sans accroc, les
ateliers et les temples ; que la mer fût sillonnée de
beaux navires et les routes parcourues par de fréquents

attelages ; que, dans un monde bien en ordre, les philosophes eussent leur place et les danseurs aussi. Cet idéal, modeste en somme, serait assez souvent approché si les hommes mettaient à son service une partie de l'énergie qu'ils dépensent en travaux stupides ou féroces ; une chance heureuse m'a permis de le réaliser partiellement durant ce dernier quart de siècle. Arrien de Nicomédie, un des meilleurs esprits de ce temps, aime à me rappeler les beaux vers où le vieux Terpandre a défini en trois mots l'idéal spartiate, le mode de vie parfait dont Lacédémone a rêvé sans jamais l'atteindre : la Force, la Justice, les Muses. La Force était à la base, rigueur sans laquelle il n'est pas de beauté, fermeté sans laquelle il n'est pas de justice. La Justice était l'équilibre des parties, l'ensemble des proportions harmonieuses que ne doit compromettre aucun excès. Force et Justice n'étaient qu'un instrument bien accordé entre les mains des Muses. Toute misère, toute brutalité étaient à interdire comme autant d'insultes au beau corps de l'humanité. Toute iniquité était une fausse note à éviter dans l'harmonie des sphères.

En Germanie, des fortifications ou des camps à rénover ou à construire, des routes à frayer ou à remettre en état, me retinrent près d'une année ; de nouveaux bastions, érigés sur un parcours de soixante-dix lieues, renforcèrent le long du Rhin nos frontières. Ce pays de vignes et de rivières bouillonnantes ne m'offrait rien d'imprévu : j'y retrouvais les traces du jeune tribun qui porta à Trajan la nouvelle de son avènement. Je retrouvais aussi, par-delà notre dernier fort fait de rondins coupés aux sapinières, le même horizon monotone et noir, le même monde qui nous est fermé depuis la pointe imprudente qu'y poussèrent les légions d'Auguste, l'océan d'arbres, la réserve d'hommes blancs et blonds. La tâche de réorganisation finie, je descendis jusqu'à l'embouchure du Rhin le long des plaines belges et bataves. Des dunes désolées composaient un paysage septentrional coupé d'herbes sifflantes ; les maisons du port de Noviomagus, construites sur pilotis, s'accotaient aux navires amarrés à leur seuil ; des oiseaux de mer juchaient sur les toits. J'aimais ces lieux tristes, qui semblaient hideux à mes aides de camp, ce ciel brouillé, ces fleuves boueux creusant une terre informe et sans flamme dont aucun dieu n'a modelé le limon.

Une barque à fond presque plat me transporta dans
l'île de Bretagne. Le vent nous rejeta plusieurs fois de
suite vers la côte que nous avions quittée : cette
traversée contrariée m'octroya d'étonnantes heures
vides. Des nuées gigantesques naissaient de la mer
lourde, salie par le sable, incessamment remuée dans
son lit. Comme jadis chez les Daces et les Sarmates
j'avais religieusement contemplé la Terre, j'apercevais
ici pour la première fois un Neptune plus chaotique
que le nôtre, un monde liquide infini. J'avais lu dans
Plutarque une légende de navigateurs concernant une
île située dans ces parages qui avoisinent la Mer
Ténébreuse, et où les Olympiens victorieux auraient
depuis des siècles refoulé les Titans vaincus. Ces
grands captifs du roc et de la vague, flagellés à jamais
par un océan sans sommeil, incapables de dormir, mais
sans cesse occupés à rêver, continueraient à opposer à
l'ordre olympien leur violence, leur angoisse, leur désir
perpétuellement crucifié. Je retrouvais dans ce mythe
placé aux confins du monde les théories des philosophes que j'avais faites miennes : chaque homme a
éternellement à choisir, au cours de sa vie brève, entre
l'espoir infatigable et la sage absence d'espérance,
entre les délices du chaos et celles de la stabilité, entre le
Titan et l'Olympien. A choisir entre eux, ou à réussir à
les accorder un jour l'un à l'autre.

Les réformes civiles accomplies en Bretagne font
partie de mon œuvre administrative, dont j'ai parlé
ailleurs. Ce qui compte ici, c'est que j'étais le premier
empereur à m'installer pacifiquement dans cette île
située aux limites du monde connu, où Claude seul
s'était risqué pour quelques jours en qualité de général
en chef. Pendant tout un hiver, Londinium devint par
mon choix ce centre effectif du monde qu'Antioche
avait été par suite des nécessités de la guerre parthe.
Chaque voyage déplaçait ainsi le centre de gravité du

pouvoir, le mettait pour un temps au bord du Rhin ou sur la berge de la Tamise, me permettait d'évaluer ce qu'eussent été le fort et le faible d'un pareil siège impérial. Ce séjour en Bretagne me fit envisager l'hypothèse d'un état centré sur l'Occident, d'un monde atlantique. Ces vues de l'esprit sont démunies de valeur pratique : elles cessent pourtant d'être absurdes dès que le calculateur s'accorde pour ses supputations une assez grande quantité d'avenir.

Trois mois à peine avant mon arrivée, la Sixième Légion Victorieuse avait été transférée en territoire britannique. Elle y remplaçait la malheureuse Neuvième Légion taillée en pièces par les Calédoniens pendant les troubles qui avaient été en Bretagne le hideux contrecoup de notre expédition chez les Parthes. Deux mesures s'imposaient pour empêcher le retour d'un pareil désastre. Nos troupes furent renforcées par la création d'un corps auxiliaire indigène : à Éboracum, du haut d'un tertre vert, j'ai vu manœuvrer pour la première fois cette armée britannique nouvellement formée. En même temps, l'érection d'un mur coupant l'île en deux dans sa partie la plus étroite servit à protéger les régions fertiles et policées du sud contre les attaques des tribus du nord. J'ai inspecté moi-même une bonne partie de ces travaux engagés partout à la fois sur un glacis de quatre-vingts lieues : j'y trouvais l'occasion d'essayer, sur cet espace bien délimité qui va d'une côte à l'autre, un système de défense qui pourrait ensuite s'appliquer partout ailleurs. Mais déjà cet ouvrage purement militaire favorisait la paix, développait la prospérité de cette partie de la Bretagne ; des villages se créaient ; un mouvement d'afflux se produisait vers nos frontières. Les terrassiers de la légion étaient secondés dans leur tâche par des équipes indigènes ; l'érection du mur était pour beaucoup de ces montagnards, hier encore insoumis, la première preuve irréfutable du pouvoir protecteur de Rome ; l'argent de la solde la première monnaie romaine qui leur passait par les mains. Ce rempart devint l'emblème de mon renoncement à la politique de conquête : au pied du bastion le plus avancé, je fis ériger un temple au dieu Terme.

Tout m'enchanta dans cette terre pluvieuse : les franges de brume au flanc des collines, les lacs voués à des nymphes plus fantasques encore que les nôtres, la race mélancolique aux yeux gris. J'avais pour guide un jeune tribun du corps auxiliaire britannique : ce dieu blond avait appris le latin, balbutiait le grec, s'étudiait timidement à composer des vers d'amour dans cette langue. Par une froide nuit d'automne, j'en fis mon interprète auprès d'une Sibylle. Assis sous la hutte enfumée d'un charbonnier celte, chauffant nos jambes empêtrées de grosses braies de laine rude, nous vîmes ramper vers nous une vieille créature trempée par la pluie, échevelée par le vent, fauve et furtive comme une bête des bois. Elle se jeta sur de petits pains d'avoine qui cuisaient dans l'âtre. Mon guide amadoua cette prophétesse : elle consentit à examiner pour moi les volutes de fumée, les soudaines étincelles, les fragiles architectures de sarments et de cendres. Elle vit des cités qui s'édifiaient, des foules en joie, mais aussi des villes incendiées, des files amères de vaincus qui démentaient mes rêves de paix ; un visage jeune et doux qu'elle prit pour une figure de femme, à laquelle je refusai de croire ; un spectre blanc qui n'était peut-être qu'une statue, objet plus inexplicable encore qu'un fantôme pour cette habitante des bois et des landes. Et, à une distance de quelques vagues années, ma mort, que j'aurais bien prévue sans elle.

La Gaule prospère, l'Espagne opulente me retinrent moins longtemps que la Bretagne. En Gaule Narbonnaise, je retrouvai la Grèce, qui a essaimé jusque-là, ses belles écoles d'éloquence et ses portiques sous un ciel pur. Je m'arrêtai à Nîmes pour établir le plan d'une basilique dédiée à Plotine et destinée à devenir un jour son temple. Des souvenirs de famille rattachaient l'impératrice à cette ville, m'en rendaient plus cher le paysage sec et doré.

Mais la révolte en Maurétanie fumait encore. J'abrégeai ma traversée de l'Espagne, négligeant même entre Cordoue et la mer de m'arrêter un instant à Italica, ville de mon enfance et de mes ancêtres. Je m'embarquai pour l'Afrique à Gadès.

Les beaux guerriers tatoués des montagnes de l'Atlas inquiétaient encore les villes côtières africaines. Je vécus là pendant quelques brèves journées l'équivalent numide des mêlées sarmates ; je revis les tribus domptées une à une, la fière soumission des chefs prosternés en plein désert au milieu d'un désordre de femmes, de ballots, et de bêtes agenouillées. Mais le sable remplaçait la neige.

Il m'eût été doux, pour une fois, de passer le printemps à Rome, d'y retrouver la Villa commencée, les caresses capricieuses de Lucius, l'amitié de Plotine. Mais ce séjour en ville fut interrompu presque aussitôt par d'alarmantes rumeurs de guerre. La paix avec les Parthes avait été conclue depuis trois ans à peine, et déjà des incidents graves éclataient sur l'Euphrate. Je partis immédiatement pour l'Orient.

J'étais décidé à régler ces incidents de frontière par un moyen moins banal que des légions en marche. Une entrevue personnelle fut arrangée avec Osroès. Je ramenais avec moi en Orient la fille de l'empereur, faite prisonnière presque au berceau à l'époque où Trajan occupa Babylone, et gardée ensuite comme otage à Rome. C'était une fillette malingre aux grands yeux. Sa présence et celle de ses femmes m'encombra quelque peu au cours d'un voyage qu'il importait surtout d'effectuer sans retard. Ce groupe de créatures voilées fut ballotté à dos de dromadaires à travers le désert syrien, sous un tendelet aux rideaux sévèrement baissés. Le soir, aux étapes, j'envoyais demander si la princesse ne manquait de rien.

Je m'arrêtai une heure en Lycie pour décider le marchand Opramoas, qui avait déjà prouvé ses qualités de négociateur, à m'accompagner en territoire parthe. Le manque de temps l'empêcha de déployer son luxe habituel. Cet homme amolli par l'opulence n'en était pas moins un admirable compagnon de route, accoutumé à tous les hasards du désert.

Le lieu de la rencontre se trouvait sur la rive gauche de l'Euphrate, non loin de Doura. Nous traversâmes le fleuve sur un radeau. Les soldats de la garde impériale

parthe, cuirassés d'or et montés sur des chevaux non
moins éblouissants qu'eux-mêmes, formaient le long
des berges une ligne aveuglante. L'inséparable Phlégon était fort pâle. Les officiers qui m'accompagnaient
ressentaient eux-mêmes quelque crainte : cette rencontre pouvait être un piège. Opramoas, habitué à flairer
l'air de l'Asie, était à l'aise, faisait confiance à ce
mélange de silence et de tumulte, d'immobilité et de
soudains galops, à ce luxe jeté sur le désert comme un
tapis sur du sable. Quant à moi, j'étais merveilleuse-
ment dépourvu d'inquiétude : comme César à sa
barque, je me fiais à ces planches qui portaient ma
fortune. Je donnai une preuve de cette confiance en
restituant d'emblée la princesse parthe à son père, au
lieu de la faire garder dans nos lignes jusqu'à mon
retour. Je promis aussi de rendre le trône d'or de la
dynastie arsacide, enlevé autrefois par Trajan, dont
nous n'avions que faire, et auquel la superstition
orientale attachait un grand prix.

Le faste de ces entrevues avec Osroès ne fut
qu'extérieur. Rien ne les différenciait de pourparlers
entre deux voisins qui s'efforcent d'arranger à l'amiable une affaire de mur mitoyen. J'étais aux prises avec
un barbare raffiné, parlant grec, point stupide, point
nécessairement plus perfide que moi-même, assez
vacillant toutefois pour sembler peu sûr. Mes curieuses
disciplines mentales m'aidaient à capter cette pensée
fuyante : assis en face de l'empereur parthe, j'apprenais à prévoir, et bientôt à orienter ses réponses ;
j'entrais dans son jeu ; je m'imaginais devenu Osroès
marchandant avec Hadrien. J'ai horreur de débats
inutiles où chacun sait d'avance qu'il cédera, ou qu'il
ne cédera pas : la vérité en affaires me plaît surtout
comme un moyen de simplifier et d'aller vite. Les
Parthes nous craignaient ; nous redoutions les Parthes ;
la guerre allait sortir de cet accouplement de nos deux

peurs. Les Satrapes poussaient à cette guerre par intérêt personnel : je m'aperçus vite qu'Osroès avait ses Quiétus, ses Palma. Pharasmanès, le plus remuant de ces princes semi-indépendants postés aux frontières, était plus dangereux encore pour l'empire parthe que pour nous. On m'a accusé d'avoir neutralisé par l'octroi de subsides cet entourage malfaisant et veule : c'était là de l'argent bien placé. J'étais trop sûr de la supériorité de nos forces pour m'encombrer d'un amour-propre imbécile : j'étais prêt à toutes les concessions creuses qui ne sont que de prestige, et à aucune autre. Le plus difficile fut de persuader Osroès que, si je faisais peu de promesses, c'est que j'entendais les tenir. Il me crut pourtant, ou fit comme s'il me croyait. L'accord conclu entre nous au cours de cette visite dure encore ; depuis quinze ans, de part et d'autre rien n'a troublé la paix aux frontières. Je compte sur toi pour que cet état de choses continue après ma mort.

Un soir, sous la tente impériale, durant une fête donnée en mon honneur par Osroès, j'aperçus au milieu des femmes et des pages aux longs cils un homme nu, décharné, complètement immobile, dont les yeux grands ouverts paraissaient ignorer cette confusion de plats chargés de viandes, d'acrobates et de danseuses. Je lui adressai la parole par l'intermédiaire de mon interprète : il ne daigna pas répondre. C'était un sage. Mais ses disciples étaient plus loquaces ; ces pieux vagabonds venaient de l'Inde, et leur maître appartenait à la puissante caste des Brahmanes. Je compris que ses méditations l'induisaient à croire que l'univers tout entier n'est qu'un tissu d'illusions et d'erreurs : l'austérité, le renoncement, la mort, étaient pour lui le seul moyen d'échapper à ce flot changeant des choses, par lequel au contraire notre Héraclite s'est laissé porter, de rejoindre par-delà le monde des sens cette sphère du divin pur, ce firmament fixe et vide

dont a aussi rêvé Platon. A travers les maladresses de
mes interprètes, je pressentais des idées qui ne furent
donc pas complètement étrangères à certains de nos
sages, mais que l'Indien exprimait de façon plus
définitive et plus nue. Ce Brahmane était arrivé à l'état
où rien, sauf son corps, ne le séparait plus du dieu
intangible, sans substance et sans forme, auquel il
voulait s'unir : il avait décidé de se brûler vif le
lendemain. Osroès m'invita à cette solennité. Un
bûcher de bois odoriférant fut dressé ; l'homme s'y jeta
et disparut sans un cri. Ses disciples ne donnèrent
aucun signe de regret : ce n'était pas pour eux une
cérémonie funèbre.

J'y repensai longuement pendant la nuit qui suivit.
J'étais couché sur un tapis de laine précieuse, sous une
tente drapée d'étoffes chatoyantes et lourdes. Un page
me massait les pieds. Du dehors, m'arrivaient les rares
bruits de cette nuit d'Asie : une conversation d'esclaves chuchotant à ma porte ; le froissement léger d'une
palme ; Opramoas ronflant derrière une tenture ; le
frappement de sabot d'un cheval à l'entrave ; plus loin,
venant du quartier des femmes, le roucoulement
mélancolique d'un chant. Le Brahmane avait dédaigné
tout cela. Cet homme ivre de refus s'était livré aux
flammes comme un amant roule au creux d'un lit. Il
avait écarté les choses, les êtres, puis soi-même,
comme autant de vêtements qui lui cachaient cette
présence unique, ce centre invisible et vide qu'il
préférait à tout.

Je me sentais différent, prêt à d'autres choix.
L'austérité, le renoncement, la négation ne m'étaient
pas complètement étrangers : j'y avais mordu, comme
on le fait presque toujours, à vingt ans. J'avais moins
de cet âge lorsqu'à Rome, conduit par un ami, j'étais
allé voir le vieil Épictète dans son taudis de Suburre,
peu de jours avant que Domitien l'exilât. L'ancien

esclave auquel un maître brutal avait jadis brisé la jambe sans parvenir à lui arracher une plainte, le vieillard chétif supportant avec patience les longs tourments de la gravelle, m'avait semblé en possession d'une liberté quasi divine. J'avais contemplé avec admiration ces béquilles, cette paillasse, cette lampe de terre cuite, cette cuillère de bois dans un vase d'argile, simples outils d'une vie pure. Mais Épictète renonçait à trop de choses, et je m'étais vite rendu compte que rien, pour moi, n'était plus dangereusement facile que de renoncer. L'Indien, plus logique, rejetait la vie elle-même. J'avais beaucoup à apprendre de ces purs fanatiques, mais à condition de détourner de son sens la leçon qu'ils m'offraient. Ces sages s'efforçaient de retrouver leur dieu par-delà l'océan des formes, de le réduire à cette qualité d'unique, d'intangible, d'incorporel, à laquelle il a renoncé le jour où il s'est voulu univers. J'entrevoyais autrement mes rapports avec le divin. Je m'imaginais secondant celui-ci dans son effort d'informer et d'ordonner un monde, d'en développer et d'en multiplier les circonvolutions, les ramifications, les détours. J'étais l'un des segments de la roue, l'un des aspects de cette force unique engagée dans la multiplicité des choses, aigle et taureau, homme et cygne, phallus et cerveau tout ensemble, Protée qui est en même temps Jupiter.

Et c'est vers cette époque que je commençai à me sentir dieu. Ne te méprends pas : j'étais toujours, j'étais plus que jamais ce même homme nourri des fruits et des bêtes de la terre, rendant au sol les résidus de ses aliments, sacrifiant au sommeil à chaque révolution des astres, inquiet jusqu'à la folie quand lui manquait trop longtemps la chaude présence de l'amour. Ma force, mon agilité physique ou mentale étaient maintenues soigneusement par une gymnastique tout humaine. Mais que dire, sinon que tout cela

était divinement vécu ? Les expérimentations hasar-
deuses de la jeunesse avaient pris fin, et sa hâte de jouir
du temps qui passe. A quarante-quatre ans, je me
sentais sans impatience, sûr de moi, aussi parfait que
me le permettait ma nature, éternel. Et comprends
bien qu'il s'agit là d'une conception de l'intellect : les
délires, s'il faut leur donner ce nom, vinrent plus tard.
J'étais dieu, tout simplement, parce que j'étais
homme. Les titres divins que la Grèce m'octroya par la
suite ne firent que proclamer ce que j'avais de longue
date constaté par moi-même. Je crois qu'il m'eût été
possible de me sentir dieu dans les prisons de Domitien
ou à l'intérieur d'un puits de mine. Si j'ai l'audace de le
prétendre, c'est que ce sentiment me paraît à peine
extraordinaire et nullement unique. D'autres que moi
l'ont eu, ou l'auront dans l'avenir.

J'ai dit que mes titres ajoutaient peu de chose à cette
étonnante certitude : par contre, celle-ci se trouvait
confirmée par les plus simples routines de mon métier
d'empereur. Si Jupiter est le cerveau du monde,
l'homme chargé d'organiser et de modérer les affaires
humaines peut raisonnablement se considérer comme
une part de ce cerveau qui préside à tout. L'humanité,
à tort ou à raison, a presque toujours conçu son dieu en
termes de Providence ; mes fonctions m'obligeaient à
être pour une partie du genre humain cette providence
incarnée. Plus l'État se développe, enserrant les hommes de ses mailles exactes et glacées, plus la confiance
humaine aspire à placer à l'autre bout de cette chaîne
immense l'image adorée d'un homme protecteur. Que
je le voulusse ou non, les populations orientales de
l'empire me traitaient en dieu. Même en Occident,
même à Rome, où nous ne sommes officiellement
déclarés divins qu'après la mort, l'obscure piété populaire se plaît de plus en plus à nous déifier vivants.
Bientôt, la reconnaissance parthe éleva des temples à

l'empereur romain qui avait instauré et maintenu la paix ; j'eus mon sanctuaire à Vologésie, au sein de ce vaste monde étranger. Loin de voir dans ces marques d'adoration un danger de folie ou de prépotence pour l'homme qui les accepte, j'y découvrais un frein, l'obligation de se dessiner d'après quelque modèle éternel, d'associer à la puissance humaine une part de suprême sapience. Être dieu oblige en somme à plus de vertus qu'être empereur.

Je me fis initier à Éleusis dix-huit mois plus tard. En un sens, cette visite à Osroès avait marqué un tournant de ma vie. Au lieu de rentrer à Rome, j'avais décidé de consacrer quelques années aux provinces grecques et orientales de l'empire : Athènes devenait de plus en plus ma patrie, mon centre. Je tenais à plaire aux Grecs, et aussi à m'helléniser le plus possible, mais cette initiation, motivée en partie par des considérations politiques, fut pourtant une expérience religieuse sans égale. Ces grands rites ne font que symboliser les événements de la vie humaine, mais le symbole va plus loin que l'acte, explique chacun de nos gestes en termes de mécanique éternelle. L'enseignement reçu à Éleusis doit rester secret : il a d'ailleurs d'autant moins de chances d'être divulgué qu'il est par nature ineffable. Formulé, il n'aboutirait qu'aux évidences les plus banales ; là justement est sa profondeur. Les degrés plus élevés qui me furent ensuite conférés au cours de conversations privées avec l'hiérophante n'ajoutèrent presque rien au choc initial ressenti tout aussi bien par le plus ignorant des pèlerins qui participe aux ablutions rituelles et boit à la source. J'avais entendu les dissonances se résoudre en accord ; j'avais pour un instant pris appui sur une autre sphère, contemplé de loin, mais aussi de tout près, cette procession humaine et divine où j'avais ma place, ce monde où la douleur existe encore, mais non plus l'erreur. Le sort humain, ce vague tracé dans lequel l'œil le moins exercé reconnaît tant de fautes, scintillait comme les dessins du ciel.

Et c'est ici qu'il convient de mentionner une habitude qui m'entraîna toute ma vie sur des chemins moins secrets que ceux d'Éleusis, mais qui en somme leur sont parallèles : je veux parler de l'étude des astres. J'ai toujours été l'ami des astronomes et le client des astrologues. La science de ces derniers est incertaine, fausse dans le détail, peut-être vraie dans l'ensemble : puisque l'homme, parcelle de l'univers, est régi par les mêmes lois qui président au ciel, il n'est pas absurde de chercher là-haut les thèmes de nos vies, les froides sympathies qui participent à nos succès et à nos erreurs. Je ne manquais pas, chaque soir d'automne, de saluer au sud le Verseau, l'Échanson céleste, le Dispensateur sous lequel je suis né. Je n'oubliais pas de repérer à chacun de leurs passages Jupiter et Vénus, qui règlent ma vie, ni de mesurer l'influence du dangereux Saturne. Mais si cette étrange réfraction de l'humain sur la voûte stellaire préoccupait souvent mes heures de veille, je m'intéressais plus fortement encore aux mathématiques célestes, aux spéculations abstraites auxquelles donnent lieu ces grands corps enflammés. J'inclinais à croire, comme certains des plus hardis d'entre nos sages, que la terre participait elle aussi à cette marche nocturne et diurne dont les saintes processions d'Éleusis sont tout au plus l'humain simulacre. Dans un monde où tout n'est que tourbillon de forces, danse d'atomes, où tout est à la fois en haut et en bas, à la périphérie et au centre, je concevais mal l'existence d'un globe immobile, d'un point fixe qui ne serait pas en même temps mouvant. D'autres fois, les calculs de la précession des équinoxes, établis jadis par Hipparque d'Alexandrie, hantaient mes veillées nocturnes : j'y retrouvais, sous forme de démonstrations et non plus de fables ou de symboles, ce même mystère éleusiaque du passage et du retour. L'Épi de la Vierge n'est plus de nos jours au point de la carte où Hipparque l'a marqué, mais cette variation est l'accomplissement d'un cycle, et ce changement même confirme les hypothèses de l'astronome. Lentement, inéluctablement, ce firmament redeviendra ce qu'il était au temps d'Hipparque : il sera de nouveau ce qu'il est au temps d'Hadrien. Le désordre s'intégrait à l'ordre ; le changement faisait partie d'un plan que l'astronome était capable d'appréhender d'avance ; l'esprit humain révélait ici sa participation à l'univers par l'établissement d'exacts théorèmes comme à Éleusis par des cris rituels et des danses. L'homme qui contemple et les astres contemplés roulaient inévitablement vers leur fin, marquée quelque part au ciel. Mais chaque moment de cette chute était un temps d'arrêt, un repère, un segment d'une courbe aussi solide qu'une chaîne d'or. Chaque glissement nous ramenait à ce point qui, parce que par hasard nous nous y sommes trouvés, nous paraît un centre.

Depuis les nuits de mon enfance, où le bras levé de Marullinus m'indiquait les constellations, la curiosité des choses du ciel ne m'a pas quitté. Durant les veilles forcées des camps, j'ai contemplé la lune courant à travers les nuages des cieux barbares ; plus tard, par de claires nuits attiques, j'ai écouté l'astronome Théron de Rhodes m'expliquer son système du monde ; étendu sur le pont d'un navire, en pleine mer Égée, j'ai regardé la lente oscillation du mât se déplacer parmi les étoiles, aller de l'œil rouge du Taureau au pleur des Pléiades, de Pégase au Cygne : j'ai répondu de mon mieux aux questions naïves et graves du jeune homme qui contemplait avec moi ce même ciel. Ici, à la Villa, j'ai fait construire un observatoire, dont la maladie m'empêche aujourd'hui de gravir les marches. Une fois dans ma vie, j'ai fait plus : j'ai offert aux constellations le sacrifice d'une nuit tout entière. Ce fut après ma visite à Osroès, durant la traversée du désert syrien. Couché sur le dos, les yeux bien ouverts, abandonnant pour quelques heures tout souci humain, je me suis livré du soir à l'aube à ce monde de flamme et de cristal. Ce fut le plus beau de mes voyages. Le grand astre de la constellation de la Lyre, étoile polaire des hommes qui vivront quand depuis quelques dizaines de milliers d'années nous ne serons plus, resplendissait sur ma tête. Les Gémeaux luisaient faiblement dans les dernières lueurs du couchant ; le Serpent précédait le Sagittaire ; l'Aigle montait vers le zénith, toutes ailes ouvertes, et à ses pieds cette constellation non désignée encore par les astronomes, et à laquelle j'ai donné depuis le plus cher des noms. La nuit, jamais tout à fait aussi complète que le croient ceux qui vivent et qui dorment dans les chambres, se fit plus obscure, puis plus claire. Les feux, qu'on avait laissé brûler pour effrayer les chacals, s'éteignirent ; ce tas de charbons ardents me rappela mon grand-père debout dans sa vigne, et ses prophéties devenues désormais présent, et bientôt passé. J'ai essayé de m'unir au divin sous bien des formes ; j'ai connu plus d'une extase ; il en est d'atroces ; et d'autres d'une bouleversante douceur. Celle de la nuit syrienne fut étrangement lucide. Elle inscrivit en moi les mouvements célestes avec une précision à laquelle aucune observation partielle ne m'aurait jamais permis d'atteindre. Je sais exactement, à l'heure où je t'écris, quelles étoiles passent ici, à Tibur, au-dessus de ce plafond orné de stucs et de peintures précieuses, et ailleurs, là-bas, sur une tombe. Quelques années plus tard, la mort allait devenir l'objet de ma contemplation constante, la pensée à laquelle je donnais toutes celles des forces de mon esprit que n'absorbait pas l'État. Et qui dit mort dit aussi le monde mystérieux auquel il se peut qu'on accède par elle. Après tant de réflexions et d'expériences parfois condamnables, j'ignore encore ce qui se passe derrière cette tenture noire. Mais la nuit syrienne représente ma part consciente d'immortalité.

SÆCULUM AUREUM

L'été qui suivit ma rencontre avec Osroès se passa en Asie Mineure : je fis halte en Bithynie pour surveiller moi-même la mise en coupe des forêts de l'État. A Nicomédie, ville claire, policée, savante, je m'installai chez le procurateur de la province, Cnéius Pompéius Proculus, dans l'ancienne résidence du roi Nicomède, pleine des souvenirs voluptueux du jeune Jules César. Les brises de la Propontide éventaient ces salles fraîches et sombres. Proculus, homme de goût, organisa pour moi des réunions littéraires. Des sophistes de passage, de petits groupes d'étudiants et d'amateurs de belles-lettres se réunissaient dans les jardins, au bord d'une source consacrée à Pan. De temps à autre, un serviteur y plongeait une grande jarre d'argile poreuse ; les vers les plus limpides semblaient opaques comparés à cette eau pure.

On lut ce soir-là une pièce assez abstruse de Lycophron que j'aime pour ses folles juxtapositions de sons, d'allusions et d'images, son complexe système de reflets et d'échos. Un jeune garçon placé à l'écart écoutait ces strophes difficiles avec une attention à la fois distraite et pensive, et je songeai immédiatement à un berger au fond des bois, vaguement sensible à quelque obscur cri d'oiseau. Il n'avait apporté ni tablettes, ni style. Assis sur le rebord de la vasque, il touchait des doigts la belle surface lisse. J'appris que son père avait occupé une place modeste dans la gestion des grands domaines impériaux ; laissé tout jeune aux soins d'un aïeul, l'écolier avait été envoyé chez un hôte de ses parents, armateur à Nicomédie, qui semblait riche à cette famille pauvre.

Je le gardai après le départ des autres. Il était peu lettré, ignorant de presque tout, réfléchi, crédule. Je connaissais Claudiopolis, sa ville natale : je réussis à le faire parler de sa maison familiale au bord des grands bois de pins qui pourvoient aux mâts de nos navires, du temple d'Attys, situé sur la colline, dont il aimait les musiques stridentes, des beaux chevaux de son pays et de ses étranges dieux. Cette voix un peu voilée prononçait le grec avec l'accent d'Asie. Soudain, se sentant écouté, ou regardé peut-être, il se troubla, rougit, retomba dans un de ces silences obstinés dont je pris bientôt l'habitude. Une intimité s'ébaucha. Il m'accompagna par la suite dans tous mes voyages, et quelques années fabuleuses commencèrent.

Antinoüs était Grec : j'ai remonté dans les souvenirs de cette famille ancienne et obscure jusqu'à l'époque des premiers colons arcadiens sur les bords de la Propontide. Mais l'Asie avait produit sur ce sang un peu âcre l'effet de la goutte de miel qui trouble et parfume un vin pur. Je retrouvais en lui les superstitions d'un disciple d'Apollonius, la foi monarchique d'un sujet oriental du Grand Roi. Sa présence était extraordinairement silencieuse : il m'a suivi comme un animal ou comme un génie familier. Il avait d'un jeune chien les capacités infinies d'enjouement et d'indolence, la sauvagerie, la confiance. Ce beau lévrier avide de caresses et d'ordres se coucha sur ma vie. J'admirais cette indifférence presque hautaine pour tout ce qui n'était pas son délice ou son culte : elle lui tenait lieu

de désintéressement, de scrupule, de toutes les vertus
étudiées et austères. Je m'émerveillais de cette dure
douceur ; de ce dévouement sombre qui engageait tout
l'être. Et pourtant, cette soumission n'était pas aveugle ; ces paupières si souvent baissées dans l'acquiescement ou dans le songe se relevaient ; les yeux les plus
attentifs du monde me regardaient en face ; je me
sentais jugé. Mais je l'étais comme un dieu l'est par son
fidèle : mes duretés, mes accès de méfiance (car j'en
eus plus tard) étaient patiemment, gravement acceptés.
Je n'ai été maître absolu qu'une seule fois, et que d'un
seul être.

Si je n'ai encore rien dit d'une beauté si visible, il n'y
faudrait pas voir l'espèce de réticence d'un homme
trop complètement conquis. Mais les figures que nous
cherchons désespérément nous échappent : ce n'est
jamais qu'un moment... Je retrouve une tête inclinée
sous une chevelure nocturne, des yeux que l'allonge-
ment des paupières faisait paraître obliques, un jeune
visage large et comme couché. Ce tendre corps s'est
modifié sans cesse, à la façon d'une plante, et
quelques-unes de ces altérations sont imputables au
temps. L'enfant a changé ; il a grandi. Il suffisait pour
l'amollir d'une semaine d'indolence ; une après-midi
de chasse lui rendait sa fermeté, sa vitesse athlétique.
Une heure de soleil le faisait passer de la couleur du
jasmin à celle du miel. Les jambes un peu lourdes du
poulain se sont allongées ; la joue a perdu sa délicate
rondeur d'enfance, s'est légèrement creusée sous la
pommette saillante ; le thorax gonflé d'air du jeune
coureur au long stade a pris les courbes lisses et polies
d'une gorge de Bacchante. La moue boudeuse des
lèvres s'est chargée d'une amertume ardente, d'une
satiété triste. En vérité, ce visage changeait comme si
nuit et jour je l'avais sculpté.

Quand je me retourne vers ces années, je crois y

retrouver l'Age d'Or. Tout était facile : les efforts
d'autrefois étaient récompensés par une aisance presque divine. Le voyage était jeu : plaisir contrôlé,
connu, habilement mis en œuvre. Le travail incessant
n'était qu'un mode de volupté. Ma vie, où tout arrivait
tard, le pouvoir, le bonheur aussi, acquérait la splendeur de plein midi, l'ensoleillement des heures de la
sieste où tout baigne dans une atmosphère d'or, les
objets de la chambre et le corps étendu à nos côtés. La
passion comblée a son innocence, presque aussi fragile
que toute autre : le reste de la beauté humaine passait
au rang de spectacle, cessait d'être ce gibier dont j'avais
été le chasseur. Cette aventure banalement commencée
enrichissait, mais aussi simplifiait ma vie : l'avenir
comptait peu ; je cessai de poser des questions aux
oracles ; les étoiles ne furent plus que d'admirables
dessins sur la voûte du ciel. Je n'avais jamais remarqué
avec autant de délices la pâleur de l'aube sur l'horizon
des îles, la fraîcheur des grottes consacrées aux Nymphes et hantées d'oiseaux de passage, le vol lourd des
cailles au crépuscule. Je relus des poètes : quelques-
uns me parurent meilleurs qu'autrefois, la plupart,
pires. J'écrivis des vers qui semblaient moins insuffisants que d'habitude.

Il y eut la mer d'arbres : les forêts de chênes-lièges et
les pinèdes de la Bithynie ; le pavillon de chasse aux
galeries à claire-voie où le jeune garçon, repris par la
nonchalance du pays natal, éparpillant au hasard ses
flèches, sa dague, sa ceinture d'or, roulait avec les
chiens sur les divans de cuir. Les plaines avaient
emmagasiné la chaleur du long été ; une buée montait
des prairies au bord du Sangarios où galopaient des
hardes de chevaux non dressés ; au point du jour, on
descendait se baigner sur la berge du fleuve, froissant
en chemin les hautes herbes trempées de rosée nocturne, sous un ciel d'où pendait le mince croissant de

lune qui sert d'emblème à la Bithynie. Ce pays fut
comblé de faveurs ; il prit même mon nom.

   L'hiver nous assaillit à Sinope ; j'y inaugurai par un
froid presque scythe les travaux d'agrandissement du
port, entrepris sous mes ordres par les marins de la
flotte. Sur la route de Byzance, les notables firent
dresser à l'entrée des villages d'énormes feux devant
lesquels se chauffaient mes gardes. La traversée du
Bosphore fut belle sous la tempête de neige ; il y eut les
chevauchées dans la forêt thrace, le vent aigre s'en-
gouffrant dans les plis des manteaux, l'innombrable
tambourinement de la pluie sur les feuilles et sur le toit
de la tente, la halte au camp de travailleurs où allait
s'élever Andrinople, les ovations des vétérans des
guerres daces, la terre molle d'où sortiraient bientôt
des murs et des tours. Une visite aux garnisons du
Danube me ramena au printemps dans la bourgade
prospère qu'est aujourd'hui Sarmizégéthuse ; l'enfant
bithynien portait au poignet un bracelet du roi Décébale. Le retour en Grèce se fit par le nord : je
m'attardai longuement dans la vallée de Tempé tout
éclaboussée d'eaux vives ; l'Eubée blonde précéda
l'Attique couleur de vin rose. Athènes ne fut qu'effleurée ; à Éleusis, au cours de mon initiation aux Mystères, je passai trois jours et trois nuits mêlé à la foule des
pèlerins qu'on recevait pendant cette même fête : la
seule précaution qu'on eût prise était d'interdire aux
hommes le port du couteau.

   J'emmenai Antinoüs dans l'Arcadie de ses ancêtres :
les forêts y restaient aussi impénétrables qu'au temps
où ces antiques chasseurs de loups y avaient vécu.
Parfois, d'un coup de fouet, un cavalier effarouchait
une vipère ; sur les sommets pierreux, le soleil flambait
comme au fort de l'été ; le jeune garçon adossé au
rocher sommeillait la tête sur la poitrine, les cheveux
frôlés par le vent, espèce d'Endymion du plein jour.

Un lièvre, que mon jeune chasseur avait apprivoisé à grand-peine, fut déchiré par les chiens : ce fut le seul malheur de ces journées sans ombre. Les gens de Mantinée se découvrirent des liens de parenté avec cette famille de colons bithyniens, jusque-là inconnus : cette ville, où l'enfant eut plus tard ses temples, fut par moi enrichie et ornée. L'immémorial sanctuaire de Neptune, tombé en ruine, était si vénérable que l'entrée en était interdite à quiconque : des mystères plus anciens que la race humaine s'y perpétuaient derrière des portes continuellement closes. Je construisis un nouveau temple, beaucoup plus vaste, à l'intérieur duquel le vieil édifice gît désormais comme un noyau au centre d'un fruit. Sur la route, non loin de Mantinée, je fis rénover la tombe où Épaminonda tué en pleine bataille, repose auprès d'un jeune compagnon frappé à ses côtés : une colonne, où un poème fut gravé, s'éleva pour commémorer ce souvenir d'un temps où tout, vu à distance, semble avoir été noble et simple, la tendresse, la gloire, la mort. En Achaïe, les Jeux Isthmiques furent célébrés avec une splendeur qu'on n'avait pas vue depuis les temps anciens ; j'espérais, en rétablissant ces grandes fêtes helléniques, refaire de la Grèce une unité vivante. Des chasses nous entraînèrent dans la vallée de l'Hélicon dorée par les dernières rousseurs de l'automne ; nous fîmes halte au bord de la source de Narcisse, près du sanctuaire de l'Amour : la dépouille d'une jeune ourse, trophée suspendu par des clous d'or à la paroi du temple, fut offerte à ce dieu, le plus sage de tous.

La barque que le marchand Érastos d'Éphèse me prêtait pour naviguer dans l'Archipel mouilla dans la baie de Phalère : je m'installai à Athènes comme un homme rentre au foyer. J'osai toucher à cette beauté, essayer de faire de cette ville admirable une ville parfaite. Athènes, pour la première fois, se repeuplait,

se remettait à croître après une longue période de
déclin : j'en doublai l'étendue ; je prévis, le long de
l'Ilissus, une Athènes nouvelle, la ville d'Hadrien à
côté de celle de Thésée. Tout était à régler, à
construire. Six siècles plus tôt, le grand temple consacré au Zeus Olympien avait été abandonné aussitôt
entrepris. Mes ouvriers se mirent à l'œuvre : Athènes
connut de nouveau une activité joyeuse qu'elle n'avait
pas goûtée depuis Périclès. J'achevais ce qu'un Séleu-
cide avait vainement tenté de terminer ; je réparais sur
place les rapines de notre Sylla. L'inspection des
travaux nécessita des allées et venues quotidiennes
dans un dédale de machines, de poulies savantes, de
fûts à demi dressés, et de blocs blancs négligemment
empilés sous un ciel bleu. J'y retrouvais quelque chose
de l'excitation des chantiers de constructions navales :
un bâtiment renfloué appareillait pour l'avenir. Le
soir, l'architecture cédait la place à la musique, cette
construction invisible. J'ai plus ou moins pratiqué tous
les arts, mais celui des sons est le seul où je me suis
constamment exercé, et où je me reconnais une
certaine excellence. A Rome, je dissimulais ce goût : je
pouvais avec discrétion m'y livrer à Athènes. Les
musiciens se rassemblaient dans la cour plantée d'un
cyprès, au pied d'une statue d'Hermès. Six ou sept
seulement ; un orchestre de flûtes et de lyres, auquel
s'adjoignait parfois un virtuose armé d'une cithare. Je
tenais le plus souvent la grande flûte traversière. Nous
jouions des airs anciens, presque oubliés, et aussi des
mélodies nouvelles composées pour moi. J'aimais
l'austérité virile des airs doriens, mais je ne détestais
pas les mélodies voluptueuses ou passionnées, les
brisures pathétiques ou savantes, que les gens graves,
dont la vertu consiste à tout craindre, rejettent comme
bouleversantes pour les sens ou le cœur. J'apercevais
entre les cordes le profil de mon jeune compagnon,

sagement occupé à tenir sa partie dans l'ensemble, et
ses doigts bougeant avec soin le long des fils tendus.

Ce bel hiver fut riche en fréquentations amicales :
l'opulent Atticus, dont la banque finançait mes travaux
édilitaires, non sans d'ailleurs en tirer profit, m'invita
dans ses jardins de Képhissia, où il vivait entouré
d'une cour d'improvisateurs et d'écrivains en vogue ;
son fils, le jeune Hérode, était un causeur à la fois
entraînant et subtil ; il devint le commensal indispensable de mes soupers d'Athènes. Il avait fort perdu cette
timidité qui l'avait fait rester court en ma présence, à
l'époque où l'éphébie athénienne me l'avait envoyé sur
les frontières sarmates pour me féliciter de mon
avènement, mais sa vanité croissante me semblait tout
au plus un doux ridicule. Le rhéteur Polémon, le grand
homme de Laodicée, qui rivalisait avec Hérode d'éloquence, et surtout de richesses, m'enchanta par son
style asiatique, ample et miroitant comme les flots d'un
Pactole : cet habile assembleur de mots vivait comme il
parlait, avec faste. Mais la rencontre la plus précieuse
de toutes fut celle d'Arrien de Nicomédie, mon
meilleur ami. Plus jeune que moi d'environ douze ans,
il avait déjà commencé cette belle carrière politique et
militaire dans laquelle il continue de s'honorer et de
servir. Son expérience des grandes affaires, sa connaissance des chevaux, des chiens, de tous les exercices du
corps, le mettaient infiniment au-dessus des simples
faiseurs de phrases. Dans sa jeunesse, il avait été la
proie d'une de ces étranges passions de l'esprit, sans
lesquelles il n'est peut-être pas de vraie sagesse, ni de
vraie grandeur : deux ans de sa vie s'étaient écoulés à
Nicopolis en Épire, dans la petite chambre froide et
nue où agonisait Épictète ; il s'était donné pour tâche
de recueillir et de transcrire mot pour mot les derniers
propos du vieux philosophe malade. Cette période
d'enthousiasme l'avait marqué : il en gardait d'admira-

bles disciplines morales, une espèce de candeur grave.
Il pratiquait en secret des austérités dont ne se doutait
personne. Mais le long apprentissage du devoir stoïque
ne l'avait pas raidi dans une attitude de faux sage : il
était trop fin pour ne pas s'être aperçu qu'il en est des
extrémités de la vertu comme de celles de l'amour, que
leur mérite tient précisément à leur rareté, à leur
caractère de chef-d'œuvre unique, de bel excès. L'intelligence sereine, l'honnêteté parfaite de Xénophon
lui servaient désormais de modèle. Il écrivait l'histoire
de son pays, la Bithynie. J'avais placé cette province,
longtemps fort mal administrée par des proconsuls,
sous ma juridiction personnelle : il me conseilla dans
mes plans de réforme. Ce lecteur assidu des dialogues
socratiques n'ignorait rien des réserves d'héroïsme, de
dévouement, et parfois de sagesse, dont la Grèce a su
ennoblir la passion pour l'ami : il traitait mon jeune
favori avec une déférence tendre. Les deux Bithyniens
parlaient ce doux dialecte de l'Ionie, aux désinences
presque homériques, que j'ai plus tard décidé Arrien à
employer dans ses œuvres.

Athènes avait à cette époque son philosophe de la vie
frugale : Démonax menait dans une cabane du village
de Colone une existence exemplaire et gaie. Ce n'était
pas Socrate ; il n'en avait ni la subtilité, ni l'ardeur,
mais j'aimais sa bonhomie moqueuse. L'acteur comi-
que Aristomène, qui interprétait avec verve la vieille
comédie attique, fut un autre de ces amis au cœur
simple. Je l'appelais ma perdrix grecque : court, gras,
joyeux comme un enfant ou comme un oiseau, il était
plus renseigné que personne sur les rites, la poésie, les
recettes de cuisine d'autrefois. Il m'amusa et m'instrui-
sit longtemps. Antinoüs s'attacha vers ce temps-là le
philosophe Chabrias, platonicien frotté d'orphisme, le
plus innocent des hommes, qui voua à l'enfant une
fidélité de chien de garde, plus tard reportée sur moi.

Onze ans de vie de cour ne l'ont pas changé : c'est toujours le même être candide, dévot, chastement occupé de songes, aveugle aux intrigues et sourd aux rumeurs. Il m'ennuie parfois, mais je ne m'en séparerai qu'à ma mort.

Mes rapports avec le philosophe stoïque Euphratès furent de durée plus brève. Il s'était retiré à Athènes après d'éclatants succès à Rome. Je le pris comme lecteur, mais les souffrances que lui causait de longue date un abcès au foie, et l'affaiblissement qui en résultait, le persuadèrent que sa vie ne lui offrait plus rien qui valût la peine de vivre. Il me demanda la permission de quitter mon service par le suicide. Je n'ai jamais été l'ennemi de la sortie volontaire ; j'y avais pensé comme à une fin possible au moment de la crise qui précéda la mort de Trajan. Ce problème du suicide, qui m'a obsédé depuis, me semblait alors de solution facile. Euphratès eut l'autorisation qu'il réclamait ; je la lui fis porter par mon jeune Bithynien, peut-être parce qu'il m'aurait plu à moi-même de recevoir des mains d'un tel messager cette réponse finale. Le philosophe se présenta au palais le soir même pour une causerie qui ne différait en rien des précédentes ; il se tua le lendemain. Nous reparlâmes plusieurs fois de cet incident : l'enfant en demeura assombri durant quelques jours. Ce bel être sensuel regardait la mort avec horreur ; je ne m'apercevais pas qu'il y pensait déjà beaucoup. Pour moi, je comprenais mal qu'on quittât volontairement un monde qui me paraissait beau, qu'on n'épuisât pas jusqu'au bout, en dépit de tous les maux, la dernière possibilité de pensée, de contact, et même de regard. J'ai bien changé depuis.

Les dates se mélangent : ma mémoire se compose une seule fresque où s'entassent les incidents et les voyages de plusieurs saisons. La barque luxueusement aménagée du marchand Érastos d'Éphèse tourna sa

proue vers l'Orient, puis vers le sud, enfin vers cette
Italie qui devenait pour moi l'Occident. Rhodes fut
touchée deux fois ; Délos, aveuglante de blancheur, fut
visitée d'abord par un matin d'avril et plus tard sous la
pleine lune du solstice ; le mauvais temps sur la côte
d'Épire me permit de prolonger une visite à Dodone.
En Sicile, nous nous attardâmes quelques jours à
Syracuse pour explorer le mystère des sources : Aré-
thuse, Cyané, belles nymphes bleues. Je donnai une
pensée à Licinius Sura, qui avait jadis consacré ses
loisirs d'homme d'État à étudier les merveilles des
eaux. J'avais entendu parler des irisations surprenantes
de l'aurore sur la mer d'Ionie contemplée du haut de
l'Etna. Je décidai d'entreprendre l'ascension de la
montagne ; nous passâmes de la région des vignes à
celle de la lave, puis de la neige. L'enfant aux jambes
dansantes courait sur ces pentes difficiles ; les savants
qui m'accompagnaient montèrent à dos de mules. Un
abri avait été construit au faîte pour nous permettre d'y
attendre l'aube. Elle vint ; une immense écharpe d'Iris
se déploya d'un horizon à l'autre ; d'étranges feux
brillèrent sur les glaces du sommet ; l'espace terrestre
et marin s'ouvrit au regard jusqu'à l'Afrique visible et
la Grèce devinée. Ce fut l'une des cimes de ma vie.
Rien n'y manqua, ni la frange dorée d'un nuage, ni les
aigles, ni l'échanson d'immortalité.

Saisons alcyoniennes, solstice de mes jours... Loin
de surfaire mon bonheur à distance, je dois lutter pour
n'en pas affadir l'image ; son souvenir même est
maintenant trop fort pour moi. Plus sincère que la
plupart des hommes, j'avoue sans ambages les causes
secrètes de cette félicité : ce calme si propice aux
travaux et aux disciplines de l'esprit me semble l'un
des plus beaux effets de l'amour. Et je m'étonne que
ces joies si précaires, si rarement parfaites au cours
d'une vie humaine, sous quelque aspect d'ailleurs que

nous les ayons cherchées ou reçues, soient considérées
avec tant de méfiance par de prétendus sages, qu'ils en
redoutent l'accoutumance et l'excès au lieu d'en redou-
ter le manque et la perte, qu'ils passent à tyranniser
leurs sens un temps mieux employé à régler ou à
embellir leur âme. A cette époque, je mettais à affermir
mon bonheur, à le goûter, à le juger aussi, cette
attention constante que j'avais toujours donnée aux
moindres détails de mes actes ; et qu'est la volupté elle-
même, sinon un moment d'attention passionnée du
corps ? Tout bonheur est un chef-d'œuvre : la moindre
erreur le fausse, la moindre hésitation l'altère, la
moindre lourdeur le dépare, la moindre sottise l'abêtit.
Le mien n'est responsable en rien de celles de mes
imprudences qui plus tard l'ont brisé : tant que j'ai agi
dans son sens, j'ai été sage. Je crois encore qu'il eût été
possible à un homme plus sage que moi d'être heureux
jusqu'à sa mort.

C'est quelque temps plus tard, en Phrygie, sur les
confins où la Grèce et l'Asie se mélangent, que j'eus de
ce bonheur l'image la plus complète et la plus lucide.
Nous campions dans un lieu désert et sauvage, sur
l'emplacement de la tombe d'Alcibiade qui mourut là-
bas victime des machinations des Satrapes. J'avais fait
placer sur ce tombeau négligé depuis des siècles une
statue en marbre de Paros, l'effigie de cet homme qui
est l'un de ceux que la Grèce a le plus aimés. J'avais
aussi donné l'ordre qu'on y célébrât chaque année
certains rites commémoratifs ; les habitants du village
voisin s'étaient joints aux gens de mon escorte pour la
première de ces cérémonies ; un jeune taureau fut
sacrifié ; une partie de la chair fut prélevée pour le
festin du soir. Il y eut une course de chevaux improvi-
sée dans la plaine, des danses auxquelles le Bithynien
prit part avec une grâce fougueuse ; un peu plus tard,
au bord du dernier feu, rejetant en arrière sa belle

gorge robuste, il chanta. J'aime à m'étendre auprès des
morts pour prendre ma mesure : ce soir-là, je comparai
ma vie à celle du grand jouisseur vieillissant qui tomba
percé de flèches à cette place, défendu par un jeune
ami et pleuré par une courtisane d'Athènes. Ma
jeunesse n'avait pas prétendu aux prestiges de celle
d'Alcibiade : ma diversité égalait ou surpassait la
sienne. J'avais joui tout autant, réfléchi davantage,
travaillé beaucoup plus ; j'avais comme lui l'étrange
bonheur d'être aimé. Alcibiade a tout séduit, même
l'Histoire, et cependant, il laisse derrière lui les
monceaux de morts athéniens abandonnés dans les
carrières de Syracuse, une patrie chancelante, les dieux
des carrefours sottement mutilés par ses mains. J'avais
gouverné un monde infiniment plus vaste que celui où
l'Athénien avait vécu ; j'y avais maintenu la paix ; je
l'avais gréé comme un beau navire appareillé pour un
voyage qui durera des siècles ; j'avais lutté de mon
mieux pour favoriser le sens du divin dans l'homme,
sans pourtant y sacrifier l'humain. Mon bonheur
m'était un payement.

Il y avait Rome. Mais je n'étais plus forcé de ménager, de rassurer, de plaire. L'œuvre du principat s'imposait ; les portes du temple de Janus, qu'on ouvre en temps de guerre, restaient closes ; les intentions portaient leurs fruits ; la prospérité des provinces refluait sur la métropole. Je ne refusai plus le titre de Père de la Patrie, qu'on m'avait proposé à l'époque de mon avènement.

Plotine n'était plus. Durant un précédent séjour en ville, j'avais revu pour la dernière fois cette femme au sourire un peu las, que la nomenclature officielle me donnait pour mère, et qui était bien davantage : mon unique amie. Cette fois, je ne retrouvai d'elle qu'une petite urne déposée sous la Colonne Trajane. J'assistai moi-même aux cérémonies de l'apothéose ; contrairement à l'usage impérial, j'avais pris le deuil pour une période de neuf jours. Mais la mort changeait peu de chose à cette intimité qui depuis des années se passait de présence ; l'impératrice restait ce qu'elle avait toujours été pour moi : un esprit, une pensée à laquelle s'était mariée la mienne.

Certains des grands travaux de construction s'achevaient : le Colisée réparé, lavé des souvenirs de Néron qui hantaient encore ce site, était orné, à la place de

l'image de cet empereur, d'une effigie colossale du
Soleil, Hélios-Roi, par une allusion à mon nom genti-
lice d'Ælius. On mettait la dernière main au temple de
Vénus et de Rome, construit lui aussi sur l'emplacement de la scandaleuse Maison d'Or, où Néron avait
déployé sans goût un luxe mal acquis. *Roma, Amor :* la
divinité de la Ville Éternelle s'identifiait pour la
première fois avec la Mère de l'Amour, inspiratrice de
toute joie. C'était une des idées de ma vie. La
puissance romaine prenait ainsi ce caractère cosmique
et sacré, cette forme pacifique et tutélaire que j'ambi-
tionnais de lui donner. Il m'arrivait parfois d'assimiler
l'impératrice morte à cette Vénus sage, conseillère
divine.

De plus en plus, toutes les déités m'apparaissaient
mystérieusement fondues en un Tout, émanations
infiniment variées, manifestations égales d'une même
force : leurs contradictions n'étaient qu'un mode de
leur accord. La construction d'un temple à Tous les
Dieux, d'un Panthéon, s'était imposée à moi. J'en
avais choisi l'emplacement sur les débris d'anciens
bains publics offerts au peuple romain par Agrippa, le
gendre d'Auguste. Rien ne restait du vieil édifice
qu'un portique et que la plaque de marbre d'une
dédicace au peuple de Rome : celle-ci fut soigneusement replacée telle quelle au fronton du nouveau
temple. Il m'importait peu que mon nom figurât sur ce
monument, qui était ma pensée. Il me plaisait au
contraire qu'une inscription vieille de plus d'un siècle
l'associât au début de l'empire, au règne apaisé d'Auguste. Même là où j'innovais, j'aimais à me sentir avant
tout un continuateur. Par-delà Trajan et Nerva, devenus officiellement mon père et mon aïeul, je me
rattachais même à ces douze Césars si maltraités par
Suétone : la lucidité de Tibère, moins sa dureté,
l'érudition de Claude, moins sa faiblesse, le goût des

arts de Néron, mais dépouillé de toute vanité sotte, la bonté de Titus, moins sa fadeur, l'économie de Vespasien sans sa lésinerie ridicule, formaient autant d'exemples que je me proposais à moi-même. Ces princes avaient joué leur rôle dans les affaires humaines ; c'était à moi qu'il incombait désormais de choisir entre leurs actes ceux qu'il importait de continuer, de consolider les meilleurs, de corriger les pires, jusqu'au jour où d'autres hommes, plus ou moins qualifiés, mais également responsables, se chargeraient d'en faire autant des miens.

La dédicace du temple de Vénus et de Rome fut une espèce de triomphe accompagné de courses de chars, de spectacles publics, de distributions d'épices et de parfums. Les vingt-quatre éléphants qui avaient amené à pied d'œuvre ces énormes blocs, diminuant d'autant le travail forcé des esclaves, prirent place dans le cortège, monolithes vivants. La date choisie pour cette fête était le jour anniversaire de la naissance de Rome, le huitième jour qui suit les ides d'avril de l'an huit cent quatre-vingt-deux après la fondation de la Ville. Le printemps romain n'avait jamais été plus doux, plus violent, ni plus bleu. Le même jour, avec une solennité plus grave et comme assourdie, une cérémonie dédicatoire eut lieu à l'intérieur du Panthéon. J'avais corrigé moi-même les plans trop timides de l'architecte Apollodore. Utilisant les arts de la Grèce comme une simple ornementation, un luxe ajouté, j'étais remonté pour la structure même de l'édifice aux temps primitifs et fabuleux de Rome, aux temples ronds de l'Étrurie antique. J'avais voulu que ce sanctuaire de Tous les Dieux reproduisît la forme du globe terrestre et de la sphère stellaire, du globe où se renferment les semences du feu éternel, de la sphère creuse qui contient tout. C'était aussi la forme de ces huttes ancestrales où la fumée des plus anciens foyers humains s'échappait

par un orifice situé au faîte. La coupole, construite
d'une lave dure et légère qui semblait participer encore
au mouvement ascendant des flammes, communiquait
avec le ciel par un grand trou alternativement noir et
bleu. Ce temple ouvert et secret était conçu comme un
cadran solaire. Les heures tourneraient en rond sur ces
caissons soigneusement polis par des artisans grecs ; le
disque du jour y resterait suspendu comme un bouclier
d'or ; la pluie formerait sur le pavement une flaque
pure ; la prière s'échapperait comme une fumée vers ce
vide où nous mettons les dieux. Cette fête fut pour moi
une de ces heures où tout converge. Debout au fond de
ce puits de jour, j'avais à mes côtés le personnel de mon
principat, les matériaux dont se composait mon destin
déjà plus qu'à demi édifié d'homme mûr. Je reconnaissais l'austère énergie de Marcius Turbo, serviteur
fidèle ; la dignité grondeuse de Servianus, dont les
critiques, chuchotées à voix de plus en plus basse, ne
m'atteignaient plus ; l'élégance royale de Lucius Céo-
nius ; et, un peu à l'écart, dans cette claire pénombre
qui sied aux apparitions divines, le visage rêveur du
jeune Grec en qui j'avais incarné ma Fortune. Ma
femme, présente elle aussi, venait de recevoir le titre
d'impératrice.

Depuis longtemps déjà, je préférais les fables
concernant les amours et les querelles des dieux aux
commentaires maladroits des philosophes sur la nature
divine ; j'acceptais d'être l'image terrestre de ce Jupiter
d'autant plus dieu qu'il est homme, soutien du monde,
justice incarnée, ordre des choses, amant des Ganymè-
des et des Europes, époux négligent d'une Junon
amère. Mon esprit, disposé à tout mettre ce jour-là
dans une lumière sans ombre, comparait l'impératrice
à cette déesse en l'honneur de qui, durant une récente
visite à Argos, j'avais consacré un paon d'or orné de
pierres précieuses. J'aurais pu me débarrasser par le

divorce de cette femme point aimée ; homme privé, je
n'eusse pas hésité à le faire. Mais elle me gênait fort
peu, et rien dans sa conduite ne justifiait une insulte si
publique. Jeune épouse, elle s'était offusquée de mes
écarts, mais à peu près comme son oncle s'irritait de
mes dettes. Elle assistait aujourd'hui sans paraître s'en
apercevoir aux manifestations d'une passion qui s'annonçait longue. Comme beaucoup de femmes peu ·
sensibles à l'amour, elle en comprenait mal le pouvoir ;
cette ignorance excluait à la fois l'indulgence et la
jalousie. Elle ne s'inquiétait que si ses titres ou sa
sécurité se trouvaient menacés, ce qui n'était pas le cas.
Il ne lui restait rien de cette grâce d'adolescente qui
m'avait brièvement intéressé autrefois : cette Espagnole prématurément vieillie était grave et dure. Je
savais gré à sa froideur de n'avoir pas pris d'amant ; il
me plaisait qu'elle sût porter avec dignité ses voiles de
matrone qui étaient presque des voiles de veuve.
J'aimais assez qu'un profil d'impératrice figurât sur les
monnaies romaines, avec, au revers, une inscription,
tantôt à la Pudeur, tantôt à la Tranquillité. Il m'arrivait
de penser à ce mariage fictif qui, le soir des fêtes
d'Éleusis, a lieu entre la grande prêtresse et l'Hiérophante, mariage qui n'est pas une union, ni même un
contact, mais qui est un rite, et sacré comme tel.

La nuit qui suivit ces célébrations, du haut d'une
terrasse, je regardai brûler Rome. Ces feux de joie
valaient bien les incendies allumés par Néron : ils
étaient presque aussi terribles. Rome : le creuset, mais
aussi la fournaise, et le métal qui bout, le marteau,
mais aussi l'enclume, la preuve visible des changements et des recommencements de l'histoire, l'un des
lieux au monde où l'homme aura le plus tumultueuse-
ment vécu. La conflagration de Troie, d'où un fugitif
s'était échappé, emportant avec lui son vieux père, son
jeune fils, et ses Lares, aboutissait ce soir-là à ces

grandes flammes de fête. Je songeais aussi, avec une sorte de terreur sacrée, aux embrasements de l'avenir. Ces millions de vies passées, présentes et futures, ces édifices récents nés d'édifices anciens et suivis eux-mêmes d'édifices à naître, me semblaient se succéder dans le temps comme des vagues ; par hasard, c'était à mes pieds cette nuit-là que ces grandes houles venaient se briser. Je passe sur ces moments de délire où la pourpre impériale, l'étoffe sainte, et que si rarement j'acceptais de porter, fut jetée sur les épaules de la créature qui devenait pour moi mon Génie : il me convenait, certes, d'opposer ce rouge profond à l'or pâle d'une nuque, mais surtout d'obliger mon Bonheur, ma Fortune, ces entités incertaines et vagues, à s'incarner dans cette forme si terrestre, à acquérir la chaleur et le poids rassurant de la chair. Les murs solides de ce Palatin, que j'habitais si peu, mais que je venais de reconstruire, oscillaient comme les flancs d'une barque ; les tentures écartées pour laisser entrer la nuit romaine étaient celles d'un pavillon de poupe ; les cris de la foule étaient le bruit du vent dans les cordages. L'énorme écueil aperçu au loin dans l'ombre, les assises gigantesques de mon tombeau qu'on commençait à ce moment d'élever sur les bords du Tibre, ne m'inspiraient ni terreur, ni regret, ni vaine méditation sur la brièveté de la vie.

Peu à peu, la lumière changea. Depuis deux ans et plus, le passage du temps se marquait aux progrès d'une jeunesse qui se forme, se dore, monte à son zénith : la voix grave s'habituant à crier des ordres aux pilotes et aux maîtres des chasses ; la foulée plus longue du coureur ; les jambes du cavalier maîtrisant plus expertement sa monture ; l'écolier qui avait appris par cœur à Claudiopolis de longs fragments d'Homère se passionnait de poésie voluptueuse et savante, s'engouait de certains passages de Platon. Mon jeune berger devenait un jeune prince. Ce n'était plus l'enfant zélé qui se jetait de cheval, aux haltes, pour m'offrir l'eau des sources puisée dans ses paumes : le donateur savait maintenant l'immense valeur de ses dons. Durant les chasses organisées dans les domaines de Lucius, en Toscane, j'avais pris plaisir à mêler ce visage parfait aux figures lourdes et soucieuses des grands dignitaires, aux profils aigus des Orientaux, aux mufles épais des veneurs barbares, à obliger le bien-aimé au rôle difficile de l'ami. A Rome, des intrigues s'étaient nouées autour de cette jeune tête, de bas efforts s'étaient exercés pour capter cette influence, ou pour lui en substituer quelque autre. L'absorption dans une pensée unique douait ce jeune homme de dix-

huit ans d'un pouvoir d'indifférence qui manque aux
plus sages : il avait su dédaigner, ou ignorer tout cela.
Mais la belle bouche avait pris un pli amer dont
s'apercevaient les sculpteurs.

J'offre ici aux moralistes une occasion facile de
triompher de moi. Mes censeurs s'apprêtent à montrer
dans mon malheur les suites d'un égarement, le
résultat d'un excès : il m'est d'autant plus difficile de
les contredire que je vois mal en quoi consiste l'égarement, et où se situe l'excès. Je m'efforce de ramener
mon crime, si c'en est un, à des proportions justes : je
me dis que le suicide n'est pas rare, et qu'il est
commun de mourir à vingt ans. La mort d'Antinoüs
n'est un problème et une catastrophe que pour moi
seul. Il se peut que ce désastre ait été inséparable d'un
trop-plein de joie, d'un surcroît d'expérience, dont je
n'aurais pas consenti à me priver moi-même ni à priver
mon compagnon de danger. Mes remords même sont
devenus peu à peu une forme amère de possession, une
manière de m'assurer que j'ai été jusqu'au bout le triste
maître de son destin. Mais je n'ignore pas qu'il faut
compter avec les décisions de ce bel étranger que reste
malgré tout chaque être qu'on aime. En prenant sur
moi toute la faute, je réduis cette jeune figure aux
proportions d'une statuette de cire que j'aurais pétrie,
puis écrasée entre mes mains. Je n'ai pas le droit de
déprécier le singulier chef-d'œuvre que fut son départ ;
je dois laisser à cet enfant le mérite de sa propre mort.

Il va sans dire que je n'incrimine pas la préférence
sensuelle, fort banale, qui en amour déterminait mon
choix. Des passions semblables avaient souvent traversé ma vie ; ces fréquentes amours n'avaient coûté
jusqu'ici qu'un minimum de serments, de mensonges,
et de maux. Mon bref engouement pour Lucius ne
m'avait entraîné qu'à quelques folies réparables. Rien
n'empêchait qu'il n'en allât de même pour cette

suprême tendresse ; rien, sinon précisément la qualité unique par où elle se distinguait des autres. L'accoutumance nous aurait conduits à cette fin sans gloire, mais aussi sans désastre, que la vie procure à tous ceux qui ne refusent pas son doux émoussement par l'usure. J'aurais vu la passion se changer en amitié, comme le veulent les moralistes, ou en indifférence, ce qui est plus fréquent. Un être jeune se fût détaché de moi au moment où nos liens auraient commencé à me peser ; d'autres routines sensuelles, ou les mêmes sous d'autres formes, se fussent établies dans sa vie ; l'avenir eût contenu un mariage ni pire ni meilleur que tant d'autres, un poste dans l'administration provinciale, la gestion d'un domaine rural en Bithynie ; dans d'autres cas, l'inertie, la vie de cour continuée dans quelque position subalterne ; à tout mettre au pis, une de ces carrières de favoris déchus qui tournent au confident ou à l'entremetteur. La sagesse, si j'y comprends quelque chose, consiste à ne rien ignorer de ces hasards, qui sont la vie même, quitte à s'efforcer d'écarter les pires. Mais ni cet enfant ni moi nous n'étions sages.

Je n'avais pas attendu la présence d'Antinoüs pour me sentir dieu. Mais le succès multipliait autour de moi les chances de vertige ; les saisons semblaient collaborer avec les poètes et les musiciens de mon escorte pour faire de notre existence une fête olympienne. Le jour de mon arrivée à Carthage, une sécheresse de cinq ans prit fin ; la foule délirant sous l'averse acclama en moi le dispensateur des bienfaits d'en haut ; les grands travaux d'Afrique ne furent ensuite qu'une manière de canaliser cette prodigalité céleste. Quelque temps plus tôt, au cours d'une escale en Sardaigne, un orage nous fit chercher refuge dans une cabane de paysans ; Antinoüs aida notre hôte à retourner une couple de tranches de thon sur la braise ;

je me crus Zeus visitant Philémon en compagnie
d'Hermès. Ce jeune homme aux jambes repliées sur un
lit était ce même Hermès dénouant ses sandales ;
Bacchus cueillait cette grappe, ou goûtait pour moi
cette coupe de vin rose ; ces doigts durcis par la corde
de l'arc étaient ceux d'Éros. Parmi tant de travestis, au
sein de tant de prestiges, il m'arriva d'oublier la
personne humaine, l'enfant qui s'efforçait vainement
d'apprendre le latin, priait l'ingénieur Décrianus de lui
donner des leçons de mathématiques, puis y renonçait,
et qui, au moindre reproche, s'en allait bouder à
l'avant du navire en regardant la mer.

Le voyage d'Afrique s'acheva en plein soleil de
juillet dans les quartiers tout neufs de Lambèse ; mon
compagnon endossa avec une joie puérile la cuirasse et
la tunique militaire ; je fus pour quelques jours le Mars
nu et casqué participant aux exercices du camp,
l'Hercule athlétique grisé du sentiment de sa vigueur
encore jeune. En dépit de la chaleur et des longs
travaux de terrassement effectués avant mon arrivée,
l'armée fonctionna comme tout le reste avec une
facilité divine : il eût été impossible d'obliger ce
coureur à un saut d'obstacle de plus, d'imposer à ce
cavalier une voltige nouvelle, sans nuire à l'efficacité de
ces manœuvres elles-mêmes, sans rompre quelque part
ce juste équilibre de forces qui en constitue la beauté.
Je n'eus à faire remarquer aux officiers qu'une seule
erreur imperceptible, un groupe de chevaux laissé à
découvert durant le simulacre d'attaque en rase campagne ; mon préfet Cornélianus me satisfit en tout. Un
ordre intelligent régissait ces masses d'hommes, de
bêtes de trait, de femmes barbares accompagnées
d'enfants robustes se pressant aux bords du prétoire
pour me baiser les mains. Cette obéissance n'était pas
servile ; cette fougue sauvage s'employait à soutenir
mon programme de sécurité ; rien n'avait coûté trop

cher ; rien n'avait été négligé. Je songeai à faire écrire par Arrien un traité de tactique exact comme un corps bien fait.

A Athènes, la dédicace de l'Olympéion donna lieu trois mois plus tard à des fêtes qui rappelaient les solennités romaines, mais ce qui à Rome s'était passé sur terre se situa là-bas en plein ciel. Par une blonde après-midi d'automne, je pris place sous ce portique conçu à l'échelle surhumaine de Zeus ; ce temple de marbre, élevé sur le lieu où Deucalion vit cesser le Déluge, semblait perdre son poids, flotter comme un lourd nuage blanc ; mon vêtement rituel s'accordait aux tons du soir sur l'Hymette tout proche. J'avais chargé Polémon du discours inauguratoire. Ce fut là que la Grèce me décerna ces appellations divines où je voyais à la fois une source de prestige et le but le plus secret des travaux de ma vie : Évergète, Olympien, Épiphane, Maître de Tout. Et le plus beau, le plus difficile à mériter de tous ces titres : Ionien, Philhellène. Il y avait de l'acteur en Polémon, mais les jeux de physionomie d'un grand comédien traduisent parfois une émotion à laquelle participent toute une foule, tout un siècle. Il leva les yeux, se recueillit avant son exorde, parut rassembler en lui tous les dons contenus dans ce moment du temps. J'avais collaboré avec les âges, avec la vie grecque elle-même ; l'autorité que j'exerçais était moins un pouvoir qu'une mystérieuse puissance, supérieure à l'homme, mais qui n'agit efficacement qu'à travers l'intermédiaire d'une personne humaine ; le mariage de Rome et d'Athènes s'était accompli ; le passé retrouvait un visage d'avenir ; la Grèce repartait comme un navire longtemps immobilisé par un calme, qui sent de nouveau dans ses voiles la poussée du vent. Ce fut alors qu'une mélancolie d'un instant me serra le cœur : je songeai que les mots d'achèvement, de perfection, contiennent en eux le

mot de fin : peut-être n'avais-je fait qu'offrir une proie
de plus au Temps dévorateur.

Nous pénétrâmes ensuite dans l'intérieur du temple
où les sculpteurs s'affairaient encore : l'immense ébau-
che du Zeus d'or et d'ivoire éclairait vaguement la
pénombre ; au pied de l'échafaudage, le grand python
que j'avais fait chercher aux Indes pour le consacrer
dans ce sanctuaire grec reposait déjà dans sa corbeille
de filigrane, bête divine, emblème rampant de l'esprit
de la Terre, associé de tout temps au jeune homme nu
qui symbolise le Génie de l'empereur. Antinoüs,
entrant de plus en plus dans ce rôle, servit lui-même au
monstre sa ration de mésanges aux ailes rognées. Puis,
levant les bras, il pria. Je savais que cette prière, faite
pour moi, ne s'adressait qu'à moi seul, mais je n'étais
pas assez dieu pour en deviner le sens, ni pour savoir si
elle serait un jour ou l'autre exaucée. Ce fut un
soulagement de sortir de ce silence, de cette pâleur
bleue, de retrouver les rues d'Athènes où s'allumaient
les lampes, la familiarité du petit peuple, les cris dans
l'air poussiéreux du soir. La jeune figure qui allait
bientôt embellir tant de monnaies du monde grec
devenait pour la foule une présence amicale, un signe.

Je n'aimais pas moins ; j'aimais plus. Mais le poids
de l'amour, comme celui d'un bras tendrement posé au
travers d'une poitrine, devenait peu à peu lourd à
porter. Les comparses reparurent : je me rappelle ce
jeune homme dur et fin qui m'accompagna durant un
séjour à Milet, mais auquel je renonçai. Je revois cette
soirée de Sardes où le poète Straton nous promena de
mauvais lieu en mauvais lieu, entourés de douteuses
conquêtes. Ce Straton, qui avait préféré à ma cour
l'obscure liberté des tavernes de l'Asie, était un homme
exquis et moqueur, avide de prouver l'inanité de tout
ce qui n'est pas le plaisir lui-même, peut-être pour
s'excuser d'y avoir sacrifié tout le reste. Et il y eut cette

nuit de Smyrne où j'obligeai l'objet aimé à subir la
présence d'une courtisane. L'enfant se faisait de
l'amour une idée qui demeurait austère, parce qu'elle
était exclusive ; son dégoût alla jusqu'aux nausées.
Puis, il s'habitua. Ces vaines tentatives s'expliquent
assez par le goût de la débauche ; il s'y mêlait l'espoir
d'inventer une intimité nouvelle où le compagnon de
plaisir ne cesserait pas d'être le bien-aimé et l'ami ;
l'envie d'instruire l'autre, de faire passer sa jeunesse
par des expériences qui avaient été celles de la mienne ;
et peut-être, plus inavouée, l'intention de le ravaler
peu à peu au rang des délices banales qui n'engagent à
rien.

Il entrait de l'angoisse dans mon besoin de rabrouer
cette tendresse ombrageuse qui risquait d'encombrer
ma vie. Au cours d'un voyage en Troade, nous
visitâmes la plaine du Scamandre sous un ciel vert de
catastrophe : l'inondation, dont j'étais venu sur place
constater les ravages, changeait en îlots les tumulus des
tombeaux antiques. Je trouvai quelques moments pour
me recueillir sur la tombe d'Hector ; Antinoüs alla
rêver sur celle de Patrocle. Je ne sus pas reconnaître
dans le jeune faon qui m'accompagnait l'émule du
camarade d'Achille : je tournai en dérision ces fidélités
passionnées qui fleurissent surtout dans les livres ; le
bel être insulté rougit jusqu'au sang. La franchise était
de plus en plus la seule vertu à laquelle je m'astrei-
gnais : je m'apercevais que les disciplines héroïques
dont la Grèce a entouré l'attachement d'un homme
mûr pour un compagnon plus jeune ne sont souvent
pour nous que simagrées hypocrites. Plus sensible que
je ne croyais l'être aux préjugés de Rome, je me
rappelais que ceux-ci font sa part au plaisir mais voient
dans l'amour une manie honteuse ; j'étais repris par ma
rage de ne dépendre exclusivement d'aucun être. Je
m'exaspérais de travers qui étaient ceux de la jeunesse,

et comme tels inséparables de mon choix ; je finissais
par retrouver dans cette passion différente tout ce qui
m'avait irrité chez les maîtresses romaines : les parfums, les apprêts, le luxe froid des parures reprirent
leur place dans ma vie. Des craintes presque injusti-
fiées s'étaient introduites dans ce cœur sombre ; je l'ai
vu s'inquiéter d'avoir bientôt dix-neuf ans. Des caprices dangereux, des colères agitant sur ce front têtu les
anneaux de Méduse, alternaient avec une mélancolie
qui ressemblait à de la stupeur, avec une douceur de
plus en plus brisée. Il m'est arrivé de le frapper : je me
souviendrai toujours de ces yeux épouvantés. Mais
l'idole souffletée restait l'idole, et les sacrifices expia-
toires commençaient.

Tous les Mystères de l'Asie venaient renforcer ce
voluptueux désordre de leurs musiques stridentes. Le
temps d'Éleusis était bien passé. Les initiations aux
cultes secrets ou bizarres, pratiques plus tolérées que
permises, que le législateur en moi regardait avec
méfiance, convenaient à ce moment de la vie où la
danse devient vertige, où le chant s'achève en cri. Dans
l'île de Samothrace, j'avais été initié aux Mystères des
Cabires, antiques et obscènes, sacrés comme la chair et
le sang ; les serpents gorgés de lait de l'antre de
Trophonios se frottèrent à mes chevilles ; les fêtes
thraces d'Orphée donnèrent lieu à de sauvages rites de
fraternité. L'homme d'État qui avait interdit sous les
peines les plus sévères toutes les formes de mutilation
consentit à assister aux orgies de la Déesse Syrienne :
j'ai vu l'affreux tourbillonnement des danses ensanglantées ; fasciné comme un chevreau mis en présence
d'un reptile, mon jeune compagnon contemplait avec
terreur ces hommes qui choisissaient de faire aux
exigences de l'âge et du sexe une réponse aussi
définitive que celle de la mort, et peut-être plus atroce.
Mais le comble de l'horreur fut atteint durant un séjour

à Palmyre, où le marchand arabe Mélès Agrippa nous
hébergea pendant trois semaines au sein d'un luxe
splendide et barbare. Un jour, après boire, ce Mélès,
grand dignitaire du culte mithriaque, qui prenait assez
peu au sérieux ses devoirs de pastophore, proposa à
Antinoüs de participer au taurobole. Le jeune homme
savait que je m'étais soumis autrefois à une cérémonie
du même genre ; il s'offrit avec ardeur. Je ne crus pas
devoir m'opposer à cette fantaisie, pour l'accomplissement de laquelle on n'exigea qu'un minimum de
purifications et d'abstinences. J'acceptai de servir moi-
même de répondant, avec Marcus Ulpius Castoras,
mon secrétaire pour la langue arabe. Nous descendîmes à l'heure dite dans la cave sacrée ; le Bithynien se
coucha pour recevoir l'aspersion sanglante. Mais
quand je vis émerger de la fosse ce corps strié de rouge,
cette chevelure feutrée par une boue gluante, ce visage
éclaboussé de taches qu'on ne pouvait laver, et qu'il
fallait laisser s'effacer d'elles-mêmes, le dégoût me prit
à la gorge, et l'horreur de ces cultes souterrains et
louches. Quelques jours plus tard, je fis interdire aux
troupes, cantonnées à Émèse, l'accès du noir
Mithraeum.

J'ai eu mes présages : comme Marc-Antoine avant sa
dernière bataille, j'ai entendu s'éloigner dans la nuit la
musique de la relève des dieux protecteurs qui s'en
vont... Je l'entendais sans y prendre garde. Ma sécurité
était devenue celle du cavalier qu'un talisman protège
de toute chute. A Samosate, un congrès de petits rois
d'Orient eut lieu sous mes auspices ; au cours de
chasses en montagne, Abgar, roi d'Osroène, m'ensei-
gna lui-même l'art du fauconnier ; des battues machinées comme des scènes de théâtre précipitèrent dans
des filets de pourpre des hardes entières d'antilopes ;
Antinoüs s'arc-boutait de toutes ses forces pour retenir
l'élan d'une couple de panthères tirant sur leur lourd

collier d'or. Des arrangements se conclurent sous le
couvert de toutes ces splendeurs ; les marchandages me
furent invariablement favorables ; je restais le joueur
qui gagne à tout coup. L'hiver se passa dans ce palais
d'Antioche où j'avais jadis demandé aux sorciers de
m'éclairer sur l'avenir. Mais l'avenir ne pouvait désormais rien m'apporter, rien du moins qui pût passer
pour un don. Mes vendanges étaient faites ; le moût de
la vie emplissait la cuve. J'avais cessé, il est vrai,
d'ordonner mon propre destin, mais les disciplines
soigneusement élaborées d'autrefois ne m'apparaissaient plus que comme le premier stage d'une vocation
d'homme ; il en était d'elles comme de ces chaînes
qu'un danseur s'oblige à porter pour mieux bondir
quand il s'en sépare. Sur certains points, l'austérité
persistait : je continuais à interdire qu'on servît du vin
avant la seconde veille nocturne : je me souvenais
d'avoir vu, sur ces mêmes tables de bois poli, la main
tremblante de Trajan. Mais il est d'autres ivresses.
Aucune ombre ne se profilait sur mes jours, ni la mort,
ni la défaite, ni cette déroute plus subtile qu'on
s'inflige à soi-même, ni l'âge qui pourtant finirait par
venir. Et cependant, je me hâtais, comme si chacune
de ces heures était à la fois la plus belle et la dernière.

Mes fréquents séjours en Asie Mineure m'avaient
mis en contact avec un petit groupe de savants
sérieusement adonnés à la poursuite des arts magiques.
Chaque siècle a ses audaces : les meilleurs esprits du
nôtre, las d'une philosophie qui tourne de plus en plus
aux déclamations d'école, se plaisent à rôder sur ces
frontières interdites à l'homme. A Tyr, Philon de
Byblos m'avait révélé certains secrets de la vieille
magie phénicienne ; il me suivit à Antioche. Nouménios y donnait des mythes de Platon sur la nature de
l'âme une interprétation qui restait timide, mais qui
eût mené loin un esprit plus hardi que le sien. Ses

disciples évoquaient les démons : ce fut un jeu comme un autre. D'étranges figures qui semblaient faites de la moelle même de mes songes m'apparurent dans la fumée du styrax, oscillèrent, se fondirent, ne me laissant que le sentiment d'une ressemblance avec un visage connu et vivant. Tout cela n'était peut-être qu'un simple tour de bateleur : en ce cas, le bateleur savait son métier. Je me remis à l'étude de l'anatomie, effleurée dans ma jeunesse, mais ce n'était plus pour considérer sagement la structure du corps. La curiosité m'avait pris de ces régions intermédiaires où l'âme et la chair se mélangent, où le rêve répond à la réalité, et parfois la devance, où la vie et la mort échangent leurs attributs et leurs masques. Mon médecin Hermogène désapprouvait ces expériences ; il me fit néanmoins connaître un petit nombre de praticiens qui travaillaient sur ces données. J'essayai avec eux de localiser le siège de l'âme, de trouver les liens qui la rattachent au corps, et de mesurer le temps qu'elle met à s'en détacher. Quelques animaux furent sacrifiés à ces recherches. Le chirurgien Satyrus m'emmena dans sa clinique assister à des agonies. Nous rêvions tout haut : l'âme n'est-elle que le suprême aboutissement du corps, manifestation fragile de la peine et du plaisir d'exister ? Est-elle au contraire plus antique que ce corps modelé à son image, et qui, tant bien que mal, lui sert momentanément d'instrument ? Peut-on la rappeler à l'intérieur de la chair, rétablir entre elles cette union étroite, cette combustion que nous appelons la vie ? Si les âmes possèdent leur identité propre, peuvent-elles s'échanger, aller d'un être à l'autre comme le quartier de fruit, la gorgée de vin que deux amants se passent dans un baiser ? Tout sage change vingt fois par an d'avis sur ces choses ; le scepticisme le disputait en moi à l'envie de savoir et l'enthousiasme à l'ironie. Mais je m'étais convaincu que notre intelligence ne laisse filtrer jusqu'à nous qu'un maigre résidu des faits : je m'intéressais de plus en plus au monde obscur de la sensation, nuit noire où fulgurent et tournoient d'aveuglants soleils. Vers la même époque, Phlégon, qui collectionnait les histoires de revenants, nous raconta un soir celle de *La Fiancée de Corinthe* dont il se porta garant. Cette aventure où l'amour ramenait une âme sur la terre, et lui rendait temporairement un corps, émut chacun de nous, mais à des profondeurs différentes. Plusieurs tentèrent d'amorcer une expérience analogue : Satyrus s'efforça d'évoquer son maître Aspasius, qui avait fait avec lui un de ces pactes, jamais tenus, aux termes desquels ceux qui meurent promettent de renseigner les vivants. Antinoüs me fit une promesse du même genre, que je pris légèrement, n'ayant aucune raison de croire que cet enfant ne me survivrait pas. Philon chercha à faire apparaître sa femme morte. Je permis que le nom de mon père et de ma mère fussent prononcés, mais une sorte de pudeur m'empêcha d'évoquer Plotine. Aucune de ces tentatives ne réussit. Mais d'étranges portes s'étaient ouvertes.

Peu de jours avant le départ d'Antioche, j'allai sacrifier comme autrefois sur le sommet du mont Cassius. L'ascension fut faite de nuit : comme pour l'Etna, je n'emmenai avec moi qu'un petit nombre d'amis au pied sûr. Mon but n'était pas seulement d'accomplir un rite propitiatoire dans ce sanctuaire plus sacré qu'un autre : je voulais revoir de là-haut ce phénomène de l'aurore, prodige journalier que je n'ai jamais contemplé sans un secret cri de joie. A la hauteur du sommet, le soleil fait reluire les ornements de cuivre du temple, les visages éclairés sourient en pleine lumière, quand les plaines de l'Asie et de la mer sont encore plongées dans l'ombre ; pour quelques instants, l'homme qui prie au faîte est le seul bénéfi-

ciaire du matin. On prépara tout pour un sacrifice ;
nous montâmes à cheval d'abord, puis à pied, le long
de sentes périlleuses bordées de genêts et de lentisques
qu'on reconnaissait de nuit à leurs parfums. L'air était
lourd ; ce printemps brûlait comme ailleurs l'été. Pour
la première fois au cours d'une ascension en montagne,
le souffle me manqua : je dus m'appuyer un moment
sur l'épaule du préféré. Un orage, prévu depuis
quelque temps par Hermogène, qui se connaît en
météorologie, éclata à une centaine de pas du sommet.
Les prêtres sortirent pour nous recevoir à la lueur des
éclairs ; la petite troupe trempée jusqu'aux os se pressa
autour de l'autel disposé pour le sacrifice. Il allait
s'accomplir, quand la foudre éclatant sur nous tua d'un
seul coup le victimaire et la victime. Le premier instant
d'horreur passé, Hermogène se pencha avec une
curiosité de médecin sur le groupe foudroyé ; Chabrias
et le grand prêtre se récriaient d'admiration : l'homme
et le faon sacrifiés par cette épée divine s'unissaient à
l'éternité de mon Génie : ces vies substituées prolon-
geaient la mienne. Antinoüs agrippé à mon bras
tremblait, non de terreur, comme je le crus alors, mais
sous le coup d'une pensée que je compris plus tard. Un
être épouvanté de déchoir, c'est-à-dire de vieillir, avait
dû se promettre depuis longtemps de mourir au
premier signe de déclin, ou même bien avant. J'en
arrive aujourd'hui à croire que cette promesse, que
tant de nous se sont faite, mais sans la tenir, remontait
chez lui très loin, à l'époque de Nicomédie et de la
rencontre au bord de la source. Elle expliquait son
indolence, son ardeur au plaisir, sa tristesse, son
indifférence totale à tout avenir. Mais il fallait encore
que ce départ n'eût pas l'air d'une révolte, et ne contînt
nulle plainte. L'éclair du mont Cassius lui montrait
une issue : la mort pouvait devenir une dernière forme
de service, un dernier don, et le seul qui restât.

L'illumination de l'aurore fut peu de chose à côté du sourire qui se leva sur ce visage bouleversé. Quelques jours plus tard, je revis ce même sourire, mais plus caché, voilé d'ambiguïté : à souper, Polémon, qui se mêlait de chiromancie, voulut examiner la main du jeune homme, cette paume où m'effrayait moi-même une étonnante chute d'étoiles. L'enfant la retira, la referma, d'un geste doux, et presque pudique. Il tenait à garder le secret de son jeu, et celui de sa fin.

Nous fîmes halte à Jérusalem. J'y étudiai sur place le plan d'une ville nouvelle, que je me proposai de construire sur l'emplacement de la cité juive ruinée par Titus. La bonne administration de la Judée, les progrès du commerce de l'Orient, nécessitaient à ce carrefour de routes le développement d'une grande métropole. Je prévis la capitale romaine habituelle : Ælia Capitolina aurait ses temples, ses marchés, ses bains publics, son sanctuaire de la Vénus romaine. Mon goût récent pour les cultes passionnés et tendres me fit choisir sur le mont Moriah la grotte la plus propice à la célébration des Adonies. Ces projets indignèrent la populace juive : ces déshérités préféraient leurs ruines à une grande ville où s'offriraient toutes les aubaines du gain, du savoir et du plaisir. Les ouvriers qui donnaient le premier coup de pioche dans ces murs croulants furent molestés par la foule. Je passai outre : Fidus Aquila, qui devait sous peu employer son génie d'organisateur à la construction d'Antinoé, se mit à l'œuvre à Jérusalem. Je refusai de voir, sur ces tas de débris, la croissance rapide de la haine. Un mois plus tard, nous arrivâmes à Péluse. Je pris soin d'y relever la tombe de Pompée. Plus je m'enfonçais dans ces affaires d'Orient, plus j'admirais le génie politique de cet éternel vaincu du grand Jules. Pompée, qui s'efforça de mettre de l'ordre dans ce monde incertain de l'Asie, me semblait parfois avoir œuvré plus effectivement pour Rome que César lui-même. Ces travaux de réfection furent l'une de mes dernières offrandes aux morts de l'Histoire : j'allais bientôt avoir à m'occuper d'autres tombeaux.

L'arrivée à Alexandrie fut discrète. L'entrée triomphale était remise à la venue de l'impératrice. On avait persuadé ma femme, qui voyageait peu, de passer l'hiver dans le climat plus doux de l'Égypte ; Lucius, mal remis d'une toux opiniâtre, devait essayer du même remède. Une flottille de barques s'assemblait pour un voyage sur le Nil dont le programme comportait une suite d'inspections officielles, de fêtes, de banquets, qui promettaient d'être aussi fatigants que ceux d'une saison au Palatin. J'avais moi-même organisé tout cela : le luxe, les prestiges d'une cour n'étaient pas sans valeur politique dans ce vieux pays habitué aux fastes royaux.

Mais j'avais d'autant plus à cœur de consacrer à la chasse les quelques jours qui précéderaient l'arrivée de mes hôtes. A Palmyre, Mélès Agrippa avait donné pour nous des parties dans le désert ; nous n'avions pas poussé assez loin pour rencontrer des lions. Deux ans plus tôt, l'Afrique m'avait offert quelques belles chasses au grand fauve ; Antinoüs, trop jeune et trop inexpérimenté, n'avait pas reçu la permission d'y figurer en première place. J'avais ainsi, pour lui, des lâchetés auxquelles je n'aurais pas songé pour moi-même. Cédant comme toujours, je lui promis le rôle principal dans cette chasse au lion. Il n'était plus temps de le traiter en enfant, et j'étais fier de cette jeune force.

Nous partîmes pour l'oasis d'Ammon, à quelques jours de marche d'Alexandrie, celle même où Alexan-

dre apprit jadis de la bouche des prêtres le secret de sa
naissance divine. Les indigènes avaient signalé dans
ces parages la présence d'un fauve particulièrement
dangereux, qui s'était souvent attaqué à l'homme. Le
soir, au bord du feu de camp, nous comparions
gaiement nos futurs exploits à ceux d'Hercule. Mais les
premiers jours ne nous rapportèrent que quelques
gazelles. Cette fois-là, nous décidâmes d'aller nous
poster tous deux près d'une mare sablonneuse tout
envahie de roseaux. Le lion passait pour venir y boire
au crépuscule. Les nègres étaient chargés de le rabattre
vers nous à grand bruit de conques, de cymbales et de
cris ; le reste de notre escorte fut laissé à quelque
distance. L'air était lourd et calme ; il n'était même pas
nécessaire de se préoccuper de la direction du vent.
Nous pouvions à peine avoir dépassé la dixième heure,
car Antinoüs me fit remarquer sur l'étang des nénuphars rouges encore grands ouverts. Soudain, la bête
royale parut dans un froissement de roseaux foulés,
tourna vers nous son beau mufle terrible, l'une des
faces les plus divines que puisse assumer le danger.
Placé un peu en arrière, je n'eus pas le temps de retenir
l'enfant qui pressa imprudemment son cheval, lança sa
pique, puis ses deux javelots, avec art, mais de trop
près. Le fauve transpercé au cou s'écroula, battant le
sol de sa queue ; le sable soulevé nous empêchait de
distinguer autre chose qu'une masse rugissante et
confuse ; le lion enfin se redressa, rassembla ses forces
pour s'élancer sur le cheval et le cavalier désarmé.
J'avais prévu ce risque ; par bonheur, la monture
d'Antinoüs ne broncha pas : nos bêtes étaient admirablement dressées à ces sortes de jeux. J'interposai mon
cheval, exposant le flanc droit ; j'avais l'habitude de ces
exercices ; il ne me fut pas très difficile d'achever le
fauve déjà frappé à mort. Il s'effondra pour la seconde
fois ; le mufle roula dans la vase ; un filet de sang noir

coula sur l'eau. Le grand chat couleur de désert, de miel et de soleil, expira avec une majesté plus qu'humaine. Antinoüs se jeta à bas de son cheval couvert d'écume, et qui tremblait encore ; nos compagnons nous rejoignirent ; les nègres traînèrent au camp l'immense victime morte.

Une espèce de festin fut improvisé ; couché à plat ventre devant un plateau de cuivre, le jeune homme nous distribua de ses propres mains les portions d'agneau cuit sous la cendre. On but en son honneur du vin de palme. Son exaltation montait comme un chant. Il s'exagérait peut-être la signification du secours que je lui avais porté, oubliant que j'en eusse fait autant pour n'importe quel chasseur en danger ; nous nous sentions pourtant rentrés dans ce monde héroïque où les amants meurent l'un pour l'autre. La gratitude et l'orgueil alternaient dans sa joie comme les strophes d'une ode. Les Noirs firent merveille : le soir, la peau écorchée se balançait sous les étoiles suspendue à deux pieux, à l'entrée de ma tente. En dépit des aromates qu'on y avait répandus, son odeur fauve nous hanta toute la nuit. Le lendemain, après un repas de fruits, nous quittâmes le camp ; au moment du départ, nous aperçûmes dans un fossé ce qui restait de la bête royale de la veille : ce n'était plus qu'une carcasse rouge surmontée d'un nuage de mouches.

Nous rentrâmes à Alexandrie quelques jours plus tard. Le poète Pancratès organisa pour moi une fête au Musée ; on avait réuni dans une salle de musique une collection d'instruments précieux : les vieilles lyres doriennes, plus lourdes et moins compliquées que les nôtres, voisinaient avec les cithares recourbées de la Perse et de l'Égypte, les pipeaux phrygiens aigus comme des voix d'eunuques, et de délicates flûtes indiennes dont j'ignore le nom. Un Éthiopien frappa longuement sur des calebasses africaines. Une femme dont la beauté un peu froide m'eût séduit, si je n'avais décidé de simplifier ma vie en la réduisant à ce qui était pour moi l'essentiel, joua d'une harpe triangulaire au son triste. Mésomédès de Crète, mon musicien favori, accompagna sur l'orgue hydraulique la récitation de son poème de *La Sphinge,* œuvre inquiétante, sinueuse, fuyante comme le sable au vent. La salle de concerts ouvrait sur une cour intérieure : des nénuphars s'y étalaient sur l'eau d'un bassin, sous les feux presque furieux d'une après-midi d'août finissante. Durant un interlude, Pancratès tint à nous faire admirer de près ces fleurs d'une variété rare, rouges comme le sang, qui ne fleurissent qu'à la fin de l'été. Nous reconnûmes aussitôt nos nénuphars écarlates de l'oasis d'Ammon ; Pancratès s'enflamma à l'idée du fauve blessé expirant parmi les fleurs. Il me proposa de versifier cet épisode de chasse : le sang du lion serait censé avoir teinté les lys des eaux. La formule n'est pas neuve : je passai pourtant la commande. Ce Pancratès, qui avait tout d'un poète de cour, tourna, séance tenante, quelques vers agréables en l'honneur d'Antinoüs : la rose, l'hyacinthe, la chélidoine y étaient sacrifiées à ces corolles de pourpre qui porteraient désormais le nom du préféré. On ordonna à un esclave d'entrer dans le bassin pour en cueillir une brassée. Le jeune homme habitué aux hommages accepta gravement ces fleurs cireuses aux tiges serpentines et molles ; elles se fermèrent comme des paupières quand la nuit tomba.

L'impératrice arriva sur ces entrefaites. La longue traversée l'avait éprouvée : elle devenait fragile sans cesser d'être dure. Ses fréquentations politiques ne me causaient plus d'ennuis, comme à l'époque où elle avait sottement encouragé Suétone ; elle ne s'entourait plus que de femmes de lettres inoffensives. La confidente du moment, une certaine Julia Balbilla, faisait assez bien les vers grecs. L'impératrice et sa suite s'établirent au Lycéum, d'où elles sortirent peu. Lucius, au contraire, était comme toujours avide de tous les plaisirs, y compris ceux de l'intelligence et des yeux.

A vingt-six ans, il n'avait presque rien perdu de cette beauté surprenante qui le faisait acclamer dans les rues par la jeunesse de Rome. Il restait absurde, ironique, et gai. Ses caprices d'autrefois tournaient en manies ; il ne se déplaçait pas sans son maître-queux ; ses jardiniers lui composaient même à bord d'étonnants parterres de fleurs rares ; il traînait partout son lit, dont il avait lui-même dessiné le modèle, quatre matelas bourrés de quatre espèces particulières d'aromates, sur lesquels il couchait entouré de ses jeunes maîtresses comme d'autant de coussins. Ses pages fardés, poudrés, accoutrés comme les Zéphyrs et l'Amour, se conformaient du mieux qu'ils pouvaient à des lubies quelquefois

cruelles : je dus intervenir pour empêcher le petit
Boréas, dont il admirait la minceur, de se laisser
mourir de faim. Tout cela était plus agaçant qu'aimable. Nous visitâmes de concert tout ce qui se visite à
Alexandrie : le Phare, le Mausolée d'Alexandre, celui
de Marc-Antoine, où Cléopâtre triomphe éternellement d'Octavie, sans oublier les temples, les ateliers,
les fabriques, et même le faubourg des embaumeurs.
J'achetai chez un bon sculpteur tout un lot de Vénus,
de Dianes et d'Hermès pour Italica, ma ville natale,
que je me proposais de moderniser et d'orner. Le
prêtre du temple de Sérapis m'offrit un service de
verreries opalines ; je l'envoyai à Servianus, avec
lequel, par égard pour ma sœur Pauline, je tâchais de
garder des relations passables. De grands projets
édilitaires prirent forme au cours de ces tournées assez
fastidieuses.

Les religions sont à Alexandrie aussi variées que les
négoces : la qualité du produit est plus douteuse. Les
chrétiens surtout s'y distinguent par une abondance de
sectes au moins inutile. Deux charlatans, Valentin et
Basilide, intriguaient l'un contre l'autre, surveillés de
près par la police romaine. La lie du peuple égyptien
profitait de chaque observance rituelle pour se jeter,
gourdin en main, sur les étrangers ; la mort du bœuf
Apis provoque plus d'émeutes à Alexandrie qu'une
succession impériale à Rome. Les gens à la mode y
changent de dieu comme ailleurs on change de médecin, et sans plus de succès. Mais l'or est leur seule
idole : je n'ai vu nulle part solliciteurs plus éhontés.
Des inscriptions pompeuses s'étalèrent un peu partout
pour commémorer mes bienfaits, mais mon refus
d'exonérer la population d'une taxe, qu'elle était fort à
même de payer, m'aliéna bientôt cette tourbe. Les
deux jeunes hommes qui m'accompagnaient furent
insultés à plusieurs reprises ; on reprochait à Lucius

son luxe, d'ailleurs excessif ; à Antinoüs son origine obscure, au sujet de laquelle couraient d'absurdes histoires ; à tous deux, l'ascendant qu'on leur supposait sur moi. Cette dernière assertion était ridicule : Lucius, qui jugeait des affaires publiques avec une perspicacité surprenante, n'avait pourtant aucune influence politique ; Antinoüs n'essayait pas d'en avoir. Le jeune patricien, qui connaissait le monde, ne fit que rire de ces insultes. Mais Antinoüs en souffrit.

Les Juifs, stylés par leurs coreligionnaires de Judée, aigrissaient de leur mieux cette pâte déjà sure. La synagogue de Jérusalem me délégua son membre le plus vénéré : Akiba, vieillard presque nonagénaire, et qui ne savait pas le grec, avait pour mission de me décider à renoncer aux projets déjà en voie de réalisation à Jérusalem. Assisté par des interprètes, j'eus avec lui plusieurs entretiens, qui ne furent de sa part qu'un prétexte au monologue. En moins d'une heure, je me sentis capable de définir exactement sa pensée, sinon d'y souscrire ; il ne fit pas le même effort en ce qui concernait la mienne. Ce fanatique ne se doutait même pas qu'on pût raisonner sur d'autres prémisses que les siennes ; j'offrais à ce peuple méprisé une place parmi les autres dans la communauté romaine : Jérusalem, par la bouche d'Akiba, me signifiait sa volonté de rester jusqu'au bout la forteresse d'une race et d'un dieu isolés du genre humain. Cette pensée forcenée s'exprimait avec une subtilité fatigante : je dus subir une longue file de raisons, savamment déduites les unes des autres, de la supériorité d'Israël. Au bout de huit jours, ce négociateur si buté s'aperçut pourtant qu'il avait fait fausse route ; il annonça son départ. Je hais la défaite, même celle des autres ; elle m'émeut surtout quand le vaincu est un vieillard. L'ignorance d'Akiba, son refus d'accepter tout ce qui n'était pas ses livres saints et son peuple, lui conféraient une sorte d'étroite innocence. Mais il était difficile de s'attendrir sur ce sectaire. La longévité semblait l'avoir dépouillé de toute souplesse humaine : ce corps décharné, cet esprit sec étaient doués d'une dure vigueur de sauterelle. Il paraît qu'il mourut plus tard en héros pour la cause de son peuple, ou plutôt de sa loi : chacun se dévoue à ses propres dieux.

Les distractions d'Alexandrie commençaient à s'épuiser. Phlégon, qui connaissait partout la curiosité locale, la procureuse ou l'hermaphrodite célèbre, proposa de nous mener chez une magicienne. Cette entremetteuse de l'invisible habitait Canope. Nous nous y rendîmes de nuit, en barque, le long du canal aux eaux lourdes. Le trajet fut morne. Une hostilité sourde régnait comme toujours entre les deux jeunes hommes : l'intimité à laquelle je les forçais augmentait leur aversion l'un pour l'autre. Lucius cachait la sienne sous une condescendance moqueuse ; mon jeune Grec s'enfermait dans un de ses accès d'humeur sombre. J'étais moi-même assez las ; quelques jours plus tôt, en rentrant d'une course en plein soleil, j'avais eu une brève syncope dont Antinoüs et mon noir serviteur Euphorion avaient été les seuls témoins. Ils s'étaient alarmés à l'excès ; je les avais contraints au silence.

Canope n'est qu'un décor : la maison de la magicienne était située dans la partie la plus sordide de cette ville de plaisir. Nous débarquâmes sur une terrasse croulante. La sorcière nous attendait à l'intérieur, munie des douteux outils de son métier. Elle semblait compétente ; elle n'avait rien d'une nécromancienne de théâtre ; elle n'était même pas vieille.

Ses prédictions furent sinistres. Depuis quelque temps, les oracles ne m'annonçaient partout qu'ennuis de toute sorte, troubles politiques, intrigues de palais, maladies graves. Je crois aujourd'hui que des influences fort humaines s'exerçaient sur ces bouches d'ombre, parfois pour m'avertir, le plus souvent pour m'effrayer. L'état véritable d'une partie de l'Orient s'y exprimait plus clairement que dans les rapports de nos proconsuls. Je prenais ces prétendues révélations avec calme, mon respect pour le monde invisible n'allant pas jusqu'à faire confiance à ces divins radotages : dix ans plus tôt, peu après mon accession à l'empire, j'avais fait fermer l'oracle de Daphné, près d'Antioche, qui m'avait prédit le pouvoir, de peur qu'il n'en fît autant pour le premier prétendant venu. Mais il est toujours fâcheux d'entendre parler de choses tristes.

Après nous avoir inquiétés de son mieux, la devineresse nous proposa ses services : un de ces sacrifices magiques, dont les sorciers d'Égypte se font une spécialité, suffirait pour tout arranger à l'amiable avec le destin. Mes incursions dans la magie phénicienne m'avaient déjà fait comprendre que l'horreur de ces pratiques interdites tient moins à ce qu'on nous en montre qu'à ce qu'on nous en cache : si on n'avait pas su ma haine des sacrifices humains, on m'aurait probablement conseillé d'immoler un esclave. On se contenta de parler d'un animal familier.

Autant que possible, la victime devait m'avoir appartenu ; il ne pouvait s'agir d'un chien, bête que la superstition égyptienne croit immonde ; un oiseau eût convenu, mais je ne voyage pas accompagné d'une volière. Mon jeune maître me proposa son faucon. Les conditions se trouvaient remplies : je lui avais donné ce bel oiseau après l'avoir reçu moi-même du roi d'Osroène. L'enfant le nourrissait de sa main ; c'était une des rares possessions auxquelles il s'était attaché. Je refusai d'abord ; il insista gravement ; je compris qu'il attribuait à cette offre une signification extraordinaire, et j'acceptai par tendresse. Muni des instructions les plus détaillées, mon courrier Ménécratès partit chercher l'oiseau dans nos appartements du

Sérapéum. Même au galop la course demanderait en tout plus de deux heures. Il n'était pas question de les passer dans le taudis malpropre de la magicienne, et Lucius se plaignait de l'humidité de la barque. Phlégon trouva un expédient : on s'installa tant bien que mal chez une proxénète, après s'être débarrassé du personnel de la maison ; Lucius décida de dormir ; je mis à profit cet intervalle pour dicter des dépêches ; Antinoüs s'étendit à mes pieds. Le calame de Phlégon grinçait sous la lampe. On touchait déjà à la dernière veille de la nuit quand Ménécratès rapporta l'oiseau, le gantelet, le capuchon et la chaîne.

Nous retournâmes chez la magicienne. Antinoüs décapuchonna son faucon, caressa longuement sa petite tête ensommeillée et sauvage, le remit à l'incantatrice qui commença une série de passes magiques. L'oiseau fasciné se rendormit. Il importait que la victime ne se débattît pas et que la mort parût volontaire. Enduite rituellement de miel et d'essence de rose, la bête inerte fut déposée au fond d'une cuve remplie d'eau du Nil ; la créature noyée s'assimilait à l'Osiris emporté par le courant du fleuve ; les années terrestres de l'oiseau s'ajoutaient aux miennes ; la petite âme solaire s'unissait au Génie de l'homme pour lequel on la sacrifiait ; ce Génie invisible pourrait désormais m'apparaître et me servir sous cette forme. Les longues manipulations qui suivirent ne furent pas plus intéressantes qu'une préparation de cuisine. Lucius bâillait. Les cérémonies imitèrent jusqu'au bout des funérailles humaines : les fumigations et les psalmodies traînèrent jusqu'à l'aube. On enferma l'oiseau dans un cercueil bourré d'aromates que la magicienne enterra devant nous au bord du canal, dans un cimetière abandonné. Elle s'accroupit ensuite sous un arbre pour compter une à une les pièces d'or de son salaire versées par Phlégon.

Nous remontâmes en barque. Un vent singulièrement froid soufflait. Lucius, assis près de moi, relevait
du bout de ses doigts minces les couvertures de coton
brodé ; par politesse, nous continuions à échanger à
bâtons rompus des propos concernant les affaires et les
scandales de Rome. Antinoüs, couché au fond de la
barque, avait appuyé la tête sur mes genoux ; il feignait
de dormir pour s'isoler de cette conversation qui ne
l'incluait pas. Ma main glissait sur sa nuque, sous ses
cheveux. Dans les moments les plus vains ou les plus
ternes, j'avais ainsi le sentiment de rester en contact
avec les grands objets naturels, l'épaisseur des forêts,
l'échine musclée des panthères, la pulsation régulière
des sources. Mais aucune caresse ne va jusqu'à l'âme.
Le soleil brillait quand nous arrivâmes au Sérapéum ;
les marchands de pastèques criaient leurs denrées par
les rues. Je dormis jusqu'à l'heure de la séance du
Conseil local, à laquelle j'assistai. J'ai su plus tard
qu'Antinoüs profita de cette absence pour persuader
Chabrias de l'accompagner à Canope. Il y retourna
chez la magicienne.

Le premier jour du mois d'Athyr, la deuxième année de la deux cent vingt-sixième Olympiade... C'est l'anniversaire de la mort d'Osiris, dieu des agonies : le long du fleuve, des lamentations aiguës retentissaient depuis trois jours dans tous les villages. Mes hôtes romains, moins accoutumés que moi aux mystères de l'Orient, montraient une certaine curiosité pour ces cérémonies d'une race différente. Elles m'excédaient au contraire. J'avais fait amarrer ma barque à quelque distance des autres, loin de tout lieu habité : un temple pharaonique à demi abandonné se dressait pourtant à proximité du rivage ; il avait encore son collège de prêtres ; je n'échappai pas tout à fait au bruit de plaintes.

Le soir précédent, Lucius m'invita à souper sur sa barque. Je m'y rendis au soleil couchant. Antinoüs refusa de me suivre. Je le laissai au seuil de ma cabine de poupe, étendu sur sa peau de lion, occupé à jouer aux osselets avec Chabrias. Une demi-heure plus tard, à la nuit close, il se ravisa et fit appeler un canot. Aidé d'un seul batelier, il fit à contre-courant la distance assez considérable qui nous séparait des autres barques. Son entrée sous la tente où se donnait le souper interrompit les applaudissements causés par les contor-

sions d'une danseuse. Il s'était accoutré d'une longue
robe syrienne, mince comme une pelure de fruit, toute
semée de fleurs et de Chimères. Pour ramer plus à
l'aise, il avait mis bas sa manche droite : la sueur
tremblait sur cette poitrine lisse. Lucius lui lança une
guirlande qu'il attrapa au vol ; sa gaieté presque
stridente ne se démentit pas un instant, à peine
soutenue d'une coupe de vin grec. Nous rentrâmes
ensemble dans mon canot à six rameurs, accompagnés
d'en haut du bonsoir mordant de Lucius. La sauvage
gaieté persista. Mais, au matin, il m'arriva de toucher
par hasard à un visage glacé de larmes. Je lui demandai
avec impatience la raison de ces pleurs ; il répondit
humblement en s'excusant sur la fatigue. J'acceptai ce
mensonge ; je me rendormis. Sa véritable agonie a eu
lieu dans ce lit, et à mes côtés.

Le courrier de Rome venait d'arriver ; la journée se
passa à le lire et à y répondre. Comme d'ordinaire
Antinoüs allait et venait silencieusement dans la pièce :
je ne sais pas à quel moment ce beau lévrier est sorti de
ma vie. Vers la douzième heure, Chabrias agité entra.
Contrairement à toutes règles, le jeune homme avait
quitté la barque sans spécifier le but et la longueur de
son absence : deux heures au moins avaient passé
depuis son départ. Chabrias se rappelait d'étranges
phrases prononcées la veille, une recommandation faite
le matin même, et qui me concernait. Il me communi-
qua ses craintes. Nous descendîmes en hâte sur la
berge. Le vieux pédagogue se dirigea d'instinct vers
une chapelle située sur le rivage, petit édifice isolé qui
faisait partie des dépendances du temple, et qu'Antinoüs et lui avaient visité ensemble. Sur une table à
offrandes, les cendres d'un sacrifice étaient encore
tièdes. Chabrias y plongea les doigts, et en retira
presque intacte une boucle de cheveux coupés.

Il ne nous restait plus qu'à explorer la berge. Une

série de réservoirs, qui avaient dû servir autrefois à des
cérémonies sacrées, communiquaient avec une anse du
fleuve : au bord du dernier bassin, Chabrias aperçut
dans le crépuscule qui tombait rapidement un vêtement plié, des sandales. Je descendis les marches
glissantes : il était couché au fond, déjà enlisé par la
boue du fleuve. Avec l'aide de Chabrias, je réussis à
soulever le corps qui pesait soudain d'un poids de
pierre. Chabrias héla des bateliers qui improvisèrent
une civière de toile. Hermogène appelé à la hâte ne put
que constater la mort. Ce corps si docile refusait de se
laisser réchauffer, de revivre. Nous le transportâmes à
bord. Tout croulait ; tout parut s'éteindre. Le Zeus
Olympien, le Maître de Tout, le Sauveur du Monde
s'effondrèrent, et il n'y eut plus qu'un homme à
cheveux gris sanglotant sur le pont d'une barque.

Deux jours plus tard, Hermogène réussit à me faire
penser aux funérailles. Les rites de sacrifice dont
Antinoüs avait choisi d'entourer sa mort nous montraient un chemin à suivre : ce ne serait pas pour rien
que l'heure et le jour de cette fin coïncidaient avec ceux
où Osiris descend dans la tombe. Je me rendis sur
l'autre rive, à Hermopolis, chez les embaumeurs.
J'avais vu leurs pareils travailler à Alexandrie ; je savais
quels outrages j'allais faire subir à ce corps. Mais le feu
aussi est horrible, qui grille et charbonne cette chair
qui fut aimée ; et la terre où pourrissent les morts. La
traversée fut brève ; accroupi dans un coin de la cabine
de poupe, Euphorion hululait à voix basse je ne sais
quelle complainte funèbre africaine ; ce chant étouffé
et rauque me semblait presque mon propre cri. Nous
transférâmes le mort dans une salle lavée à grande eau
qui me rappela la clinique de Satyrus ; j'aidai le
mouleur à huiler le visage avant d'y appliquer la cire.
Toutes les métaphores retrouvaient un sens : j'ai tenu
ce cœur entre mes mains. Quand je le quittai, le corps

vide n'était plus qu'une préparation d'embaumeur, premier état d'un atroce chef-d'œuvre, substance précieuse traitée par le sel et la gelée de myrrhe, que l'air et le soleil ne toucheraient jamais plus.

Au retour, je visitai le temple près duquel s'était consommé le sacrifice ; je parlai aux prêtres. Leur sanctuaire rénové redeviendrait pour toute l'Égypte un lieu de pèlerinage ; leur collège enrichi, augmenté, se consacrerait désormais au service de mon dieu. Même dans mes moments les plus obtus, je n'avais jamais douté que cette jeunesse fût divine. La Grèce et l'Asie le vénéreraient à notre manière, par des jeux, des danses, des offrandes rituelles au pied d'une statue blanche et nue. L'Égypte, qui avait assisté à l'agonie, aurait elle aussi sa part dans l'apothéose. Ce serait la plus sombre, la plus secrète, la plus dure : ce pays jouerait auprès de lui un rôle éternel d'embaumeur. Durant des siècles, des prêtres au crâne rasé réciteraient des litanies où figurerait ce nom, pour eux sans valeur, mais qui pour moi contenait tout. Chaque année, la barque sacrée promènerait cette effigie sur le fleuve ; le premier du mois d'Athyr, des pleureurs marcheraient sur cette berge où j'avais marché. Toute heure a son devoir immédiat, son injonction qui domine les autres : celle du moment était de défendre contre la mort le peu qui me restait. Phlégon avait réuni pour moi sur le rivage les architectes et les ingénieurs de ma suite ; soutenu par une espèce d'ivresse lucide, je les traînai le long des collines pierreuses ; j'expliquai mon plan, le développement des quarante-cinq stades du mur d'enceinte ; je marquai dans le sable la place de l'arc de triomphe, celle de la tombe. Antinoé allait naître : ce serait déjà vaincre la mort que d'imposer à cette terre sinistre une cité toute grecque, un bastion qui tiendrait en respect les nomades de l'Érythrée, un nouveau marché sur la route de l'Inde. Alexandre avait célébré les funérailles d'Héphestion par des dévastations et des hécatombes. Je trouvais plus beau d'offrir au préféré une ville où son culte serait à jamais mêlé au va-et-vient sur la place publique, où son nom reviendrait dans les causeries du soir, où les jeunes hommes se jetteraient des couronnes à l'heure des banquets. Mais, sur un point, ma pensée flottait. Il semblait impossible d'abandonner ce corps en sol étranger. Comme un homme incertain de l'étape suivante ordonne à la fois un logement dans plusieurs hôtelleries, je lui commandai à Rome un monument sur les bords du Tibre, près de ma tombe ; je pensai aussi aux chapelles égyptiennes que j'avais, par caprice, fait bâtir à la Villa, et qui s'avéraient soudain tragiquement utiles. On prit jour pour les funérailles, qui auraient lieu au bout des deux mois exigés par les embaumeurs. Je chargeai Mésomédès de composer des chœurs funèbres. Tard dans la nuit, je rentrai à bord ; Hermogène me prépara une potion pour dormir.

La remontée du fleuve continua, mais je naviguais sur le Styx. Dans les camps de prisonniers, sur les bords du Danube, j'avais vu jadis des misérables couchés contre un mur s'y frapper continuellement le front d'un mouvement sauvage, insensé et doux, en répétant sans cesse le même nom. Dans les caves du Colisée, on m'avait montré des lions qui dépérissaient parce qu'on leur avait enlevé le chien avec qui on les avait accoutumés à vivre. Je rassemblai mes pensées : Antinoüs était mort. Enfant, j'avais hurlé sur le cadavre de Marullinus déchiqueté par les corneilles, mais comme hurle la nuit un animal privé de raison. Mon père était mort, mais un orphelin de douze ans n'avait remarqué que le désordre de la maison, les pleurs de sa mère, et sa propre terreur ; il n'avait rien su des affres que le mourant avait traversées. Ma mère était morte beaucoup plus tard, vers l'époque de ma mission en Pannonie ; je ne me rappelais pas exactement à quelle date. Trajan n'avait été qu'un malade à qui il s'agissait de faire faire un testament. Je n'avais pas vu mourir Plotine. Attianus était mort ; c'était un vieillard. Durant les guerres daces, j'avais perdu des camarades que j'avais cru ardemment aimer ; mais nous étions jeunes, la vie et la mort étaient également enivrantes et faciles. Antinoüs était mort. Je me souvenais de lieux communs fréquemment entendus : on meurt à tout âge ; ceux qui meurent jeunes sont aimés des dieux. J'avais moi-même participé à cet infâme abus de mots ; j'avais parlé de mourir de sommeil, de mourir d'ennui. J'avais employé le mot agonie, le mot deuil, le mot perte. Antinoüs était mort.

L'Amour, le plus sage des dieux... Mais l'amour n'était pas responsable de cette négligence, de ces duretés, de cette indifférence mêlée à la passion comme le sable à l'or charrié par un fleuve, de ce grossier aveuglement d'homme trop heureux, et qui vieillit. Avais-je pu être si épaissement satisfait ? Antinoüs était mort. Loin d'aimer trop, comme sans doute Servianus à ce moment le prétendait à Rome, je n'avais pas assez aimé pour obliger cet enfant à vivre. Chabrias, qui, en sa qualité d'initié orphique, considérait le suicide comme un crime, insistait sur le côté sacrificiel de cette fin ; j'éprouvais moi-même une espèce d'horrible joie à me dire que cette mort était un don. Mais j'étais seul à mesurer combien d'âcreté fermente au fond de la douceur, quelle part de désespoir se cache dans l'abnégation, quelle haine se mélange à l'amour. Un être insulté me jetait à la face cette preuve de dévouement ; un enfant inquiet de tout perdre avait trouvé ce moyen de m'attacher à jamais à lui. S'il avait espéré me protéger par ce sacrifice, il avait dû se croire bien peu aimé pour ne pas sentir que le pire des maux serait de l'avoir perdu.

Les larmes prirent fin : les dignitaires qui s'approchaient de moi n'avaient plus à détourner leur regard de mon visage, comme s'il était obscène de pleurer. Les visites de fermes modèles et de canaux d'irrigation recommencèrent ; peu importait la manière d'employer les heures. Mille bruits ineptes couraient déjà le monde au sujet de mon désastre ; même sur les barques qui

accompagnaient la mienne, des récits atroces circu-
laient à ma honte ; je laissai dire, la vérité n'étant pas de
celles qu'on peut crier. Les mensonges les plus mali-
cieux étaient exacts à leur manière ; on m'accusait de
l'avoir sacrifié, et, en un sens, je l'avais fait. Hermogène, qui me rapportait fidèlement ces échos du
dehors, me transmit quelques messages de l'impératrice ; elle se montra convenable ; on l'est presque
toujours en présence de la mort. Cette compassion
reposait sur un malentendu : on acceptait de me
plaindre, pourvu que je me consolasse assez vite. Moi-
même, je me croyais à peu près calmé ; j'en rougissais
presque. Je ne savais pas que la douleur contient
d'étranges labyrinthes, où je n'avais pas fini de
marcher.

On s'efforçait de me distraire. Quelques jours après
l'arrivée à Thèbes, j'appris que l'impératrice et sa suite
s'étaient rendues par deux fois au pied du colosse de
Memnon, dans l'espoir d'entendre le bruit mystérieux
émis par la pierre à l'aurore, phénomène célèbre
auquel tous les voyageurs souhaitent d'assister. Le
prodige ne s'était pas produit ; on s'imaginait supersti-
tieusement qu'il s'opérerait en ma présence. J'acceptai
d'accompagner le lendemain les femmes ; tous les
moyens étaient bons pour diminuer l'interminable
longueur des nuits d'automne. Ce matin-là, vers la
onzième heure, Euphorion entra chez moi pour raviver
la lampe et m'aider à passer mes vêtements. Je sortis
sur le pont ; le ciel, encore tout noir, était en vérité le
ciel d'airain des poèmes d'Homère, indifférent aux
joies et aux maux des hommes. Il y avait plus de vingt
jours que cette chose avait eu lieu. Je pris place dans le
canot ; le court voyage n'alla pas sans cris et sans
frayeurs de femmes.

On nous débarqua non loin du Colosse. Une bande
d'un rose fade s'allongea à l'Orient ; un jour de plus

commençait. Le son mystérieux se produisit par trois fois ; ce bruit ressemble à celui que fait en se brisant la corde d'un arc. L'inépuisable Julia Balbilla enfanta sur-le-champ une série de poèmes. Les femmes entreprirent la visite des temples ; je les accompagnai un moment le long des murs criblés d'hiéroglyphes monotones. J'étais excédé par ces figures colossales de rois tous pareils, assis côte à côte, appuyant devant eux leurs pieds longs et plats, par ces blocs inertes où rien n'est présent de ce qui pour nous constitue la vie, ni la douleur, ni la volupté, ni le mouvement qui libère les membres, ni la réflexion qui organise le monde autour d'une tête penchée. Les prêtres qui me guidaient semblaient presque aussi mal renseignés que moi-même sur ces existences abolies ; de temps à autre, une discussion s'élevait au sujet d'un nom. On savait vaguement que chacun de ces monarques avait hérité d'un royaume, gouverné ses peuples, procréé son successeur : rien d'autre ne restait. Ces dynasties obscures remontaient plus loin que Rome, plus loin qu'Athènes, plus loin que le jour où Achille mourut sous les murs de Troie, plus loin que le cycle astronomique de cinq mille années calculé par Ménon pour Jules César. Me sentant las, je congédiai les prêtres ; je me reposai quelque temps à l'ombre du Colosse avant de remonter en barque. Ses jambes étaient couvertes jusqu'au genou d'inscriptions grecques tracées par des voyageurs : des noms, des dates, une prière, un certain Servius Suavis, un certain Eumène qui s'était tenu à cette même place six siècles avant moi, un certain Panion qui avait visité Thèbes six mois plus tôt... Six mois plus tôt... Une fantaisie me vint, que je n'avais pas eue depuis l'époque où, enfant, j'inscrivais mon nom sur l'écorce des châtaigniers dans un domaine d'Espagne : l'empereur qui se refusait à faire graver ses appellations et ses titres sur les monuments qu'il avait

construits prit sa dague, et égratigna dans cette pierre
dure quelques lettres grecques, une forme abrégée et
familière de son nom : AΔPIANO. C'était encore
s'opposer au temps : un nom, une somme de vie dont
personne ne computerait les éléments innombrables,
une marque laissée par un homme égaré dans cette
succession de siècles. Tout à coup, je me souvins qu'on
était au vingt-septième jour du mois d'Athyr, au
cinquième jour avant nos calendes de décembre.
C'était l'anniversaire d'Antinoüs : l'enfant, s'il vivait,
aurait aujourd'hui vingt ans.

Je rentrai à bord ; la plaie fermée trop vite s'était
rouverte ; je criai le visage enfoncé dans un coussin
qu'Euphorion glissa sous ma tête. Ce cadavre et moi
partions à la dérive, emportés en sens contraire par
deux courants du temps. Le cinquième jour avant les
calendes de décembre, le premier du mois d'Athyr :
chaque instant qui passait enlisait ce corps, recouvrait
cette fin. Je remontais la pente glissante ; je me servais
de mes ongles pour exhumer cette journée morte.
Phlégon, assis face au seuil, ne se souvenait du va-et-
vient dans la cabine de poupe que par la raie de lumière
qui l'avait gêné chaque fois qu'une main poussait le
battant. Comme un homme accusé d'un crime, j'examinais l'emploi de mes heures : une dictée, une
réponse au Sénat d'Éphèse ; à quel groupe de mots
correspondait cette agonie ? Je reconstituais le fléchis-
sement de la passerelle sous les pas pressés, la berge
aride, le dallage plat ; le couteau qui scie une boucle au
bord de la tempe ; le corps incliné ; la jambe qui se
replie pour permettre à la main de dénouer la sandale ;
une manière unique d'écarter les lèvres en fermant les
yeux. Il avait fallu au bon nageur une résolution
désespérée pour étouffer dans cette boue noire. J'essayai d'aller en pensée jusqu'à cette révolution par où
nous passerons tous, le cœur qui renonce, le cerveau

qui s'enraye, les poumons qui cessent d'aspirer la vie.
Je subirai un bouleversement analogue ; je mourrai un
jour. Mais chaque agonie est différente ; mes efforts
pour imaginer la sienne n'aboutissaient qu'à une
fabrication sans valeur : il était mort seul.

J'ai résisté ; j'ai lutté contre la douleur comme contre
une gangrène. Je me suis rappelé des entêtements, des
mensonges ; je me suis dit qu'il eût changé, engraissé,
vieilli. Peines perdues : comme un ouvrier consciencieux s'épuise à copier un chef-d'œuvre, je m'acharnais
à exiger de ma mémoire une exactitude insensée : je
recréais cette poitrine haute et bombée comme un
bouclier. Parfois, l'image jaillissait d'elle-même ; un
flot de douceur m'emportait ; j'avais revu un verger de
Tibur, l'éphèbe ramassant les fruits de l'automne dans
sa tunique retroussée en guise de corbeille. Tout
manquait à la fois : l'associé des fêtes nocturnes, le
jeune homme qui s'asseyait sur les talons pour aider
Euphorion à rectifier les plis de ma toge. A en croire les
prêtres, l'ombre aussi souffrait, regrettait l'abri chaud
qu'était pour elle son corps, hantait en gémissant les
parages familiers, lointaine et toute proche, momentanément trop faible pour me signifier sa présence. Si
c'était vrai, ma surdité était pire que la mort elle-
même. Mais avais-je si bien compris, ce matin-là, le
jeune vivant sanglotant à mes côtés ? Un soir, Chabrias
m'appela pour me montrer dans la constellation de
l'Aigle une étoile, jusque-là assez peu visible, qui
palpitait soudain comme une gemme, battait comme
un cœur. J'en fis son étoile, son signe. Je m'épuisais
chaque nuit à suivre son cours ; j'ai vu d'étranges
figures dans cette partie du ciel. On me crut fou. Mais
peu importait.

La mort est hideuse, mais la vie aussi. Tout
grimaçait. La fondation d'Antinoé n'était qu'un jeu
dérisoire : une ville de plus, un abri offert aux fraudes

des marchands, aux exactions des fonctionnaires, aux prostitutions, au désordre, aux lâches qui pleurent leurs morts avant de les oublier. L'apothéose était vaine : ces honneurs si publics ne serviraient qu'à faire de l'enfant un prétexte à bassesses ou à ironies, un objet posthume de convoitise ou de scandale, une de ces légendes à demi pourries qui encombrent les recoins de l'histoire. Mon deuil n'était qu'une forme de débordement, une débauche grossière : je restais celui qui profite, celui qui jouit, celui qui expérimente : le bien-aimé me livrait sa mort. Un homme frustré pleurait sur soi-même. Les idées grinçaient ; les paroles tournaient à vide ; les voix faisaient leur bruit de sauterelles au désert ou de mouches sur un tas d'ordures ; nos barques aux voiles gonflées comme des gorges de colombes véhiculaient l'intrigue et le mensonge ; la bêtise s'étalait sur les fronts humains. La mort perçait partout sous son aspect de décrépitude ou de pourriture : la tache blette d'un fruit, une déchirure imperceptible au bas d'une tenture, une charogne sur la berge, les pustules d'un visage, la marque des verges sur le dos d'un marinier. Mes mains semblaient toujours un peu sales. A l'heure du bain, tendant aux esclaves mes jambes à épiler, je regardais avec dégoût ce corps solide, cette machine presque indestructible, qui digérait, marchait, parvenait à dormir, se réaccoutumerait un jour ou l'autre aux routines de l'amour. Je ne tolérais plus que la présence des quelques serviteurs qui se souvenaient du mort ; à leur manière, ils l'avaient aimé. Mon deuil trouvait un écho dans la douleur un peu niaise d'un masseur ou du vieux nègre préposé aux lampes. Mais leur chagrin ne les empêchait pas de rire doucement entre eux en prenant le frais sur le rivage. Un matin, appuyé au bastingage, j'aperçus dans le carré réservé aux cuisines un esclave qui vidait un de ces poulets que l'Égypte fait éclore par milliers dans des fours malpropres ; il prit à pleines mains le paquet gluant des entrailles, et les jeta à l'eau. J'eus à peine le temps de tourner la tête pour vomir. A l'escale de Philæ, au cours d'une fête que nous offrit le gouverneur, un enfant de trois ans, noir comme du bronze, le fils d'un portier nubien, se faufila dans les galeries du premier étage pour regarder les danses ; il tomba. On fit du mieux qu'on put pour cacher l'incident ; le portier retenait ses sanglots pour ne pas déranger les hôtes de son maître ; on le fit sortir avec le cadavre par la porte des cuisines ; j'entrevis malgré tout ces épaules qui s'élevaient et s'abaissaient convulsive- ment comme sous un fouet. J'avais le sentiment de prendre sur moi cette douleur de père comme j'avais pris celle d'Hercule, celle d'Alexandre, celle de Platon pleurant leurs amis morts. Je fis porter quelques pièces d'or à ce misérable ; on ne peut rien de plus. Deux jours plus tard, je le revis ; il s'épouillait béatement, couché au soleil au travers du seuil.

Les messages affluèrent ; Pancratès m'envoya son poème enfin terminé ; ce n'était qu'un médiocre centon d'hexamètres homériques, mais le nom qui y figurait presque à chaque ligne le rendait plus émouvant pour moi que bien des chefs-d'œuvre. Nouménios me fit parvenir une *Consolation* dans les règles ; je passai une nuit à la lire ; aucun lieu commun n'y manquait. Ces faibles défenses élevées par l'homme contre la mort se développaient sur deux lignes : la première consistait à nous la présenter comme un mal inévitable ; à nous rappeler que ni la beauté, ni la jeunesse, ni l'amour n'échappent à la pourriture ; à nous prouver enfin que la vie et son cortège de maux sont plus horribles encore que la mort elle-même, et qu'il vaut mieux périr que vieillir. On se sert de ces vérités pour nous incliner à la résignation ; elles justifient surtout le désespoir. La seconde ligne d'arguments contredit la première, mais

nos philosophes n'y regardent pas de si près : il ne
s'agissait plus de se résigner à la mort, mais de la nier.
L'âme comptait seule ; on posait arrogamment comme
un fait l'immortalité de cette entité vague que nous
n'avons jamais vu fonctionner dans l'absence du corps,
avant de prendre la peine d'en prouver l'existence. Je
n'étais pas si sûr : puisque le sourire, le regard, la voix,
ces réalités impondérables, étaient anéanties, pourquoi
pas l'âme ? Celle-ci ne me paraissait pas nécessairement
plus immatérielle que la chaleur du corps. On s'écartait
de la dépouille où cette âme n'était plus : c'était
pourtant la seule chose qui me restât, ma seule preuve
que ce vivant eût existé. L'immortalité de la race
passait pour pallier chaque mort d'homme : il m'importait peu que des générations de Bithyniens se
succédassent jusqu'à la fin des temps au bord du
Sangarios. On parlait de gloire, beau mot qui gonfle le
cœur, mais on s'efforçait d'établir entre celle-ci et
l'immortalité une confusion menteuse, comme si la
trace d'un être était la même chose que sa présence. On
me montrait le dieu rayonnant à la place du cadavre :
j'avais fait ce dieu ; j'y croyais à ma manière, mais la
destinée posthume la plus lumineuse au fond des
sphères stellaires ne compensait pas cette vie brève ; le
dieu ne tenait pas lieu du vivant perdu. Je m'indignais
de cette rage qu'a l'homme de dédaigner les faits au
profit des hypothèses, de ne pas reconnaître ses songes
pour des songes. Je comprenais autrement mes obligations de survivant. Cette mort serait vaine si je n'avais
pas le courage de la regarder en face, de m'attacher à
ces réalités du froid, du silence, du sang coagulé, des
membres inertes, que l'homme recouvre si vite de terre
et d'hypocrisie ; je préférais tâtonner dans le noir sans
le secours de faibles lampes. Autour de moi, je sentais
qu'on commençait à s'offusquer d'une douleur si
longue : la violence en scandalisait d'ailleurs plus que

la cause. Si je m'étais laissé aller aux mêmes plaintes à la mort d'un frère ou d'un fils, on m'eût également reproché de pleurer comme une femme. La mémoire de la plupart des hommes est un cimetière abandonné, où gisent sans honneurs des morts qu'ils ont cessé de chérir. Toute douleur prolongée insulte à leur oubli.

Les barques nous ramenèrent au point du fleuve où commençait à s'élever Antinoé. Elles étaient moins nombreuses qu'à l'aller : Lucius, que j'avais peu revu, était reparti pour Rome où sa jeune femme venait d'accoucher d'un fils. Son départ me délivrait de bon nombre de curieux et d'importuns. Les travaux commencés altéraient la forme de la berge ; le plan des édifices futurs s'esquissait entre les monceaux de terre déblayée ; mais je ne reconnus plus la place exacte du sacrifice. Les embaumeurs livrèrent leur ouvrage : on déposa le mince cercueil de cèdre à l'intérieur d'une cuve de porphyre, dressée tout debout dans la salle la plus secrète du temple. Je m'approchai timidement du mort. Il semblait costumé : la dure coiffe égyptienne recouvrait les cheveux. Les jambes serrées de bandelettes n'étaient plus qu'un long paquet blanc, mais le profil du jeune faucon n'avait pas changé ; les cils faisaient sur les joues fardées une ombre que je reconnaissais. Avant de terminer l'emmaillotement des mains, on tint à me faire admirer les ongles d'or. Les litanies commencèrent ; le mort, par la bouche des prêtres, déclarait avoir été perpétuellement véridique, perpétuellement chaste, perpétuellement compatissant et juste, se vantait de vertus qui, s'il les avait ainsi pratiquées, l'auraient mis à jamais à l'écart des vivants. L'odeur rance de l'encens emplissait la salle ; à travers un nuage, j'essayai de me donner à moi-même l'illusion du sourire ; le beau visage immobile paraissait trembler. J'ai assisté aux passes magiques par lesquelles les prêtres forcent l'âme du mort à incarner une parcelle

d'elle-même à l'intérieur des statues qui conserveront
sa mémoire ; et à d'autres injonctions, plus étranges
encore. Quand ce fut fini, on mit en place le masque
d'or moulé sur la cire funèbre ; il épousait étroitement
les traits. Cette belle surface incorruptible allait bientôt
résorber en elle-même ses possibilités de rayonnement
et de chaleur ; elle giserait à jamais dans cette caisse
hermétiquement close, symbole inerte d'immortalité.
On posa sur la poitrine un bouquet d'acacia. Une
douzaine d'hommes mirent en place le pesant couver-
cle. Mais j'hésitais encore au sujet de l'emplacement de
la tombe. Je me rappelai qu'en ordonnant partout des
fêtes d'apothéose, des jeux funèbres, des frappes de
monnaies, des statues sur les places publiques, j'avais
fait une exception pour Rome : j'avais craint
d'augmenter l'animosité qui entoure plus ou moins
tout favori étranger. Je me dis que je ne serais pas
toujours là pour protéger cette sépulture. Le monument prévu aux portes d'Antinoé semblait aussi trop
public, peu sûr. Je suivis l'avis des prêtres. Ils
m'indiquèrent au flanc d'une montagne de la chaîne
arabique, à trois lieues environ de la ville, une de ces
cavernes destinées jadis par les rois d'Égypte à leur
servir de puits funéraires. Un attelage de bœufs traîna
le sarcophage sur cette pente. A l'aide de cordes, on le
fit glisser le long de ces corridors de mine ; on l'appuya
contre une paroi de roc. L'enfant de Claudiopolis
descendait dans la tombe comme un Pharaon, comme
un Ptolémée. Nous le laissâmes seul. Il entrait dans
cette durée sans air, sans lumière, sans saisons et sans
fin, auprès de laquelle toute vie semble brève ; il avait
atteint cette stabilité, peut-être ce calme. Les siècles
encore contenus dans le sein opaque du temps passeraient par milliers sur cette tombe sans lui rendre
l'existence, mais aussi sans ajouter à sa mort, sans
empêcher qu'il eût été. Hermogène me prit par le bras

pour m'aider à remonter à l'air libre ; ce fut presque
une joie de se retrouver à la surface, de revoir le froid
ciel bleu entre deux pans de roches fauves. Le reste du
voyage fut court. A Alexandrie, l'impératrice se rem-
barqua pour Rome.

DISCIPLINA AUGUSTA

Je rentrai en Grèce par voie de terre. Le voyage fut long. J'avais raison de penser que ce serait sans doute ma dernière tournée officielle en Orient ; je tenais d'autant plus à tout voir par mes propres yeux. Antioche, où je m'arrêtai pendant quelques semaines, m'apparut sous un jour nouveau ; j'étais moins sensible qu'autrefois aux prestiges des théâtres, aux fêtes, aux délices des jardins de Daphné, au frôlement bariolé des foules. Je remarquai davantage l'éternelle légèreté de ce peuple médisant et moqueur, qui me rappelait celui d'Alexandrie, la sottise des prétendus exercices intellectuels, l'étalage banal du luxe des riches. Presque aucun de ces notables n'embrassait dans leur ensemble mes programmes de travaux et de réformes en Asie ; ils se contentaient d'en profiter pour leur ville, et surtout pour eux-mêmes. Je songeai un moment à accroître au détriment de l'arrogante capitale syrienne l'importance de Smyrne ou de Pergame ; mais les défauts d'Antioche sont inhérents à toute métropole : aucune de ces grandes villes n'en peut être exempte. Mon dégoût de la vie urbaine me fit m'appliquer davantage, si possible, aux réformes agraires ; je mis la dernière main à la longue et complexe réorganisation des domaines impériaux en Asie Mineure ; les paysans s'en trouvèrent mieux, et l'État aussi. En Thrace, je tins à revisiter Andrinople, où les vétérans des campagnes daces et sarmates avaient afflué, attirés par des donations de terres et des réductions d'impôts. Le même plan devait être mis en œuvre à Antinoé. J'avais de longue date accordé partout des exemptions analogues aux médecins et aux professeurs dans l'espoir de favoriser le maintien et le développement d'une classe moyenne sérieuse et savante. J'en connais les défauts, mais un État ne dure que par elle.

Athènes restait l'étape préférée ; je m'émerveillais que sa beauté dépendît si peu des souvenirs, les miens propres ou ceux de l'histoire ; cette ville semblait nouvelle chaque matin. Je m'installai cette fois chez Arrien. Initié comme moi à Éleusis, il avait de ce fait été adopté par une des grandes familles sacerdotales du territoire attique, celle des Kérykès, comme je l'avais été moi-même par celle des Eumolpides. Il s'y était marié ; il avait pour femme une jeune Athénienne fine et fière. Tous deux m'entouraient discrètement de leurs soins. Leur maison était située à quelques pas de la nouvelle bibliothèque dont je venais de doter Athènes, et où rien ne manquait de ce qui peut seconder la méditation ou le repos qui précède celle-ci, des sièges commodes, un chauffage adéquat pendant les hivers souvent aigres, des escaliers faciles pour accéder aux galeries où l'on garde les livres, l'albâtre et l'or d'un luxe amorti et calme. Une attention particulière avait été donnée au choix et à l'emplacement des lampes. Je sentais de plus en plus le besoin de rassembler et de conserver les volumes anciens, de charger des scribes consciencieux d'en tirer des copies nouvelles. Cette belle tâche ne me semblait pas moins urgente que l'aide aux vétérans ou les subsides aux familles prolifiques et pauvres ; je me disais qu'il suffirait de quelques guerres, de la misère qui suit

celles-ci, d'une période de grossièreté ou de sauvagerie
sous quelques mauvais princes, pour que périssent à
jamais les pensées venues jusqu'à nous à l'aide de ces
frêles objets de fibres et d'encre. Chaque homme assez
fortuné pour bénéficier plus ou moins de ce legs de
culture me paraissait chargé d'un fidéicommis à l'égard
du genre humain.

Je lus beaucoup durant cette période. J'avais poussé
Phlégon à composer, sous le nom d'*Olympiades,* une
série de chroniques qui continueraient les *Helléniques*
de Xénophon et finiraient à mon règne : plan auda-
cieux, en ce qu'il faisait de l'immense histoire de Rome
une simple suite de celle de la Grèce. Le style de
Phlégon est fâcheusement sec, mais ce serait déjà
quelque chose que de rassembler et d'établir les faits.
Ce projet m'inspira l'envie de rouvrir les historiens
d'autrefois ; leur œuvre, commentée par ma propre
expérience, m'emplit d'idées sombres ; l'énergie et la
bonne volonté de chaque homme d'État semblaient
peu de chose en présence de ce déroulement à la fois
fortuit et fatal, de ce torrent d'occurrences trop
confuses pour être prévues, dirigées, ou jugées. Les
poètes aussi m'occupèrent ; j'aimais à conjurer hors
d'un passé lointain ces quelques voix pleines et pures.
Je me fis un ami de Théognis, l'aristocrate, l'exilé,
l'observateur sans illusion et sans indulgence des
affaires humaines, toujours prêt à dénoncer ces erreurs
et ces fautes que nous appelons nos maux. Cet homme
si lucide avait goûté aux délices poignantes de l'amour ;
en dépit des soupçons, des jalousies, des griefs réciproques, sa liaison avec Cyrnus s'était prolongée jusqu'à la
vieillesse de l'un et jusqu'à l'âge mûr de l'autre :
l'immortalité qu'il promettait au jeune homme de
Mégare était mieux qu'un vain mot, puisque ce
souvenir m'atteignait à une distance de plus de six
siècles. Mais, parmi les anciens poètes, Antimaque

surtout m'attacha : j'appréciais ce style obscur et
dense, ces phrases amples et pourtant condensées à
l'extrême, grandes coupes de bronze emplies d'un vin
lourd. Je préférais son récit du périple de Jason aux
Argonautiques plus mouvementées d'Apollonius : Antimaque avait mieux compris le mystère des horizons et
des voyages, et l'ombre jetée par l'homme éphémère
sur les paysages éternels. Il avait passionnément pleuré
sa femme Lydé ; il avait donné le nom de cette morte à
un long poème où trouvaient place toutes les légendes
de douleur et de deuil. Cette Lydé, que je n'aurais
peut-être pas remarquée vivante, devenait pour moi
une figure familière, plus chère que bien des personnages féminins de ma propre vie. Ces poèmes, pourtant
presque oubliés, me rendaient peu à peu ma confiance
en l'immortalité.

Je revisai mes propres œuvres : les vers d'amour, les
pièces de circonstance, l'ode à la mémoire de Plotine.
Un jour, quelqu'un aurait peut-être envie de lire tout
cela. Un groupe de vers obscènes me fit hésiter ; je finis
somme toute par l'inclure. Nos plus honnêtes gens en
écrivent de tels. Ils s'en font un jeu ; j'eusse préféré que
les miens fussent autre chose, l'image exacte d'une
vérité nue. Mais là comme ailleurs les lieux communs
nous encagent : je commençais à comprendre que
l'audace de l'esprit ne suffit pas à elle seule pour s'en
débarrasser, et que le poète ne triomphe des routines et
n'impose aux mots sa pensée que grâce à des efforts
aussi longs et aussi assidus que mes travaux d'empereur. Pour ma part, je ne pouvais prétendre qu'aux
rares aubaines de l'amateur : ce serait déjà beaucoup,
si, de tout ce fatras, deux ou trois vers subsistaient.
J'ébauchai pourtant à cette époque un ouvrage assez
ambitieux, mi-partie prose, mi-partie vers, où j'entendais faire entrer à la fois le sérieux et l'ironie, les faits
curieux observés au cours de ma vie, des méditations,

quelques songes ; le plus mince des fils eût relié tout
cela ; c'eût été une sorte de *Satyricon* plus âpre. J'y
aurais exposé une philosophie qui était devenue la
mienne, l'idée héraclitienne du changement et du
retour. Mais j'ai mis de côté ce projet trop vaste.

J'eus cette année-là avec la prêtresse qui jadis
m'avait initié à Éleusis, et dont le nom doit rester
secret, plusieurs entretiens où les modalités du culte
d'Antinoüs furent fixées une à une. Les grands symboles éleusiaques continuaient à distiller pour moi une
vertu calmante ; le monde n'a peut-être aucun sens,
mais, s'il en a un, celui-ci s'exprime à Éleusis plus
sagement et plus noblement qu'ailleurs. Ce fut sous
l'influence de cette femme que j'entrepris de faire des
divisions administratives d'Antinoé, de ses dèmes, de
ses rues, de ses blocs urbains, un plan du monde divin
en même temps qu'une image transfigurée de ma
propre vie. Tout y entrait, Hestia et Bacchus, les dieux
du foyer et ceux de l'orgie, les divinités célestes et
celles d'outre-tombe. J'y mis mes ancêtres impériaux,
Trajan, Nerva, devenus partie intégrante de ce système
de symboles. Plotine s'y trouvait ; la bonne Matidie s'y
voyait assimilée à Déméter ; ma femme elle-même,
avec qui j'avais à cette époque des rapports assez
cordiaux, figurait dans ce cortège de personnes divines. Quelques mois plus tard, je donnai à un des
quartiers d'Antinoé le nom de ma sœur Pauline. J'avais
fini par me brouiller avec la femme de Servianus, mais
Pauline morte retrouvait dans cette ville de la mémoire
sa place unique de sœur. Ce lieu triste devenait le site
idéal des réunions et des souvenirs, les Champs
Élysées d'une vie, l'endroit où les contradictions se
résolvent, où tout, à son rang, est également sacré.

Debout à une fenêtre de la maison d'Arrien, dans la
nuit semée d'astres, je songeais à cette phrase que les
prêtres égyptiens avaient fait graver sur le cercueil

d'Antinoüs : *Il a obéi à l'ordre du ciel.* Se pouvait-il que
le ciel nous intimât des ordres, et que les meilleurs
d'entre nous les entendissent là où le reste des hommes
ne perçoit qu'un accablant silence ? La prêtresse
éleusiaque et Chabrias le croyaient. J'aurais voulu leur
donner raison. Je revoyais en pensée cette paume lissée
par la mort, telle que je l'avais regardée pour la
dernière fois le matin de l'embaumement ; les lignes
qui m'avaient inquiété jadis ne s'y trouvaient plus ; il
en était d'elle comme de ces tablettes de cire desquelles
on efface un ordre accompli. Mais ces hautes affirmations éclairent sans réchauffer, comme la lumière des
étoiles, et la nuit alentour est encore plus sombre. Si le
sacrifice d'Antinoüs avait été pesé quelque part en ma
faveur dans une balance divine, les résultats de cet
affreux don de soi ne se manifestaient pas encore ; ces
bienfaits n'étaient ni ceux de la vie, ni même ceux de
l'immortalité. J'osais à peine leur chercher un nom.
Parfois, à de rares intervalles, une faible lueur palpitait
froidement à l'horizon de mon ciel ; elle n'embellissait
ni le monde, ni moi-même ; je continuais à me sentir
plus détérioré que sauvé.

Ce fut vers cette époque que Quadratus, évêque des
chrétiens, m'envoya une apologie de sa foi. J'avais eu
pour principe de maintenir envers cette secte la ligne
de conduite strictement équitable qui avait été celle de
Trajan dans ses meilleurs jours ; je venais de rappeler
aux gouverneurs de provinces que la protection des lois
s'étend à tous les citoyens, et que les diffamateurs des
chrétiens seraient punis s'ils portaient contre eux des
accusations sans preuves. Mais toute tolérance accordée aux fanatiques leur fait croire immédiatement à de
la sympathie pour leur cause ; j'ai peine à m'imaginer
que Quadratus espérait faire de moi un chrétien ; il tint
en tout cas à me prouver l'excellence de sa doctrine et
surtout son innocuité pour l'État. Je lus son œuvre ;

j'eus même la curiosité de faire rassembler par Phlégon
des renseignements sur la vie du jeune prophète
nommé Jésus, qui fonda la secte, et mourut victime de
l'intolérance juive il y a environ cent ans. Ce jeune sage
semble avoir laissé des préceptes assez semblables à
ceux d'Orphée, auquel ses disciples le comparent
parfois. A travers la prose singulièrement plate de
Quadratus, je n'étais pas sans goûter le charme atten-
drissant de ces vertus de gens simples, leur douceur,
leur ingénuité, leur attachement les uns aux autres ;
tout cela ressemblait fort aux confréries que des
esclaves ou des pauvres fondent un peu partout en
l'honneur de nos dieux dans les faubourgs populeux
des villes ; au sein d'un monde qui malgré tous nos
efforts reste dur et indifférent aux peines et aux espoirs
des hommes, ces petites sociétés d'assistance mutuelle
offrent à des malheureux un point d'appui et un
réconfort. Mais j'étais sensible aussi à certains dangers.
Cette glorification des vertus d'enfant et d'esclave se
faisait aux dépens de qualités plus viriles et plus
lucides ; je devinais sous cette innocence renfermée et
fade la féroce intransigeance du sectaire en présence de
formes de vie et de pensée qui ne sont pas les siennes,
l'insolent orgueil qui le fait se préférer au reste des
hommes, et sa vue volontairement encadrée d'œillères.
Je me lassai assez vite des arguments captieux de
Quadratus et de ces bribes de philosophie maladroitement empruntées aux écrits de nos sages. Chabrias,
toujours préoccupé du juste culte à offrir aux dieux,
s'inquiétait du progrès de sectes de ce genre dans la
populace des grandes villes ; il s'effrayait pour nos
vieilles religions qui n'imposent à l'homme le joug
d'aucun dogme, se prêtent à des interprétations aussi
variées que la nature elle-même, et laissent les cœurs
austères s'inventer s'ils le veulent une morale plus
haute, sans astreindre les masses à des préceptes trop

stricts pour ne pas engendrer aussitôt la contrainte et l'hypocrisie. Arrien partageait ces vues. Je passai tout un soir à discuter avec lui l'injonction qui consiste à aimer autrui comme soi-même ; elle est trop contraire à la nature humaine pour être sincèrement obéie par le vulgaire, qui n'aimera jamais que soi, et ne convient nullement au sage, qui ne s'aime pas particulièrement soi-même.

Sur bien des points, d'ailleurs, la pensée de nos philosophes me semblait elle aussi bornée, confuse, ou stérile. Les trois quarts de nos exercices intellectuels ne sont plus que broderies sur le vide ; je me demandais si cette vacuité croissante était due à un abaissement de l'intelligence ou à un déclin du caractère ; quoi qu'il en fût, la médiocrité de l'esprit s'accompagnait presque partout d'une étonnante bassesse d'âme. J'avais chargé Hérode Atticus de surveiller la construction d'un réseau d'aqueducs en Troade ; il en profita pour gaspiller honteusement les deniers publics ; appelé à rendre des comptes, il fit répondre avec insolence qu'il était assez riche pour couvrir tous les déficits ; cette richesse même était un scandale. Son père, mort depuis peu, s'était arrangé pour le déshériter discrètement en multipliant les largesses aux citoyens d'Athènes ; Hérode refusa tout net d'acquitter les legs paternels ; il en résulta un procès qui dure encore. A Smyrne, Polémon, mon familier de naguère, se permit de jeter à la porte une députation de sénateurs romains qui avaient cru pouvoir tabler sur son hospitalité. Ton père Antonin, le plus doux des êtres, s'emporta ; l'homme d'État et le sophiste finirent par en venir aux mains ; ce pugilat indigne d'un futur empereur l'était plus encore d'un philosophe grec. Favorinus, ce nain avide que j'avais comblé d'argent et d'honneurs, colportait partout des mots d'esprit dont je faisais les frais. Les trente légions auxquelles je commandais étaient, à l'en croire, mes seuls arguments valables dans les joutes philosophiques où j'avais la vanité de me plaire et où il prenait soin de laisser le dernier mot à l'empereur. C'était me taxer à la fois de présomption et de sottise ; c'était surtout se targuer d'une étrange lâcheté. Mais les pédants s'irritent toujours qu'on sache aussi bien qu'eux leur étroit métier ; tout servait de prétexte à leurs remarques malignes ; j'avais fait mettre au programme des écoles les œuvres trop négligées d'Hésiode et d'Ennius ; ces esprits routiniers me prêtèrent aussitôt l'envie de détrôner Homère, et le limpide Virgile que pourtant je citais sans cesse. Il n'y avait rien à faire avec ces gens-là.

Arrien valait mieux. J'aimais à causer avec lui de toutes choses. Il avait gardé du jeune homme de Bithynie un souvenir ébloui et grave ; je lui savais gré de placer cet amour, dont il avait été témoin, au rang des grands attachements réciproques d'autrefois ; nous en parlions de temps à autre, mais bien qu'aucun mensonge ne fût proféré, j'avais parfois l'impression de sentir dans nos paroles une certaine fausseté ; la vérité disparaissait sous le sublime. J'étais presque aussi déçu par Chabrias : il avait eu pour Antinoüs le dévouement aveugle d'un vieil esclave pour un jeune maître, mais, tout occupé du culte du nouveau dieu, il semblait presque avoir perdu tout souvenir du vivant. Mon noir Euphorion au moins avait observé les choses de plus près. Arrien et Chabrias m'étaient chers, et je ne me sentais nullement supérieur à ces deux honnêtes gens, mais il me semblait par moments être le seul homme à s'efforcer de garder les yeux ouverts.

Oui, Athènes restait belle, et je ne regrettais pas d'avoir imposé à ma vie des disciplines grecques. Tout ce qui en nous est humain, ordonné, et lucide nous vient d'elles. Mais il m'arrivait de me dire que le sérieux un peu lourd de Rome, son sens de la

continuité, son goût du concret, avaient été nécessaires
pour transformer en réalité ce qui restait en Grèce une
admirable vue de l'esprit, un bel élan de l'âme. Platon
avait écrit *La République* et glorifié l'idée du Juste,
mais c'est nous qui, instruits par nos propres erreurs,
nous efforcions péniblement de faire de l'État une
machine apte à servir les hommes, et risquant le moins
possible de les broyer. Le mot philanthropie est grec,
mais c'est le légiste Salvius Julianus et moi qui
travaillons à modifier la misérable condition de l'esclave. L'assiduité, la prévoyance, l'application au
détail corrigeant l'audace des vues d'ensemble avaient
été pour moi des vertus apprises à Rome. Tout au fond
de moi-même, il m'arrivait aussi de retrouver les
grands paysages mélancoliques de Virgile, et ses cré-
puscules voilés de larmes ; je m'enfonçais plus loin
encore ; je rencontrais la brûlante tristesse de l'Espagne
et sa violence aride ; je songeais aux gouttes de sang
celte, ibère, punique peut-être, qui avaient dû s'infil-
trer dans les veines des colons romains du municipe
d'Italica ; je me souvenais que mon père avait été
surnommé l'Africain. La Grèce m'avait aidé à évaluer
ces éléments, qui n'étaient pas grecs. Il en allait de
même d'Antinoüs ; j'avais fait de lui l'image même de
ce pays passionné de beauté ; c'en serait peut-être le
dernier dieu. Et pourtant, la Perse raffinée et la Thrace
sauvage s'étaient alliées en Bithynie aux bergers de
l'Arcadie antique : ce profil délicatement arqué rappelait celui des pages d'Osroès ; ce large visage aux
pommettes saillantes était celui des cavaliers thraces
qui galopent sur les bords du Bosphore, et qui éclatent
le soir en chants rauques et tristes. Aucune formule
n'était assez complète pour tout contenir.

Je terminai cette année-là la révision de la constitu-
tion athénienne, commencée beaucoup plus tôt. J'y
revenais dans la mesure du possible aux vieilles lois

démocratiques de Clisthène. La réduction du nombre des fonctionnaires allégeait les charges de l'État ; je mis obstacle au fermage des impôts, système désastreux, malheureusement encore employé çà et là par les administrations locales. Des fondations universitaires, établies vers la même époque, aidèrent Athènes à redevenir un centre important d'études. Les amateurs de beauté qui, avant moi, avaient afflué dans cette ville, s'étaient contentés d'admirer ses monuments sans s'inquiéter de la pénurie croissante de ses habitants. J'avais tout fait, au contraire, pour multiplier les ressources de cette terre pauvre. Un des grands projets de mon règne aboutit peu de temps avant mon départ : l'établissement d'ambassades annuelles, par l'entremise desquelles se traiteraient désormais à Athènes les affaires du monde grec, rendit à cette ville modeste et parfaite son rang de métropole. Ce plan n'avait pris corps qu'après d'épineuses négociations avec les villes jalouses de la suprématie d'Athènes ou nourrissant contre elle des rancunes séculaires et surannées ; peu à peu, toutefois, la raison et l'enthousiasme même l'emportèrent. La première de ces assemblées coïncida avec l'ouverture de l'Olympéion au culte public ; ce temple devenait plus que jamais le symbole d'une Grèce rénovée.

On donna à cette occasion au théâtre de Dionysos une série de spectacles particulièrement réussis : j'y occupai un siège à peine surélevé à côté de celui de l'Hiérophante ; le prêtre d'Antinoüs avait désormais le sien parmi les notables et le clergé. J'avais fait agrandir la scène du théâtre ; de nouveaux bas-reliefs l'ornaient ; sur l'un d'eux, mon jeune Bithynien recevait des déesses éleusiaques une espèce de droit de cité éternel. J'organisai dans le stade panathénaïque transformé pour quelques heures en forêt de la fable une chasse où figurèrent un millier de bêtes sauvages, ranimant ainsi

pour le bref espace d'une fête la ville agreste et
farouche d'Hippolyte serviteur de Diane et de Thésée
compagnon d'Hercule. Peu de jours plus tard, je
quittai Athènes. Je n'y suis pas retourné depuis.

L'administration de l'Italie, laissée pendant des siècles au bon plaisir des préteurs, n'avait jamais été définitivement codifiée. *L'Édit perpétuel,* qui la règle une fois pour toutes, date de cette époque de ma vie ; depuis des années, je correspondais avec Salvius Julianus au sujet de ces réformes ; mon retour à Rome activa leur mise au point. Il ne s'agissait pas d'enlever aux villes italiennes leurs libertés civiles ; bien au contraire, nous avons tout à gagner, là comme ailleurs, à ne pas imposer de force une unité factice ; je m'étonne même que ces municipes souvent plus antiques que Rome soient si prompts à renoncer à leurs coutumes, parfois fort sages, pour s'assimiler en tout à la capitale. Mon but était simplement de diminuer cette masse de contradictions et d'abus qui finissent par faire de la procédure un maquis où les honnêtes gens n'osent s'aventurer et où prospèrent les bandits. Ces travaux m'obligèrent à d'assez nombreux déplacements à l'intérieur de la péninsule. Je fis plusieurs séjours à Baïes dans l'ancienne villa de Cicéron, que j'avais achetée au début de mon principat ; je m'intéressais à cette province de Campanie qui me rappelait la Grèce. Sur le bord de l'Adriatique, dans la petite ville d'Hadria, d'où mes ancêtres, voici près de quatre

siècles, avaient émigré pour l'Espagne, je fus honoré
des plus hautes fonctions municipales ; près de cette
mer orageuse dont je porte le nom, je retrouvai des
urnes familiales dans un colombarium en ruine. J'y
rêvai à ces hommes dont je ne savais presque rien,
mais dont j'étais sorti, et dont la race s'arrêtait à moi.

A Rome, on s'occupait à agrandir mon Mausolée
colossal, dont Décrianus avait habilement remanié les
plans ; on y travaille encore aujourd'hui. L'Égypte
m'inspirait ces galeries circulaires, ces rampes glissant
vers des salles souterraines ; j'avais conçu l'idée d'un
palais de la mort qui ne serait pas réservé à moi-même
ou à mes successeurs immédiats, mais où viendront
reposer des empereurs futurs, séparés de nous par des
perspectives de siècles ; des princes encore à naître ont
ainsi leur place déjà marquée dans la tombe. Je
m'employais aussi à orner le cénotaphe élevé au Champ
de Mars à la mémoire d'Antinoüs, et pour lequel un
bateau plat, venu d'Alexandrie, avait débarqué des
obélisques et des sphinx. Un nouveau projet m'occupa
longtemps et n'a pas cessé de le faire : l'Odéon,
bibliothèque modèle, pourvue de salles de cours et de
conférences, qui serait à Rome un centre de culture
grecque. J'y mis moins de splendeur que dans la
nouvelle bibliothèque d'Éphèse, construite trois ou
quatre ans plus tôt, moins d'élégance aimable que dans
celle d'Athènes. Je compte faire de cette fondation
l'émule, sinon l'égale, du Musée d'Alexandrie ; son
développement futur t'incombera. En y travaillant, je
pense souvent à la belle inscription que Plotine avait
fait placer sur le seuil de la bibliothèque établie par ses
soins en plein Forum de Trajan : *Hôpital de l'Âme.*

La Villa était assez terminée pour que j'y pusse faire
transporter mes collections, mes instruments de musique, les quelques milliers de livres achetés un peu
partout au cours de mes voyages. J'y donnai une série

de fêtes où tout était composé avec soin, le menu des
repas et la liste assez restreinte de mes hôtes. Je tenais à
ce que tout s'accordât à la beauté paisible de ces jardins
et de ces salles ; que les fruits fussent aussi exquis que
les concerts, et l'ordonnance des services aussi nette
que la ciselure des plats d'argent. Pour la première
fois, je m'intéressais au choix des nourritures ; j'ordon-
nais qu'on veillât à ce que les huîtres vinssent du
Lucrin et que les écrevisses fussent tirées des rivières
gauloises. Par haine de la pompeuse négligence qui
caractérise trop souvent la table impériale, j'établis
pour règle que chaque mets me serait montré avant
d'être présenté même au plus insignifiant de mes
convives ; j'insistais pour vérifier moi-même les comptes des cuisiniers et des traiteurs ; je me souvenais
parfois que mon grand-père avait été avare. Le petit
théâtre grec de la Villa, et le théâtre latin, à peine plus
vaste, n'étaient terminés ni l'un ni l'autre ; j'y fis
pourtant monter quelques pièces. On donna par mon
ordre des tragédies et des pantomimes, des drames
musicaux et des atellanes. Je me plaisais surtout à la
subtile gymnastique des danses ; je me découvris un
faible pour les danseuses aux crotales qui me rappelaient le pays de Gadès et les premiers spectacles
auxquels j'avais assisté tout enfant. J'aimais ce bruit
sec, ces bras levés, ce déferlement ou cet enroulement
de voiles, cette danseuse qui cesse d'être femme pour
devenir tantôt nuage et tantôt oiseau, tantôt vague et
tantôt trirème. J'eus même pour une de ces créatures
un goût assez court. Les chenils et les haras n'avaient
pas été négligés pendant mes absences ; je retrouvai le
poil dur des chiens, la robe soyeuse des chevaux, la
belle meute des pages. J'organisai quelques chasses en
Ombrie, au bord du lac Trasimène, ou, plus près de
Rome, dans les bois d'Albe. Le plaisir avait repris sa
place dans ma vie ; mon secrétaire Onésime me servait

de pourvoyeur. Il savait quand il fallait éviter certaines
ressemblances, ou au contraire les rechercher. Mais cet
amant pressé et distrait n'était guère aimé. Je rencontrais çà et là un être plus tendre ou plus fin que les
autres, quelqu'un qu'il valait la peine d'écouter parler,
peut-être de revoir. Ces aubaines étaient rares, sans
doute par ma faute. Je me contentais d'ordinaire
d'apaiser ou de tromper ma faim. A d'autres moments,
il m'arrivait d'éprouver pour ces jeux une indifférence
de vieillard.

Aux heures d'insomnie, j'arpentais les corridors de
la Villa, errant de salle en salle, dérangeant parfois un
artisan qui travaillait à mettre en place une mosaïque ;
j'examinais en passant un Satyre de Praxitèle ; je
m'arrêtais devant les effigies du mort. Chaque pièce
avait la sienne, et chaque portique. J'abritais de la
main la flamme de ma lampe ; j'effleurais du doigt cette
poitrine de pierre. Ces confrontations compliquaient la
tâche de la mémoire ; j'écartais, comme un rideau, la
blancheur du Paros ou du Pentélique ; je remontais
tant bien que mal des contours immobilisés à la forme
vivante, du marbre dur à la chair. Je continuais ma
ronde ; la statue interrogée retombait dans la nuit ; ma
lampe me révélait à quelques pas de moi une autre
image ; ces grandes figures blanches ne différaient
guère de fantômes. Je pensais amèrement aux passes
par lesquelles les prêtres égyptiens avaient attiré l'âme
du mort à l'intérieur des simulacres de bois qu'ils
utilisent pour leur culte ; j'avais fait comme eux ;
j'avais envoûté des pierres qui à leur tour m'avaient
envoûté ; je n'échapperais plus à ce silence, à cette
froideur plus proche de moi désormais que la chaleur
et la voix des vivants ; je regardais avec rancune ce
visage dangereux au fuyant sourire. Mais, quelques
heures plus tard, étendu sur mon lit, je décidais de
commander à Papias d'Aphrodisie une statue nou-

velle ; j'exigeais un modelé plus exact des joues, là où
elles se creusent insensiblement sous la tempe, un
penchement plus doux du cou sur l'épaule ; je ferais
succéder aux couronnes de pampres ou aux nœuds de
pierres précieuses la splendeur des seules boucles nues.
Je n'oubliais pas de faire évider ces bas-reliefs ou ces
bustes pour en diminuer le poids, et en rendre ainsi le
transport plus facile. Les plus ressemblantes de ces
images m'ont accompagné partout ; il ne m'importe
même plus qu'elles soient belles ou non.

Ma vie, en apparence, était sage ; je m'appliquais
plus fermement que jamais à mon métier d'empereur ;
je mettais à ma tâche plus de discernement peut-être,
sinon autant d'ardeur qu'autrefois. J'avais quelque peu
perdu mon goût des idées et des rencontres nouvelles,
et cette souplesse d'esprit qui me permettait de m'associer à la pensée d'autrui, d'en profiter tout en la
jugeant. Ma curiosité, où j'avais vu naguère le ressort
même de ma pensée, l'un des fondements de ma
méthode, ne s'exerçait plus que sur des détails fort
futiles ; je décachetai des lettres destinées à mes amis,
qui s'en offensèrent ; ce coup d'œil sur leurs amours et
leurs querelles de ménage m'amusa un instant. Il s'y
mêlait du reste une part de soupçon : je fus pendant
quelques jours en proie à la peur du poison, crainte
atroce, que j'avais vue jadis dans le regard de Trajan
malade, et qu'un prince n'ose avouer, parce qu'elle
paraît grotesque, tant que l'événement ne l'a pas
justifiée. Une telle hantise étonne chez un homme
plongé par ailleurs dans la méditation de la mort, mais
je ne me pique pas d'être plus conséquent qu'un autre.
Des fureurs secrètes, des impatiences fauves me prenaient en présence des moindres sottises, des plus
banales bassesses, un dégoût dont je ne m'exceptais
pas. Juvénal osa insulter dans une de ses *Satires* le
mime Pâris, qui me plaisait. J'étais las de ce poète enflé

et grondeur ; j'appréciais peu son mépris grossier pour l'Orient et la Grèce, son goût affecté pour la prétendue simplicité de nos pères, et ce mélange de descriptions détaillées du vice et de déclamations vertueuses qui titille les sens du lecteur tout en rassurant son hypocrisie. En tant qu'homme de lettres, il avait droit pourtant à certains égards ; je le fis appeler à Tibur pour lui signifier moi-même sa sentence d'exil. Ce contempteur du luxe et des plaisirs de Rome pourrait désormais étudier sur place les mœurs de province ; ses insultes au beau Pâris avaient marqué la clôture de sa propre pièce. Favorinus, vers la même époque, s'installa dans son confortable exil de Chios, où j'aimerais assez habiter moi-même, mais d'où sa voix aigre ne pouvait m'atteindre. Ce fut aussi vers ce temps-là que je fis chasser ignominieusement d'une salle de festin un marchand de sagesse, un Cynique mal lavé qui se plaignait de mourir de faim comme si cette engeance méritait de faire autre chose ; j'eus grand plaisir à voir ce bavard courbé en deux par la peur déguerpir au milieu des aboiements des chiens et du rire moqueur des pages : la canaille philosophique et lettrée ne m'en imposait plus.

Les plus minces mécomptes de la vie politique m'exaspéraient précisément comme le faisaient à la Villa la moindre inégalité d'un pavement, la moindre coulée de cire sur le marbre d'une table, le moindre défaut d'un objet qu'on voudrait sans imperfections et sans taches. Un rapport d'Arrien, récemment nommé gouverneur de Cappadoce, me mit en garde contre Pharasmanès, qui continuait dans son petit royaume des bords de la Mer Caspienne à jouer ce jeu double qui nous avait coûté cher sous Trajan. Ce roitelet poussait sournoisement vers nos frontières des hordes d'Alains barbares ; ses querelles avec l'Arménie compromettaient la paix en Orient. Convoqué à Rome, il refusa de s'y rendre, comme il avait déjà refusé d'assister à la conférence de Samosate quatre ans plus tôt. En guise d'excuses, il m'envoya un présent de trois cents robes d'or, vêtements royaux que je fis porter dans l'arène à des criminels livrés aux bêtes. Cet acte peu pondéré me satisfit comme le geste d'un homme qui se gratte jusqu'au sang.

J'avais un secrétaire, personnage médiocre, que je gardais parce qu'il possédait à fond les routines de la chancellerie, mais qui m'impatientait par sa suffisance hargneuse et butée, son refus d'essayer des méthodes nouvelles, sa rage d'ergoter sans fin sur des détails inutiles. Ce sot m'irrita un jour plus qu'à l'ordinaire ; je levai la main pour frapper ; par malheur, je tenais un style, qui éborgna l'œil droit. Je n'oublierai jamais ce hurlement de douleur, ce bras maladroitement plié pour parer le coup, cette face convulsée d'où jaillissait le sang. Je fis immédiatement chercher Hermogène, qui donna les premiers soins ; l'oculiste Capito fut ensuite consulté. Mais en vain ; l'œil était perdu. Quelques jours plus tard, l'homme reprit son travail ; un bandeau lui traversait le visage. Je le fis venir ; je lui demandai humblement de fixer lui-même la compensation qui lui était due. Il me répondit avec un mauvais sourire qu'il ne me demandait qu'une seule chose, un autre œil droit. Il finit pourtant par accepter une pension. Je l'ai gardé à mon service ; sa présence me sert d'avertissement, de châtiment peut-être. Je n'avais pas voulu éborgner ce misérable. Mais je n'avais pas voulu non plus qu'un enfant qui m'aimait mourût à vingt ans.

Les affaires juives allaient de mal en pis. Les travaux s'achevaient à Jérusalem malgré l'opposition violente des groupements zélotes. Un certain nombre d'erreurs furent commises, réparables en elles-mêmes, mais dont les fauteurs de troubles surent vite profiter. La Dixième Légion Expéditionnaire a pour emblème un sanglier ; on en plaça l'enseigne aux portes de la ville, comme c'est l'usage ; la populace, peu habituée aux simulacres peints ou sculptés dont la prive depuis des siècles une superstition fort défavorable au progrès des arts, prit cette image pour celle d'un porc, et vit dans ce petit fait une insulte aux mœurs d'Israël. Les fêtes du Nouvel An juif, célébrées à grand renfort de trompettes et de cornes de bélier, donnaient lieu chaque année à des rixes sanglantes ; nos autorités interdirent la lecture publique d'un certain récit légendaire, consacré aux exploits d'une héroïne juive qui serait devenue sous un nom d'emprunt la concubine d'un roi de Perse, et aurait fait massacrer sauvagement les ennemis du peuple méprisé et persécuté dont elle sortait. Les rabbins s'arrangèrent pour lire de nuit ce que le gouverneur Tinéus Rufus leur interdisait de lire de jour ; cette féroce histoire, où les Perses et les Juifs rivalisaient d'atrocité, excitait jusqu'à la folie la rage

nationale des Zélotes. Enfin, ce même Tinéus Rufus,
homme par ailleurs fort sage, et qui n'était pas sans
s'intéresser aux fables et aux traditions d'Israël, décida
d'étendre à la circoncision, pratique juive, les pénalités
sévères de la loi que j'avais récemment promulguée
contre la castration, et qui visait surtout les sévices
perpétrés sur de jeunes esclaves dans un but de lucre
ou de débauche. Il espérait oblitérer ainsi l'un des
signes par lesquels Israël prétend se distinguer du reste
du genre humain. Je me rendis d'autant moins compte
du danger de cette mesure, quand j'en reçus avis, que
beaucoup des Juifs éclairés et riches qu'on rencontre à
Alexandrie et à Rome ont cessé de soumettre leurs
enfants à une pratique qui les rend ridicules aux bains
publics et dans les gymnases, et s'arrangent pour en
dissimuler sur eux-mêmes les marques. J'ignorais à
quel point ces banquiers collectionneurs de vases
myrrhins différaient du véritable Israël.

Je l'ai dit : rien de tout cela n'était irréparable, mais
la haine, le mépris réciproque, la rancune l'étaient. En
principe, le Judaïsme a sa place parmi les religions de
l'empire ; en fait, Israël se refuse depuis des siècles à
n'être qu'un peuple parmi les peuples, possédant un
dieu parmi les dieux. Les Daces les plus sauvages
n'ignorent pas que leur Zalmoxis s'appelle Jupiter à
Rome ; le Baal punique du mont Cassius s'est identifié
sans peine au Père qui tient en main la Victoire et dont
la Sagesse est née ; les Égyptiens, pourtant si vains de
leurs fables dix fois séculaires, consentent à voir dans
Osiris un Bacchus chargé d'attributs funèbres ; l'âpre
Mithra se sait frère d'Apollon. Aucun peuple, sauf
Israël, n'a l'arrogance d'enfermer la vérité tout entière
dans les limites étroites d'une seule conception divine,
insultant ainsi à la multiplicité du Dieu qui contient
tout ; aucun autre dieu n'a inspiré à ses adorateurs le
mépris et la haine de ceux qui prient à de différents

autels. Je n'en tenais que davantage à faire de Jérusalem une ville comme les autres, où plusieurs races et plusieurs cultes pourraient exister en paix ; j'oubliais trop que dans tout combat entre le fanatisme et le sens commun, ce dernier a rarement le dessus. L'ouverture d'écoles où s'enseignaient les lettres grecques scandalisa le clergé de la vieille ville ; le rabbin Joshua, homme agréable et instruit, avec qui j'avais assez souvent causé à Athènes, mais qui s'efforçait de se faire pardonner par son peuple sa culture étrangère et ses relations avec nous, ordonna à ses disciples de ne s'adonner à ces études profanes que s'ils trouvaient à leur consacrer une heure qui n'appartiendrait ni au jour ni à la nuit, puisque la Loi juive doit être étudiée nuit et jour. Ismaël, membre important du Sanhédrin, et qui passait pour rallié à la cause de Rome, laissa mourir son neveu Ben Dama plutôt que d'accepter les services du chirurgien grec que lui avait envoyé Tinéus Rufus. Tandis qu'à Tibur on cherchait encore des moyens de concilier les esprits sans paraître céder aux exigences des fanatiques, le pire l'emporta en Orient ; un coup de main zélote réussit à Jérusalem.

Un aventurier sorti de la lie du peuple, un nommé Simon, qui se faisait appeler Bar Kochba, le Fils de l'Étoile, joua dans cette révolte le rôle de brandon enduit de bitume ou de miroir ardent. Je ne puis juger ce Simon que par ouï-dire ; je ne l'ai vu qu'une fois face à face, le jour où un centurion m'apporta sa tête coupée. Mais je suis disposé à lui reconnaître cette part de génie qu'il faut toujours pour s'élever si vite et si haut dans les affaires humaines ; on ne s'impose pas ainsi sans posséder au moins quelque habileté grossière. Les Juifs modérés ont été les premiers à accuser ce prétendu Fils de l'Étoile de fourberie et d'imposture ; je crois plutôt que cet esprit inculte était de ceux qui se prennent à leurs propres mensonges et que le

fanatisme chez lui allait de pair avec la ruse. Simon se
fit passer pour le héros sur lequel le peuple juif compte
depuis des siècles pour assouvir ses ambitions et ses
haines ; ce démagogue se proclama Messie et roi
d'Israël. L'antique Akiba, à qui la tête tournait,
promena par la bride dans les rues de Jérusalem le
cheval de l'aventurier ; le grand prêtre Éléazar redédia
le temple prétendu souillé depuis que des visiteurs non
circoncis en avaient franchi le seuil ; des monceaux
d'armes rentrés sous terre depuis près de vingt ans
furent distribués aux rebelles par les agents du Fils de
l'Étoile ; il en alla de même des pièces défectueuses
fabriquées à dessein depuis des années dans nos
arsenaux par les ouvriers juifs et que refusait notre
intendance. Des groupes zélotes attaquèrent les garnisons romaines isolées et massacrèrent nos soldats avec
des raffinements de fureur qui rappelèrent les pires
souvenirs de la révolte juive sous Trajan ; Jérusalem
enfin tomba tout entière aux mains des insurgés et les
quartiers neufs d'Ælia Capitolina flambèrent comme
une torche. Les premiers détachements de la Vingt-
deuxième Légion Déjotarienne, envoyée d'Égypte en
toute hâte sous les ordres du légat de Syrie Publius
Marcellus, furent mis en déroute par des bandes dix
fois supérieures en nombre. La révolte était devenue
guerre, et guerre inexpiable.

Deux légions, la Douzième Fulminante et la Sixième
Légion, la Légion de Fer, renforcèrent aussitôt les
effectifs déjà sur place en Judée ; quelques mois plus
tard, Julius Sévérus, qui avait naguère pacifié les
régions montagneuses de la Bretagne du Nord, prit la
direction des opérations militaires ; il amenait avec lui
de petits contingents d'auxiliaires britanniques accoutumés à combattre en terrain difficile. Nos troupes
pesamment équipées, nos officiers habitués à la forma-
tion en carré ou en phalange des batailles rangées,

eurent du mal à s'adapter à cette guerre d'escarmouches et de surprises, qui gardait en rase campagne des techniques d'émeute. Simon, grand homme à sa manière, avait divisé ses partisans en centaines d'escouades postées sur les crêtes de montagne, embusquées au fond de cavernes et de carrières abandonnées, cachées chez l'habitant dans les faubourgs grouillants des villes ; Sévérus comprit vite que cet ennemi insaisissable pouvait être exterminé, mais non pas vaincu ; il se résigna à une guerre d'usure. Les paysans fanatisés ou terrorisés par Simon firent dès le début cause commune avec les Zélotes : chaque rocher devint un bastion, chaque vignoble une tranchée ; chaque métairie dut être réduite par la faim ou emportée d'assaut. Jérusalem ne fut reprise qu'au cours de la troisième année, quand les derniers efforts de négociations se furent avérés inutiles ; le peu que l'incendie de Titus avait épargné de la cité juive fut anéanti. Sévérus accepta de fermer longtemps les yeux sur la complicité flagrante des autres grandes villes ; celles-ci, devenues les dernières forteresses de l'ennemi, furent plus tard attaquées et reconquises à leur tour rue par rue et ruine par ruine. Par ces temps d'épreuves, ma place était au camp, et en Judée. J'avais en mes deux lieutenants la confiance la plus entière ; il convenait d'autant plus que je fusse là pour partager la responsabilité de décisions qui, quoi qu'on fît, s'annonçaient atroces. A la fin du second été de campagne, je fis amèrement mes préparatifs de voyage ; Euphorion empaqueta une fois de plus le nécessaire de toilette, un peu bosselé par l'usage, exécuté jadis par un artisan smyrniote, la caisse de livres et de cartes, la statuette d'ivoire du Génie Impérial et sa lampe d'argent ; je débarquai à Sidon au début de l'automne.

L'armée est mon plus ancien métier ; je ne m'y suis jamais remis sans être repayé de mes contraintes par

certaines compensations intérieures ; je ne regrette pas
d'avoir passé les deux dernières années actives de mon
existence à partager avec les légions l'âpreté, la désola-
tion de la campagne de Palestine. J'étais redevenu cet
homme vêtu de cuir et de fer, mettant de côté tout ce
qui n'est pas l'immédiat, soutenu par les simples
routines d'une vie dure, un peu plus lent qu'autrefois à
monter à cheval ou à en descendre, un peu plus
taciturne, peut-être plus sombre, entouré comme toujours par les troupes (les dieux seuls savent pourquoi)
d'un dévouement à la fois idolâtre et fraternel. Je fis
durant ce dernier séjour à l'armée une rencontre
inestimable : je pris pour aide de camp un jeune tribun
nommé Céler, à qui je m'attachai. Tu le connais ; il ne
m'a pas quitté. J'admirais ce beau visage de Minerve
casquée, mais les sens eurent somme toute aussi peu de
part à cette affection qu'ils peuvent en avoir tant qu'on
vit. Je te recommande Céler : il a toutes les qualités
qu'on désire chez un officier placé au second rang ; ses
vertus mêmes l'empêcheront toujours de se pousser au
premier. Une fois de plus, j'avais retrouvé, dans des
circonstances un peu différentes de celles de naguère,
un de ces êtres dont le destin est de se dévouer,
d'aimer, et de servir. Depuis que je le connais, Céler
n'a pas eu une pensée qui ne soit pour mon confort ou
ma sécurité ; je m'appuie encore à cette ferme épaule.

Au printemps de la troisième année de campagne,
l'armée mit le siège devant la citadelle de Béthar, nid
d'aigle où Simon et ses partisans résistèrent pendant
près d'un an aux lentes tortures de la faim, de la soif, et
du désespoir, et où le Fils de l'Étoile vit périr un à un
ses fidèles, sans accepter de se rendre. Notre armée
souffrait presque autant que les rebelles : ceux-ci en se
retirant avaient brûlé les vergers, dévasté les champs,
égorgé le bétail, infecté les puits en y jetant nos morts ;
ces méthodes de la sauvagerie étaient hideuses, appli-

quées à cette terre naturellement aride, déjà rongée
jusqu'à l'os par de longs siècles de folies et de fureurs.
L'été fut chaud et malsain ; la fièvre et la dysenterie
décimèrent nos troupes ; une discipline admirable
continuait à régner dans ces légions forcées à la fois à
l'inaction et au qui-vive ; l'armée harcelée et malade
était soutenue par une espèce de rage silencieuse qui se
communiquait à moi. Mon corps ne supportait plus
aussi bien qu'autrefois les fatigues d'une campagne, les
jours torrides, les nuits étouffantes ou glacées, le vent
dur et la grinçante poussière ; il m'arrivait de laisser
dans ma gamelle le lard et les lentilles bouillies de
l'ordinaire du camp ; je restais sur ma faim. Je traînai
une mauvaise toux fort avant dans l'été ; je n'étais pas
le seul. Dans ma correspondance avec le Sénat, je
supprimai la formule qui figure obligatoirement en tête
des communiqués officiels : *L'empereur et l'armée vont
bien.* L'empereur et l'armée étaient au contraire dangereusement las. Le soir, après la dernière conversation
avec Sévérus, la dernière audience de transfuges, le
dernier courrier de Rome, le dernier message de
Publius Marcellus chargé de nettoyer les environs de
Jérusalem ou de Rufus occupé à réorganiser Gaza,
Euphorion mesurait parcimonieusement l'eau de mon
bain dans une cuve de toile goudronnée ; je me
couchais sur mon lit ; j'essayais de penser.

Je ne le nie pas : cette guerre de Judée était un de
mes échecs. Les crimes de Simon et la folie d'Akiba
n'étaient pas mon œuvre, mais je me reprochais d'avoir
été aveugle à Jérusalem, distrait à Alexandrie, impatient à Rome. Je n'avais pas su trouver les paroles qui
eussent prévenu, ou du moins retardé, cet accès de
fureur du peuple ; je n'avais pas su être à temps assez
souple ou assez ferme. Et certes, nous n'avions pas lieu
d'être inquiets, encore moins désespérés ; l'erreur et le
mécompte n'étaient que dans nos rapports avec Israël ;

partout ailleurs, nous recueillions en ces temps de crise le fruit de seize ans de générosité en Orient. Simon avait cru pouvoir miser sur une révolte du monde arabe pareille à celle qui avait marqué les dernières et sombres années du règne de Trajan ; bien plus, il avait osé tabler sur l'aide parthe. Il s'était trompé, et cette faute de calcul causait sa mort lente dans la citadelle encerclée de Béthar ; les tribus arabes se désolidarisaient des communautés juives ; les Parthes étaient fidèles aux traités. Les synagogues des grandes villes syriennes se montraient elles-mêmes indécises ou tièdes : les plus ardentes se contentaient d'envoyer secrètement quelque argent aux Zélotes ; la population juive d'Alexandrie, pourtant si turbulente, demeurait calme ; l'abcès juif restait localisé dans l'aride région qui s'étend entre le Jourdain et la mer ; on pouvait sans danger cautériser ou amputer ce doigt malade. Et néanmoins, en un sens, les mauvais jours qui avaient immédiatement précédé mon règne semblaient recommencer. Quiétus avait jadis incendié Cyrène, exécuté les notables de Laodicée, repris possession d'Édesse en ruine... Le courrier du soir venait de m'apprendre que nous nous étions rétablis sur le tas de pierres éboulées que j'appelais Ælia Capitolina et que les Juifs nommaient encore Jérusalem ; nous avions incendié Ascalon ; il avait fallu exécuter en masse les rebelles de Gaza... Si seize ans du règne d'un prince passionnément pacifique aboutissaient à la campagne de Palestine, les chances de paix du monde s'avéraient médiocres dans l'avenir.

Je me soulevais sur le coude, mal à l'aise sur mon étroit lit de camp. Certes, quelques Juifs au moins avaient échappé à la contagion zélote : même à Jérusalem, des Pharisiens crachaient sur le passage d'Akiba, traitaient de vieux fou ce fanatique qui jetait au vent les solides avantages de la paix romaine, lui criaient que l'herbe lui pousserait dans la bouche avant qu'on eût vu sur terre la victoire d'Israël. Mais je préférais encore les faux prophètes à ces hommes d'ordre qui nous méprisaient tout en comptant sur nous pour protéger des exactions de Simon leur or placé chez les banquiers syriens et leurs fermes en Galilée. Je pensais aux transfuges qui, quelques heures plus tôt, s'étaient assis sous cette tente, humbles, conciliants, serviles, mais s'arrangeant toujours pour tourner le dos à l'image de mon Génie. Notre meilleur agent, Élie Ben Abayad, qui jouait pour Rome le rôle d'informateur et d'espion, était justement méprisé des deux camps ; c'était pourtant l'homme le plus intelligent du groupe, esprit libéral, cœur malade, tiraillé entre son amour pour son peuple et son goût pour nos lettres et pour nous ; lui aussi, d'ailleurs, ne pensait au fond qu'à Israël. Josué Ben Kisma, qui prêchait l'apaisement, n'était qu'un Akiba plus timide ou plus hypocrite ; même chez le rabbin Joshua qui avait été longtemps mon conseiller dans les affaires juives, j'avais senti, sous la souplesse et l'envie de plaire, les différences irréconciliables, le point où deux pensées d'espèces opposées ne se rencontrent que pour se combattre. Nos territoires s'étendaient sur des centaines de lieues, des milliers de stades, par-delà ce sec horizon de collines, mais le rocher de Béthar était nos frontières ; nous pouvions anéantir les murs massifs de cette citadelle où Simon consommait frénétiquement son suicide ; nous ne pouvions pas empêcher cette race de nous dire non.

Un moustique sifflait ; Euphorion, qui se faisait vieux, avait négligé de fermer exactement les minces rideaux de gaze ; des livres, des cartes jetées à terre crissaient au vent bas qui rampait sous la paroi de toile. Assis sur mon lit, j'enfilais mes brodequins, je cherchais en tâtonnant ma tunique, mon ceinturon et ma dague ; je sortais pour respirer l'air de la nuit. Je

parcourais les grandes rues régulières du camp, vides à
cette heure tardive, éclairées comme celles des villes ;
des factionnaires me saluaient solennellement au passage ; en longeant le baraquement qui servait d'hôpital,
je respirais la fade puanteur des dysentériques. J'allais
vers le remblai de terre qui nous séparait du précipice
et de l'ennemi. Une sentinelle marchait à longs pas
réguliers sur ce chemin de ronde, périlleusement
dessinée par la lune ; je reconnaissais dans ce va-et-
vient le mouvement d'un rouage de l'immense machine
dont j'étais le pivot ; je m'émouvais un instant au
spectacle de cette forme solitaire, de cette flamme
brève brûlant dans une poitrine d'homme au milieu
d'un monde de dangers. Une flèche sifflait, à peine
plus importune que le moustique qui m'avait troublé
sous ma tente ; je m'accoudais aux sacs de sable du mur
d'enceinte.

On me suppose depuis quelques années d'étranges
clairvoyances, de sublimes secrets. On se trompe, et je
ne sais rien. Mais il est vrai que durant ces nuits de
Béthar j'ai vu passer sous mes yeux d'inquiétants
fantômes. Les perspectives qui s'ouvraient pour l'esprit du haut de ces collines dénudées étaient moins
majestueuses que celles du Janicule, moins dorées que
celles du Sunion ; elles en étaient l'envers et le nadir. Je
me disais qu'il était bien vain d'espérer pour Athènes
et pour Rome cette éternité qui n'est accordée ni aux
hommes ni aux choses, et que les plus sages d'entre
nous refusent même aux dieux. Ces formes savantes et
compliquées de la vie, ces civilisations bien à l'aise
dans leurs raffinements de l'art et du bonheur, cette
liberté de l'esprit qui s'informe et qui juge dépendaient
de chances innombrables et rares, de conditions presque impossibles à réunir et qu'il ne fallait pas s'attendre à voir durer. Nous détruirions Simon ; Arrien
saurait protéger l'Arménie des invasions alaines. Mais

d'autres hordes viendraient, d'autres faux prophètes.
Nos faibles efforts pour améliorer la condition
humaine ne seraient que distraitement continués par
nos successeurs ; la graine d'erreur et de ruine conte-
nue dans le bien même croîtrait monstrueusement au
contraire au cours des siècles. Le monde las de nous se
chercherait d'autres maîtres ; ce qui nous avait paru
sage paraîtrait insipide, abominable ce qui nous avait
paru beau. Comme l'initié mithriaque, la race humaine
a peut-être besoin du bain de sang et du passage
périodique dans la fosse funèbre. Je voyais revenir les
codes farouches, les dieux implacables, le despotisme
incontesté des princes barbares, le monde morcelé en
états ennemis, éternellement en proie à l'insécurité.
D'autres sentinelles menacées par les flèches iraient et
viendraient sur le chemin de ronde des cités futures ; le
jeu stupide, obscène et cruel allait continuer, et
l'espèce en vieillissant y ajouterait sans doute de
nouveaux raffinements d'horreur. Notre époque, dont
je connaissais mieux que personne les insuffisances et
les tares, serait peut-être un jour considérée, par
contraste, comme un des âges d'or de l'humanité.

Natura deficit, fortuna mutatur, deus omnia cernit. La
nature nous trahit, la fortune change, un dieu regarde
d'en haut toutes ces choses. Je tourmentais à mon doigt
le chaton d'une bague sur laquelle, par un jour
d'amertume, j'avais fait inciser ces quelques mots
tristes ; j'allais plus loin dans le désabusement, peut-
être dans le blasphème ; je finissais par trouver naturel,
sinon juste, que nous dussions périr. Nos lettres
s'épuisent ; nos arts s'endorment ; Pancratès n'est pas
Homère ; Arrien n'est pas Xénophon ; quand j'ai
essayé d'immortaliser dans la pierre la forme d'Antinoüs, je n'ai pas trouvé de Praxitèle. Nos sciences
piétinent depuis Aristote et Archimède ; nos progrès
techniques ne résisteraient pas à l'usure d'une longue

guerre ; nos voluptueux eux-mêmes se dégoûtent du bonheur. L'adoucissement des mœurs, l'avancement des idées au cours du dernier siècle sont l'œuvre d'une infime minorité de bons esprits ; la masse demeure ignare, féroce quand elle le peut, en tout cas égoïste et bornée, et il y a fort à parier qu'elle restera toujours telle. Trop de procurateurs et de publicains avides, trop de sénateurs méfiants, trop de centurions brutaux ont compromis d'avance notre ouvrage ; et le temps pour s'instruire par leurs fautes n'est pas plus donné aux empires qu'aux hommes. Là où un tisserand rapiécerait sa toile, où un calculateur habile corrigerait ses erreurs, où l'artiste retoucherait son chef-d'œuvre encore imparfait ou endommagé à peine, la nature préfère repartir à même l'argile, à même le chaos, et ce gaspillage est ce qu'on nomme l'ordre des choses.

Je levais la tête ; je bougeais pour me désengourdir. Au haut de la citadelle de Simon, de vagues lueurs rougissaient le ciel, manifestations inexpliquées de la vie nocturne de l'ennemi. Le vent soufflait d'Égypte ; une trombe de poussière passait comme un spectre ; les profils écrasés des collines me rappelaient la chaîne arabique sous la lune. Je rentrais lentement, ramenant sur ma bouche un pan de mon manteau, irrité contre moi-même d'avoir consacré à de creuses méditations sur l'avenir une nuit que j'aurais pu employer à préparer la journée du lendemain, ou à dormir. L'écroulement de Rome, s'il se produisait, concerne-rait mes successeurs ; en cette année huit cent quatre-vingt-sept de l'ère romaine, ma tâche consistait à étouffer la révolte en Judée, à ramener d'Orient sans trop de pertes une armée malade. En traversant l'esplanade, je glissais parfois dans le sang d'un rebelle exécuté la veille. Je me couchais tout habillé sur mon lit ; deux heures plus tard, j'étais réveillé par les trompettes de l'aube.

J'avais toute ma vie fait bon ménage avec mon corps ; j'avais implicitement compté sur sa docilité, sur sa force. Cette étroite alliance commençait à se dissoudre ; mon corps cessait de ne faire qu'un avec ma volonté, avec mon esprit, avec ce qu'il faut bien, maladroitement, que j'appelle mon âme ; le camarade intelligent d'autrefois n'était plus qu'un esclave qui rechigne à sa tâche. Mon corps me craignait ; je sentais continuellement dans ma poitrine la présence obscure de la peur, un resserrement qui n'était pas encore la douleur, mais le premier pas vers elle. J'avais pris de longue date l'habitude de l'insomnie, mais le sommeil désormais était pire que son absence ; à peine assoupi, j'avais d'affreux réveils. J'étais sujet à des maux de tête qu'Hermogène attribuait à la chaleur du climat et au poids du casque ; le soir, après les longues fatigues, je m'asseyais comme on tombe ; se lever pour recevoir Rufus ou Sévérus était un effort auquel je m'apprêtais longtemps à l'avance ; mes coudes pesaient sur les bras de mon siège ; mes cuisses tremblaient comme celles d'un coureur fourbu. Le moindre geste devenait une corvée, et de ces corvées la vie était faite.

Un accident presque ridicule, une indisposition d'enfant, mit au jour la maladie cachée sous l'atroce fatigue. Un saignement de nez, dont je me préoccupai d'abord assez peu, me prit durant une séance de l'état-major ; il persistait encore au repas du soir ; je me réveillai la nuit trempé de sang. J'appelai Céler, qui couchait sous la tente voisine ; il alerta à son tour Hermogène, mais l'horrible coulée tiède continua. Les mains soigneuses du jeune officier essuyaient ce liquide qui me barbouillait le visage ; à l'aube, je fus pris de haut-le-corps comme en ont à Rome les condamnés à mort qui s'ouvrent les veines dans leur bain ; on réchauffa du mieux qu'on put à l'aide de couvertures et d'affusions brûlantes ce corps qui se glaçait ; pour arrêter le flux de sang, Hermogène avait prescrit de la neige ; elle manquait au camp ; au prix de mille difficultés, Céler en fit transporter des sommets de l'Hermon. Je sus plus tard qu'on avait désespéré de ma vie ; et moi-même, je ne m'y sentais plus rattaché que par le plus mince des fils, imperceptible comme ce pouls trop rapide qui consternait mon médecin. L'hémorragie inexpliquée s'arrêta pourtant ; je quittai le lit ; je m'astreignis à vivre comme à l'ordinaire ; je n'y parvins pas. Un soir où, mal remis, j'avais imprudemment essayé d'une brève promenade à cheval, je reçus un second avertissement, plus sérieux encore que le premier. L'espace d'une seconde, je sentis les battements de mon cœur se précipiter, puis se ralentir, s'interrompre, cesser ; je crus tomber comme une pierre dans je ne sais quel puits noir qui est sans doute la mort. Si c'était bien elle, on se trompe quand on la prétend silencieuse : j'étais emporté par des cataractes, assourdi comme un plongeur par le grondement des eaux. Je n'atteignis pas le fond ; je remontai à la surface ; je suffoquais. Toute ma force, dans ce moment que j'avais cru le dernier, s'était concentrée dans ma main crispée sur le bras de Céler debout à mon côté : il me montra plus tard les marques de mes doigts sur son épaule. Mais il en est de cette brève agonie comme de toutes les expériences du corps : elle est indicible, et reste bon gré mal gré le secret de l'homme qui l'a vécue. J'ai traversé depuis des crises analogues, jamais d'identiques, et sans doute ne supporte-t-on pas deux fois sans mourir de passer par cette terreur et par cette nuit. Hermogène finit par diagnostiquer un commencement d'hydropisie du cœur ; il fallut accepter les consignes que me donnait ce mal, devenu subitement mon maître, consentir à une longue période d'inaction, sinon de repos, borner pour un temps les perspectives de ma vie au cadre d'un lit. J'avais presque honte de cette maladie tout intérieure, quasi invisible, sans fièvre, sans abcès, sans douleurs d'entrailles, qui n'a pour symptômes qu'un souffle un peu plus rauque et la marque livide laissée sur le pied gonflé par la courroie de la sandale.

Un silence extraordinaire s'établit autour de ma tente ; le camp de Béthar tout entier semblait devenu une chambre de malade. L'huile aromatique qui brûlait aux pieds de mon Génie rendait plus lourd encore l'air renfermé sous cette cage de toile ; le bruit de forge de mes artères me faisait vaguement penser à l'île des Titans au bord de la nuit. A d'autres moments, ce bruit insupportable devenait celui d'un galop piétinant la terre molle ; cet esprit si soigneusement tenu en rênes pendant près de cinquante ans s'évadait ; ce grand corps flottait à la dérive ; j'acceptais d'être cet homme las qui compte distraitement les étoiles et les losanges de sa couverture ; je regardais dans l'ombre la tache blanche d'un buste ; une cantilène en l'honneur d'Épona, déesse des chevaux, que chantait jadis à voix basse ma nourrice espagnole, grande femme sombre qui ressemblait à une Parque, remontait du fond d'un abîme de plus d'un demi-siècle. Les journées, puis les nuits, semblaient mesurées par les gouttes brunes

Disciplina augusta

qu'Hermogène comptait une à une dans une tasse de verre.

Le soir, je rassemblais mes forces pour écouter le rapport de Rufus : la guerre touchait à sa fin ; Akiba, qui, depuis le début des hostilités, s'était en apparence retiré des affaires publiques, se consacrait à l'enseignement du droit rabbinique dans la petite ville d'Usfa en Galilée ; cette salle de cours était devenue le centre de la résistance zélote ; des messages secrets étaient rechiffrés et transmis aux partisans de Simon par ces mains nonagénaires ; il fallut renvoyer de force dans leurs foyers les étudiants fanatisés qui entouraient ce vieillard. Après de longues hésitations, Rufus se décida à faire interdire comme séditieuse l'étude de la loi juive ; quelques jours plus tard, Akiba, qui avait contrevenu à ce décret, fut arrêté et mis à mort. Neuf autres docteurs de la Loi, l'âme du parti zélote, périrent avec lui. J'avais approuvé toutes ces mesures d'un signe de tête. Akiba et ses fidèles moururent persuadés jusqu'au bout d'être les seuls innocents, les seuls justes ; aucun d'eux ne songea à accepter sa part de responsabilité dans les malheurs qui accablaient son peuple. On les envierait, si l'on pouvait envier des aveugles. Je ne refuse pas à ces dix forcenés le titre de héros ; en tout cas, ce n'étaient pas des sages.

Trois mois plus tard, par un froid matin de février, assis au haut d'une colline, adossé au tronc d'un figuier dégarni de ses feuilles, j'assistai à l'assaut qui précéda de quelques heures la capitulation de Béthar ; je vis sortir un à un les derniers défenseurs de la forteresse, hâves, décharnés, hideux, beaux pourtant comme tout ce qui est indomptable. A la fin du même mois, je me fis transporter au lieudit du puits d'Abraham, où les rebelles pris les armes à la main dans les agglomérations urbaines furent rassemblés et vendus à l'encan ; des enfants ricanants, déjà féroces, déformés par des convictions implacables, se vantant très haut d'avoir causé la mort de dizaines de légionnaires, des vieillards emmurés dans un rêve de somnambule, des matrones aux chairs molles, et d'autres, solennelles et sombres comme la Grande Mère des cultes d'Orient, défilèrent sous l'œil froid des marchands d'esclaves ; cette multitude passa devant moi comme une poussière. Josué Ben Kisma, chef des soi-disant modérés, qui avait lamentablement échoué dans son rôle de pacificateur, succomba vers cette même époque aux suites d'une longue maladie ; il mourut en appelant de ses vœux la guerre étrangère et la victoire des Parthes sur nous. D'autre part, les Juifs christianisés, que nous n'avions pas inquiétés, et qui gardent rancune au reste du peuple hébreu d'avoir persécuté leur prophète, virent en nous les instruments d'une colère divine. La longue série des délires et des malentendus continuait.

Une inscription placée sur le site de Jérusalem défendit aux Juifs, sous peine de mort, de s'installer à nouveau dans ce tas de décombres ; elle reproduisait mot pour mot la phrase inscrite naguère au portail du temple, et qui en interdisait l'entrée aux incirconcis. Un jour par an, le neuf du mois d'Ab, les Juifs ont le droit de venir pleurer devant un mur en ruine. Les plus pieux se refusèrent à quitter leur terre natale ; ils s'établirent du mieux qu'ils purent dans les régions les moins dévastées par la guerre ; les plus fanatiques émigrèrent en territoire parthe ; d'autres allèrent à Antioche, à Alexandrie, à Pergame ; les plus fins se rendirent à Rome, où ils prospérèrent. La Judée fut rayée de la carte, et prit par mon ordre le nom de Palestine. Durant ces quatre ans de guerre, cinquante forteresses, et plus de neuf cents villes et villages avaient été saccagés et anéantis ; l'ennemi avait perdu près de six cent mille hommes ; les combats, les fièvres endémiques, les épidémies nous en avaient enlevé près

de quatre-vingt-dix mille. La remise en état du pays
suivit immédiatement les travaux de la guerre ; Ælia
Capitolina fut rebâtie, à une échelle d'ailleurs plus
modeste ; il faut toujours recommencer.

Je me reposai quelque temps à Sidon, où un
marchand grec me prêta sa maison et ses jardins. En
mars, les cours intérieures étaient déjà tapissées de
roses. J'avais repris des forces : je trouvais même de
surprenantes ressources à ce corps qu'avait prostré
d'abord la violence de la première crise. On n'a rien
compris à la maladie, tant qu'on n'a pas reconnu son
étrange ressemblance avec la guerre et l'amour : ses
compromis, ses feintes, ses exigences, ce bizarre et
unique amalgame produit par le mélange d'un tempérament et d'un mal. J'allais mieux, mais j'employais à
ruser avec mon corps, à lui imposer mes volontés ou à
céder prudemment aux siennes, autant d'art que j'en
avais mis autrefois à élargir et à régler mon univers, à
construire ma personne, et à embellir ma vie. Je me
remis avec modération aux exercices du gymnase ; mon
médecin ne m'interdisait plus l'usage du cheval, mais
ce n'était plus qu'un moyen de transport ; j'avais
renoncé aux dangereuses voltiges d'autrefois. Au cours
de tout travail, de tout plaisir, travail et plaisir
n'étaient plus l'essentiel, mon premier souci était de
m'en tirer sans fatigue. Mes amis s'émerveillaient d'un
rétablissement en apparence si complet ; ils s'efforçaient de croire que cette maladie n'était due qu'aux
efforts excessifs de ces années de guerre, et ne recom-
mencerait pas ; j'en jugeais autrement ; je pensais aux
grands pins des forêts de Bithynie, que le bûcheron
marque en passant d'une entaille, et qu'il reviendra
jeter bas à la prochaine saison. Vers la fin du printemps, je m'embarquai pour l'Italie sur un vaisseau de
haut bord de la flotte ; j'emmenais avec moi Céler,
devenu indispensable, et Diotime de Gadara, jeune

Grec de naissance servile, rencontré à Sidon, et qui était beau. La route du retour traversait l'Archipel ; pour la dernière fois sans doute de ma vie, j'assistais aux bonds des dauphins dans l'eau bleue ; j'observais, sans songer désormais à en tirer des présages, le long vol régulier des oiseaux migrateurs, qui parfois, pour se reposer, s'abattent amicalement sur le pont du navire ; je goûtais cette odeur de sel et de soleil sur la peau humaine, ce parfum de lentisque et de térébinthe des îles où l'on voudrait vivre, et où l'on sait d'avance qu'on ne s'arrêtera pas. Diotime a reçu cette parfaite instruction littéraire qu'on donne souvent, pour accroître encore leur valeur, aux jeunes esclaves doués des grâces du corps ; au crépuscule, couché à l'arrière, sous un tendelet de pourpre, je l'écoutais me lire des poètes de son pays, jusqu'à ce que la nuit effaçât également les lignes qui décrivent l'incertitude tragique de la vie humaine, et celles qui parlent de colombes, de couronnes de roses, et de bouches baisées. Une haleine humide s'exhalait de la mer ; les étoiles montaient une à une à leur place assignée ; le navire penché par le vent filait vers l'Occident où s'éraillait encore une dernière bande rouge ; un sillage phosphorescent s'étirait derrière nous, bientôt recouvert par les masses noires des vagues. Je me disais que seules deux affaires importantes m'attendaient à Rome ; l'une était le choix de mon successeur, qui intéressait tout l'empire ; l'autre était ma mort, et ne concernait que moi.

Rome m'avait préparé un triomphe, que cette fois j'acceptai. Je ne luttais plus contre ces coutumes à la fois vénérables et vaines ; tout ce qui met en lumière l'effort de l'homme, ne fût-ce que pour la durée d'un jour, me semblait salutaire en présence d'un monde si prompt à l'oubli. Il ne s'agissait pas seulement de la répression de la révolte juive ; dans un sens plus profond et connu de moi seul, j'avais triomphé. J'associai à ces honneurs le nom d'Arrien. Il venait d'infliger aux hordes alaines une série de défaites qui les rejetait pour longtemps dans ce centre obscur de l'Asie d'où elles avaient cru sortir ; l'Arménie était sauvée ; le lecteur de Xénophon s'en révélait l'émule ; la race n'était pas éteinte de ces lettrés qui savent au besoin commander et combattre. Ce soir-là, de retour dans ma maison de Tibur, c'est d'un cœur las, mais tranquille, que je pris des mains de Diotime le vin et l'encens du sacrifice journalier à mon Génie.

Simple particulier, j'avais commencé d'acheter et de mettre bout à bout ces terrains étalés au pied des monts sabins, au bord des eaux vives, avec l'acharnement patient d'un paysan qui arrondit ses vignes ; entre deux tournées impériales, j'avais campé dans ces bosquets en proie aux maçons et aux architectes, et dont un jeune homme imbu de toutes les superstitions de l'Asie demandait pieusement qu'on épargnât les arbres. Au retour de mon grand voyage d'Orient, j'avais mis une espèce de frénésie à parachever cet immense décor d'une pièce déjà aux trois quarts finie. J'y revenais cette fois terminer mes jours le plus décemment possible. Tout y était réglé pour faciliter le travail aussi bien que le plaisir : la chancellerie, les salles d'audience, le tribunal où je jugeais en dernier ressort les affaires difficiles m'épargnaient de fatigants va-et-vient entre Tibur et Rome. J'avais doté chacun de ces édifices de noms qui évoquaient la Grèce : le Pœcile, l'Académie, le Prytanée. Je savais bien que cette petite vallée plantée d'oliviers n'était pas Tempé, mais j'arrivais à l'âge où chaque beau lieu en rappelle un autre, plus beau, où chaque délice s'aggrave du souvenir de délices passées. J'acceptais de me livrer à cette nostalgie qui est la mélancolie du désir. J'avais même donné à un coin particulièrement sombre du parc le nom de Styx, à une prairie semée d'anémones celui de Champs Élysées, me préparant ainsi à cet autre monde dont les tourments ressemblent à ceux du nôtre, mais dont les joies nébuleuses ne valent pas nos joies. Mais surtout, je m'étais fait construire au cœur de cette retraite un asile plus retiré encore, un îlot de marbre au centre d'un bassin entouré de colonnades, une chambre secrète qu'un pont tournant, si léger que je peux d'une main le faire glisser dans ses rainures, relie à la rive, ou plutôt sépare d'elle. Je fis transporter dans ce pavillon deux ou trois statues aimées, et ce petit buste d'Auguste enfant qu'aux temps de notre amitié m'avait donné Suétone ; je m'y rendais à l'heure de la sieste pour dormir, pour rêver, pour lire. Mon chien couché en travers du seuil allongeait devant lui ses pattes raides ; un reflet jouait sur le marbre ; Diotime, pour se

rafraîchir, appuyait la joue au flanc lisse d'une vasque.
Je pensais à mon successeur.

   Je n'ai pas d'enfants, et ne le regrette pas. Certes,
aux heures de lassitude et de faiblesse où l'on se renie
soi-même, je me suis parfois reproché de n'avoir pas
pris la peine d'engendrer un fils, qui m'eût continué.
Mais ce regret si vain repose sur deux hypothèses
également douteuses : celle qu'un fils nécessairement
nous prolonge, et celle que cet étrange amas de bien et
de mal, cette masse de particularités infimes et bizarres
qui constitue une personne, mérite d'être prolongé.
J'ai utilisé de mon mieux mes vertus ; j'ai tiré parti de
mes vices ; mais je ne tiens pas spécialement à me
léguer à quelqu'un. Ce n'est point par le sang que
s'établit d'ailleurs la véritable continuité humaine :
César est l'héritier direct d'Alexandre, et non le frêle
enfant né à une princesse perse dans une citadelle
d'Asie ; et Épaminondas mourant sans postérité se
vantait à bon droit d'avoir pour filles ses victoires. La
plupart des hommes qui comptent dans l'histoire ont
des rejetons médiocres, ou pires que tels : ils semblent
épuiser en eux les ressources d'une race. La tendresse
du père est presque toujours en conflit avec les intérêts
du chef. En fût-il autrement, que ce fils d'empereur
aurait encore à subir les désavantages d'une éducation
princière, la pire de toutes pour un futur prince. Par
bonheur, pour autant que notre État ait su se former
une règle de succession impériale, l'adoption est cette
règle : je reconnais là la sagesse de Rome. Je sais les
dangers du choix, et ses erreurs possibles ; je n'ignore
pas que l'aveuglement n'est pas réservé aux seules
affections du père ; mais cette décision où l'intelligence
préside, ou à laquelle du moins elle prend part, me
semblera toujours infiniment supérieure aux obscures
volontés du hasard et de l'épaisse nature. L'empire au
plus digne : il est beau qu'un homme qui a prouvé sa

compétence dans le maniement des affaires du monde choisisse son remplaçant, et que cette décision si lourde de conséquences soit à la fois son dernier privilège et son dernier service rendu à l'État. Mais ce choix si important me semblait plus que jamais difficile à faire.

J'avais amèrement reproché à Trajan d'avoir tergiversé vingt ans avant de prendre la résolution de m'adopter, et de ne l'avoir fait qu'à son lit de mort. Mais près de dix-huit ans s'étaient écoulés depuis mon accession à l'empire, et, en dépit des risques d'une vie aventureuse, j'avais à mon tour remis à plus tard le choix d'un successeur. Mille bruits avaient couru, presque tous faux ; mille hypothèses avaient été échafaudées ; mais ce qu'on prenait pour mon secret n'était que mon hésitation et mon doute. Je regardais autour de moi : les fonctionnaires honnêtes abondaient ; aucun n'avait l'envergure nécessaire. Quarante ans d'intégrité postulaient en faveur de Marcius Turbo, mon cher compagnon d'autrefois, mon incomparable préfet du prétoire ; mais il avait mon âge : il était trop vieux. Julius Sévérus, excellent général, bon administrateur de la Bretagne, comprenait peu de chose aux complexes affaires de l'Orient ; Arrien avait fait preuve de toutes les qualités qu'on demande à un homme d'État, mais il était Grec ; et le temps n'est pas venu d'imposer un empereur grec aux préjugés de Rome.

Servianus vivait encore : cette longévité faisait de sa part l'effet d'un long calcul, d'une forme obstinée d'attente. Il attendait depuis soixante ans. Du temps de Nerva, l'adoption de Trajan l'avait à la fois encouragé et déçu ; il espérait mieux ; mais l'arrivée au pouvoir de ce cousin sans cesse occupé aux armées semblait au moins lui assurer dans l'État une place considérable, la seconde peut-être ; là aussi, il se trompait : il n'avait obtenu qu'une assez creuse portion

d'honneurs. Il attendait à l'époque où il avait chargé
ses esclaves de m'attaquer au détour d'un bois de
peupliers, au bord de la Moselle ; le duel à mort engagé
ce matin-là entre le jeune homme et le quinquagénaire
avait continué vingt ans ; il avait aigri contre moi
l'esprit du maître, exagéré mes incartades, profité de
mes moindres erreurs. Un pareil ennemi est un
excellent professeur de prudence : Servianus, somme
toute, m'avait beaucoup appris. Après mon accession
au pouvoir, il avait eu assez de finesse pour paraître
accepter l'inévitable ; il s'était lavé les mains du
complot des quatre consulaires ; j'avais préféré ne pas
remarquer les éclaboussures sur ces doigts encore
sales. De son côté, il s'était contenté de ne protester
qu'à voix basse et de ne se scandaliser qu'à huis clos.
Soutenu au Sénat par le petit et puissant parti de
conservateurs inamovibles que dérangeaient mes réformes, il s'était confortablement installé dans ce rôle de
critique silencieux du règne. Il m'avait peu à peu aliéné
ma sœur Pauline. Il n'avait eu d'elle qu'une fille,
mariée à un certain Salinator, homme bien né, que
j'élevai à la dignité consulaire, mais que la phtisie
emporta jeune ; ma nièce lui survécut peu ; leur seul
enfant, Fuscus, fut dressé contre moi par son perni-
cieux grand-père. Mais la haine entre nous conservait
des formes : je ne lui marchandais pas sa part de
fonctions publiques, évitant toutefois de figurer à ses
côtés dans des cérémonies où son grand âge lui aurait
donné le pas sur l'empereur. A chaque retour à Rome,
j'acceptais par décence d'assister à un de ces repas de
famille où l'on se tient sur ses gardes ; nous échangions
des lettres, les siennes n'étaient pas dépourvues d'esprit. A la longue pourtant, j'avais pris en dégoût cette
fade imposture ; la possibilité de jeter le masque en
toutes choses est l'un des rares avantages que je trouve
à vieillir ; j'avais refusé d'assister aux funérailles de

Pauline. Au camp de Béthar, aux pires heures de
misère corporelle et de découragement, la suprême
amertume avait été de me dire que Servianus touchait
au but, et y touchait par ma faute ; cet octogénaire si
ménager de ses forces s'arrangerait pour survivre à un
malade de cinquante-sept ans ; si je mourais intestat, il
saurait obtenir à la fois les suffrages des mécontents et
l'approbation de ceux qui croiraient me rester fidèles
en élisant mon beau-frère ; il profiterait de cette mince
parenté pour saper mon œuvre. Pour me calmer, je me
disais que l'empire pourrait trouver de pires maîtres ;
Servianus en somme n'était pas sans vertus ; l'épais
Fuscus lui-même serait peut-être un jour digne de
régner. Mais tout ce qui me restait d'énergie se refusait
à ce mensonge, et je souhaitais vivre pour écraser cette
vipère.

A mon retour à Rome, j'avais retrouvé Lucius.
Jadis, j'avais pris envers lui des engagements que
d'ordinaire on ne se préoccupe guère de tenir, mais que
j'avais gardés. Il n'est pas vrai d'ailleurs que je lui eusse
promis la pourpre impériale ; on ne fait pas ces choses-
là. Mais pendant près de quinze ans j'avais payé ses
dettes, étouffé les scandales, répondu sans tarder à ses
lettres, qui étaient délicieuses, mais qui finissaient
toujours par des demandes d'argent pour lui ou
d'avancement pour ses protégés. Il était trop mêlé à ma
vie pour que je pusse l'en exclure, si je l'avais voulu,
mais je ne voulais rien de tel. Sa conversation était
éblouissante : ce jeune homme qu'on estimait futile
avait plus et mieux lu que les gens de lettres dont c'est
le métier. Son goût était exquis en toutes choses, qu'il
s'agît d'êtres, d'objets, d'usages, ou de la façon la plus
juste de scander un vers grec. Au Sénat, où on le
jugeait habile, il s'était fait une réputation d'orateur ;
ses discours à la fois nets et ornés servaient tout frais de
modèles aux professeurs d'éloquence. Je l'avais fait

nommer préteur, puis consul : il avait bien rempli ces
fonctions. Quelques années plus tôt, je l'avais marié à
la fille de Nigrinus, l'un des hommes consulaires
exécutés au début de mon règne ; cette union devint
l'emblème de ma politique d'apaisement. Elle ne fut
que modérément heureuse : la jeune femme se plaignait d'être négligée ; elle avait pourtant de lui trois
enfants, dont un fils. A ses gémissements presque
continuels, il répondait avec une politesse glacée qu'on
se marie pour sa famille, et non pour soi-même, et
qu'un contrat si grave s'accommode mal des jeux
insouciants de l'amour. Son système compliqué exigeait des maîtresses pour l'apparat et de faciles esclaves
pour la volupté. Il se tuait de plaisir, mais comme un
artiste se tue à réaliser un chef-d'œuvre : ce n'est pas à
moi de le lui reprocher.

Je le regardais vivre : mon opinion sur lui se
modifiait sans cesse, ce qui n'arrive guère que pour les
êtres qui nous touchent de près ; nous nous contentons
de juger les autres plus en gros, et une fois pour toutes.
Parfois, une insolence étudiée, une dureté, un mot
froidement frivole m'inquiétaient ; plus souvent, je me
laissais entraîner par cet esprit rapide et léger ; une
remarque acérée semblait faire pressentir tout à coup
l'homme d'État futur. J'en parlais à Marcius Turbo,
qui, après sa fatigante journée de préfet du prétoire,
venait chaque soir causer des affaires courantes et faire
avec moi sa partie de dés ; nous ré-examinions minu-
tieusement les chances qu'avait Lucius de remplir
convenablement une carrière d'empereur. Mes amis
s'étonnaient de mes scrupules ; certains me conseil-
laient en haussant les épaules de prendre le parti qui
me plaisait ; ces gens-là s'imaginent qu'on lègue à
quelqu'un la moitié du monde comme on laisserait
une maison de campagne. J'y repensais la nuit : Lucius
avait à peine atteint la trentaine : qu'était César à

trente ans, sinon un fils de famille criblé de dettes et
sali de scandales ? Comme aux mauvais jours d'Antioche, avant mon adoption par Trajan, je songeais avec
un serrement de cœur que rien n'est plus lent que la
véritable naissance d'un homme : j'avais moi-même
dépassé ma trentième année à l'époque où la campagne
de Pannonie m'avait ouvert les yeux sur les responsabilités du pouvoir ; Lucius me semblait parfois plus
accompli que je ne l'étais à cet âge. Je me décidai
brusquement, à la suite d'une crise d'étouffement plus
grave que les autres, qui vint me rappeler que je n'avais
plus de temps à perdre. J'adoptai Lucius qui prit le
nom d'Ælius César. Il n'était ambitieux qu'avec nonchalance ; il était exigeant sans être avide, ayant de tout
temps l'habitude de tout obtenir ; il prit ma décision
avec désinvolture. J'eus l'imprudence de dire que ce
prince blond serait admirablement beau sous la pourpre ; les malveillants se hâtèrent de prétendre que je
repayais d'un empire l'intimité voluptueuse d'autrefois. C'est ne rien comprendre à la manière dont
fonctionne l'esprit d'un chef, pour peu que celui-ci
mérite son poste et son titre. Si de pareilles considérations avaient joué un rôle, Lucius n'était d'ailleurs pas
le seul sur qui j'aurais pu fixer mon choix.

Ma femme venait de mourir dans sa résidence du
Palatin, qu'elle continuait à préférer à Tibur, et où elle
vivait entourée d'une petite cour d'amis et de parents
espagnols, qui seuls comptaient pour elle. Les ménage-
ments, les bienséances, les faibles velléités d'entente
avaient peu à peu cessé entre nous et laissé à nu
l'antipathie, l'irritation, la rancœur, et, de sa part à
elle, la haine. Je lui rendis visite dans les derniers
temps ; la maladie avait encore aigri son caractère âcre
et morose ; cette entrevue fut pour elle l'occasion de
récriminations violentes, qui la soulagèrent, et qu'elle
eut l'indiscrétion de faire devant témoins. Elle se

félicitait de mourir sans enfants ; mes fils m'eussent sans doute ressemblé ; elle aurait eu pour eux la même aversion que pour leur père. Cette phrase où suppure tant de rancune est la seule preuve d'amour qu'elle m'ait donnée. Ma Sabine : je remuais les quelques souvenirs tolérables qui restent toujours d'un être, quand on prend la peine de les chercher ; je me remémorais une corbeille de fruits qu'elle m'avait envoyée pour mon anniversaire, après une querelle ; en passant en litière par les rues étroites du municipe de Tibur, devant la modeste maison de plaisance qui avait jadis appartenu à ma belle-mère Matidie, j'évoquais avec amertume quelques nuits d'un lointain été, où j'avais vainement essayé de me plaire auprès de cette jeune épouse froide et dure. La mort de ma femme me touchait moins que celle de la bonne Arété, l'intendante de la Villa, emportée le même hiver par un accès de fièvre. Comme le mal auquel succomba l'impératrice, médiocrement diagnostiqué par les médecins, lui causa vers la fin d'atroces douleurs d'entrailles, on m'accusa d'avoir usé de poison, et ce bruit insensé trouva facilement créance. Il va sans dire qu'un crime si superflu ne m'avait jamais tenté.

Le décès de ma femme poussa peut-être Servianus à risquer son tout : l'influence qu'elle avait à Rome lui avait été solidement acquise ; avec elle s'effondrait un de ses appuis les plus respectés. De plus, il venait d'entrer dans sa quatre-vingt-dixième année ; lui non plus n'avait plus de temps à perdre. Depuis quelques mois, il s'efforçait d'attirer chez lui de petits groupes d'officiers de la garde prétorienne ; il osa parfois exploiter le respect superstitieux qu'inspire le grand âge pour se faire entre quatre murs traiter en empereur. J'avais récemment renforcé la police secrète militaire, institution répugnante, j'en conviens, mais que l'événement prouva utile. Je n'ignorais rien de ces conciliabules supposés secrets où le vieil Ursus enseignait à son petit-fils l'art des complots. La nomination de Lucius ne surprit pas le vieillard ; il y avait longtemps qu'il prenait mes incertitudes à ce sujet pour une décision bien dissimulée ; mais il profita pour agir du moment où l'acte d'adoption était encore à Rome une matière à controverse. Son secrétaire Crescens, las de quarante ans de fidélité mal rétribuée, éventa le projet, la date du coup, le lieu, et le nom des complices. L'imagination de mes ennemis ne s'était pas mise en frais ; on copiait tout simplement l'attentat prémédité jadis par Nigrinus et Quiétus ; j'allais être abattu au cours d'une cérémonie religieuse au Capitole ; mon fils adoptif tomberait avec moi.

Je pris mes précautions cette nuit même : notre ennemi n'avait que trop vécu ; je laisserais à Lucius un héritage nettoyé de dangers. Vers la douzième heure, par une aube grise de février, un tribun porteur d'une sentence de mort pour Servianus et son petit-fils se présenta chez mon beau-frère ; il avait pour consigne d'attendre dans le vestibule que l'ordre qui l'amenait eût été accompli. Servianus fit appeler son médecin ; tout se passa convenablement. Avant de mourir, il me souhaita d'expirer lentement dans les tourments d'un mal incurable, sans avoir comme lui le privilège d'une brève agonie. Son vœu a déjà été exaucé.

Je n'avais pas commandé cette double exécution de gaieté de cœur ; je n'en éprouvai par la suite aucun regret, encore moins de remords. Un vieux compte venait de se clore ; c'était tout. L'âge ne m'a jamais paru une excuse à la malignité humaine ; j'y verrais plutôt une circonstance aggravante. La sentence d'Akiba et de ses acolytes m'avait fait hésiter plus longtemps : vieillard pour vieillard, je préférais encore le fanatique au conspirateur. Quant à Fuscus, si médiocre qu'il pût être, et si complètement que me

l'eût aliéné son odieux aïeul, c'était le petit-fils de
Pauline. Mais les liens du sang sont bien faibles, quoi
qu'on dise, quand nulle affection ne les renforce ; on
s'en rend compte chez les particuliers, durant les
moindres affaires d'héritage. La jeunesse de Fuscus
m'apitoyait un peu plus ; il atteignait à peine dix-huit
ans. Mais l'intérêt de l'État exigeait ce dénouement,
que le vieil Ursus avait comme à plaisir rendu inévitable. Et j'étais désormais trop près de ma propre mort
pour prendre le temps de méditer sur ces deux fins.

Pendant quelques jours, Marcius Turbo redoubla de
vigilance ; les amis de Servianus auraient pu le venger.
Mais rien ne se produisit, ni attentat, ni sédition, ni
murmures. Je n'étais plus le nouveau venu s'essayant à
mettre de son côté l'opinion publique après l'exécution
de quatre hommes consulaires ; dix-neuf ans de justice
décidaient en ma faveur ; on exécrait en bloc mes
ennemis ; la foule m'approuva de m'être débarrassé
d'un traître. Fuscus fut plaint, sans d'ailleurs être jugé
innocent. Le Sénat, je le sais, ne me pardonnait pas
d'avoir une fois de plus frappé un de ses membres ;
mais il se taisait, il se tairait jusqu'à ma mort. Comme
naguère aussi, une dose de clémence mitigea bientôt la
dose de rigueur ; aucun des partisans de Servianus ne
fut inquiété. La seule exception à cette règle fut
l'éminent Apollodore, le fielleux dépositaire des secrets
de mon beau-frère, qui périt avec lui. Cet homme de
talent avait été l'architecte favori de mon prédécesseur ; il avait remué avec art les grands blocs de la
Colonne Trajane. Nous ne nous aimions guère : il avait
jadis tourné en dérision mes maladroits travaux d'amateur, mes consciencieuses natures mortes de courges et
de citrouilles ; j'avais de mon côté critiqué ses ouvrages
avec une présomption de jeune homme. Plus tard, il
avait dénigré les miens ; il ignorait tout des beaux
temps de l'art grec ; ce plat logicien me reprochait

d'avoir peuplé nos temples de statues colossales qui, si elles se levaient, briseraient du front la voûte de leurs sanctuaires : sotte critique, qui blesse Phidias encore plus que moi. Mais les dieux ne se lèvent pas ; ils ne se lèvent ni pour nous avertir, ni pour nous protéger, ni pour nous récompenser, ni pour nous punir. Ils ne se levèrent pas cette nuit-là pour sauver Apollodore.

Au printemps, la santé de Lucius commença à m'inspirer des craintes assez graves. Un matin, à Tibur, nous descendîmes après le bain à la palestre où Céler s'exerçait en compagnie d'autres jeunes hommes ; l'un d'eux proposa une de ces épreuves où chaque participant court armé d'un bouclier et d'une pique ; Lucius se déroba, comme à son habitude ; il céda enfin à nos plaisanteries amicales ; en s'équipant, il se plaignit du poids du bouclier de bronze ; comparé à la ferme beauté de Céler, ce corps mince paraissait fragile. Au bout de quelques foulées, il s'arrêta hors d'haleine et s'effondra crachant le sang. L'incident n'eut pas de suites ; il se remit sans peine. Mais je m'étais alarmé ; j'aurais dû me rassurer moins vite. J'opposai aux premiers symptômes de la maladie de Lucius la confiance obtuse d'un homme longtemps robuste, sa foi implicite dans les réserves inépuisées de la jeunesse, dans le bon fonctionnement des corps. Il est vrai qu'il s'y trompait aussi ; une flamme légère le soutenait ; sa vivacité lui faisait illusion comme à nous. Mes belles années s'étaient passées en voyage, aux camps, aux avant-postes ; j'avais apprécié par moi-même les vertus d'une vie rude, l'effet salubre des régions sèches ou glacées. Je décidai de nommer

Lucius gouverneur de cette même Pannonie où j'avais fait ma première expérience de chef. La situation sur cette frontière était moins critique qu'autrefois ; sa tâche se bornerait aux calmes travaux de l'administrateur civil ou à des inspections militaires sans danger. Ce pays difficile le changerait de la mollesse romaine ; il apprendrait à mieux connaître ce monde immense que la Ville gouverne et dont elle dépend. Il redoutait ces climats barbares ; il ne comprenait pas qu'on pût jouir de la vie ailleurs qu'à Rome. Il accepta pourtant avec cette complaisance qu'il avait quand il voulait me plaire.

Tout l'été, je lus soigneusement ses rapports officiels, et ceux, plus secrets, de Domitius Rogatus, homme de confiance que j'avais mis à ses côtés en qualité de secrétaire chargé de le surveiller. Ces comptes rendus me satisfirent : Lucius en Pannonie sut faire preuve de ce sérieux que j'exigeais de lui, et dont il se fût peut-être relâché après ma mort. Il se tira même assez brillamment d'une série de combats de cavalerie aux avant-postes. En province comme ailleurs, il réussissait à charmer ; sa sécheresse un peu cassante ne le desservait pas ; ce ne serait pas au moins un de ces princes débonnaires qu'une coterie gouverne. Mais, dès le début de l'automne, il prit froid. On le crut vite guéri, mais la toux reparut ; la fièvre persista et s'installa à demeure. Un mieux passager n'aboutit qu'à une rechute subite au printemps suivant. Les bulletins des médecins m'atterrèrent ; la poste publique que je venais d'établir, avec ses relais de chevaux et de voitures sur d'immenses territoires, semblait ne fonctionner que pour m'apporter plus promptement chaque matin des nouvelles du malade. Je ne me pardonnais pas d'avoir été inhumain envers lui par crainte d'être ou de sembler facile. Dès qu'il fut

assez remis pour supporter le voyage, je le fis ramener
en Italie.

Accompagné du vieux Rufus d'Éphèse, spécialiste
de la phtisie, j'allai moi-même attendre au port de
Baïes mon frêle Ælius César. Le climat de Tibur,
meilleur que celui de Rome, n'est pourtant pas assez
doux pour des poumons atteints ; j'avais résolu de lui
faire passer l'arrière-saison dans cette région plus sûre.
Le navire mouilla en plein golfe ; une mince embarca-
tion amena à terre le malade et son médecin. Sa figure
hagarde semblait plus maigre encore sous la mousse de
barbe dont il se couvrait les joues, dans l'intention de
me ressembler. Mais ses yeux avaient gardé leur dur
feu de pierre précieuse. Son premier mot fut pour me
rappeler qu'il n'était revenu que sur mon ordre ; son
administration avait été sans reproche ; il m'avait obéi
en tout. Il se comportait en écolier qui justifie l'emploi
de sa journée. Je l'installai dans cette villa de Cicéron
où il avait jadis passé avec moi une saison de ses dix-
huit ans. Il eut l'élégance de ne jamais parler de ce
temps-là. Les premiers jours parurent une victoire sur
le mal ; en soi-même, ce retour en Italie était déjà un
remède ; à ce moment de l'année, ce pays était pourpre
et rose. Mais les pluies commencèrent ; un vent
humide soufflait de la mer grise ; la vieille maison
construite au temps de la République manquait des
conforts plus modernes de la villa de Tibur ; je
regardais Lucius chauffer mélancoliquement au bra-
sero ses longs doigts chargés de bagues. Hermogène
était rentré depuis peu d'Orient, où je l'avais envoyé
renouveler et compléter sa provision de médicaments ;
il essaya sur Lucius les effets d'une boue imprégnée de
sels minéraux puissants ; ces applications passaient
pour guérir de tout. Mais elles ne profitèrent pas plus à
ses poumons qu'à mes artères.

La maladie mettait à nu les pires aspects de ce

caractère sec et léger ; sa femme lui rendit visite ;
comme toujours, leur entrevue finit par des mots
amers ; elle ne revint plus. On lui amena son fils, bel
enfant de sept ans, édenté et rieur ; il le regarda avec
indifférence. Il s'informait avec avidité des nouvelles
politiques de Rome ; il s'y intéressait en joueur, non en
homme d'État. Mais sa frivolité restait une forme de
courage ; il se réveillait de longues après-midi de
souffrance ou de torpeur pour se jeter tout entier dans
une de ses conversations étincelantes d'autrefois ; ce
visage trempé de sueur savait encore sourire ; ce corps
décharné se soulevait avec grâce pour accueillir le
médecin. Il serait jusqu'au bout le prince d'ivoire et
d'or.

   Le soir, ne pouvant dormir, je m'établissais dans la
chambre du malade ; Céler, qui aimait peu Lucius,
mais qui m'est trop fidèle pour ne pas servir avec
sollicitude ceux qui me sont chers, acceptait de veiller à
mon côté ; un râle montait des couvertures. Une
amertume m'envahissait, profonde comme la mer : il
ne m'avait jamais aimé ; nos rapports étaient vite
devenus ceux du fils dissipateur et du père facile ; cette
vie s'était écoulée sans grands projets, sans pensées
graves, sans passions ardentes ; il avait dilapidé ses
années comme un prodigue jette des pièces d'or. Je
m'étais appuyé à un mur en ruine : je pensais avec
colère aux sommes énormes dépensées pour son adoption, aux trois cents millions de sesterces distribués aux
soldats. En un sens, ma triste chance me suivait :
j'avais satisfait mon vieux désir de donner à Lucius
tout ce qui peut se donner ; mais l'État n'en souffrirait
pas ; je ne risquerais pas d'être déshonoré par ce choix.
Tout au fond de moi-même, j'en venais à craindre qu'il
allât mieux ; si par hasard il traînait encore quelques
années, je ne pouvais pas léguer l'empire à cette
ombre. Sans jamais poser de questions, il semblait

pénétrer ma pensée sur ce point ; ses yeux suivaient anxieusement mes moindres gestes ; je l'avais nommé consul pour la seconde fois ; il s'inquiétait de n'en pouvoir remplir les fonctions ; l'angoisse de me déplaire empira son état. *Tu Marcellus eris...* Je me redisais les vers de Virgile consacrés au neveu d'Auguste, lui aussi promis à l'empire, et que la mort arrêta en route. *Manibus date lilia plenis... Purpureos spargam flores...* L'amateur de fleurs ne recevrait de moi que d'inanes gerbes funèbres.

Il se crut mieux ; il voulut rentrer à Rome. Les médecins, qui ne disputaient plus entre eux que du temps qui lui restait à vivre, me conseillèrent d'en faire à son gré ; je le ramenai par petites étapes à la Villa. Sa présentation au Sénat en qualité d'héritier de l'empire devait avoir lieu durant la séance qui suivrait presque immédiatement la Nouvelle Année ; l'usage voulait qu'il m'adressât à cette occasion un discours de remerciements ; ce morceau d'éloquence le préoccupait depuis des mois ; nous en limions ensemble les passages difficiles. Il y travaillait le matin des calendes de janvier, quand il fut pris d'un soudain crachement de sang ; la tête lui tourna ; il s'appuya au dossier de son siège et ferma les yeux. La mort ne fut qu'un étourdissement pour cet être léger. C'était le jour de l'An : pour ne pas interrompre les fêtes publiques et les réjouissances privées, j'empêchai qu'on ébruitât sur-le-champ la nouvelle de sa fin ; elle ne fut officiellement annoncée que le jour suivant. Il fut enterré discrètement dans les jardins de sa famille. La veille de cette cérémonie, le Sénat m'envoya une délégation chargée de me faire ses condoléances et d'offrir à Lucius les honneurs divins, auxquels il avait droit, en tant que fils adoptif de l'empereur. Mais je refusai : toute cette affaire n'avait déjà coûté que trop d'argent à l'État. Je me bornai à lui faire construire quelques chapelles funéraires, à lui faire ériger çà et là des statues dans les différents endroits où il avait vécu : ce pauvre Lucius n'était pas dieu.

Cette fois, chaque moment pressait. Mais j'avais eu tout le temps de réfléchir au chevet du malade ; mes plans étaient faits. J'avais remarqué au Sénat un certain Antonin, homme d'une cinquantaine d'années, d'une famille provinciale, apparentée de loin à celle de Plotine. Il m'avait frappé par les soins à la fois déférents et tendres dont il entourait son beau-père, vieillard impotent qui siégeait à ses côtés ; je relus ses états de service ; cet homme de bien s'était montré, dans tous les postes qu'il avait occupés, un fonctionnaire irréprochable. Mon choix se fixa sur lui. Plus je fréquente Antonin, plus mon estime pour lui tend à se changer en respect. Cet homme simple possède une vertu à laquelle j'avais peu pensé jusqu'ici, même quand il m'arrivait de la pratiquer : la bonté. Il n'est pas exempt des modestes défauts d'un sage ; son intelligence appliquée à l'accomplissement méticuleux des tâches quotidiennes vaque au présent plutôt qu'à l'avenir ; son expérience du monde est limitée par ses vertus mêmes ; ses voyages se sont bornés à quelques missions officielles, d'ailleurs bien remplies. Il connaît peu les arts ; il n'innove qu'à son corps défendant. Les provinces, par exemple, ne représenteront jamais pour lui les immenses possibilités de développement qu'elles n'ont pas cessé de comporter pour moi ; il continuera plutôt qu'il n'élargira mon œuvre ; mais il la continuera bien ; l'État aura en lui un honnête serviteur et un bon maître.

Mais l'espace d'une génération me semblait peu de chose quand il s'agit d'assurer la sécurité du monde ; je tenais, si possible, à prolonger plus loin cette prudente lignée adoptive, à préparer à l'empire un relais de plus sur la route des temps. A chaque retour à Rome, je

n'avais jamais manqué d'aller saluer mes vieux amis,
les Vérus, Espagnols comme moi, l'une des familles les
plus libérales de la haute magistrature. Je t'ai connu
dès le berceau, petit Annius Vérus qui par mes soins
t'appelles aujourd'hui Marc Aurèle. Durant l'une des
années les plus solaires de ma vie, à l'époque que
marque l'érection du Panthéon, je t'avais fait élire, par
amitié pour les tiens, au saint collège des Frères
Arvales, auquel l'empereur préside, et qui perpétue
pieusement nos vieilles coutumes religieuses romaines ;
je t'ai tenu par la main durant le sacrifice qui eut lieu
cette année-là au bord du Tibre ; j'ai regardé avec un
tendre amusement ta contenance d'enfant de cinq ans,
effrayé par les cris du pourceau immolé, mais s'effor-
çant de son mieux d'imiter le digne maintien des aînés.
Je me préoccupai de l'éducation de ce bambin trop
sage ; j'aidai ton père à te choisir les meilleurs maîtres.
Vérus, le Vérissime : je jouais avec ton nom ; tu es
peut-être le seul être qui ne m'ait jamais menti. Je t'ai
vu lire avec passion les écrits des philosophes, te vêtir
de laine rude, coucher sur la dure, astreindre ton corps
un peu frêle à toutes les mortifications des Stoïques. Il
y a de l'excès dans tout cela, mais l'excès est une vertu
à dix-sept ans. Je me demande parfois sur quel écueil
sombrera cette sagesse, car on sombre toujours : sera-
ce une épouse, un fils trop aimé, un de ces pièges
légitimes enfin où se prennent les cœurs timorés et
purs ; sera-ce plus simplement l'âge, la maladie, la
fatigue, le désabusement qui nous dit que si tout est
vain, la vertu l'est aussi ? J'imagine, à la place de ton
visage candide d'adolescent, ton visage las de vieillard.
Je sens ce que ta fermeté si bien apprise cache de
douceur, de faiblesse peut-être ; je devine en toi la
présence d'un génie qui n'est pas forcément celui de
l'homme d'État ; le monde, néanmoins, sera sans doute
à jamais amélioré pour l'avoir vu une fois associé au

pouvoir suprême. J'ai fait le nécessaire pour que tu
fusses adopté par Antonin ; sous ce nom nouveau que
tu porteras un jour dans les listes d'empereurs, tu es
désormais mon petit-fils. Je crois donner aux hommes
la seule chance qu'ils auront jamais de réaliser le rêve
de Platon, de voir régner sur eux un philosophe au
cœur pur. Tu n'as accepté les honneurs qu'avec
répugnance ; ton rang t'oblige à vivre au palais ; Tibur,
ce lieu où j'assemble jusqu'au bout tout ce que la vie a
de douceurs, t'inquiète pour ta jeune vertu ; je te vois
errer gravement sous ces allées entrelacées de roses ; je
te regarde, avec un sourire, te prendre aux beaux
objets de chair placés sur ton passage, hésiter tendrement entre Véronique et Théodore, et vite renoncer à
tous deux en faveur de l'austérité, ce pur fantôme. Tu
ne m'as pas caché ton dédain mélancolique pour ces
splendeurs qui durent peu, pour cette cour qui se
dispersera après ma mort. Tu ne m'aimes guère ; ton
affection filiale va plutôt à Antonin ; tu flaires en moi
une sagesse contraire à celle que t'enseignent tes
maîtres, et dans mon abandon aux sens une méthode
de vie opposée à la sévérité de la tienne, et qui pourtant
lui est parallèle. N'importe : il n'est pas indispensable
que tu me comprennes. Il y a plus d'une sagesse, et
toutes sont nécessaires au monde ; il n'est pas mauvais
qu'elles alternent.

Huit jours après la mort de Lucius, je me fis
conduire en litière au Sénat ; je demandai la permission
d'entrer ainsi dans la salle des délibérations, et de
prononcer mon adresse couché, soutenu contre une
pile de coussins. Parler me fatigue : je priai les
sénateurs de former autour de moi un cercle étroit,
pour n'être pas tenu à forcer ma voix. Je fis l'éloge de
Lucius ; ces quelques lignes remplacèrent au programme de la séance le discours qu'il aurait dû faire ce
jour-là. J'annonçai ensuite ma décision ; je nommai

Antonin ; je prononçai ton nom. J'avais tablé sur
l'adhésion la plus unanime ; je l'obtins. J'exprimai une
dernière volonté qui fut acceptée comme les autres ; je
demandai qu'Antonin adoptât aussi le fils de Lucius,
qui aura de la sorte pour frère Marc Aurèle ; vous
gouvernerez ensemble ; je compte sur toi pour avoir à
son égard des attentions d'aîné. Je tiens à ce que l'État
conserve quelque chose de Lucius.

En rentrant chez moi, pour la première fois depuis
de longs jours, je fus tenté de sourire. J'avais singulièrement bien joué. Les partisans de Servianus, les
conservateurs hostiles à mon œuvre n'avaient pas
capitulé ; toutes les politesses faites par moi à ce grand
corps sénatorial antique et suranné ne compensaient
pas pour eux les deux ou trois coups que je lui avais
portés. Ils profiteraient à n'en pas douter du moment
de ma mort pour essayer d'annuler mes actes. Mais
mes pires ennemis n'oseraient récuser leur représentant le plus intègre et le fils d'un de leurs membres les
plus respectés. Ma tâche publique était faite : je
pouvais désormais retourner à Tibur, rentrer dans
cette retraite qu'est la maladie, expérimenter avec mes
souffrances, m'enfoncer dans ce qui me restait de
délices, reprendre en paix mon dialogue interrompu
avec un fantôme. Mon héritage impérial était sauf
entre les mains du pieux Antonin et du grave Marc
Aurèle ; Lucius lui-même se survivrait dans son fils.
Tout cela n'était pas trop mal arrangé.

PATIENTIA

Arrien m'écrit :

*Conformément aux ordres reçus, j'ai terminé la circum-
navigation du Pont-Euxin. Nous avons bouclé la boucle à
Sinope, dont les habitants te sont à jamais reconnaissants
des grands travaux de réfection et d'élargissement du port,
menés à bien sous ta surveillance il y a quelques années...
A propos, ils t'ont érigé une statue qui n'est ni assez
ressemblante, ni assez belle : envoie-leur-en une autre, de
marbre blanc... Plus à l'est, non sans émotion, j'ai
embrassé du regard ce même Pont-Euxin, du haut des
collines d'où notre Xénophon l'a jadis aperçu pour la
première fois et d'où toi-même l'as contemplé naguère...*

*J'ai inspecté les garnisons côtières : leurs commandants
méritent les plus grands éloges pour l'excellence de la
discipline, l'emploi des plus nouvelles méthodes d'entraîne-
ment, et la bonne qualité des travaux du génie... Pour toute
la partie sauvage et encore assez mal connue des côtes, j'ai
fait faire de nouveaux sondages et rectifier, là où il le
fallait, les indications des navigateurs qui m'ont précédé...*

*Nous avons longé la Colchide. Sachant combien tu
t'intéresses aux récits des anciens poètes, j'ai questionné les
habitants au sujet des enchantements de Médée et des*

exploits de Jason. Mais ils paraissent ignorer ces histoi-res...

Sur la rive septentrionale de cette mer inhospitalière, nous avons touché une petite île bien grande dans la fable : l'île d'Achille. Tu le sais : Thétis passe pour avoir fait élever son fils sur cet îlot perdu dans les brumes ; elle montait du fond de la mer et venait chaque soir converser sur la plage avec son enfant. L'île, inhabitée aujourd'hui, ne nourrit que des chèvres. Elle contient un temple d'Achille. Les mouettes, les goélands, les long-courriers, tous les oiseaux de mer la fréquentent, et le battement de leurs ailes tout imprégnées d'humidité marine rafraîchit continuellement le parvis du sanctuaire. Mais cette île d'Achille, comme il convient, est aussi l'île de Patrocle, et les innombrables ex-voto qui décorent les parois du temple sont dédiés tantôt à Achille, tantôt à son ami, car, bien entendu, ceux qui aiment Achille chérissent et vénèrent la mémoire de Patrocle. Achille lui-même apparaît en songe aux navigateurs qui visitent ces parages : il les protège et les avertit des dangers de la mer, comme le font ailleurs les Dioscures. Et l'ombre de Patrocle apparaît aux côtés d'Achille.

Je te rapporte ces choses, parce que je les crois valoir d'être connues, et parce que ceux qui me les ont racontées les ont expérimentées eux-mêmes ou les ont apprises de témoins dignes de foi... Achille me semble parfois le plus grand des hommes par le courage, la force d'âme, les connaissances de l'esprit unies à l'agilité du corps, et son ardent amour pour son jeune compagnon. Et rien en lui ne me paraît plus grand que le désespoir qui lui fit mépriser la vie et désirer la mort quand il eut perdu le bien-aimé.

Je laisse retomber sur mes genoux le volumineux rapport du gouverneur de la Petite-Arménie, du chef de l'escadre. Arrien comme toujours a bien travaillé. Mais, cette fois, il fait plus : il m'offre un don

nécessaire pour mourir en paix ; il me renvoie une
image de ma vie telle que j'aurais voulu qu'elle fût.
Arrien sait que ce qui compte est ce qui ne figurera pas
dans les biographies officielles, ce qu'on n'inscrit pas
sur les tombes ; il sait aussi que le passage du temps ne
fait qu'ajouter au malheur un vertige de plus. Vue par
lui, l'aventure de mon existence prend un sens,
s'organise comme dans un poème ; l'unique tendresse
se dégage du remords, de l'impatience, des manies
tristes comme d'autant de fumées, d'autant de poussiè-
res ; la douleur se décante ; le désespoir devient pur.
Arrien m'ouvre le profond empyrée des héros et des
amis : il ne m'en juge pas trop indigne. Ma chambre
secrète au centre d'un bassin de la Villa n'est pas un
refuge assez intérieur : j'y traîne ce corps vieilli ; j'y
souffre. Mon passé, certes, me propose çà et là des
retraites où j'échappe au moins à une partie des misères
présentes : la plaine de neige au bord du Danube, les
jardins de Nicomédie, Claudiopolis jaunie par la
récolte du safran en fleur, n'importe quelle rue d'Athènes, une oasis où des nénuphars ondoient sur la vase, le
désert syrien à la lueur des étoiles au retour du camp
d'Osroès. Mais ces lieux si chers sont trop souvent
associés aux prémisses d'une erreur, d'un mécompte,
de quelque échec connu de moi seul : dans mes
mauvais moments, tous mes chemins d'homme heureux semblent mener en Égypte, dans une chambre de
Baïes, ou en Palestine. Il y a plus : la fatigue de mon
corps se communique à ma mémoire ; l'image des
escaliers de l'Acropole est presque insupportable à un
homme qui suffoque en montant les marches du
jardin ; le soleil de juillet sur le terre-plein de Lambèse
m'accable comme si j'y exposais aujourd'hui ma tête
nue. Arrien m'offre mieux. A Tibur, du sein d'un mois
de mai brûlant, j'écoute sur les plages de l'île d'Achille
la longue plainte des vagues ; j'aspire son air pur et

froid ; j'erre sans effort sur le parvis du temple baigné
d'humidité marine ; j'aperçois Patrocle... Ce lieu que je
ne verrai jamais devient ma secrète résidence, mon
suprême asile. J'y serai sans doute au moment de ma
mort.

J'ai donné jadis au philosophe Euphratès la permission du suicide. Rien ne semblait plus simple : un
homme a le droit de décider à partir de quel moment sa
vie cesse d'être utile. Je ne savais pas alors que la mort
peut devenir l'objet d'une ardeur aveugle, d'une faim
comme l'amour. Je n'avais pas prévu ces nuits où
j'enroulerais mon baudrier autour de ma dague, pour
m'obliger à réfléchir à deux fois avant de m'en servir.
Arrien seul a pénétré le secret de ce combat sans gloire
contre le vide, l'aridité, la fatigue, l'écœurement
d'exister qui aboutit à l'envie de mourir. On ne guérit
jamais : la vieille fièvre m'a terrassé à plusieurs reprises ; j'en tremblais d'avance, comme un malade averti
d'un prochain accès. Tout m'était bon pour reculer
l'heure de la lutte nocturne : le travail, les conversations follement prolongées jusqu'à l'aube, les baisers,
les livres. Il est convenu qu'un empereur ne se suicide
que s'il y est acculé par des raisons d'État ; Marc-
Antoine lui-même avait l'excuse d'une bataille perdue.
Et mon sévère Arrien admirerait moins ce désespoir
rapporté d'Égypte si je n'en avais pas triomphé. Mon
propre code interdisait aux soldats cette sortie volontaire que j'accordais aux sages ; je ne me sentais pas
plus libre de déserter que le premier légionnaire venu.
Mais je sais ce que c'est que d'effleurer voluptueusement de la main l'étoupe d'une corde ou le fil d'un
couteau. J'avais fini par faire de ma mortelle envie un
rempart contre elle-même : la perpétuelle possibilité
du suicide m'aidait à supporter moins impatiemment
l'existence, tout comme la présence à portée de la main
d'une potion sédative calme un homme atteint d'in-

somnie. Par une intime contradiction, cette obsession de la mort n'a cessé de s'imposer à mon esprit que lorsque les premiers symptômes de la maladie sont venus m'en distraire ; j'ai recommencé à m'intéresser à cette vie qui me quittait ; dans les jardins de Sidon, j'ai passionnément souhaité jouir de mon corps quelques années de plus.

On voulait mourir ; on ne voulait pas étouffer ; la maladie dégoûte de la mort ; on veut guérir, ce qui est une manière de vouloir vivre. Mais la faiblesse, la souffrance, mille misères corporelles découragent bientôt le malade d'essayer de remonter la pente : on ne veut pas de ces répits qui sont autant de pièges, de ces forces chancelantes, de ces ardeurs brisées, de cette perpétuelle attente de la prochaine crise. Je m'épiais : cette sourde douleur à la poitrine n'était-elle qu'un malaise passager, le résultat d'un repas absorbé trop vite, ou fallait-il s'attendre de la part de l'ennemi à un assaut qui cette fois ne serait pas repoussé ? Je n'entrais pas au Sénat sans me dire que la porte s'était peut-être refermée derrière moi aussi définitivement que si j'avais été attendu, comme César, par cinquante conjurés armés de couteaux. Durant les soupers de Tibur, je redoutais de faire à mes invités l'impolitesse d'un soudain départ ; j'avais peur de mourir au bain, ou dans de jeunes bras. Des fonctions qui jadis étaient faciles, ou même agréables, deviennent humiliantes depuis qu'elles sont devenues malaisées ; on se lasse du vase d'argent offert chaque matin à l'examen du médecin. Le mal principal traîne avec soi tout un cortège d'afflictions secondaires : mon ouïe a perdu son acuité d'autrefois ; hier encore, j'ai été forcé de prier Phlégon de répéter toute une phrase : j'en ai eu plus de honte que d'un crime. Les mois qui suivirent l'adoption d'Antonin furent affreux : le séjour de Baïes, le retour à Rome et les négociations qui l'accompagnèrent avaient excédé ce qui me restait de forces. L'obsession de la mort me reprit, mais cette fois les causes en étaient visibles, avouables ; mon pire ennemi n'en aurait pu sourire. Rien ne me retenait plus : on eût compris que l'empereur, retiré dans sa maison de campagne après avoir mis en ordre les affaires du monde, prît les mesures nécessaires pour faciliter sa fin. Mais la sollicitude de mes amis équivaut à une constante surveillance : tout malade est un prisonnier. Je ne me sens plus la vigueur qu'il faudrait pour enfoncer la dague à la place exacte, marquée jadis à l'encre rouge sous le sein gauche ; je n'aurais fait qu'ajouter au mal présent un répugnant mélange de bandages, d'éponges sanglantes, de chirurgiens discutant au pied du lit. Il me fallait mettre à préparer mon suicide les mêmes précautions qu'un assassin à monter son coup.

Je pensai d'abord à mon maître des chasses, Mastor, la belle brute sarmate qui me suit depuis des années avec un dévouement de chien-loup, et qu'on charge parfois de veiller la nuit à ma porte. Je profitai d'un moment de solitude pour l'appeler et lui expliquer ce que j'attendais de lui : tout d'abord, il ne comprit pas. Puis, la lumière se fit ; l'épouvante crispa ce mufle blond. Il me croit immortel ; il voit soir et matin les médecins entrer dans ma chambre ; il m'entend gémir pendant les ponctions sans que sa foi en soit ébranlée ; c'était pour lui comme si le maître des dieux, s'avisant de le tenter, descendait de l'Olympe pour réclamer de lui le coup de grâce. Il m'arracha des mains son glaive, dont je m'étais saisi, et s'enfuit en hurlant. On le retrouva au fond du parc divaguant sous les étoiles dans son jargon barbare. On calma comme on put cette bête affolée ; personne ne me reparla de l'incident. Mais, le lendemain, je m'aperçus que Céler avait remplacé sur la table de travail à portée de mon lit un style de métal par un calame de roseau.

Je me cherchai un meilleur allié. J'avais la plus entière confiance en Iollas, jeune médecin d'Alexandrie qu'Hermogène s'était choisi l'été dernier comme substitut durant son absence. Nous causions ensemble : je me plaisais à échafauder avec lui des hypothèses sur la nature et l'origine des choses ; j'aimais cet esprit hardi et rêveur, et le feu sombre de ces yeux cernés. Je savais qu'il avait retrouvé au palais d'Alexandrie la formule de poisons extraordinairement subtils combinés jadis par les chimistes de Cléopâtre. L'examen de candidats à la chaire de médecine que je viens de fonder à l'Odéon me servit d'excuse pour éloigner Hermogène pendant quelques heures, m'offrant ainsi l'occasion d'un entretien secret avec Iollas. Il me comprit à demi-mot ; il me plaignait ; il ne pouvait que me donner raison. Mais son serment hippocratique lui interdisait de dispenser à un malade une drogue nocive, sous quelque prétexte que ce fût ; il refusa, raidi dans son honneur de médecin. J'insistai ; j'exigeai ; j'employai tous les moyens pour essayer de l'apitoyer ou de le corrompre ; ce sera le dernier homme que j'ai supplié. Vaincu, il me promit enfin d'aller chercher la dose de poison. Je l'attendis vainement jusqu'au soir. Tard dans la nuit, j'appris avec horreur qu'on venait de le trouver mort dans son laboratoire, une fiole de verre entre les mains. Ce cœur pur de tout compromis avait trouvé ce moyen de rester fidèle à son serment sans rien me refuser.

Le lendemain, Antonin se fit annoncer ; cet ami sincère retenait mal ses larmes. L'idée qu'un homme qu'il s'est habitué à aimer et à vénérer comme un père souffrait assez pour chercher la mort lui était insupportable ; il lui semblait avoir manqué à ses obligations de bon fils. Il me promettait d'unir ses efforts à ceux de mon entourage pour me soigner, me soulager de mes maux, me rendre la vie jusqu'au bout douce et facile, me guérir peut-être. Il comptait sur moi pour continuer le plus longtemps possible à le guider et à l'instruire ; il se sentait responsable envers tout l'empire du reste de mes jours. Je sais ce que valent ces pauvres protestations, ces naïves promesses : j'y trouve pourtant un soulagement et un réconfort. Les simples paroles d'Antonin m'ont convaincu ; je reprends possession de moi-même avant de mourir. La mort d'Iollas fidèle à son devoir de médecin m'exhorte à me conformer jusqu'au bout aux convenances de mon métier d'empereur. *Patientia* : j'ai vu hier Domitius Rogatus, devenu procurateur des monnaies, et chargé de présider à une nouvelle frappe ; j'ai choisi cette légende qui sera mon dernier mot d'ordre. Ma mort me semblait la plus personnelle de mes décisions, mon suprême réduit d'homme libre ; je me trompais. La foi de millions de Mastors ne doit pas être ébranlée ; d'autres Iollas ne seront pas mis à l'épreuve. J'ai compris que le suicide paraîtrait au petit groupe d'amis dévoués qui m'entourent une marque d'indifférence, d'ingratitude peut-être ; je ne veux pas laisser à leur amitié cette image grinçante d'un supplicié incapable de supporter une torture de plus. D'autres considérations se sont présentées à moi, lentement, durant la nuit qui a suivi la mort d'Iollas : l'existence m'a beaucoup donné, ou, du moins, j'ai su beaucoup obtenir d'elle ; en ce moment, comme au temps de mon bonheur, et pour des raisons toutes contraires, il me paraît qu'elle n'a plus rien à m'offrir : je ne suis pas sûr de n'avoir plus rien à en apprendre. J'écouterai ses instructions secrètes jusqu'au bout. Toute ma vie, j'ai fait confiance à la sagesse de mon corps ; j'ai tâché de goûter avec discernement les sensations que me procurait cet ami : je me dois d'apprécier aussi les dernières.

Je ne refuse plus cette agonie faite pour moi, cette fin lentement élaborée au fond de mes artères, héritée peut-être d'un ancêtre, née de mon tempérament, préparée peu à peu par chacun de mes actes au cours de ma vie. L'heure de l'impatience est passée ; au point où j'en suis, le désespoir serait d'aussi mauvais goût que l'espérance. J'ai renoncé à brusquer ma mort.

Tout reste à faire. Mes domaines africains, hérités de ma belle-mère Matidie, doivent devenir un modèle d'exploitation agricole ; les paysans du village de Borysthènes, établi en Thrace à la mémoire d'un bon cheval, ont droit à des secours au sortir d'un hiver pénible ; il faut par contre refuser des subsides aux riches cultivateurs de la vallée du Nil, toujours prêts à profiter de la sollicitude de l'empereur. Julius Vestinus, préfet des études, m'envoie son rapport sur l'ouverture des écoles publiques de grammaire ; je viens d'achever la refonte du code commercial de Palmyre : tout y est prévu, le taux des prostituées et l'octroi des caravanes. On réunit en ce moment un congrès de médecins et de magistrats chargés de statuer sur les limites extrêmes d'une grossesse, mettant fin de la sorte à d'interminables criailleries légales. Les cas de bigamie se multiplient dans les colonies militaires ; je fais de mon mieux pour persuader les vétérans de ne pas mésuser des lois nouvelles leur permettant le mariage, et de n'épouser prudemment qu'une femme à la fois. A Athènes, on érige un Panthéon à l'instar de Rome ; je compose l'inscription qui trouvera place sur ses murs ; j'y énumère, à titre d'exemples et d'engagements pour l'avenir, les services rendus par moi aux villes grecques et aux peuples barbares ; les services rendus à Rome vont de soi. La lutte contre la brutalité judiciaire continue : j'ai dû réprimander le gouverneur de Cilicie qui s'avisait de faire périr dans les supplices les voleurs de bestiaux de sa province, comme si la mort simple ne suffisait pas à punir un homme et à s'en débarrasser. L'État et les municipalités abusaient des condamnations aux travaux forcés afin de se procurer une main-d'œuvre à bon marché ; j'ai prohibé cette pratique pour les esclaves comme pour les hommes libres ; mais il importe de veiller à ce que ce système détestable ne se rétablisse pas sous d'autres noms. Les sacrifices d'enfants se commettent encore sur certains points du territoire de l'ancienne Carthage : il faut savoir interdire aux prêtres de Baal la joie d'attiser leurs bûchers. En Asie Mineure, les droits des héritiers des Séleucides ont été honteusement lésés par nos tribunaux civils, toujours mal disposés à l'égard des anciens princes ; j'ai réparé cette longue injustice. En Grèce, le procès d'Hérode Atticus dure encore. La boîte aux dépêches de Phlégon, ses grattoirs de pierre ponce et ses bâtons de cire rouge seront avec moi jusqu'au bout.

Comme au temps de mon bonheur, ils me croient dieu ; ils continuent à me donner ce titre au moment même où ils offrent au ciel des sacrifices pour le rétablissement de la Santé Auguste. Je t'ai déjà dit pour quelles raisons cette croyance si bienfaisante ne me paraît pas insensée. Une vieille aveugle est arrivée à pied de Pannonie ; elle avait entrepris cet épuisant voyage pour me demander de toucher du doigt ses prunelles éteintes ; elle a recouvré la vue sous mes mains, comme sa ferveur s'y attendait à l'avance ; sa foi en l'empereur-dieu explique ce miracle. D'autres prodiges se sont produits ; des malades disent m'avoir vu dans leurs rêves, comme les pèlerins d'Épidaure voient

Esculape en songe ; ils prétendent s'être réveillés guéris, ou du moins soulagés. Je ne souris pas du contraste entre mes pouvoirs de thaumaturge et mon mal ; j'accepte ces nouveaux privilèges avec gravité. Cette vieille aveugle cheminant vers l'empereur du fond d'une province barbare est devenue pour moi ce que l'esclave de Tarragone avait été autrefois : l'emblème des populations de l'empire que j'ai régies et servies. Leur immense confiance me repaie de vingt ans de travaux auxquels je ne me suis pas déplu. Phlégon m'a lu dernièrement l'œuvre d'un Juif d'Alexandrie qui lui aussi m'attribue des pouvoirs plus qu'humains ; j'ai accueilli sans sarcasmes cette description du prince aux cheveux gris qu'on vit aller et venir sur toutes les routes de la terre, s'enfonçant parmi les trésors des mines, réveillant les forces génératrices du sol, établissant partout la prospérité et la paix, de l'initié qui a relevé les lieux saints de toutes les races, du connaisseur en arts magiques, du voyant qui plaça un enfant au ciel. J'aurai été mieux compris par ce Juif enthousiaste que par bien des sénateurs et des proconsuls ; cet adversaire rallié complète Arrien ; je m'émerveille d'être à la longue devenu pour certains yeux ce que je souhaitais d'être, et que cette réussite soit faite de si peu de chose. La vieillesse et la mort toutes proches ajoutent désormais leur majesté à ce prestige ; les hommes s'écartent religieusement sur mon passage ; ils ne me comparent plus comme autrefois au Zeus rayonnant et calme, mais au Mars Gradivus, dieu des longues campagnes et de l'austère discipline, au grave Numa inspiré des dieux ; dans ces derniers temps, ce visage pâle et défait, ces yeux fixes, ce grand corps raidi par un effort de volonté leur rappellent Pluton, dieu des ombres. Seuls, quelques intimes, quelques amis éprouvés et chers échappent à cette terrible contagion du respect. Le jeune avocat Fronton, ce magistrat d'avenir qui sera sans doute un des bons serviteurs de ton règne, est venu discuter avec moi une adresse à faire au Sénat ; sa voix tremblait ; j'ai lu dans ses yeux cette même révérence mêlée de crainte. Les joies tranquilles de l'amitié humaine ne sont plus pour moi ; ils m'adorent ; ils me vénèrent trop pour m'aimer.

Une chance analogue à celle de certains jardiniers m'a été départie : tout ce que j'ai essayé d'implanter dans l'imagination humaine y a pris racine. Le culte d'Antinoüs semblait la plus folle de mes entreprises, le débordement d'une douleur qui ne concernait que moi seul. Mais notre époque est avide de dieux ; elle préfère les plus ardents, les plus tristes, ceux qui mêlent au vin de la vie un miel amer d'outre-tombe. A Delphes, l'enfant est devenu l'Hermès gardien du seuil, maître des passages obscurs qui mènent chez les ombres. Éleusis, où son âge et sa qualité d'étranger lui avaient interdit autrefois d'être initié à mes côtés, en fait le jeune Bacchus des Mystères, prince des régions limitrophes entre les sens et l'âme. L'Arcadie ancestrale l'associe à Pan et à Diane, divinités des bois ; les paysans de Tibur l'assimilent au doux Aristée, roi des abeilles. En Asie, les dévots retrouvent en lui leurs tendres dieux brisés par l'automne ou dévorés par l'été. A l'orée des pays barbares, le compagnon de mes chasses et de mes voyages a pris l'aspect du Cavalier Thrace, du mystérieux passant qui chevauche dans les halliers au clair de lune, emportant les âmes dans un pli de son manteau. Tout cela pouvait n'être encore qu'une excroissance du culte officiel, une flatterie des peuples, une bassesse de prêtres avides de subsides. Mais la jeune figure m'échappe ; elle cède aux aspirations des cœurs simples : par un de ces rétablissements inhérents à la nature des choses, l'éphèbe sombre et délicieux est devenu pour la piété populaire l'appui des

faibles et des pauvres, le consolateur des enfants morts.
L'image des monnaies de Bithynie, le profil du garçon
de quinze ans, aux boucles flottantes, au sourire
émerveillé et crédule qu'il a si peu gardé, pend au cou
des nouveau-nés en guise d'amulette ; on la cloue dans
des cimetières de village sur de petites tombes.
Naguère, quand je pensais à ma propre fin, comme un
pilote, insoucieux pour soi-même, mais qui tremble
pour les passagers et la cargaison du navire, je me
disais amèrement que ce souvenir sombrerait avec
moi ; ce jeune être soigneusement embaumé au fond de
ma mémoire me semblait ainsi devoir périr une
seconde fois. Cette crainte pourtant si juste s'est
calmée en partie ; j'ai compensé comme je l'ai pu cette
mort précoce ; une image, un reflet, un faible écho
surnagera au moins pendant quelques siècles. On ne
fait guère mieux en matière d'immortalité.

J'ai revu Fidus Aquila, gouverneur d'Antinoé, en
route pour son nouveau poste de Sarmizégéthuse. Il
m'a décrit les rites annuels célébrés au bord du Nil en
l'honneur du dieu mort, les pèlerins venus par milliers
des régions du Nord et du Sud, les offrandes de bière
et de grain, les prières ; tous les trois ans, des jeux
anniversaires ont lieu à Antinoé, comme aussi à
Alexandrie, à Mantinée, et dans ma chère Athènes. Ces
fêtes triennales se renouvelleront cet automne, mais je
n'espère pas durer jusqu'à ce neuvième retour du mois
d'Athyr. Il importe d'autant plus que chaque détail de
ces solennités soit réglé d'avance. L'oracle du mort
fonctionne dans la chambre secrète du temple pharaonique relevé par mes soins ; les prêtres distribuent
journellement quelques centaines de réponses toutes
préparées à toutes les questions posées par l'espérance
ou l'angoisse humaine. On m'a fait grief d'en avoir
moi-même composé plusieurs. Je n'entendais pas ainsi
manquer de respect envers mon dieu, ni de compassion

envers cette femme de soldat qui demande si son mari
reviendra vivant d'une garnison de Palestine, envers ce
malade avide de réconfort, envers ce marchand dont
les vaisseaux tanguent sur les vagues de la Mer Rouge,
envers ce couple qui voudrait un fils. Tout au plus, je
prolongeais de la sorte les parties de logogriphe, les
charades versifiées auxquelles nous jouions parfois
ensemble. De même, on s'est étonné qu'ici, dans la
Villa, autour de cette chapelle de Canope où son culte
se célèbre à l'égyptienne, j'aie laissé s'établir les pavillons de plaisir du faubourg d'Alexandrie qui porte ce
nom, leurs facilités, leurs distractions que j'offre à mes
hôtes et auxquelles il m'arrivait de prendre part. Il
avait pris l'habitude de ces choses-là. Et on ne
s'enferme pas pendant des années dans une pensée
unique sans y faire rentrer peu à peu toutes les routines
d'une vie.

J'ai fait tout ce qu'on recommande. J'ai attendu : j'ai
parfois prié. *Audivi voces divinas...* La sotte Julia
Balbilla croyait entendre à l'aurore la voix mystérieuse
de Memnon : j'ai écouté les bruissements de la nuit.
J'ai fait les onctions de miel et d'huile de rose qui
attirent les ombres ; j'ai disposé le bol de lait, la
poignée de sel, la goutte de sang, support de leur
existence d'autrefois. Je me suis étendu sur le pavement de marbre du petit sanctuaire ; la lueur des astres
se faufilait par les fentes ménagées dans la muraille,
mettait çà et là des miroitements, d'inquiétants feux
pâles. Je me suis rappelé les ordres chuchotés par les
prêtres à l'oreille du mort, l'itinéraire gravé sur la
tombe : *Et il reconnaîtra la route... Et les gardiens du
seuil le laisseront passer... Et il ira et viendra autour de
ceux qui l'aiment pour des millions de jours...* Parfois, à
de longs intervalles, j'ai cru sentir l'effleurement d'une
approche, un attouchement léger comme le contact des
cils, tiède comme l'intérieur d'une paume. *Et l'ombre*

de Patrocle apparaît aux côtés d'Achille... Je ne saurai
jamais si cette chaleur, cette douceur n'émanaient pas
simplement du plus profond de moi-même, derniers
efforts d'un homme en lutte contre la solitude et le
froid de la nuit. Mais la question, qui se pose aussi en
présence de nos amours vivants, a cessé de m'intéresser
aujourd'hui : il m'importe peu que les fantômes évo-
qués par moi viennent des limbes de ma mémoire ou de
ceux d'un autre monde. Mon âme, si j'en possède une,
est faite de la même substance que les spectres ; ce
corps aux mains enflées, aux ongles livides, cette triste
masse à demi dissoute, cette outre de maux, de désirs
et de songes, n'est guère plus solide ou plus consistant
qu'une ombre. Je ne diffère des morts que par la
faculté de suffoquer quelques moments de plus ; leur
existence en un sens me paraît plus assurée que la
mienne. Antinoüs et Plotine sont au moins aussi réels
que moi.

La méditation de la mort n'apprend pas à mourir ;
elle ne rend pas la sortie plus facile, mais la facilité
n'est plus ce que je recherche. Petite figure boudeuse
et volontaire, ton sacrifice n'aura pas enrichi ma vie,
mais ma mort. Son approche rétablit entre nous une
sorte d'étroite complicité : les vivants qui m'entourent,
les serviteurs dévoués, parfois importuns, ne sauront
jamais à quel point le monde ne nous intéresse plus. Je
pense avec dégoût aux noirs symboles des tombes
égyptiennes : le sec scarabée, la momie rigide, la
grenouille des parturitions éternelles. A en croire les
prêtres, je t'ai laissé à cet endroit où les éléments d'un
être se déchirent comme un vêtement usé sur lequel on
tire, à ce carrefour sinistre entre ce qui existe éternellement, ce qui fut, et ce qui sera. Il se peut après tout
que ces gens-là aient raison, et que la mort soit faite de
la même matière fuyante et confuse que la vie. Mais
toutes les théories de l'immortalité m'inspirent de la

méfiance ; le système des rétributions et des peines
laisse froid un juge averti de la difficulté de juger.
D'autre part, il m'arrive aussi de trouver trop simple la
solution contraire, le néant propre, le vide creux où
sonne le rire d'Épicure. J'observe ma fin : cette série
d'expérimentations faites sur moi-même continue la
longue étude commencée dans la clinique de Satyrus.
Jusqu'à présent, les modifications sont aussi extérieures que celles que le temps et les intempéries font subir
à un monument dont ils n'altèrent ni la matière, ni
l'architecture : je crois parfois apercevoir et toucher à
travers les crevasses le soubassement indestructible, le
tuf éternel. Je suis ce que j'étais ; je meurs sans
changer. A première vue, l'enfant robuste des jardins
d'Espagne, l'officier ambitieux rentrant sous sa tente
en secouant de ses épaules des flocons de neige
semblent aussi anéantis que je le serai quand j'aurai
passé par le bûcher ; mais ils sont là ; j'en suis
inséparable. L'homme qui hurlait sur la poitrine d'un
mort continue à gémir dans un coin de moi-même, en
dépit du calme plus ou moins qu'humain auquel je
participe déjà ; le voyageur enfermé dans le malade à
jamais sédentaire s'intéresse à la mort parce qu'elle
représente un départ. Cette force qui fut moi semble
encore capable d'instrumenter plusieurs autres vies, de
soulever des mondes. Si quelques siècles venaient par
miracle s'ajouter au peu de jours qui me restent, je
referais les mêmes choses, et jusqu'aux mêmes erreurs,
je fréquenterais les mêmes Olympes et les mêmes
Enfers. Une pareille constatation est un excellent
argument en faveur de l'utilité de la mort, mais elle
m'inspire en même temps des doutes quant à sa totale
efficacité.

Durant certaines périodes de ma vie, j'ai noté mes
rêves ; j'en discutais la signification avec les prêtres, les
philosophes, les astrologues. Cette faculté de rêver,

amortie depuis des années, m'a été rendue au cours de **ces mois d'agonie ; les incidents de l'état de veille semblent moins réels, parfois moins importants que ces** songes. Si ce monde larvaire et spectral, où le plat et l'absurde foisonnent plus abondamment encore que sur terre, nous offre une idée des conditions de l'âme séparée du corps, je passerai sans doute mon éternité à regretter le contrôle exquis des sens et les perspectives réajustées de la raison humaine. Et pourtant, je m'enfonce avec quelque douceur dans ces régions vaines des songes ; j'y possède pour un instant certains secrets qui bientôt m'échappent ; j'y bois à des sources. L'autre jour, j'étais dans l'oasis d'Ammon, le soir de la chasse au grand fauve. J'étais joyeux ; tout s'est passé comme au temps de ma force : le lion blessé s'est abattu, puis dressé ; je me suis précipité pour l'achever. Mais, cette fois, mon cheval cabré m'a jeté à terre ; l'horrible masse sanglante a roulé sur moi ; des griffes me déchiraient la poitrine ; je suis revenu à moi dans ma chambre de Tibur, appelant à l'aide. Plus récemment encore, j'ai revu mon père, auquel je pense pourtant assez peu. Il était couché dans son lit de malade, dans une pièce de notre maison d'Italica, que j'ai quittée sitôt après sa mort. Il avait sur sa table une fiole pleine d'une potion sédative que je l'ai supplié de me donner. Je me suis réveillé sans qu'il ait eu le temps de me répondre. Je m'étonne que la plupart des hommes aient si peur des spectres, eux qui acceptent si facilement de parler aux morts dans leurs songes.

Les présages aussi se multiplient : désormais, tout semble une intimation, un signe. Je viens de laisser choir et de briser une précieuse pierre gravée enchâssée au chaton d'une bague ; mon profil y avait été incisé par un artisan grec. Les augures secouent gravement la tête ; je regrette ce pur chef-d'œuvre. Il m'arrive de parler de moi au passé : au Sénat, en discutant certains événements qui s'étaient produits après la mort de Lucius, la langue m'a fourché et je me suis pris plusieurs fois à mentionner ces circonstances comme si elles avaient eu lieu après ma propre mort. Il y a quelques mois, le jour de mon anniversaire, montant en litière les escaliers du Capitole, je me suis trouvé face à face avec un homme en deuil, et qui pleurait : j'ai vu pâlir mon vieux Chabrias. A cette époque, je sortais encore ; je continuais d'exercer en personne mes fonctions de Grand Pontife, de Frère Arvale, de célébrer moi-même ces antiques rites de la religion romaine que je finis par préférer à la plupart des cultes étrangers. J'étais debout devant l'autel, prêt à allumer la flamme ; j'offrais aux dieux un sacrifice pour Antonin. Soudain, le pan de ma toge qui me couvrait le front glissa et me retomba sur l'épaule, me laissant nu-tête ; je passais ainsi du rang de sacrificateur à celui de victime. En vérité, c'est bien mon tour.

Ma patience porte ses fruits ; je souffre moins ; la vie redevient presque douce. Je ne me querelle plus avec les médecins ; leurs sots remèdes m'ont tué ; mais leur présomption, leur pédantisme hypocrite est notre œuvre : ils mentiraient moins si nous n'avions pas si peur de souffrir. La force me manque pour les accès de colère d'autrefois : je sais de source certaine que Platorius Népos, que j'ai beaucoup aimé, a abusé de ma confiance ; je n'ai pas essayé de le confondre ; je n'ai pas puni. L'avenir du monde ne m'inquiète plus ; je ne m'efforce plus de calculer, avec angoisse, la durée plus ou moins longue de la paix romaine ; je laisse faire aux dieux. Ce n'est pas que j'aie acquis plus de confiance en leur justice, qui n'est pas la nôtre, ou plus de foi en la sagesse de l'homme ; le contraire est vrai. La vie est atroce ; nous savons cela. Mais précisément parce que j'attends peu de chose de la condition humaine, les périodes de bonheur, les progrès partiels, les efforts de

recommencement et de continuité me semblent autant
de prodiges qui compensent presque l'immense masse
des maux, des échecs, de l'incurie et de l'erreur. Les
catastrophes et les ruines viendront ; le désordre triom-
phera, mais de temps en temps l'ordre aussi. La paix
s'installera de nouveau entre deux périodes de guerre ;
les mots de liberté, d'humanité, de justice retrouveront
çà et là le sens que nous avons tenté de leur donner.
Nos livres ne périront pas tous ; on réparera nos statues
brisées ; d'autres coupoles et d'autres frontons naîtront
de nos frontons et de nos coupoles ; quelques hommes
penseront, travailleront et sentiront comme nous :
j'ose compter sur ces continuateurs placés à intervalles
irréguliers le long des siècles, sur cette intermittente
immortalité. Si les barbares s'emparent jamais de
l'empire du monde, ils seront forcés d'adopter certaines de nos méthodes ; il finiront par nous ressembler.
Chabrias s'inquiète de voir un jour le pastophore de
Mithra ou l'évêque du Christ s'implanter à Rome et y
remplacer le Grand Pontife. Si par malheur ce jour
arrive, mon successeur le long de la berge vaticane aura
cessé d'être le chef d'un cercle d'affiliés ou d'une bande
de sectaires pour devenir à son tour une des figures
universelles de l'autorité. Il héritera de nos palais et de
nos archives ; il différera de nous moins qu'on ne
pourrait le croire. J'accepte avec calme ces vicissitudes
de Rome éternelle.

Les médicaments n'agissent plus ; l'enflure des
jambes augmente ; je sommeille assis plutôt que couché. L'un des avantages de la mort sera d'être de
nouveau étendu sur un lit. C'est à moi maintenant de
consoler Antonin. Je lui rappelle que la mort me
semble depuis longtemps la solution la plus élégante de
mon propre problème ; comme toujours, mes vœux
enfin se réalisent, mais de façon plus lente et plus
indirecte qu'on n'avait cru. Je me félicite que le mal

m'ait laissé ma lucidité jusqu'au bout ; je me réjouis de n'avoir pas à faire l'épreuve du grand âge, de n'être pas destiné à connaître ce durcissement, cette rigidité, cette sécheresse, cette atroce absence de désirs. Si mes calculs sont justes, ma mère est morte à peu près à l'âge où je suis arrivé aujourd'hui ; ma vie a déjà été de moitié plus longue que celle de mon père, mort à quarante ans. Tout est prêt : l'aigle chargé de porter aux dieux l'âme de l'empereur est tenu en réserve pour la cérémonie funèbre. Mon mausolée, sur le faîte duquel on plante en ce moment les cyprès destinés à former en plein ciel une pyramide noire, sera terminé à peu près à temps pour le transfert des cendres encore chaudes. J'ai prié Antonin qu'il y fasse ensuite transporter Sabine ; j'ai négligé de lui faire décerner à sa mort les honneurs divins, qui somme toute lui sont dus ; il ne serait pas mauvais que cet oubli fût réparé. Et je voudrais que les restes d'Ælius César soient placés à mes côtés.

Ils m'ont emmené à Baïes ; par ces chaleurs de juillet, le trajet a été pénible, mais je respire mieux au bord de la mer. La vague fait sur le rivage son murmure de soie froissée et de caresse ; je jouis encore des longs soirs roses. Mais je ne tiens plus ces tablettes que pour occuper mes mains, qui s'agitent malgré moi. J'ai envoyé chercher Antonin ; un courrier lancé à fond de train est parti pour Rome. Bruit des sabots de Borysthènes, galop du Cavalier Thrace... Le petit groupe des intimes se presse à mon chevet. Chabrias me fait pitié : les larmes conviennent mal aux rides des vieillards. Le beau visage de Céler est comme toujours étrangement calme ; il s'applique à me soigner sans rien laisser voir de ce qui pourrait ajouter à l'inquiétude ou à la fatigue d'un malade. Mais Diotime sanglote, la tête enfouie dans les coussins. J'ai assuré son avenir ; il n'aime pas l'Italie ; il pourra réaliser son rêve, qui est de retourner à Gadara et d'y ouvrir avec un ami une école d'éloquence ; il n'a rien à perdre à ma mort. Et pourtant, la mince épaule s'agite convulsivement sous les plis de la tunique ; je sens sous mes doigts des pleurs délicieux. Hadrien jusqu'au bout aura été humainement aimé.

Petite âme, âme tendre et flottante, compagne de mon corps, qui fut ton hôte, tu vas descendre dans ces lieux pâles, durs et nus, où tu devras renoncer aux jeux d'autrefois. Un instant encore, regardons ensemble les rives familières, les objets que sans doute nous ne reverrons plus... Tâchons d'entrer dans la mort les yeux ouverts...

AU DIVIN HADRIEN AUGUSTE

FILS DE TRAJAN
CONQUÉRANT DES PARTHES
PETIT-FILS DE NERVA
GRAND PONTIFE
REVÊTU POUR LA XXIIᵉ FOIS
DE LA PUISSANCE TRIBUNITIENNE
TROIS FOIS CONSUL DEUX FOIS TRIOMPHANT
PÈRE DE LA PATRIE
ET A SA DIVINE ÉPOUSE
SABINE
ANTONIN LEUR FILS

A LUCIUS ÆLIUS CÆSAR
FILS DU DIVIN HADRIEN
DEUX FOIS CONSUL

CARNETS DE NOTES
DE « MÉMOIRES D'HADRIEN »

à G. F.

Ce livre a été conçu, puis écrit, en tout ou en partie, sous diverses formes, entre 1924 et 1929, entre la vingtième et la vingt-cinquième année. Tous ces manuscrits ont été détruits, et méritaient de l'être.

*

Retrouvé dans un volume de la correspondance de Flaubert, fort lu et fort souligné par moi vers 1927, la phrase inoubliable : « Les dieux n'étant plus, et le Christ n'étant pas encore, il y a eu, de Cicéron à Marc Aurèle, un moment unique où l'homme seul a été. » Une grande partie de ma vie allait se passer à essayer de définir, puis à peindre, cet homme seul et d'ailleurs relié à tout.

*

Travaux recommencés en 1934 ; longues recherches ; une quinzaine de pages écrites et crues définitives ; projet repris et abandonné plusieurs fois entre 1934 et 1937.

*

J'imaginai longtemps l'ouvrage sous forme d'une série de dialogues, où toutes les voix du temps se fussent fait entendre. Mais, quoi que je fisse, le détail primait l'ensemble ; les parties compromettaient l'équilibre du tout ; la voix d'Hadrien se perdait sous tous ces cris. Je ne parvenais pas à organiser ce monde vu et entendu par un homme.

*

La seule phrase qui subsiste de la rédaction de 1934 : « Je commence à apercevoir le profil de ma mort. » Comme un peintre établi devant un horizon, et qui sans cesse déplace son chevalet à droite, puis à gauche, j'avais enfin trouvé le point de vue du livre.

*

Prendre une vie connue, achevée, fixée (autant qu'elles peuvent jamais l'être) par l'Histoire, de façon à embrasser d'un seul coup la courbe tout entière ; bien plus, choisir le moment où l'homme qui vécut cette existence la soupèse, l'examine, soit pour un instant capable de la juger. Faire en sorte qu'il se trouve devant sa propre vie dans la même position que nous.

*

Matins à la Villa Adriana ; innombrables soirs passés dans les petits cafés qui bordent l'Olympéion ; va-et-vient incessant sur les mers grecques ; routes d'Asie Mineure. Pour que je pusse utiliser ces souvenirs, qui sont miens, il a fallu qu'ils devinssent aussi éloignés de moi que le IIe siècle.

*

Expériences avec le temps : dix-huit jours, dix-huit mois, dix-huit années, dix-huit siècles. Survivance immobile des statues, qui, comme la tête de l'Antinoüs Mondragone, au Louvre, vivent encore à l'intérieur de ce *temps mort*. Le même problème considéré en termes de générations humaines ; deux douzaines de paires de mains décharnées, quelque vingt-cinq vieillards suffiraient pour établir un contact ininterrompu entre Hadrien et nous.

*

En 1937, durant un premier séjour aux États-Unis, je fis pour ce livre quelques lectures à la bibliothèque de l'Université de Yale ; j'écrivis la visite au médecin, et le passage sur le renoncement aux exercices du corps. Ces fragments subsistent, remaniés, dans la version présente.

*

En tout cas, j'étais trop jeune. Il est des livres qu'on ne doit pas oser avant d'avoir dépassé quarante ans. On risque, avant cet âge, de méconnaître l'existence des grandes frontières naturelles qui séparent, de personne à personne, de siècle à siècle, l'infinie variété des êtres, ou au contraire d'attacher trop d'importance aux simples divisions administratives, aux bureaux de douane ou aux guérites des postes armés. Il m'a fallu ces années pour apprendre à calculer exactement les distances entre l'empereur et moi.

*

Je cesse de travailler à ce livre (sauf pour quelques jours, à Paris) entre 1937 et 1939.

*

Rencontre du souvenir de T. E. Lawrence, qui recoupe en Asie Mineure celui d'Hadrien. Mais l'arrière-plan d'Hadrien n'est pas le désert, ce sont les collines d'Athènes. Plus j'y pensais, plus l'aventure d'un homme qui refuse (et d'abord se refuse) me faisait désirer présenter à travers Hadrien le point de vue de l'homme qui ne renonce pas, ou ne renonce ici que pour accepter ailleurs. Il va de soi, du reste, que cet ascétisme et cet hédonisme sont sur bien des points interchangeables.

*

En octobre 1939, le manuscrit fut laissé en Europe avec la plus grande partie des notes; j'emportai pourtant aux États-Unis les quelques résumés faits jadis à Yale, une carte de l'Empire romain à la mort de Trajan que je promenais avec moi depuis des années, et le profil de l'Antinoüs du Musée archéologique de Florence, acheté sur place en 1926, et qui est jeune, grave et doux.

*

Projet abandonné de 1939 à 1948. J'y pensais parfois, mais avec découragement, presque avec indifférence, comme à l'impossible. Et quelque honte d'avoir jamais tenté pareille chose.

*

Enfoncement dans le désespoir d'un écrivain qui n'écrit pas.

*

Aux pires heures de découragement et d'atonie, j'allais revoir, dans le beau Musée de Hartford (Connecticut), une toile romaine de Canaletto, le Panthéon brun et doré se profilant sur le ciel bleu d'une fin d'après-midi d'été. Je la quittais chaque fois rassérénée et réchauffée.

*

Vers 1941, j'avais découvert par hasard, chez un marchand de couleurs, à New York, quatre gravures de Piranèse, que G... et moi achetâmes. L'une d'elles, une vue de la Villa d'Hadrien, qui m'était restée inconnue jusque-là, figure la chapelle de Canope, d'où furent tirés au XVIIe siècle l'Antinoüs de style égyptien et les statues de prêtresses en basalte qu'on voit aujourd'hui au Vatican. Structure ronde, éclatée comme un crâne, d'où de vagues broussailles pendent comme des mèches de cheveux. Le génie presque médiumnique de Piranèse a flairé là l'hallucination, les longues routines du souvenir, l'architecture tragique d'un monde intérieur. Pendant plusieurs années, j'ai regardé cette image presque tous les jours, sans donner une pensée à mon entreprise d'autrefois, à laquelle je croyais avoir renoncé. Tels sont les curieux détours de ce qu'on nomme l'oubli.

*

Au printemps 1947, en rangeant des papiers, je brûlai les notes prises à Yale : elles semblaient devenues définitivement inutiles.

*

Pourtant, le nom d'Hadrien figure dans un essai sur
le mythe de la Grèce, rédigé par moi en 1943 et publié
par Caillois dans *Les Lettres françaises* de Buenos Aires.
En 1945, l'image d'Antinoüs noyé, porté en quelque
sorte sur ce courant d'oubli, remonte à la surface dans
un essai encore inédit, *Cantique de l'Âme libre,* écrit à la
veille d'une maladie grave.

*

Se dire sans cesse que tout ce que je raconte ici est
faussé par ce que je ne raconte pas ; ces notes ne
cernent qu'une lacune. Il n'y est pas question de ce que
je faisais durant ces années difficiles, ni des pensées, ni
des travaux, ni des angoisses, ni des joies, ni de
l'immense répercussion des événements extérieurs, ni
de l'épreuve perpétuelle de soi à la pierre de touche des
faits. Et je passe aussi sous silence les expériences de la
maladie, et d'autres, plus secrètes, qu'elles entraînent
avec elles, et la perpétuelle présence ou recherche de
l'amour.

*

N'importe : il fallait peut-être cette solution de
continuité, cette cassure, cette nuit de l'âme que tant
de nous ont éprouvée à cette époque, chacun à sa
manière, et si souvent de façon bien plus tragique et
plus définitive que moi, pour m'obliger à essayer de
combler, non seulement la distance me séparant d'Hadrien, mais surtout celle qui me séparait de moi-même.

*

Utilité de tout ce qu'on fait pour soi, sans idée de profit. Pendant ces années de dépaysement, j'avais continué la lecture des auteurs antiques : les volumes à couverture rouge ou verte de l'édition Loeb-Heinemann m'étaient devenus une patrie. L'une des meilleures manières de recréer la pensée d'un homme : reconstituer sa bibliothèque. Durant des années, d'avance, et sans le savoir, j'avais ainsi travaillé à remeubler les rayons de Tibur. Il ne me restait plus qu'à imaginer les mains gonflées d'un malade sur les manuscrits déroulés.

*

Refaire du dedans ce que les archéologues du XIXᵉ siècle ont fait du dehors.

*

En décembre 1948, je reçus de Suisse, où je l'avais entreposée pendant la guerre, une malle pleine de papiers de famille et de lettres vieilles de dix ans. Je m'assis auprès du feu pour venir à bout de cette espèce d'horrible inventaire après décès ; je passai seule ainsi plusieurs soirs. Je défaisais des liasses de lettres ; je parcourais, avant de le détruire, cet amas de correspondance avec des gens oubliés et qui m'avaient oubliée, les uns vivants, d'autres morts. Quelques-uns de ces feuillets dataient de la génération d'avant la mienne ; les noms même ne me disaient rien. Je jetais mécaniquement au feu cet échange de pensées mortes avec des Maries, des François, des Pauls disparus. Je dépliai quatre ou cinq feuilles dactylographiées ; le papier en avait jauni. Je lus la suscription : « Mon cher Marc... » Marc... De quel ami, de quel amant, de quel parent éloigné s'agissait-il ? Je ne me rappelais pas ce nom-là.

Il fallut quelques instants pour que je me souvinsse que Marc était mis là pour Marc Aurèle et que j'avais sous les yeux un fragment du manuscrit perdu. Depuis ce moment, il ne fut plus question que de récrire ce livre coûte que coûte.

*

Cette nuit-là, je rouvris deux volumes parmi ceux qui venaient aussi de m'être rendus, débris d'une bibliothèque dispersée. C'étaient Dion Cassius dans la belle impression d'Henri Estienne, et un tome d'une édition quelconque de *l'Histoire Auguste,* les deux principales sources de la vie d'Hadrien, achetés à l'époque où je me proposais d'écrire ce livre. Tout ce que le monde et moi avions traversé dans l'intervalle enrichissait ces chroniques d'un temps révolu, projetait sur cette existence impériale d'autres lumières, d'autres ombres. Naguère, j'avais surtout pensé au lettré, au voyageur, au poète, à l'amant ; rien de tout cela ne s'effaçait, mais je voyais pour la première fois se dessiner avec une netteté extrême, parmi toutes ces figures, la plus officielle à la fois et la plus secrète, celle de l'empereur. Avoir vécu dans un monde qui se défait m'enseignait l'importance du Prince.

*

Je me suis plu à faire et à refaire ce portrait d'un homme presque sage.

*

Seule, une autre figure historique m'a tentée avec une insistance presque égale : Omar Khayyam, poète astronome. Mais la vie de Khayyam est celle du contemplateur, et du contempteur pur : le monde de l'action lui a été par trop étranger. D'ailleurs, je ne connais pas la Perse et n'en sais pas la langue.

*

Impossibilité aussi de prendre pour figure centrale un personnage féminin, de donner, par exemple, pour axe à mon récit, au lieu d'Hadrien, Plotine. La vie des femmes est trop limitée, ou trop secrète. Qu'une femme se raconte, et le premier reproche qu'on lui fera est de n'être plus femme. Il est déjà assez difficile de mettre quelque vérité à l'intérieur d'une bouche d'homme.

*

Je partis pour Taos, au Nouveau-Mexique. J'emportais avec moi les feuilles blanches sur quoi recommencer ce livre : nageur qui se jette à l'eau sans savoir s'il atteindra l'autre berge. Tard dans la nuit, j'y travaillai entre New York et Chicago, enfermée dans mon wagon-lit comme dans un hypogée. Puis, tout le jour suivant, dans le restaurant d'une gare de Chicago, où j'attendais un train bloqué par une tempête de neige. Ensuite, de nouveau, jusqu'à l'aube, seule dans la voiture d'observation de l'express de Santa-Fé, entourée par les croupes noires des montagnes du Colorado et par l'éternel dessin des astres. Les passages sur la nourriture, l'amour, le sommeil et la connaissance de l'homme furent écrits ainsi d'un seul jet. Je ne me souviens guère d'un jour plus ardent, ni de nuits plus lucides.

*

Je passe le plus rapidement possible sur trois ans de recherches, qui n'intéressent que les spécialistes, et sur l'élaboration d'une méthode de délire qui n'intéresse-rait que les insensés. Encore ce dernier mot fait-il la part trop belle au romantisme : parlons plutôt d'une participation constante, et la plus clairvoyante possi-ble, à ce qui fut.

*

Un pied dans l'érudition, l'autre dans la magie, ou plus exactement, et sans métaphore, dans cette *magie sympathique* qui consiste à se transporter en pensée à l'intérieur de quelqu'un.

*

Portrait d'une voix. Si j'ai choisi d'écrire ces *Mémoi-res d'Hadrien* à la première personne, c'est pour me passer le plus possible de tout intermédiaire, fût-ce de moi-même. Hadrien pouvait parler de sa vie plus fermement et plus subtilement que moi.

*

Ceux qui mettent le roman historique dans une catégorie à part oublient que le romancier ne fait jamais qu'interpréter, à l'aide des procédés de son temps, un certain nombre de faits passés, de souvenirs conscients ou non, personnels ou non, tissus de la même matière que l'Histoire. Tout autant que *La Guerre et la Paix,* l'œuvre de Proust est la reconstitution d'un passé perdu. Le roman historique de 1830 verse, il est vrai, dans le mélo et le feuilleton de cape et d'épée ; pas plus que la sublime *Duchesse de Langeais* ou l'étonnante *Fille aux Yeux d'Or.* Flaubert reconstruit laborieuse-

ment le palais d'Hamilcar à l'aide de centaines de petits
détails ; c'est de la même façon qu'il procède pour
Yonville. De notre temps, le roman historique, ou ce
que, par commodité, on consent à nommer tel, ne peut
être que plongé dans un temps retrouvé, prise de
possession d'un monde intérieur.

*

Le temps ne fait rien à l'affaire. Ce m'est toujours
une surprise que mes contemporains, qui croient avoir
conquis et transformé l'espace, ignorent qu'on peut
rétrécir à son gré la distance des siècles.

*

Tout nous échappe, et tous, et nous-mêmes. La vie
de mon père m'est plus inconnue que celle d'Hadrien.
Ma propre existence, si j'avais à l'écrire, serait recons-
tituée par moi du dehors, péniblement, comme celle
d'un autre ; j'aurais à m'adresser à des lettres, aux
souvenirs d'autrui, pour fixer ces flottantes mémoires.
Ce ne sont jamais que murs écroulés, pans d'ombre.
S'arranger pour que les lacunes de nos textes, en ce qui
concerne la vie d'Hadrien, coïncident avec ce qu'eussent été ses propres oublis.

*

Ce qui ne signifie pas, comme on le dit trop, que la
vérité historique soit toujours et en tout insaisissable. Il
en va de cette vérité comme de toutes les autres : on se
trompe *plus ou moins*.

*

Les règles du jeu : tout apprendre, tout lire, s'informer de tout, et, simultanément, adapter à son but les *Exercices* d'Ignace de Loyola ou la méthode de l'ascète hindou qui s'épuise, des années durant, à visualiser un peu plus exactement l'image qu'il crée sous ses paupières fermées. Poursuivre à travers des milliers de fiches l'actualité des faits ; tâcher de rendre leur mobilité, leur souplesse vivante, à ces visages de pierre. Lorsque deux textes, deux affirmations, deux idées s'opposent, se plaire à les concilier plutôt qu'à les annuler l'un par l'autre ; voir en eux deux facettes différentes, deux états successifs du même fait, une réalité convaincante parce qu'elle est complexe, humaine parce qu'elle est multiple. Travailler à lire un texte du IIe siècle avec des yeux, une âme, des sens du IIe siècle ; le laisser baigner dans cette eau-mère que sont les faits contemporains ; écarter s'il se peut toutes les idées, tous les sentiments accumulés par couches successives entre ces gens et nous. Se servir pourtant, mais prudemment, mais seulement à titre d'études préparatoires, des possibilités de rapprochements ou de recoupements, des perspectives nouvelles peu à peu élaborées par tant de siècles ou d'événements qui nous séparent de ce texte, de ce fait, de cet homme ; les utiliser en quelque sorte comme autant de jalons sur la route du retour vers un point particulier du temps. S'interdire les ombres portées ; ne pas permettre que la buée d'une haleine s'étale sur le tain du miroir ; prendre seulement ce qu'il y a de plus durable, de plus essentiel en nous, dans les émotions des sens ou dans les opérations de l'esprit, comme point de contact avec ces hommes qui comme nous croquèrent des olives, burent du vin, s'englurent les doigts de miel, luttèrent contre le vent aigre et la pluie aveuglante et cherchèrent en été l'ombre d'un platane, et jouirent, et pensèrent, et vieillirent, et moururent.

*

J'ai fait diagnostiquer plusieurs fois par des médecins les brefs passages des chroniques qui se rapportent
à la maladie d'Hadrien. Pas si différents, somme toute,
des descriptions cliniques de la mort de Balzac.

*

Utiliser pour mieux comprendre un commencement
de maladie de cœur.

*

Qu'est Hécube pour lui ? se demande Hamlet en
présence de l'acteur ambulant qui pleure sur Hécube.
Et voilà Hamlet bien obligé de reconnaître que ce
comédien qui verse de vraies larmes a réussi à établir
avec cette morte trois fois millénaire une communication plus profonde que lui-même avec son père enterré
de la veille, mais dont il n'éprouve pas assez complètement le malheur pour être sans délai capable de le
venger.

*

La substance, la structure humaine ne changent
guère. Rien de plus stable que la courbe d'une cheville,
la place d'un tendon, ou la forme d'un orteil. Mais il y
a des époques où la chaussure déforme moins. Au
siècle dont je parle, nous sommes encore très près de la
libre vérité du pied nu.

*

En prêtant à Hadrien des vues sur l'avenir, je me tenais dans le domaine du plausible, pourvu toutefois que ces pronostics restassent vagues. L'analyste impartial des affaires humaines se méprend d'ordinaire fort peu sur la marche ultérieure des événements ; il accumule au contraire les erreurs quand il s'agit de prévoir leur voie d'acheminement, leurs détails et leurs détours. Napoléon à Sainte-Hélène annonçait qu'un siècle après sa mort l'Europe serait révolutionnaire ou cosaque ; il posait fort bien les deux termes du problème ; il ne pouvait pas les imaginer se superposant l'un à l'autre. Mais, dans l'ensemble, c'est seulement par orgueil, par grossière ignorance, par lâcheté, que nous nous refusons à voir sous le présent les linéaments des époques à naître. Ces libres sages du monde antique pensaient comme nous en terme de physique ou de physiologie universelle : ils envisageaient la fin de l'homme et la mort du globe. Plutarque et Marc Aurèle n'ignoraient pas que les dieux et les civilisations passent et meurent. Nous ne sommes pas les seuls à regarder en face un inexorable avenir.

*

Cette clairvoyance attribuée par moi à Hadrien n'était d'ailleurs qu'une manière de mettre en valeur l'élément presque faustien du personnage, tel qu'il se fait jour, par exemple, dans les *Chants Sibyllins,* dans les écrits d'Ælius Aristide, ou dans le portrait d'Hadrien vieilli tracé par Fronton. A tort ou à raison, on prêtait à ce mourant des vertus plus qu'humaines.

*

Si cet homme n'avait pas maintenu la paix du monde

et rénové l'économie de l'empire, ses bonheurs et ses malheurs personnels m'intéresseraient moins.

*

On ne se livrera jamais assez au travail passionnant qui consiste à rapprocher les textes. Le poème du trophée de chasse de Thespies, consacré par Hadrien à l'Amour et à la Vénus Ouranienne « sur les collines de l'Hélicon, au bord de la source de Narcisse », est de l'automne 124 ; l'empereur passa vers la même époque à Mantinée, où Pausanias nous apprend qu'il fit relever la tombe d'Épaminondas et y inscrivit un poème. L'inscription de Mantinée est aujourd'hui perdue, mais le geste d'Hadrien ne prend peut-être tout son sens que mis en regard d'un passage des *Moralia* de Plutarque qui nous dit qu'Épaminondas fut enseveli dans ce lieu entre deux jeunes amis tués à ses côtés. Si l'on accepte pour la rencontre d'Antinoüs et de l'empereur la date du séjour en Asie Mineure de 123-124, de toute façon la plus plausible et la mieux soutenue par les trouvailles des iconographes, ces deux poèmes feraient partie de ce qu'on pourrait appeler le cycle d'Antinoüs, inspirés tous deux par cette même Grèce amoureuse et héroïque qu'Arrien évoqua plus tard, après la mort du favori, lorsqu'il compara le jeune homme à Patrocle.

*

Un certain nombre d'êtres dont on voudrait développer le portrait : Plotine, Sabine, Arrien, Suétone. Mais Hadrien ne pouvait les voir que de biais. Antinoüs lui-même ne peut être aperçu que par réfraction, à travers les souvenirs de l'empereur, c'est-à-dire avec une minutie passionnée, et quelques erreurs.

*

Tout ce qu'on peut dire du tempérament d'Antinoüs
est inscrit dans la moindre de ses images. *Eager and
impassionated tenderness, sullen effeminacy* : Shelley,
avec l'admirable candeur des poètes, dit en six mots
l'essentiel, là où les critiques d'art et les historiens du
XIXe siècle ne savaient que se répandre en déclamations
vertueuses, ou idéaliser en plein faux et en plein vague.

*

Portraits d'Antinoüs : ils abondent, et vont de
l'incomparable au médiocre. Tous, en dépit des variations dues à l'art du sculpteur ou à l'âge du modèle, à la
différence entre les portraits faits d'après le vivant et
les portraits exécutés en l'honneur du mort, boulever-
sent par l'incroyable réalisme de cette figure toujours
immédiatement reconnaissable et pourtant si diverse-
ment interprétée, par cet exemple, unique dans l'Anti-
quité, de survivance et de multiplication dans la pierre
d'un visage qui ne fut ni celui d'un homme d'État ni
celui d'un philosophe, mais simplement qui fut aimé.
Parmi ces images, les deux plus belles sont les moins
connues : ce sont aussi les seules qui nous livrent le
nom d'un sculpteur. L'une est le bas-relief signé
d'Antonianus d'Aphrodisias et retrouvé il y a une
cinquantaine d'années sur une terre d'un institut
agronomique, les *Fundi Rustici,* dans la salle du conseil
d'administration duquel il est placé aujourd'hui.
Comme aucun guide de Rome n'en signale l'existence
dans cette ville déjà encombrée de statues, les touristes
l'ignorent. L'œuvre d'Antonianus a été taillée dans un
marbre italien ; elle fut donc certainement exécutée en

Italie, et sans doute à Rome, par cet artiste installé de longue date dans la Ville ou ramené par Hadrien de l'un de ses voyages. Elle est d'une délicatesse infinie. Les rinceaux d'une vigne encadrent de la plus souple des arabesques le jeune visage mélancolique et penché : on songe irrésistiblement aux vendanges de la vie brève, à l'atmosphère fruitée d'un soir d'automne. L'ouvrage porte la marque des années passées dans une cave pendant la dernière guerre : la blancheur du marbre a momentanément disparu sous les taches terreuses ; trois doigts de la main gauche ont été brisés. Ainsi les dieux souffrent des folies des hommes.

[*Note de 1958. Les lignes ci-dessus ont paru pour la première fois il y a six ans ; entre-temps, le bas-relief d'Antonianus a été acquis par un banquier romain, Arturo Osio, curieux homme qui eût intéressé Stendhal ou Balzac. Osio a pour ce bel objet la même sollicitude qu'il a pour les animaux à l'état libre qu'il garde dans une propriété à deux pas de Rome, et pour les arbres qu'il a plantés par milliers dans son domaine d'Orbetello. Rare vertu : « Les Italiens détestent les arbres », disait déjà Stendhal en 1828, et que dirait-il aujourd'hui, où les spéculateurs de Rome tuent à coups d'injections d'eau chaude les pins parasols trop beaux, trop protégés par les règlements urbains, qui les gênent pour édifier leurs termitières ? Luxe rare aussi : combien peu d'hommes riches animent leurs bois et leurs prairies de bêtes en liberté, non pour le plaisir de la chasse, mais pour celui de reconstituer une espèce d'admirable Éden ? L'amour des statues antiques, ces grands objets paisibles, à la fois durables et fragiles, est presque aussi peu commun chez les collectionneurs à notre époque agitée et sans avenir. Sur l'avis des experts, le nouveau possesseur du bas-relief d'Antonianus vient de lui faire subir par une main habile le plus délicat des nettoyages ; une lente et légère friction du bout des doigts a débarrassé le marbre de*

*sa rouille et de ses moisissures, rendant à la pierre son doux
éclat d'albâtre et d'ivoire.*]

Le second de ces chefs-d'œuvre est l'illustre sardoine
qui porte le nom de Gemme Marlborough, parce
qu'elle appartint à cette collection aujourd'hui dispersée ; cette belle intaille semblait égarée ou rentrée sous
terre depuis plus de trente ans. Une vente publique à
Londres l'a remise en lumière en janvier 1952 ; le goût
éclairé du grand collectionneur Giorgio Sangiorgi l'a
ramenée à Rome. J'ai dû à la bienveillance de ce
dernier de voir et de toucher cette pièce unique. Une
signature incomplète, qu'on juge, sans doute avec
raison, être celle d'Antonianus d'Aphrodisias, se lit sur
le rebord. L'artiste a enfermé avec tant de maîtrise ce
profil parfait dans le cadre étroit d'une sardoine que ce
bout de pierre reste au même degré qu'une statue ou
qu'un bas-relief le témoignage d'un grand art perdu.
Les proportions de l'œuvre font oublier les dimensions
de l'objet. A l'époque byzantine, le revers du chef-
d'œuvre a été coulé dans une gangue de l'or le plus pur.
Il a passé ainsi de collectionneur inconnu en collectionneur inconnu jusqu'à Venise, où on signale sa présence
dans une grande collection au XVIIᵉ siècle ; Gavin
Hamilton, l'antiquaire célèbre, l'acheta et l'apporta en
Angleterre, d'où il revient aujourd'hui à son point de
départ, qui fut Rome. De tous les objets encore
présents aujourd'hui à la surface de la terre, c'est le
seul dont on puisse présumer avec quelque certitude
qu'il a souvent été tenu entre les mains d'Hadrien.

*

Il faut s'enfoncer dans les recoins d'un sujet pour
découvrir les choses les plus simples, et de l'intérêt
littéraire le plus général. C'est seulement en étudiant
Phlégon, secrétaire d'Hadrien, que j'ai appris qu'on

doit à ce personnage oublié la première et l'une des plus belles d'entre les grandes histoires de revenants, cette sombre et voluptueuse *Fiancée de Corinthe* dont se sont inspirés Gœthe, et l'Anatole France des *Noces corinthiennes*. Phlégon, d'ailleurs, notait de la même encre, et avec la même curiosité désordonnée pour tout ce qui passe les limites humaines, d'absurdes histoires de monstres à deux têtes et d'hermaphrodites qui accouchent. Telle était, du moins à certains jours, la matière des conversations à la table impériale.

*

Ceux qui auraient préféré un *Journal d'Hadrien* à des *Mémoires d'Hadrien* oublient que l'homme d'action tient rarement de journal : c'est presque toujours plus tard, du fond d'une période d'inactivité, qu'il se souvient, note, et le plus souvent s'étonne.

*

Dans l'absence de tout autre document, la lettre d'Arrien à l'empereur Hadrien au sujet du périple de la Mer Noire suffirait à recréer dans ses grandes lignes cette figure impériale : minutieuse exactitude du chef qui veut tout savoir ; intérêt pour les travaux de la paix et de la guerre ; goût des statues ressemblantes et bien faites ; passion pour les poèmes et les légendes d'autrefois. Et ce monde, rare de tout temps, et qui disparaîtra complètement après Marc Aurèle, dans lequel, si subtiles que soient les nuances de la déférence et du respect, le lettré et l'administrateur s'adressent encore au prince comme à un ami. Mais tout est là : mélancolique retour à l'idéal de la Grèce ancienne ; discrète allusion aux amours perdues et aux consolations mystiques cherchées par le survivant ; hantise des pays

inconnus et des climats barbares. L'évocation si profondément pré-romantique des régions désertes peuplées d'oiseaux de mer fait songer à l'admirable vase,
retrouvé à la Villa Adriana et placé aujourd'hui au
Musée des Thermes, où une bande de hérons s'éploie
et s'envole en pleine solitude dans la neige du marbre.

*

Note de 1949. Plus j'essaie de faire un portrait
ressemblant, plus je m'éloigne du livre et de l'homme
qui pourraient plaire. Seuls, quelques amateurs de
destinée humaine comprendront.

*

Le roman dévore aujourd'hui toutes les formes ; on
est à peu près forcé d'en passer par lui. Cette étude sur
la destinée d'un homme qui s'est nommé Hadrien eût
été une tragédie au xviie siècle ; c'eût été un essai à
l'époque de la Renaissance.

*

Ce livre est la condensation d'un énorme ouvrage
élaboré pour moi seule. J'avais pris l'habitude, chaque
nuit, d'écrire de façon presque automatique le résultat
de ces longues visions provoquées où je m'installais
dans l'intimité d'un autre temps. Les moindres mots,
les moindres gestes, les nuances les plus imperceptibles
étaient notés ; des scènes, que le livre tel qu'il est
résume en deux lignes, passaient dans le plus grand
détail et comme au ralenti. Ajoutés les uns aux autres,
ces espèces de comptes rendus eussent donné un
volume de quelques milliers de pages. Mais je brûlais

chaque matin ce travail de la nuit. J'écrivis ainsi un très grand nombre de méditations fort abstruses, et quelques descriptions assez obscènes.

★

L'homme passionné de vérité, ou du moins d'exactitude, est le plus souvent capable de s'apercevoir, comme Pilate, que la vérité n'est pas pure. De là, mêlés aux affirmations les plus directes, des hésitations, des replis, des détours qu'un esprit plus conventionnel n'aurait pas. A de certains moments, d'ailleurs peu nombreux, il m'est même arrivé de sentir que l'empereur mentait. Il fallait alors le laisser mentir, comme nous tous.

★

Grossièreté de ceux qui vous disent : « Hadrien, c'est vous. » Grossièreté peut-être aussi grande de ceux qui s'étonnent qu'on ait choisi un sujet si lointain et si étranger. Le sorcier qui se taillade le pouce au moment d'évoquer les ombres sait qu'elles n'obéiront à son appel que parce qu'elles lapent son propre sang. Il sait aussi, ou devrait savoir, que les voix qui lui parlent sont plus sages et plus dignes d'attention que ses propres cris.

★

Je me suis assez vite aperçue que j'écrivais la vie d'un grand homme. De là, plus de respect de la vérité, plus d'attention, et, de ma part, plus de silence.

★

En un sens, toute vie racontée est exemplaire ; on écrit pour attaquer ou pour défendre un système du monde, pour définir une méthode qui nous est propre. Il n'en est pas moins vrai que c'est par l'idéalisation ou par l'éreintement à tout prix, par le détail lourdement exagéré ou prudemment omis, que se disqualifie presque tout biographe : l'homme construit remplace l'homme compris. Ne jamais perdre de vue le graphique d'une vie humaine, qui ne se compose pas, quoi qu'on dise, d'une horizontale et de deux perpendiculaires, mais bien plutôt de trois lignes sinueuses, étirées à l'infini, sans cesse rapprochées et divergeant sans cesse : ce qu'un homme a cru être, ce qu'il a voulu être, et ce qu'il fut.

*

Quoi qu'on fasse, on reconstruit toujours le monument à sa manière. Mais c'est déjà beaucoup de n'employer que des pierres authentiques.

*

Tout être qui a vécu l'aventure humaine est moi.

*

Ce IIe siècle m'intéresse parce qu'il fut, pour un temps fort long, celui des derniers hommes libres. En ce qui nous concerne, nous sommes peut-être déjà fort loin de ce temps-là.

*

Le 26 décembre 1950, par un soir glacé, au bord de l'Atlantique, dans le silence presque polaire de l'Ile des

Monts Déserts, aux États-Unis, j'ai essayé de revivre la chaleur, la suffocation d'un jour de juillet 138 à Baïes, le poids du drap sur les jambes lourdes et lasses, le bruit presque imperceptible de cette mer sans marée arrivant çà et là à un homme occupé des rumeurs de sa propre agonie. J'ai essayé d'aller jusqu'à la dernière gorgée d'eau, le dernier malaise, la dernière image. L'empereur n'a plus qu'à mourir.

★

Ce livre n'est dédié à personne. Il aurait dû l'être à G. F..., et l'eût été, s'il n'y avait une espèce d'indécence à mettre une dédicace personnelle en tête d'un ouvrage d'où je tenais justement à m'effacer. Mais la plus longue dédicace est encore une manière trop incomplète et trop banale d'honorer une amitié si peu commune. Quand j'essaie de définir ce bien qui depuis des années m'est donné, je me dis qu'un tel privilège, si rare qu'il soit, ne peut cependant être unique ; qu'il doit y avoir parfois, un peu en retrait, dans l'aventure d'un livre mené à bien, ou dans une vie d'écrivain heureuse, quelqu'un qui ne laisse pas passer la phrase inexacte ou faible que nous voulions garder par fatigue ; quelqu'un qui relira vingt fois s'il le faut avec nous une page incertaine ; quelqu'un qui prend pour nous sur les rayons des bibliothèques les gros tomes où nous pourrions trouver une indication utile, et s'obstine à les consulter encore, au moment où la lassitude nous les avait déjà fait refermer ; quelqu'un qui nous soutient, nous approuve, parfois nous combat ; quelqu'un qui partage avec nous, à ferveur égale, les joies de l'art et celles de la vie, leurs travaux jamais ennuyeux et jamais faciles ; quelqu'un qui n'est ni notre ombre, ni notre reflet, ni même notre complément, mais soi-même ; quelqu'un qui nous laisse divinement libres, et pourtant nous oblige à être pleinement ce que nous sommes. *Hospes Comesque.*

*

Appris en décembre 1951 la mort assez récente de l'historien allemand Wilhelm Weber, en avril 1952 celle de l'érudit Paul Graindor, dont les travaux m'ont beaucoup servi. Causé ces jours-ci avec deux personnes, G. B... et J. F..., qui connurent à Rome le graveur Pierre Gusman, à l'époque où celui-ci s'occupait à dessiner avec passion les sites de la Villa. Sentiment d'appartenir à une espèce de *Gens Ælia,* de faire partie de la foule des secrétaires du grand homme, de participer à cette relève de la garde impériale que montent les humanistes et les poètes se relayant autour d'un grand souvenir. Ainsi (et il en va sans doute de même des spécialistes de Napoléon, des amateurs de Dante) un cercle d'esprits inclinés par les mêmes sympathies ou soucieux des mêmes problèmes se forme à travers le temps.

*

Les Blazius et les Vadius existent, et leur gros cousin Basile est encore debout. Il m'est une fois, et une fois seulement, arrivé de me trouver en présence de ce mélange d'insultes et de plaisanteries de corps de garde, de citations tronquées ou déformées avec art pour faire dire à nos phrases une sottise qu'elles ne disaient pas, d'arguments captieux soutenus par des assertions à la fois assez vagues et assez péremptoires pour être crues sur parole par le lecteur respectueux de l'homme à diplômes et qui n'a ni le temps ni l'envie d'enquêter lui-même aux sources. Tout cela caractérise un certain genre et une certaine espèce, heureusement fort rares. Que de bonne volonté, au contraire, chez tant d'érudits qui pourraient si bien, à notre époque de spécialisation forcenée, dédaigner en bloc tout effort littéraire de reconstruction du passé qui risque de sembler empiéter sur leurs terres... Trop d'entre eux ont bien voulu spontanément se déranger pour rectifier après coup une erreur, confirmer un détail, étayer une hypothèse, faciliter une nouvelle recherche, pour que je n'adresse pas ici un remerciement amical à ces collaborateurs bénévoles. Tout livre republié doit quelque chose aux honnêtes gens qui l'ont lu.

*

Faire de son mieux. Refaire. Retoucher imperceptiblement encore cette retouche. « C'est moi-même que je corrige, disait Yeats, en retouchant mes œuvres. »

*

Hier, à la Villa, pensé aux milliers de vies silencieuses, furtives comme celles des bêtes, irréfléchies comme celles des plantes, bohémiens du temps de Piranèse, pilleurs de ruines, mendiants, chevriers, paysans logés tant bien que mal dans un coin de décombres, qui se sont succédé ici entre Hadrien et nous. Au bord d'une olivaie, dans un corridor antique à demi déblayé, G... et moi nous sommes trouvées en face du lit de roseaux d'un berger, de son portemanteau de fortune fiché entre deux blocs de ciment romain, des cendres de son feu à peine froid. Sensation d'humble intimité à peu près pareille à celle qu'on éprouve au Louvre, après la fermeture, à l'heure où les lits de sangle des gardiens surgissent au milieu des statues.

★

[Rien à modifier en 1958 aux lignes qui précèdent; le portemanteau du berger, sinon son lit, est encore là. G... et moi avons de nouveau fait halte sur l'herbe de Tempé, parmi les violettes, à ce moment sacré de l'année où tout recommence en dépit des menaces que l'homme de nos jours fait partout peser sur le monde et lui-même. Mais la Villa a pourtant subi un insidieux changement. Point complet, certes : on n'altère pas si vite un ensemble que des siècles ont doucement détruit et formé. Mais par une erreur rare en Italie, des « embellissements » dangereux sont venus s'ajouter aux réfections et aux consolidations nécessaires. Des oliviers ont été coupés pour faire place à un indiscret parc à automobiles et à un kiosque-buvette genre champ d'exposition, qui transforment la noble solitude du Pœcile en un paysage de square ; une fontaine en ciment abreuve les passants à travers un inutile mascaron de plâtre qui joue à l'antique ; un autre mascaron, plus inutile encore, ornemente la paroi de la grande piscine agrémentée aujourd'hui d'une flottille de canards. On a copié, en plâtre aussi, d'assez banales statues de jardin gréco-romaines glanées ici dans des fouilles récentes, et qui ne méritaient ni cet excès d'honneur ni cette indignité ; ces répliques en cette vilaine matière boursouflée et molle, placées un peu au hasard sur des piédestaux, donnent au mélancolique Canope l'aspect d'un coin de studio pour reconstitution filmée de la vie des Césars. Rien de plus fragile que l'équilibre des beaux lieux. Nos fantaisies d'interprétation laissent intacts les textes eux-mêmes, qui survivent à nos commentaires ; mais la moindre restauration imprudente infligée aux pierres, la moindre route macadamisée entamant un champ où l'herbe croissait en paix depuis des siècles, créent à jamais l'irréparable. La beauté s'éloigne ; l'authenticité aussi.]

★

Lieux où l'on a choisi de vivre, résidences invisibles qu'on s'est construites à l'écart du temps. J'ai habité Tibur, j'y mourrai peut-être, comme Hadrien dans l'Ile d'Achille.

★

Non. Une fois de plus, j'ai revisité la Villa, et ses pavillons faits pour l'intimité et le repos, et ses vestiges d'un luxe sans faste, aussi peu impérial que possible, de riche amateur qui s'efforce d'unir les délices de l'art aux douceurs champêtres ; j'ai cherché au Panthéon la place exacte où se posa une tache de soleil un matin du 21 avril ; j'ai refait, le long des corridors du Mausolée, la route funèbre si souvent suivie par Chabrias, Céler et Diotime, amis des derniers jours. Mais j'ai cessé de sentir de ces êtres, l'immédiate présence, de ces faits, l'actualité : ils restent proches de moi, mais révolus, ni plus ni moins que les souvenirs de ma propre vie. Notre commerce avec autrui n'a qu'un temps ; il cesse une fois la satisfaction obtenue, la leçon sue, le service rendu, l'œuvre accomplie. Ce que j'étais capable de dire a été dit ; ce que je pouvais apprendre a été appris. Occupons-nous pour un temps d'autres travaux.

NOTE

Une reconstitution du genre de celle qu'on vient de lire,
c'est-à-dire faite à la première personne et mise dans la
bouche de l'homme qu'il s'agissait de dépeindre, touche par
certains côtés au roman et par d'autres à la poésie ; elle
pourrait donc se passer de pièces justificatives ; sa valeur
humaine est néanmoins singulièrement augmentée par la
fidélité aux faits. Le lecteur trouvera plus loin une liste des
principaux textes sur lesquels on s'est appuyé pour établir ce
livre. En étayant ainsi un ouvrage d'ordre littéraire, on ne fait
du reste que se conformer à l'usage de Racine, qui, dans les
préfaces de ses tragédies, énumère soigneusement ses sources. Mais tout d'abord, et pour répondre aux questions les
plus pressantes, suivons aussi l'exemple de Racine en indi-
quant certains des points, assez peu nombreux, sur lesquels
on a ajouté à l'histoire, ou modifié prudemment celle-ci.

Le personnage de Marullinus est historique, mais sa
caractéristique principale, le don divinatoire, est empruntée à
un oncle et non à un grand-père d'Hadrien ; les circonstances
de sa mort sont imaginaires. Une inscription nous apprend
que le sophiste Isée fut l'un des maîtres du jeune Hadrien,
mais il n'est pas sûr que l'étudiant ait fait, comme on le dit
ici, le voyage d'Athènes. Gallus est réel, mais le détail
concernant la déconfiture finale de ce personnage n'est là que
pour souligner l'un des traits le plus souvent mentionnés du
caractère d'Hadrien : la rancune. L'épisode de l'initiation
mithriaque est inventé ; ce culte était déjà, à cette époque, en
vogue aux armées ; il est possible, mais nullement prouvé,

qu'Hadrien, jeune officier, ait eu la fantaisie de s'y faire initier. Il en va naturellement de même du taurobole auquel Antinoüs se soumet à Palmyre : Mélès Agrippa, Castoras, et, dans l'épisode précédent, Turbo, sont bien entendu des personnages réels ; leur participation aux rites d'initiation est inventée de toutes pièces. On a suivi dans ces deux scènes la tradition qui veut que le bain de sang ait fait partie du rituel de Mithra aussi bien que de celui de la déesse syrienne, auquel certains érudits préfèrent le réserver, ces emprunts d'un culte à l'autre restant psychologiquement possibles à cette époque où les religions de salut « contaminaient » dans l'atmosphère de curiosité, de scepticisme et de vague ferveur qui fut celle du IIe siècle. La rencontre avec le Gymnosophiste n'est pas, en ce qui concerne Hadrien, donnée par l'histoire ; on s'est servi de textes du Ier et du IIe siècle qui décrivent des épisodes du même genre. Tous les détails concernant Attianus sont exacts, sauf une ou deux allusions à sa vie privée, dont nous ne savons rien. Le chapitre sur les maîtresses est tiré tout entier de deux lignes de Spartien (XI, 7) sur ce sujet ; on s'y est efforcé, tout en inventant là où il le fallait, de rester dans les généralités les plus plausibles.

Pompéius Proculus fut gouverneur de Bithynie ; il n'est pas sûr qu'il le fut en 123-124, lors du passage de l'empereur. Straton de Sardes, poète érotique dont l'œuvre nous est connue par l'*Anthologie Palatine*, vivait probablement au temps d'Hadrien ; rien ne prouve, ni n'empêche, que l'empereur l'ait rencontré au cours d'un de ses voyages en Asie Mineure. La visite de Lucius à Alexandrie en 130 est déduite (comme le fit déjà Grégorovius) d'un texte souvent contesté, la *Lettre d'Hadrien à Servianus*, où le passage qui concerne Lucius n'oblige nullement à une telle interprétation. La donnée de sa présence en Égypte est donc plus qu'incertaine ; les détails concernant Lucius durant cette période sont au contraire tirés presque tous de sa biographie par Spartien, la *Vie d'Ælius César*. L'histoire du sacrifice d'Antinoüs est traditionnelle (Dion, LXIX, 11 ; Spartien, XIV, 7) ; le détail des opérations de sorcellerie est inspiré des recettes des papyrus magiques de l'Égypte, mais les incidents de la soirée à Canope sont inventés. L'épisode de l'enfant tombé d'un balcon au cours d'une fête, placé ici pendant l'escale d'Hadrien à Philæ, est tiré d'un rapport des *Papyrus d'Oxyrhynchus* et s'est passé en réalité près de quarante ans après le voyage d'Hadrien en Égypte. Le rattachement de l'exécution d'Apollodore au complot de Servianus n'est qu'une hypothèse, peut-être défendable.

Chabrias, Céler, Diotime, sont plusieurs fois mentionnés par Marc Aurèle, qui pourtant n'indique d'eux que leurs noms et leur fidélité passionnée à la mémoire d'Hadrien. On s'est servi d'eux pour évoquer la cour de Tibur dans les dernières années du règne : Chabrias représente le cercle de philosophes platoniciens ou stoïques qui entouraient l'empereur ; Céler (qu'il ne faut pas confondre avec le Céler, mentionné par Philostrate et Aristide, qui fut secrétaire *ab epistulis Græcis)* l'élément militaire ; et Diotime le groupe des *éromènes* impériaux. Ces trois noms historiques ont donc servi de point de départ à l'invention partielle de trois personnages. Le médecin Iollas, au contraire, est un personnage réel dont l'histoire ne nous donnait pas le nom ; elle ne nous dit pas non plus qu'il fût originaire d'Alexandrie. L'affranchi Onésime a existé, mais nous ne savons pas s'il tint auprès d'Hadrien le rôle d'entremetteur ; Servianus eut bien un secrétaire nommé Crescens, mais l'histoire ne nous dit pas qu'il trahit son maître. Le marchand Opramoas est réel, mais rien ne prouve qu'il ait accompagné Hadrien sur l'Euphrate. La femme d'Arrien est un personnage historique, mais nous ne savons pas si elle était, comme le dit ici Hadrien, « fine et fière ». Quelques comparses seulement, l'esclave Euphorion, les acteurs Olympos et Bathylle, le médecin Léotychide, le jeune tribun britannique et le guide Assar, sont entièrement inventés. Les deux sorcières, celle de l'île de Bretagne et celle de Canope, personnages fictifs, résument le monde de diseurs de bonne aventure et de praticiens en sciences occultes dont s'entoura volontiers Hadrien. Le nom d'Areté provient d'un poème authentique d'Hadrien (*Ins. Gr.*, XIV, 1089), mais c'est arbitrairement qu'il est donné ici à l'intendante de la Villa ; celui du courrier Ménécratès est tiré de la *Lettre du roi Fermès à l'empereur Hadrien* (*Bibliothèque de l'École des Chartes,* vol. 74, 1913), texte tout légendaire, dont l'histoire proprement dite ne pourrait se servir, mais qui, pourtant, a pu emprunter ce détail à d'autres documents aujourd'hui perdus. Les noms de Bénédicte et de Théodote, pâles fantômes amoureux qui traversent les *Pensées* de Marc Aurèle, ont été transposés pour des raisons stylistiques en Véronique et Théodore. Enfin, les noms grecs et latins gravés sur la base du Colosse de Memnon, à Thèbes, sont pour la plupart empruntés à Letronne, *Recueil des Inscriptions grecques et latines de l'Égypte*, 1848 ; celui, imaginaire, d'un certain Eumène, qui se serait tenu à cette place six siècles avant Hadrien, a pour raison d'être de mesurer pour nous, et pour Hadrien lui-même, le temps écoulé entre les premiers visiteurs grecs de l'Égypte, contemporains d'Hérodote, et ces promeneurs romains d'un matin du IIᵉ siècle.

La brève esquisse du milieu familial d'Antinoüs n'est pas historique, mais tient compte des conditions sociales qui prévalaient à cette époque en Bithynie. Sur certains points controversés, causes de la mise à la retraite de Suétone, origine libre ou servile d'Antinoüs, participation active d'Hadrien à la guerre de Palestine, date de l'apothéose de Sabine et de l'enterrement d'Ælius César au château Saint-Ange, il a fallu choisir entre les hypothèses des historiens ; on s'est efforcé de ne se décider que pour de bonnes raisons. Dans d'autres cas, adoption d'Hadrien par Trajan, mort d'Antinoüs, on a tâché de laisser planer sur le récit une incertitude qui, avant d'être celle de l'histoire, a sans doute été celle de la vie elle-même.

Les deux sources principales pour l'étude de la vie et du personnage d'Hadrien sont l'historien grec Dion Cassius, qui écrivit les pages de son *Histoire Romaine* consacrées à l'empereur environ quarante ans après la mort de celui-ci, et le chroniqueur latin Spartien, un des rédacteurs de l'*Histoire Auguste,* qui composa un peu plus d'un siècle plus tard sa *Vita Hadriani*, l'un des meilleurs textes de cette collection, et sa *Vita Ælii Cæsaris*, œuvre plus mince, qui présente du fils adoptif d'Hadrien une image singulièrement plausible, superficielle seulement parce qu'en somme le personnage l'était. Ces deux auteurs s'appuyaient sur des documents désormais perdus, entre autres des *Mémoires*, publiés par Hadrien sous le nom de son affranchi Phlégon, et un recueil de lettres de l'empereur rassemblées par ce dernier. Ni Dion, ni Spartien ne sont de grands historiens, ou de grands biographes, mais précisément, leur absence d'art, et jusqu'à un certain point de système, les laisse singulièrement proches du fait vécu, et les recherches modernes ont le plus souvent, et de façon saisissante, confirmé leurs dires. C'est en grande partie sur cet amas de petits faits que se base l'interprétation qu'on vient de lire. Mentionnons aussi, sans d'ailleurs essayer d'être complets, quelques détails glanés dans d'autres *Vies d'Histoire Auguste,* comme celles d'Antonin et de Marc Aurèle, par Julius Capitolinus ; et quelques phrases tirées d'Aurélius Victor et de l'auteur de l'*Épitome,* qui ont déjà de la vie d'Hadrien une conception légendaire, mais que la splendeur du style met dans une classe à part. Les notices historiques du *Dictionnaire* de Suidas ont fourni deux faits peu connus : la *Consolation* adressée à Hadrien par Nouménios, et les musiques funèbres composées par Mésomédès à l'occation de la mort d'Antinoüs.

Il reste d'Hadrien lui-même un certain nombre d'œuvres authentiques dont on s'est servi : correspondance administrative, fragments de discours ou de rapports officiels, comme la célèbre *Adresse de Lambèse,* conservés le plus souvent par des inscriptions ; décisions légales transmises par des jurisconsultes ; poèmes mentionnés par les auteurs du temps, comme l'illustre *Animula vagula blandula,* ou retrouvés sur les monuments où ils figuraient à titre d'inscriptions votives, comme le poème à l'Amour et à l'Aphrodite Ouranienne gravé sur la paroi du temple de Thespies (Kaibel, *Epigr. Gr.* 811). Les trois lettres d'Hadrien concernant sa vie personnelle (*Lettre à Matidie, lettre à Servianus, lettre adressée par l'empereur mourant à Antonin,* qu'on trouvera respectivement dans le recueil de lettres compilé par le grammairien Dosithée, dans la *Vita Saturnini* de Vopiscus, et dans Grenfell and Hunt, *Fayum Towns and their Papyri,* 1900) sont d'authenticité discutable ; toutes trois, néanmoins, portent à un degré extrême la marque de l'homme à qui on les prête ; et certaines des indications fournies par elles ont été utilisées dans ce livre.

Les innombrables mentions d'Hadrien ou de son entourage, éparses chez presque tous les écrivains du IIe et du IIIe siècle, aident à compléter les indications des chroniques et en remplissent souvent les lacunes. C'est ainsi, pour ne citer

que quelques exemples tirés de *Mémoires d'Hadrien,* que
l'épisode des chasses en Libye sort tout entier d'un fragment
très mutilé du poème de Pancratès, *Les Chasses d'Hadrien et
d'Antinoüs,* retrouvé en Égypte, et publié en 1911 dans la
collection des *Papyrus d'Oxyrhynchus* (III, n° 1085);
qu'Athénée, Aulu-Gelle et Philostrate ont fourni de nombreux détails sur les sophistes et les poètes de la cour
impériale; ou que Pline le Jeune et Martial ajoutent quelques
traits à l'image un peu effacée d'un Voconius ou d'un
Licinius Sura. La description de la douleur d'Hadrien à la
mort d'Antinoüs s'inspire des historiens du règne, mais aussi
de certains passages des Pères de l'Église, réprobateurs à
coup sûr, mais parfois sur ce point plus humains, et surtout
d'opinions plus variées qu'on n'aurait cru. Des portions de la
*Lettre d'Arrien à l'empereur Hadrien à l'occasion du Périple de
la Mer Noire,* qui contiennent des allusions au même sujet,
ont été incorporées au présent ouvrage, l'auteur se rangeant à
l'avis des érudits qui croient, dans son ensemble, ce texte
authentique. Le *Panégyrique de Rome,* du sophiste Ælius
Aristide, œuvre de type nettement hadrianique, a fourni
quelques lignes à l'esquisse de l'État idéal tracée ici par
l'empereur. Quelques détails historiques mêlés dans le
Talmud à un immense matériel légendaire viennent s'ajouter
pour la guerre de Palestine au récit de l'*Histoire ecclésiastique*
d'Eusèbe. La mention de l'exil de Favorinus provient d'un
fragment de ce dernier dans un manuscrit de la Bibliothèque
du Vatican publié en 1931 (M. Norsa et G. Vitelli, *Il papiro
vaticano greco,* II, dans *Studi e Testi,* LIII); l'atroce épisode
du secrétaire éborgné est tiré d'un traité de Galien, qui fut
médecin de Marc Aurèle; l'image d'Hadrien mourant s'inspire du tragique portrait fait par Fronton de l'empereur
vieilli.

D'autres fois, c'est aux monuments figurés et aux inscriptions qu'on s'est adressé pour le détail de faits non enregistrés
par les historiens antiques. Certains aperçus sur la sauvagerie
des guerres daces et sarmates, prisonniers brûlés vifs,
conseillers du roi Décébale s'empoisonnant le jour de la
capitulation, proviennent des bas-reliefs de la Colonne Trajane (W. Frœhner, *La Colonne Trajane,* 1865; I. A. Rich-
mond, *Trajan's Army on Trajan's Column,* dans *Papers of the*

British School at Rome, XIII, 1935) ; une grande partie de l'imagerie des voyages est empruntée aux monnaies du règne. Les poèmes de Julia Balbilla gravés sur la jambe du Colosse de Memnon servent de point de départ au récit de la visite à Thèbes (R. Cagnat, *Inscrip. Gr. ad res romanas pertinentes,* 1186-7) ; la précision au sujet du jour de naissance d'Antinoüs est due à l'inscription du Collège d'artisans et d'esclaves de Lanuvium, qui en 133 prit Antinoüs pour patron protecteur (*Corp. Ins. Lat.* XIV, 2112), précision contestée par Mommsen, mais acceptée depuis par des érudits moins hypercritiques ; les quelques phrases données comme inscrites sur la tombe du favori sont prises au grand texte hiéroglyphique de l'Obélisque du Pincio, qui relate ses funérailles et décrit les cérémonies de son culte (A. Erman, *Obelisken Römischer Zeit,* dans *Röm, Mitt.,* XI, 1896 ; O. Marucchi, *Gli obelischi egiziani di Roma,* 1898). Pour l'histoire des honneurs divins rendus à Antinoüs, pour la caractérisation physique et psychologique de celui-ci, le témoignage des inscriptions, des monuments figurés, et des monnaies, dépasse de beaucoup celui de l'histoire écrite.

Il n'existe pas à cette date de bonne biographie moderne d'Hadrien à laquelle on puisse renvoyer le lecteur ; le seul ouvrage de ce genre qui mérite une mention, le plus ancien aussi, celui de Grégorovius, publié en 1851 (éd. revisée, 1884), point dépourvu de vie et de couleur, mais faible en tout ce qui concerne en Hadrien l'administrateur et le prince, est en grande partie suranné. De même, les brillantes esquisses d'un Gibbon ou d'un Renan ont vieilli. L'œuvre de B. W. Henderson, *The Life and Principate of the Emperor Hadrian,* publiée en 1923, superficielle en dépit de sa longueur, n'offre qu'une image incomplète de la pensée d'Hadrien et des problèmes de son temps, et n'utilise que très insuffisamment les sources. Mais si une biographie définitive d'Hadrien reste à faire, les résumés intelligents et les solides études de détail abondent, et sur bien des points l'érudition moderne a renouvelé l'histoire du règne et de l'administration d'Hadrien. Pour ne citer que quelques ouvrages récents, ou quasi tels, et plus ou moins facilement accessibles, mentionnons en langue française les chapitres consacrés à Hadrien dans *Le Haut-Empire Romain,* de Léon

Homo, 1933, et dans *L'Empire Romain* d'E. Albertini, 1936 ;
l'analyse des campagnes parthes de Trajan et de la politique
pacifique d'Hadrien dans le premier volume de l'*Histoire de
l'Asie* de René Grousset, 1921 ; l'étude sur l'œuvre littéraire
d'Hadrien dans *Les Empereurs et les Lettres latines* de Henri
Bardon, 1944 ; les ouvrages de Paul Graindor, *Athènes sous
Hadrien,* Le Caire, 1934 ; de Louis Perret, *La Titulature
impériale d'Hadrien,* 1929, et de Bernard d'Orgeval, *L'Empereur Hadrien, son œuvre législative et administrative,* 1950, ce
dernier parfois confus dans le détail. Les travaux les plus
approfondis sur le règne et la personnalité d'Hadrien demeu-
rent toutefois ceux de l'école allemande, J. Dürr, *Die Reisen
des Kaisers Hadrian,* Vienne, 1881 ; J. Plew, *Quellenuntersu-
chungen zur Geschichte des Kaisers Hadrian,* Strasbourg,
1890 ; E. Kornemann, *Kaiser Hadrian und der Letzte grosse
Historiker von Rom,* Leipzig, 1905, et surtout le court et
admirable ouvrage de Wilhelm Weber, *Untersuchungen zur
Geschichte des Kaisers Hadrianus,* Leipzig, 1907, et le subs-
tantiel essai, plus aisément procurable, publié par lui en 1936
dans le recueil *Cambridge Ancient History,* vol. XI, *The
Imperial Peace,* pp. 294-324. En langue anglaise, l'œuvre
d'Arnold Toynbee contient çà et là des allusions au règne
d'Hadrien ; elles ont servi de germes à certains passages de
Mémoires d'Hadrien dans lesquels l'empereur définit lui-
même ses vues politiques ; voir en particulier son *Roman
Empire and Modern Europe,* dans la *Dublin Review,* 1945.
Voir aussi l'important chapitre consacré aux réformes socia-
les et financières d'Hadrien dans M. Rostovtzeff, *Social and
Economic History of the Roman Empire,* 1926 ; et, pour le
détail des faits, les études de R. H. Lacey, *The Equestrian
Officials of Trajan and Hadrian : Their Career, with Some
Notes on Hadrian's Reforms,* 1917 ; de Paul Alexander, *Letters
and Speeches of the Emperor Hadrian,* 1938 ; de W. D. Gray,
A Study of the Life of Hadrian Prior to his Accession,
Northampton, Mass., 1919 ; de F. Pringsheim, *The Legal
Policy and Reforms of Hadrian,* dans le *Journ. of Roman
Studies,* XXIV, 1934. Pour le séjour d'Hadrien dans les Iles
Britanniques et l'érection du Mur sur la frontière d'Écosse,
consulter l'ouvrage classique de J. C. Bruce, *The Handbook
to the Roman Wall,* édition revisée par R. G. Collingwood en

1933, et, de ce même Collingwood en collaboration avec J.
N. L. Myres, *Roman Britain and the English Settlements*,
2ᵉ éd., 1937. Pour la numismatique du règne (les monnaies
d'Antinoüs, mentionnées plus bas, mises à part), voir les
travaux relativement récents de H. Mattingly et E. A.
Sydenham, *The Roman Imperial Coinage*, II, 1926 ; et de
P. L. Strack, *Untersuchungen zur Römische Reichsprägung des
zweiten Jahrhunderts*, II, 1933.

Sur la personnalité de Trajan et ses guerres, voir R. Pari-
beni, *Optimus Princeps*, 1927 ; R. P. Longden, *Nerva and
Trajan*, et *The Wars of Trajan*, dans le *Cambridge Ancient
History*, XI, 1936 ; M. Durry, *Le Règne de Trajan d'après les
Monnaies*, Rev. His., LVII, 1932, et W. Weber, *Traian und
Hadrian*, dans *Meister der Politik*, I², Stuttgart, 1923. Sur
Ælius César, A. S. L. Farquharson, *On the names of Ælius
Cæsar*, Classical Quarterly, II, 1908, et J. Carcopino, *L'Héré-
dité dynastique chez les Antonins*, 1950, dont les hypothèses ont
été écartées au profit d'une interprétation plus littérale des
textes. Sur l'affaire des quatre consulaires, voir A. von
Premerstein, *Das Attentat der Konsulare auf Hadrian in Jahre
118*, dans *Klio*, 1908 ; J. Carcopino, *Lusius Quiétus, l'homme
de Qwrnyn*, dans *Istros*, 1934. Sur l'entourage grec d'Hadrien, A. von Premerstein, *C. Julius Quadratus Bassus*, dans
les *Sitz. Bayr. Akad. d. Wiss.*, 1934 ; P. Graindor, *Un
Milliardaire Antique, Hérode Atticus et sa famille*, Le Caire,
1930 ; A. Boulanger, *Ælius Aristide et la Sophistique dans la
Province d'Asie au IIᵉ siècle de notre ère*, dans les publications
de la *Bibliothèque des Écoles Françaises d'Athènes et de Rome*,
1923 ; K. Horna, *Die Hymnen des Mesomedes*, Leipzig, 1928 ;
G. Martellotti, *Mesomede*, publications de la *Scuola di Filolo-
gia Classica*, Rome, 1929 ; H.-C. Puech, *Numénius d'Apamée*,
dans les *Mélanges Bidez*, Bruxelles, 1934. Sur la guerre juive,
W. D. Gray, *The Founding of Ælia Capitolina and the
Chronology of the Jewish War under Hadrian*, American
Journal of Semitic Language and Literature, 1923 ; A. L. Sa-
char, *A History of the Jews*, 1950 ; et S. Lieberman, *Greek in
Jewish Palestine*, 1942. Les découvertes archéologiques faites
en Israël durant ces dernières années et concernant la révolte
de Bar Kochba ont enrichi sur certains points de détail notre
connaissance de la guerre de Palestine ; la plupart d'entre

elles, survenues après 1951, n'ont pu être utilisées au cours du présent ouvrage.

L'iconographie d'Antinoüs, et, de façon plus incidentelle, l'histoire du personnage, n'ont pas cessé d'intéresser les archéologues et les esthéticiens, surtout en pays de langue germanique, depuis qu'en 1764 Winckelmann donna à la portraiture d'Antinoüs, ou du moins à ses principaux portraits connus à l'époque, une place importante dans son *Histoire de l'Art Antique*. La plupart de ces travaux datant de la fin du XVIIIe siècle et même du XIXe siècle n'ont plus guère aujourd'hui en ce qui nous concerne qu'un intérêt de curiosité : l'ouvrage de L. Dietrichson, *Antinoüs*, Christiania, 1884, d'un idéalisme assez confus, demeure néanmoins digne d'attention par le soin avec lequel l'auteur a rassemblé la presque totalité des allusions antiques au favori d'Hadrien ; le côté iconographique représente cependant aujourd'hui un point de vue et des méthodes dépassées. Le petit livre de F. Laban, *Der Gemütsausdruck des Antinoüs*, Berlin, 1891, fait le tour des théories esthétiques en vogue en Allemagne à l'époque, mais n'enrichit en rien l'iconographie proprement dite du jeune Bithynien. Le long essai consacré à Antinoüs par J. A. Symonds dans ses *Sketches in Italy and Greece*, Londres, 1900, bien que de ton et d'information parfois surannés, reste d'un grand intérêt, ainsi qu'une note du même auteur sur le même sujet, dans son remarquable et rarissime essai sur l'inversion antique, *A Problem in Greek Ethics* (dix ex. hors commerce, 1883, réimprimés à 100 ex. en 1901). L'ouvrage de E. Holm, *Das Bildnis des Antinoüs*, Leipzig, 1933, recension de type plus académique, n'apporte guère sur le sujet de vues ni d'informations nouvelles. Pour les monuments figurés d'Antinoüs, à l'exception de la numismatique, le meilleur texte relativement récent est l'étude publiée par Pirro Marconi, *Antinoo. Saggio sull' Arte dell' Eta' Adrianea*, dans le volume XXIX des *Monumenti Antichi*, R. Accademia dei Lincei, Rome, 1923, étude d'ailleurs assez peu accessible au grand public, du fait que les nombreux tomes de cette collection ne sont représentés au complet que dans fort peu de grandes bibliothèques [1].

1. La même remarque s'applique naturellement à beaucoup d'ouvrages mentionnés ici. On ne dira jamais assez qu'un livre rare,

L'essai de Marconi, médiocre du point de vue de la discussion esthétique, marque pourtant un grand progrès dans l'iconographie malgré tout encore incomplète du sujet, et met fin par sa précision aux rêveries fumeuses élaborées autour du personnage d'Antinoüs par les meilleurs mêmes des critiques romantiques. Voir aussi les brèves études consacrées à l'iconographie d'Antinoüs dans les ouvrages généraux traitant de l'art grec ou gréco-romain, tels que ceux de G. Rodenwaldt, *Propyläen-Kunstgeschichte*, III, 2, 1930 ; E. Strong, *Art in Ancient Rome*, 2ᵉ éd., Londres, 1929 ; Robert West, *Römische Porträt-Plastik*, II, Munich, 1941 ; et C. Seltman, *Approach to Greek Art*, Londres, 1948. Les notes de R. Lanciani et C. L. Visconti, *Bollettino Communale di Roma*, 1886, les essais de G. Rizzo, *Antinoo-Silvano*, dans *Ausonia*, 1908, de S. Reinach, *Les Têtes des médaillons de l'Arc de Constantin*, dans la *Rev. Arch.*, Série IV, XV, 1910, de P. Gauckler, *Le Sanctuaire syrien du Janicule*, 1912, de H. Bulle, *Ein Jagddenkmal des Kaisers Hadrian*, dans *Jahr. d. arch. Inst.*, XXXIV, 1919, et de R. Bartoccini, *Le Terme di Lepcis*, dans *Africa Italiana*, 1929, sont à citer parmi beaucoup d'autres sur les portraits d'Antinoüs identifiés ou découverts à la fin du XIXᵉ et au XXᵉ siècle, et sur les circonstances de leur découverte.

En ce qui concerne la numismatique du personnage, le meilleur travail, à en croire des numismates qui s'occupent aujourd'hui de ce sujet, reste la *Numismatique d'Antinoos*, dans le *Journ. Int. d'Archéologie Numismatique*, XVI, pp. 33-70, 1914, par G. Blum, jeune érudit tué durant la guerre de 1914, et qui a laissé aussi quelques autres études iconographiques consacrées au favori d'Hadrien. Pour les monnaies

épuisé, procurable seulement sur les rayons de quelques bibliothèques, ou un article paru dans un numéro ancien d'une publication savante, est pour l'immense majorité des lecteurs totalement inaccessible. Quatre-vingt-dix-neuf fois sur cent, le lecteur curieux de s'instruire, mais manquant de temps et des quelques minces techniques familières à l'érudit de profession, reste bon gré mal gré tributaire d'ouvrages de vulgarisation choisis à peu près au hasard, et dont les meilleurs eux-mêmes, n'étant pas toujours réimprimés, deviennent à leur tour improcurables. Ce que nous appelons notre culture est plus qu'on ne le croit une culture à bureaux fermés.

d'Antinoüs frappées en Asie Mineure, consulter plus particu-
lièrement E. Babelon et T. Reinach, *Recueil Général des
Monnaies Grecques d'Asie Mineure,* I-IV, 1904-1912, et I.,
2e édit., 1925 ; pour ses monnaies frappées à Alexandrie, voir
J. Vogt, *Die Alexandrinischen Münzen,* 1924, et pour certai-
nes de ses monnaies frappées en Grèce, C. Seltman, *Greek
Sculpture and Some Festival Coins,* dans *Hesperia (Journ. of
Amer. School of Classical Studies at Athens),* XVII, 1948.

Pour les circonstances si obscures de la mort d'Antinoüs,
voir W. Weber, *Drei Untersuchungen zur aegyptisch-
griechischen Religion,* Heidelberg, 1911. Le livre de P. Graindor, déjà cité, *Athènes sous Hadrien,* contient (p. 13) une
intéressante allusion au même sujet. Le problème de l'exact
emplacement de la tombe d'Antinoüs n'a jamais été résolu,
en dépit des arguments de C. Hülsen, *Das Grab des Antinoüs,*
dans *Mitt. d. deutsch. arch. Inst., Röm. Abt.,* XI, 1896, et
dans *Berl. Phil. Wochenschr.,* 15 mars 1919, et des vues
opposées de H. Kähler sur ce sujet dans son ouvrage,
mentionné plus bas, sur la Villa d'Hadrien. Signalons de plus
que l'excellent traité du P. Festugière sur *La Valeur religieuse
des Papyrus Magiques,* dans *L'idéal religieux des Grecs et
l'Évangile,* 1932, et surtout son analyse du sacrifice de l'*Esiès,*
de la mort par immersion et de la divinisation conférée de la
sorte à la victime, sans contenir de référence à l'histoire du
favori d'Hadrien, n'en éclaire pas moins des pratiques que
nous ne connaissions jusqu'ici que par une tradition littéraire
dévitalisée, et permet de sortir cette légende de dévouement
volontaire du magasin des accessoires tragico-épiques pour la
faire rentrer dans le cadre très précis d'une certaine tradition
occulte.

Presque tous les ouvrages généraux traitant de l'art gréco-
romain font une large place à l'art hadrianique ; quelques-uns
d'entre eux ont été mentionnés au cours du paragraphe
consacré aux effigies d'Antinoüs ; pour une iconographie à
peu près complète d'Hadrien, de Trajan, des princesses de
leur famille, et d'Ælius César, l'ouvrage déjà cité de Robert
West, *Römische Porträt-Plastik,* est à consulter, et parmi
beaucoup d'autres, les livres de P. Graindor, *Bustes et
Statues-Portraits de l'Égypte Romaine,* Le Caire, s. d., et de
F. Poulsen, *Greek and Roman Portraits in English Country*

Houses, Londres, 1923, qui contiennent d'Hadrien et de son entourage un certain nombre de portraits moins connus et rarement reproduits. Sur la décoration d'époque hadrianique en général, et surtout pour les rapports entre les motifs employés par les ciseleurs et les graveurs et les directives politiques et culturelles du règne, le bel ouvrage de Jocelyn Toynbee, *The Hadrianic School, A chapter in the History of Greek Art,* Cambridge, 1934, mérite une mention particulière.

Les allusions aux œuvres d'art commandées par Hadrien ou appartenant à ses collections n'avaient à figurer dans ce récit que pour autant qu'elles ajoutaient un trait à la physionomie d'Hadrien antiquaire, amateur d'art, ou amant soucieux d'immortaliser un visage aimé. La description des effigies d'Antinoüs, faites par l'empereur, et l'image même du favori vivant offerte à plusieurs reprises au cours du présent ouvrage sont naturellement inspirées des portraits du jeune Bithynien, trouvés pour la plupart à la Villa Adriana, qui existent encore aujourd'hui, et que nous connaissons désormais sous les noms des grands collectionneurs italiens du XVIIe et du XVIIIe siècle qu'Hadrien bien entendu n'avait pas à leur donner. L'attribution au sculpteur Aristéas de la petite tête actuellement au Musée National, à Rome, est une hypothèse de Pirro Marconi, dans un essai cité plus haut ; l'attribution à Papias, autre sculpteur d'époque hadrianique, de l'Antinoüs Farnèse du Musée de Naples, n'est qu'une simple conjecture de l'auteur. L'hypothèse qui veut qu'une effigie d'Antinoüs, aujourd'hui impossible à identifier avec certitude, aurait orné les bas-reliefs hadrianiques du théâtre de Dionysos à Athènes est empruntée à un ouvrage déjà cité de P. Graindor. Sur un point de détail, la provenance des trois ou quatre belles statues gréco-romaines ou hellénistiques retrouvées à Italica, patrie d'Hadrien, l'auteur a adopté l'opinion qui fait de ces œuvres, dont l'une au moins semble sortie d'un atelier alexandrin, des marbres grecs datant de la fin du Ier ou du début du IIe siècle, et un don de l'empereur lui-même à sa ville natale.

Les mêmes remarques générales s'appliquent à la mention de monuments élevés par Hadrien, dont une description trop appuyée eût transformé ce volume en manuel déguisé, et particulièrement à celle de la Villa Adriana, l'empereur homme de goût n'ayant pas à faire subir à ses lecteurs le tour complet du propriétaire. Nos informations sur les grandes constructions d'Hadrien, tant à Rome que dans les différentes parties de l'Empire, nous sont parvenues par l'entremise de son biographe Spartien, de la *Description de la Grèce* de Pausanias, pour les monuments édifiés en Grèce, ou de chroniqueurs plus tardifs, comme Malalas, qui insiste particulièrement sur les monuments élevés ou restaurés par Hadrien en Asie Mineure. C'est par Procope que nous savons que le faîte du Mausolée d'Hadrien était décoré d'innombrables statues qui servirent de projectiles aux Romains à l'époque du siège d'Alaric ; c'est par la brève description d'un voyageur allemand du VIIIᵉ siècle, l'*Anonyme de Einsiedeln*, que nous conservons une image de ce qu'était au début du Moyen Age le Mausolée déjà fortifié depuis l'époque d'Aurélien, mais point encore transformé en Château Saint-Ange. A ces allusions et à ces nomenclatures, les archéologues et les épigraphistes ont ajouté ensuite leurs trouvailles. Pour ne donner de ces dernières qu'un seul exemple, rappelons que c'est à une date relativement très récente, et grâce aux marques de fabrique des briques qui ont servi à l'édifier, que l'honneur de la construction ou de la reconstruction totale du Panthéon a été rendu à Hadrien, qu'on avait cru longtemps n'en avoir été que le restaurateur. Référons le lecteur, sur ce sujet de l'architecture hadrianique, à la plupart des ouvrages généraux sur l'art gréco-romain cités plus haut ; voir aussi C. Schultess, *Bauten des Kaisers Hadrianus*, Hambourg, 1898 ; G. Beltrani, *Il Panteone*, Rome, 1898 ; G. Rosi, *Bollettino della comm. arch. comm.*, LIX, p. 227, 1931 ; M. Borgatti, *Castel S. Angelo*, Rome, 1890 ; S. R. Pierce, *The Mausoleum of Hadrian and Pons Aelius*, dans le *Journ. of Rom. Stud.*, XV, 1925. Pour les constructions d'Hadrien à Athènes, l'ouvrage plusieurs fois cité de P. Graindor, *Athènes sous Hadrien*, 1934, et G. Fougères, *Athènes*, 1914, qui, bien qu'ancien, résume toujours l'essentiel.

Rappelons, pour le lecteur qui s'intéresse à ce site unique qu'est la Villa Adriana, que les noms des différentes parties de celle-ci, énumérés par Hadrien dans le présent ouvrage, et encore en usage aujourd'hui, proviennent eux aussi d'indications de Spartien que les fouilles faites sur place ont jusqu'ici confirmées et complétées plutôt qu'infirmées. Notre connaissance des états anciens de cette belle ruine, entre Hadrien et nous, provient de toute une série de documents écrits ou gravés échelonnés depuis la Renaissance, dont les plus précieux peut-être sont le *Rapport* adressé par l'architecte Ligorio au Cardinal d'Este en 1538, les admirables planches consacrées à cette ruine par Piranèse vers 1781, et, sur un point de détail, les dessins du Citoyen Ponce (*Arabesques antiques des bains de Livie et de la Villa Adriana,* Paris, 1789), qui conservent l'image de stucs aujourd'hui détruits. Les travaux de Gaston Boissier, dans ses *Promenades Archéologiques,* 1880, de H. Winnefeld, *Die Villa des Hadrian bei Tivoli,* Berlin, 1895, et de Pierre Gusman, *La Villa Impériale de Tibur,* 1904, sont encore essentiels ; plus près de nous, l'ouvrage de R. Paribeni, *La Villa dell' Imperatore Adriano,* 1930, et l'important travail de H. Kähler, *Hadrian und seine Villa bei Tivoli,* 1950. Dans *Mémoires d'Hadrien,* une allusion à des mosaïques sur les murs de la Villa a surpris certains lecteurs : ce sont celles des exèdres et des niches des nymphées, fréquentes dans les villas campaniennes du Ier siècle, et qui ont plausiblement orné aussi les pavillons du palais de Tibur, ou celles qui, d'après de nombreux témoignages, revêtaient la retombée des voûtes (nous savons par Piranèse que les mosaïques des voûtes de Canope étaient blanches), ou encore des *emblemata,* tableaux de mosaïques que l'usage était d'incruster dans les parois des salles. Voir pour tout ce détail, outre Gusman, déjà cité, l'article de P. Gauckler dans Daremberg et Saglio, *Dictionnaire des Antiquités Grecques et Romaines,* III, 2, *Musivum Opus.*

En ce qui concerne les monuments d'Antinoé, rappelons que les ruines de la ville fondée par Hadrien en l'honneur de son favori étaient encore debout au début du XIXe siècle, quand Jomard dessina les planches de la grandiose *Description de l'Égypte,* commencée sur l'ordre de Napoléon, qui contient d'émouvantes images de cet ensemble de ruines aujourd'hui détruites. Vers le milieu du XIXe siècle, un industriel égyptien transforma en chaux ces vestiges, et les employa à la construction de fabriques de sucre du voisinage. L'archéologue français Albert Gayet travailla avec ardeur, mais, semble-t-il, avec assez peu de méthode, sur ce site saccagé, et les informations contenues dans les articles publiés par lui entre 1896 et 1914 restent fort utiles. Les papyrus recueillis sur le site d'Antinoé et sur celui d'Oxyrhynchus, et publiés entre 1901 et nos jours, n'ont apporté aucun détail nouveau sur l'architecture de la ville hadrianique ou le culte du favori, mais l'un d'eux nous a fourni une liste très complète des divisions administratives et religieuses de la ville, évidemment établies par Hadrien lui-même, et qui témoigne d'une forte influence du rituel éleusiaque sur l'esprit de son auteur. Voir l'ouvrage cité plus haut de Wilhelm Weber, *Drei Untersuchungen zur aegyptisch-griechischen Religion,* comme aussi E. Kühn, *Antinoopolis, Ein Beitrag zur Geschichte des Hellenismus in römischen Ægypten,* Göttingen, 1913, et B. Kübler, *Antinoopolis,* Leipzig, 1914. Le bref article de M. J. de Johnson, *Antinoe and Its Papyri,* dans le *Journ. of Egyp. Arch.,* I, 1914, donne un bon résumé de la topographie de la ville d'Hadrien.

Nous connaissons l'existence d'une route établie par Hadrien entre Antinoé et la Mer Rouge par une inscription antique trouvée sur place (*Ins. Gr. ad Res. Rom. Pert.,* I, 1142) mais le tracé exact de son parcours semble n'avoir jamais été relevé jusqu'ici, et le chiffre des distances donné par Hadrien dans le présent ouvrage n'est donc qu'une approximation. Enfin, une phrase de la description d'Antinoé, prêtée ici à l'empereur lui-même, est empruntée à la relation du Sieur Lucas, voyageur français qui visita Antinoé au début du XVIIIe siècle.

ŒUVRES DE
MARGUERITE YOURCENAR

Romans et Nouvelles

ALEXIS OU LE TRAITÉ DU VAIN COMBAT. – LE
COUP DE GRÂCE (Gallimard, 1971).

DENIER DU RÊVE (Gallimard, 1971).

NOUVELLES ORIENTALES (Gallimards, 1963).

MÉMOIRES D'HADRIEN (édition illustrée, Gallimard,
1971 ; édition courante, Gallimard, 1974).

L'ŒUVRE AU NOIR (Gallimard, 1968).

ANNA, SOROR... (Gallimard, 1981).

COMME L'EAU QUI COULE (*Anna, soror... – Un homme
obscur – Une belle matinée*) (Gallimard, 1982).

UN HOMME OBSCUR – UNE BELLE MATINÉE
(Gallimard, 1985).

CONTE BLEU – LE PREMIER SOIR – MALÉFICE
(Gallimard 1993).

Essais et Mémoires

SOUS BÉNÉFICE D'INVENTAIRE (Gallimard, 1962 ; édition définitive, 1978).

LE LABYRINTHE DU MONDE, I : SOUVENIRS
PIEUX (Gallimard, 1974).

LE LABYRINTHE DU MONDE, II : ARCHIVES DU
NORD (Gallimard, 1977).

LE LABYRINTHE DU MONDE, III : QUOI ? L'ÉTER-
NITÉ (Gallimard 1988).

MISHIMA OU LA VISION DU VIDE (Gallimard, 1981).

LE TEMPS, CE GRAND SCULPTEUR (Gallimard, 1983).

EN PÈLERIN ET EN ÉTRANGER (Gallimard, 1989).

LE TOUR DE LA PRISON (Gallimard, 1991).

*

DISCOURS DE RÉCEPTION DE MARGUERITE
YOURGENAR à l'Académie Royale belge de Langue et de
Littérature françaises, précédé du discours de bienvenue de
CARLO BRONNE (Gallimard, 1971).

DISCOURS DE RÉCEPTION À L'ACADÉMIE FRAN-
ÇAISE DE Mme M. YOURGENAR et RÉPONSE DE
M. J. D'ORMESSON (Gallimard, 1981).

Théâtre

THÉÂTRE I : RENDRE À CÉSAR. – LA PETITE
SIRÈNE. – LE DIALOGUE DANS LE MARÉCAGE
(Gallimard, 1971).

THÉÂTRE II : ÉLECTRE OU LA CHUTE DES MAS-
QUES. – LE MYSTÈRE D'ALCESTE. – QUI N'A
PAS SON MINOTAURE ? (Gallimard, 1971).

Poèmes et Poèmes en prose

FEUX (Gallimard, 1974).

LES CHARITÉS D'ALCIPPE, nouvelle édition (Gallimard,
1984).

– UN HOMME OBSCUR – UNE BELLE MATINÉE –
FEUX – NOUVELLES ORIENTALES – LA NOU-
VELLE EURYDICE (Gallimard, 1982).

ESSAIS ET MÉMOIRES : SOUS BÉNÉFICE D'IN-
VENTAIRE – MISHIMA OU LA VISION DU VIDE –
LE TEMPS, CE GRAND SCULPTEUR – EN PÈLE-
RIN ET EN ÉTRANGER – LE TOUR DE LA PRI-
SON – LE LABYRINTHE DU MONDE, I, II, et III –
PINDARE – LES SONGES ET LES SORTS – ARTI-
CLES NON RECUEILLIS EN VOLUME (Gallimard,
1991).

Collection « Biblos »

SOUVENIRS PIEUX – ARCHIVES DU NORD –
QUOI ? L'ÉTERNITÉ (LE LABYRINTHE DU
MONDE, I, II, et III) (Gallimard, 1990).

Collection « Folio »

ALEXIS OU LE TRAITÉ DU VAIN COMBAT, suivi de
LE COUP DE GRÂCE.

MÉMOIRES D'HADRIEN.

L'ŒUVRE AU NOIR.

SOUVENIRS PIEUX (LE LABYRINTHE DU
MONDE, I).

ARCHIVES DU NORD (LE LABYRINTHE DU
MONDE, II).

QUOI ? L'ÉTERNITÉ (LE LABYRINTHE DU
MONDE, III).

ANNA, SOROR...

MISHIMA OU LA VISION DU VIDE.

Collection « Folio essais »

SOUS BÉNÉFICE D'INVENTAIRE.

LE TEMPS, CE GRAND SCULPTEUR.

Collection « L'imaginaire »

NOUVELLES ORIENTALES.

DENIER DU RÊVE.

FEUX.

Collection « Le Manteau d'Arlequin »

LE DIALOGUE DANS LE MARÉCAGE.

Collection « Poésie/Gallimard »

FLEUVE PROFOND, SOMBRE RIVIÈRE, « Negro Spirituals », commentaires et traductions.

PRÉSENTATION CRITIQUE DE CONSTANTIN CAVAFY, suivie d'une traduction intégrale des POÈMES par M. Yourcenar et C. Dimaras.

LA COURONNE ET LA LYRE.

Collection « Enfantimages »

NOTRE-DAME DES HIRONDELLES, avec illustrations de Georges Lemoine.

COLLECTION FOLIO

Dernières parutions

*Impression Maury-Eurolivres S.A., 45300 Manchecourt
le 19 août 1994.
Dépôt légal : août 1994.
1ᵉʳ dépôt légal dans la collection : mars 1977.
Numéro d'imprimeur : 94/08/M 4695.*
ISBN 2-07-036921-8 / Imprimé en France.